MARIA HEDE

… och bli ett vackert lik

Roman

Albert Bonniers Förlag

www.albertbonniersforlag.com

ISBN 91-0-057558-5

Första utgåva 2000
Bonnierpocket 2001
Printed in Denmark
Nørhaven a/s
Viborg 2001

Till personalen på intensivvårdsavdelningen och medicinavdelning 3 på Vrinnevisjukhuset som räddade mitt liv, och till Fia, Anneli, Gittan, Seija, Simone, Jeja, Putte Persson-Hörnfeldt med familj, Månika, Bella och Fior för att ni gör det värt att leva.

Alla händelser och personer i den här boken är påhittade, även om vissa svin kan känna igen sig.

”Tiden läker alla sår.

Hade jag den person som myntade uttrycket framför mej, vet jag inte vad jag skulle göra. Jo. Det vet jag ju. Krossa knäna på honom, slå honom med en påk i solar plexus, sparka honom över njurarna och lämna honom att dö med orden:

– Tiden läker alla sår.”

Det där ögonblicket.

Man vänder bort blicken, tar några steg mot fönstret/bordet/spisen och säger nåt i stil med ”Blomman vill nog ha vatten”, ”Jag behöver torka av här” eller ”Tror du äggen kokat tillräckligt?”, vafan som helst. Det enda som gäller är att inte se, bara kallprata; att skjuta upp det outhärdliga så länge som möjligt.

”Tror du regnet håller i sej eller ska vi satsa på att åka och bada i morgon? Jag måste hitta min bikiniöverdel, tänk om man skulle få hudcancer på brösten och så några maligna tumörer inuti, dubbel bröstcancer liksom! Förresten, köpte du ost?” Skit också, inga frågor för dom kräver svar och jag vill inte höra rösten, inte än. ”Du kan väl sätta dej, så gör jag lite té.” Sådär babblar man på, tills det inte längre går att skjuta upp och smärtan vuxit till kramp. Ovissheten måste bort.

Man vänder sej om. Ögonkontakt. Pupillerna: stora? små? tittandes oskyldigt tillbaka? stirrandes trotsigt skuldmedvetet rätt in i ens egna? Och så snabb checkning av hållningen, gesterna, mimiken, lukten. Snälla jävla Gud! På fem sekunder vet man.

Ett småsluddrande as med blånekande attityd och rörelser i besynnerlig fummelslowmotion.

Eller ett par leende ögon, road mun och en alldeles underbar människa som får en att rodna av genans: Hur kunde jag för ett ögonblick misstänka nåt, han har ju lovat att aldrig mer?

Och man glömmer snabbt bort det vidriga ögonblicket innan, och bara ger sej hän åt nuet. Ler tillbaka och tigger om en kyss.

Eller stelnar av hat och hatar så man nästan dör.

Så kom ett brev från J, helt oväntat.

Det låg där på hallmattan som Lisen hade knutit under svordomar och en närmast blodig tapperhet. Den föreställde en mycket glad och trind tax. Jag hade önskat mej ett motiv med Loket, men Lisen hade vägrat göra nåt så mysinkorrekt.

– Tänk på att det är en födelsedagspresent, jag vill ge dej nåt du blir glad av att titta på, sa hon. Loket, jag vet inte... Antagligen skulle jag bara knyta fel, glasögonen och dubbelhakan skulle kanske dras ihop, och karln är ju redan av naturen utställningsbar på freakshow. Jag vill göra nåt fint nu när du ska fylla tjugoett.

Naturligtvis hann mattan inte bli klar i tid, jag var väl närmare tjugotvå när Lisen högtidligt överlämnade den.

– Tack, älskade Evelyn. Tack vare den här mattan är jag botad från mina fantasier om att experimentera med textil. Jag kommer aldrig, det lovar jag dej, ens leka med tanken igen.

Jag hängde först upp den på väggen, men det såg för konstruerat ut, för mycket titta-vad-jag-har-knyckt-från-syslöjden, så mattan fick ligga på golvet och visade sej turligt nog vara slitstark.

Det var vår och min skulpturkurs skulle snart vara över. För min del behövde jag inte ens gå dit förrän till den avslutande elevutställningen. Alla basuppgifter (skolans PR-broschyr var verkligen byråkratisk, antagligen för att få stadsbidrag) hade jag gjort, till och med överkursen var jag klar med. Mina klasskamrater var helt övertygade om att min arbetsmoral var neurotisk. Ändå var jag glad över att jag trots allt hade tackat ja när jag blev antagen, och struntat i att bara gå hemma och snörvla över mina så kallade personliga omständigheter.

Jag hade verkligen längtat efter att plugga skulptur, att försöka behärska materialet i mina händer, att forma något som sen skulle vara beständigt. Att göra något och känna njutningen och gåvan att själv få sätta punkt, säga att nu ska det vara så här och ingen kan ändra det. Lokalerna var stora, och tre dagar i veckan hade vi tillgång till dom utan att lärarna var där. Jag stormtrivdes, bara jag slapp umgås med dom andra eleverna i större utsträckning. Med vissa är det bäst att se upp, man vet aldrig om man riskerar att dras in i deras personliga utveckling, att användas ett tag ganska bryskt för att sen kasseras i det heliga Sökandets namn. I klassen gick minst två ganska påstridiga brudar som ville "se bakom fördomarna, förkasta alla dogmer och regler och bara existera i takt med sina hjärtslag". Typiska familjeflickor, alltså, som rökte en aning hasch och som gjorde sina små lesbiska halvförsök. Jag kände igen typen direkt och höll mej undan.

Fem av eleverna bodde i samma studentkorridor och kom alla från Boråstrakten. Det blev naturligt att dom höll sej till varandra, nyinflyttade i stan och med gemensam vinkassa. Dom föraktade stockholmare och skulle allihop dra till Paris och Trieste. HA! Dom var skitskraja bara dom skulle korsa Sveavägen.

Om två veckor var det dags för utställning och jag visste att det skulle komma en hel del folk. Jag hade fått en förfrågan om ett ettårigt konstprojekt med statlig välsignelse, och hade dröjt att berätta det för mina föräldrar. Jag ville suga ett litet tag på karamellen först, än kunde dom gott tro att deras äldsta dotter var en äkta Miss Nobody med misslyckade förvirrade konstnärsdrömmar, än kunde dom få gå omkring och säga vad var det vi sa…

När jag först såg brevet trodde jag alltså att Lollo, i egenskap av den evigt glappande lillasystern, hade läckt och att mamma skrivit ett i förtäckta ordalag förlåt-men-jag-trodde-inte-du-var-riktigt-så-duktig-brev, att det var ett brev fullt med ursäkter för hennes alkade svordomar över den orealistiska klottrande ungen osv osv.

Men brevet var alltså från J.

Evelyn!

Det är lite rörigt nu, jag vet inte riktigt om du fattar. Vi måste prata, det är som om det gungar, allting går så fort utom när man inte vill, då händer ingenting och man märker att man till och med rör sej i slow motion, det är som om Gud tvekar, tycker du inte? Kristina/Knyttet har berättat om den där Lasse… Vafan skulle du med honom till? Han är ett svin, kunde du inte ha frågat mej först? Och att du har varit gravid… Jag är hemskt ledsen för er skull. Synd bara att den där fjärthjärnan var inblandad. Vad som också gör mej ledsen är att jag inser varför du inte ens har sagt nåt till mej på nästan två år. Jag förstår verkligen varför. Vill du komma till TV 4-huset på lördag klockan två? Vi behöver fylla ut tre och en halv minut till programmet som ska avsluta säsongen. Du kan väl prata om Sputnicprojektet, en enkel bandning som väl tar en kvart, vi kan klippa in några bilder på dina skulpturer... Inget undgår farbror J, som du märker. GRATTIS till Sputnic! Ring så fort du kan till programsekreteraren Lotta, nummer nedan.

Ingen underskrift, och självklart inget telefonnummer. J måste ha tänkt skriva rent privat till mej, men sen snurrat till det och tagit för givet att han skrev på redaktionspapper. Så typiskt.

Hans mediacirkus hade inte avstannat, fortfarande brände han glatt sina skepp genom omöjliga proffsåsikter och redaktionsbråk. Hade J tyckt att det privata i början av brevet varit för avslöjande? Att han blottat sej för mycket för nån som kanske nuförtiden bara räknade honom som en gammal tonårsromans? Var det därför han fick snilleblixten att bjuda in mej till programmet? Och hade han inte avskytt svågerpolitik, hade inte hans "vi kan klippa in några bilder på dina skulpturer" fått honom att spy för bara några år sen? Hade dom verkligen spikat inslaget om Sputnicprojektet, visste den övriga redaktionen om det än? Vilken del av brevet var svepskäl för den andra delen?

Ändå blev jag mitt i förvirringen väldigt rörd. Vad gällde min graviditet var J sej själv, så träffsäkert kom det från honom: "Jag är så ledsen för er skull." Alltså för min och barnets skull. Det efterföljande: "Synd bara att den där fjärthjärnan var inblandad" visade på att han anade hur Lasse betett sej. J brydde sej om. Han gjorde det.

Med hjärtat hårt dunkande slog jag upp telefonnumret och ringde sen den där Lotta för att bekräfta att jag skulle komma.

– Vill du tala med honom själv? sa hon. Han står precis här bredvid.

Jag svalde hårt.

– Nej. Nej tack.

Jag märkte att jag darrade. Jag var rädd.

Jag la på luren med ett falskt gnolande. Jag gjorde i ordning spagetti och köttbullar i micron och hoppade till när en köttbulle krakelerade. Evelyn, kvinnan som kan misslyckas med en soppa-i-kopp. Jag åt med gamla anorexiafjärilar i magen, mumlandes: J är en vuxen människa och jag är en vuxen människa, vi ska bara göra en liten TV-grej ihop, vi kommer inte att slå ihjäl varandra.

Satte mej framför CD:n och valde bland skivorna, men alla – jag lovar ALLA – låtar påminde om tiden FÖRE, EFTER och så den jävligaste varianten DÅ. Riktigt klichéartat. Som om han och jag någonsin hade haft ett romantiskt förhållande. Ett sånt som bara tonåringar och fyrtiofemåriga nyskilda drömmer om. Jag gick och la mej och försökte inte tänka J, J, J. Misslyckades och gick upp igen. Jag gick och la mej och gick och la mej och gick och la mej. Bestämde mej för att ringa återbud till Lotta. Bestämde mej för att hålla mitt dödsbäddslöfte till mormor: Att aldrig låta en karl gå före mitt arbete. Bestämde mej för att ändå ringa Lotta och avboka. Så – äntligen beslutade jag mej för att i sann yrkeskvinnoanda låta mej intervjuas för mitt jobbs skull, sen fick jag se vad som hände.

En själsfrände kan man bara hata eller älska. Och jag älskade J. Jag gör det fortfarande.

Alltid, alltid, alltid.

Redan när jag vaknade morgonen därpå kände jag att en dålig period väntade. Otaliga psykologer har förklarat för mej att alla människor har sådana, i varierande styrka. Redan som liten fascinerades jag av uttryck som ”Man kan inte vara glad jämt” och ”Det går lite upp och ner”, för att inte tala om det vidriga ”Man har sina upsar och dunsar”. Jag antar att det sistnämnda ska vara tokroligt och visa att man minsann kan vara smådeprimerad på halvengelska också.

Det tog lång tid innan jag kunde koppla såna uttryck jag hade snappat upp på bussen när jag åkte till stan med mamma, med det som ibland brände i min mage och fick mej att gömma mej under sängen.

– Lilla Evelyn, kom fram nu! Är det nån som varit dum mot dej? Vad är det som har hänt? frågade mamma med mild röst.

Jag kunde aldrig förklara det. Nej, det är ingen som har varit dum, det är inget som har hänt.

Det enda jag visste var att skulle jag krypa fram från mitt dammiga gömställe, så skulle jag gå sönder. Det skulle sticka och brinna, inifrån och ut, och nåt osynligt skulle ta tag i mej från precis alla håll, uppifrån, nerifrån, från sidorna och inuti, och det skulle dra i mej samtidigt och kanske skulle jag inte bli befriad genom att dö, jag skulle kanske tvingas leva och det skulle aldrig gå över.

Min mamma kunde bli arg. Då böjde hon sej ner, lyfte på överkastet så ljuset kom in och sträckte sökande sina armar mot mej. Jag brukade skrika av skräck. Jag visste ju att det var mammas armar, men eftersom jag inte såg hennes kropp i övrigt kunde det ju faktiskt ha varit detta hemska Något som klätt ut sej till min mammas armar, och nu kom Det och skulle ta mej!

När hon hade gett upp med orden ”Var där och sura då!” och gått ut ur barnkammaren, kunde jag få för mej att Det hade klättrat upp på min säng och pressade ner sängbottnen med sin oerhörda vikt för att krossa mej som låg därunder. Då la jag mej på rygg och tryckte emot allt jag orkade med fötterna.

Jag minns inte exakt hur gammal jag var när jag slutade gömma mej under sängen, men mina terapeuter har sagt att jag troligen började banta i elvaårsåldern för att ersätta det. Låter sannolikt men samtidigt banalt att jag som vuxen fortfarande kan få samma vanmäktiga skräck som fick mej att längta efter döden när jag var liten.

Äh, skit samma. Jag har gått för mycket i analys. Faran med för mycket självinsikt är ironiskt nog att man kan börja tvivla på hur fan man ska kunna stå ut med sej själv.

I allafall, redan morgonen efter att jag pratat med redaktionsmänniskan Lotta, hade jag en otäck overklighetskänsla. Jag kunde omöjligt somna om, och jag kunde inte vara vaken. När jag nonchalant intalade mej att jag för helvete måste kunna ta mej till toaletten, kändes undersidan av mina fötter egendomlig, och golvet såg ut att vara långt borta, och medan jag funderade på hur jag kunde nå ändå ner med benen till golvet var jag så rädd att jag hackade tänder. Att ha overklighetskänslor är bland det hemskaste som finns.

Jag ägnade säkert en halvtimme åt att nästan-våga ringa Lisen, det gjorde så ont i hela kroppen att jag var rädd inför tuttonen i telefonen.

Lisen kunde rutinerna. Jag skämdes trots att hon sa att jag absolut inte skulle göra det, men jag skämdes i allafall för jag hade bara gjort liknande utryckningar fem gånger för hennes skull, och hon hade gjort säkert tio för min.

Hon kom med taxi och stoppade i mej några rohypnol medan hon klappade mej över hjässan. Jag upptäckte till min lättnad att jag kunde känna beröringen, att den skedde på min hjässa, som satt på mitt huvud, som satt fast på min hals…

– Roppar, sa jag grötigt. Det är väl inget öststatssmuggelskit?

– Nix. Jag fick en karta av Gisela...

– Vem annars?

– Jo, jag hade fixat ketugan åt henne. Det är skitsvårt att få ut, men min morbror fick såna när han var nyopererad. Han är en sån där tjurskallig människa som bara tar piller i absolut nödfall och han kan inte ett dugg om dom. En sån där som sätter en ära i att säga fel när det gäller mediciner för att kokettera med sin stryktålighet. Eftersom han är ungkarl har han en lite skruvad respekt inför mens och sånt, så jag sa till honom att jag visste att han hade rejäla smärtstillande saker som jag kunde behöva för mina ägglossningssmärtor...

– Morfin för ägglossningssmärtor?

– Ja, han har ju inte koll på nånting. En gång ute i hans skärgårdsstuga när jag var fjorton sa jag på skämt att jag höll på att svimma av PMS och då ville han ringa efter ambulans. Han är livrädd för allt som har med "det där nere" att göra, ja det är hans uttryck.

Lisens prat lugnade mej, och rohypnolen fick mej lagom lullig, nästan rödvinsfnissig. Hon skulle iväg till skolan, men lämnade fem kvar.

– Jag tror inte du får mer panik idag, men ta tre stycken när du ska sova i kväll. Passa på att handla en pizza och cig medan du fortfarande känner dej lite off. Klarar du det eller ska jag komma hit efter skolan med lite mat?

Jag skakade på skallen. Dels får man inte slita på sina vänners tålamod, dels kan det vara rätt behagligt att gå ut med nåt lagom avtrubbande – eller rättare sagt omtöcknande – i kroppen. Efter att ha blivit ångestdäckad känns det som om man återtar kontrollen över sin kropp och sin värld om man går och t ex handlar medan man fortfarande har nåt lugnande i sej. Frågar nån utomstående dum jävel varför man absolut måste utanför dörren när man är så där fumlig och väck, är det bara att skylla på att man ska träna på sociala vardagssitutioner och ilsket tillägga att vadå, man är väl inte fumlig.

Lisen gav mej en slängpuss innan hon sträckte ut sina nästan en och åttio och gick. Hon hade börjat med det, att markera sin längd, när hon tagit studenten. Dom minnen jag hade av henne när vi ett tag gick i samma klass, var av en sådan där utåtriktad idiotbrud som tuggade tuggummi med öppen mun och alltid krummade med ryggen. Jag kommer aldrig att sluta hata skolan. Det är först när det oket är borta som man får börja tänka själv, och räta på ryggen. Därför är jag glad att jag träffade Lisen igen, och upptäckte hur hon egentligen är; underbar.

Inte alla skulle stå ut med panik-utryckningar.

Jag lät mej rohypnolklumpigt sjunka ner i soffan. Försiktigt vilade jag huvudet mot en hög stryktvätt. Försökte tänka. Det gick ganska bra. Tittade upp i taket som började bli nikotingult.

– Åh, en riktig konstnärslägenhet! brukade mina föräldrars vänner slänga ur sig lika teatraliskt som gillande.

Ja, när jag var nyinflyttad kunde faktiskt mina föräldrars vänner i Stockholm ringa på för att se hur ”konstnääääärliga lilla Evelyn” bodde. Arg som en bålgeting ringde jag min far och sa att hans kombinerade övervakare/släktspioner inte hade i min lägenhet att göra. Det var känsligt, för som han påpekade hade han betalt insatsen. Min tvåa låg inne vid Odenplan, och kostade därefter.

Det var Lisen som i början av vår vänskap hade gett mej inspiration och tips på hur jag skulle få pappa att betala.

– Studentrum, varför i helvete bor du så? Gör som jag. Du

som gått så mycket i terapi, har du tumme med en schysst psykiater också? Dåså, för dina föräldrar är ganska täta va? Och oroliga? Om du kan visa dom ett läkarintyg på att du behöver en permanent bostad, kör med "en stabil boendemiljö som nödvändig för din psykosociala utveckling", sådana termer, så ska du se att dina föräldrar fixar en bostadsrätt åt dej.

Jag log för mej själv och boxade till tvätthögen till en skönare kudde. När jag rörde mina händer snabbt såg jag dom bara suddigt. Tack gode gud för rohypnol. Och tack gode gud för Lisen.

Och tack gode gud för J.

Att ha två själsfränder, några som känner en riktigt utan och innan, är sannerligen en gudagåva. Självklart gick dom inte ihop. J var en manlig variant på Lisen, och människor som är så lika bara måste bråka.

Det skar sej direkt första gången dom träffades. Det var på min inflyttningsfest. Lisen hade peppat mej att bjuda även J och Knyttet (jag tror jag är den enda som fortfarande kallar henne Knyttet, jag är hennes äldsta barndomskompis). Att dom två nu var ett par var därför extra pinsamt, men så självklart predestinerat.

– Jösses, hade Lisen sagt. Dom här två människorna som du tycker så mycket om har du ju dragit dej för att träffa i snart två jävla år! Det här är ju ett perfekt tillfälle, och så får ju jag också träffa dom, kom igen nu!

Fegt hade jag postat inbjudningarna, pallade inte att ringa. Men dom kom! Lisen berättade för alla när hon hällde upp välkomstvinet hur jag hade lyckats få lägenheten. Jag visste att J skulle hata det, men sa inget.

Under festen sökte han inte ens ögonkontakt med mej, och Knyttet höll sina ögon på honom. Det var som om vi knappt kände varandra och spelade roller. Jag spelade Jippie-kolla-vad-bra-det-har-gått-för-mej-utan-er! Knyttet spelade schizofren moder som inte riktigt visste vilken av sina två bångstyriga adepter (J eller mej) hon skulle hålla på. J spelade en rätt jobbig Kulturpersonlighet.

Och varför inte? Han visste att han hade lyckats, att han hade sitt på det torra, och eftersom han var ovan vid allt smicker hade han väl börjat tro att hans framgångar hos förläggare, kritiker och brudar faktiskt inte enbart berodde på tur och timing, utan mest var en ofrånkomlig, logisk följd av hans unika talang och personlighet. Samtidigt – det var jag säker på – kände han sej löjlig som von oben.

J löste den obekväma situationen på festen med att vara så odräglig han bara kunde. Knyttet – som var den enda som fattade hur det låg till, förutom jag – svassade uppmärksamt runt honom, hängiven och hela tiden beredd att underlätta för honom. Därav det oförtjänta ryktet om hennes eviga tåtrippande och självutplånande undfallenhet gentemot J. Jag satt vid mitt nya vardagsrumsbord och betraktade dom två. Jag visste att Knyttet utan tvekan var den starkare av dom, men la mej både svartsjukt och hänsynsfullt inte i.

J hade några provokativt fula svarta skinnkläder på sej, och fnyste sej igenom dom tio minuter han stannade kvar.

– Lisen. Det är alltså hon som är den där långa, mörka i köket? Jaha, och det var hon som gav dej idén hur du skulle fixa den här lägenheten. Ja, jag ska inte döma, men håller du inte med om att det är hemskt – rent ut för jävligt – att ni rikemansdöttrar lägger beslag på varenda mindre lägenhet här i innerstan. Era föräldrar är dom enda som har råd. Dom tar bara lite av sina aktier och pensionsförsäkringar, och vips slipper fina dottern skaka sönder lilla arslet på förortstunnelbanan. Nu kan hon ta taxi, allt ligger så nära och behändigt.

Vad säger man? Jag visste att han inte menade något illa, att han bara lät munnen gå av gammal vana. Det var ju faktiskt därför han var en sån tacksam gäst i debattprogram och fester långt mycket djupsinnigare än den här.

– Det finns hyfsat med rikemanssöner också här i området, sa jag torrt.

– Dom fjollorna! sa J och blinkade åt mej.

Han visste att jag visste. Dom andra kunde han lura, men jag hade insett att han höll på att parodiera sej själv.

Då kom Lisen ut från köket med inflyttningstårtan. Hon hade i samråd med mej valt ut några kul människor från hennes klass på Konstfack, och dom hade överraskat med en fenomenalt gjord tårta föreställande en vacker blå lotus.

– Den måste ätas nu, innan den blir ljummen och marsipanen börjar sloka, ropade hon glatt.

– Är den där tisteln symbolisk?

J:s kommentar var oundviklig. Lisen vände sej mot honom.

– Vore den det skulle den sitta i skrevet på dej, sa hon med ett smil.

Underbara Lisen, anfall är bästa försvar! Jag såg hur en gillande glimt tändes i J:s ögon.

– Dagisbohemer är väl annars mer för Fellini än slapstick, sa J.

Vilken idiot han var! Lisen kände ju inte till hans sätt att skämta.

– Jag anser, röt hon, jag anser att Fellini är kamouflerad slapstick, men jag har inte tid att fundera över sånt. För övrigt anser jag det modig att en trendpoet använder såna termer, i synnerhet när han är så jävla lik Halvan som du.

Full poäng! Jag hade berättat, av en slump, några veckor innan att J blivit retad i lågstadiet för att han var lika mager som Halvan.

Men det tog fel, allt dom sa till varandra den där enda gången dom hade mötts hittills. Själv höll jag i likhet med Knyttet egendomligt tyst. J stack nästan direkt efter småbråket, och Knyttet log lite ursäktande och följde efter. Först när dom hade försvunnit kunde jag börja prata som vanligt igen.

Och nu låg jag där, groggy, på min soffa och funderade slött på om det skulle finnas någon chans – inte risk – för kvävning om man somnade i en tvätthög.

Nästan hela nästa dag sov jag, det tar på krafterna att krisa, speciellt när man inte vet varför man gör det. Sen var det lördag och jag åt lunch på kvarterskrogen för att på ett socialt accepterat sätt dopa mej inför intervjun. Jag var inte speciellt skraj för TV-kamerorna, men jag var rädd att jag skulle flippa ut, det gamla vanliga, bryta ihop i taxin, inte kunna hålla ihop under skinnet... När jag får dom här nojorna vet jag att det är inbillning, herregud, alla års terapi om orsaker, alla avslappningsövningar (lägg handen på magen Evelyn, och känn hur du andas ut) men vad gör man när blixten slår ner bredvid åskledarna?

Alltså drack jag en stor stark och två glas vin till maten på kvarterskrogen. Det är svårt att alltid göra en korrekt avvägning, att dricka så man blir avslappnad men inte slö och sluddrig. Jag var visserligen nervös att träffa J, men ville inte riskera att vara packad i TV.

Under taxifärden till TV 4 fick jag be chauffören att stanna för minttuggummiinköp, annars var jag fit for fight.

Jag visades in i Spectras studio. Rostbruna soffor bland taggtråd och tyll. Studiodekoren var både intressant och ful, scenografen hade lyckats. Lätt yrslig fördes jag in i en mysigt inredd skrubb med kaféliknande möbler. Lotta log överslätande.

– Det blir mer informellt här än ute i studion.

Kameran fanns på plats och en kille med minst två prillor under överläppen satte stressad på mej en mygga. Utan att egentligen tänka på det höll jag andan, det verkade amatörmässigt och plötsligt inte alls förståeligt att vara smådopad och lukta vin. Jag famlade fram lite smink för att dölja svettpärlorna. Lotta sneglade på mej.

– Du är väl inte nervös? Inte för det här väl?

Lät hon hånfull? Jag började svettas ännu mer. Att sträva efter att bli etablerad inkluderar att le in i kameran och mot en massa jävla människor, medan man kämpar för att inte svimma trots att världen håller på att gå under.

Lotta stelnade till.

– J, var har du varit? Jag hoppas att du för fan river av det här snabbt, jag ska vara på Stures vid fyra.

– Lugn, det här går fort. Evelyn och jag vet var vi har varann.

J satte sej hemtamt i stolen mittemot mej, la några kladdiga block på bordet och lät sej omständligt myggas. Det andades star om honom, coolness och självsäkerhet. Jag hade hört om hans fyllor, att han varit påtänd och ramlat ner från ett bord på en privat fest och att hans tevechefer kanske ännu inte anade nåt. En kommersiell kanal sas vara mycket intresserad av att köpa över J, och lansera honom som en riktig scandal beuty, en skönheten och odjuret i samma förpackning, med några lätta korrigeringar väldigt lanseringsbar.

J tittade nyfiket på mej. Irriterad av en hastig våg av ilska, lättnad och nervositet blängde jag tillbaka. Jag upptäckte att jag inte visste vad jag var mest nervös för, intervjun eller att träffa J igen.

Jag var rädd. Alla rykten… Kände jag honom fortfarande?

– Synd att vi inte hann prata innan, ljög J och harklade sej. Jag var tvungen att kolla en grej först, därför är jag sen. Hoppas du inte tycker att det blir för styltat.

Kamerakillen la in en snus under underläppen också och suckade stressat.

Jag beslöt att bryta isen.

– Efter det här går vi nånstans och pratar. Men jag måste säga att du ser fräsch ut, alla rykten till trots.

– Jag får säga detsamma.

Va?

– Jaså, sa jag låtsat oberörd. Ska vi spinna vidare på våra mytomspunna karriärer och köra nu?

– Visst. Vi kör.

När intervjun visades i teve satt vi ett gäng i min stora säng och jag kan inte påstå att mina vänninnor (Knyttet, Lisen och Lollo) visade någon större aktning för min bragd.

Såhär blev intervjun, jag har den barnsligt nog bandad:

Närbild på mej i skolans stora ateljé. Jag har på mej en av Lisens långa svepande kjolar i blått och ett långt tajt linne i svart. Mina tuttar ser rätt hyfsade ut, men jag har glömt att raka mej under armarna (mamma skrev ett kort brev och frågade artigt om mina hårtofsar var ett politiskt ställningstagande). Min käklinje är okej och mitt svartblå hår är uppsatt i en stor tjock knut så att det tjocka blå håret syns mer än det kolsvarta.

J kommer in med speakertexten: ”Evelyn är 23 år och en av sexton unga konstnärer som noga valts ut till Sputnicprojektet inför Kulturhuvudstadsåret. Tidigare arbetade hon mest med akvarell, men efter den treåriga konstlinjen sökte hon fler uttryckssätt och var scenografiassistent på Stadsteatern i ett år. Nu avslutar hon en eftergymnasial utbildning i skulptur och det var där hon kom i kontakt med Sputnic.”

Kameran zoomar ut. Jag håller på att finjustera en stor lerfot, den är vacker och klassiskt skön sånär som på en stor oundviklig vårta på stortån som ser ut att göra mycket ont. Det retar mej fortfarande att jag kisar nästan hela tiden, jag har frågat alla möjliga om jag omedvetet gör det när jag jobbar, men alla har nekat.

Närbild på lerfoten med vårtan, mina händer är grå av materialet.

J fortsätter, nu med aggresiv musik i bakgrunden på låg volym: ”Hennes verk är präglade av en sorts sorgsen vrede och en ilsken estetik. Hon avbildar aggressiviteten som vacker.” Musiken höjs och inklippta bilder på några av mina tidigare grejer visas i flashig stil ur groteska vinklar.

Så sitter jag i den kaféliknande miljön. Mina svettpärlor är borta, och jag ser både orynkig och nyfiken ut, kort sagt ung.

Min eyeliner på höger öga är en aning kortare än på vänster. Lisen höll på att bli galen på mina kommentarer i den här stilen när vi såg inslaget dom första fem gångerna.

J:s röst: ”Evelyn, när man ser på dina målningar slås man av att du så gärna vill göra något vackert, men att din inre ilska bryter perfektionen.”

Vad svarar man på sånt? Ett ”jaha” är inte TV-mässigt.

Jag gör en grimas och säger: ”Du har rätt i att jag hemskt gärna skulle vilja skapa något riktigt vackert, något som ger människor rysningar av välbehag och en känsla av att loppet inte är kört… Men precis som i verkligheten är det nåt som tränger sej på och stör.”

Skit också, först sa jag ”något” och sen sa jag ”nåt”. Mina själsliga kusiner, dom skitviktiga litterära stollarna, kommer att klassa ner mej. Gud, jag blir sinnessjuk av det här!

J:s röst: ”Stör som i förstör?”

Jag: ”Nej, stör som i irriterar. Nåt som inte stämmer, som inte är perfekt.”

Vafan höll vi på med?

Här klipptes några av J:s frågor bort, så jag verkar säga en hel eldig harang i ett svep: ”Om jag ser en elegant dam i svindyr perfekt sittande Kenzocitydräkt som med kontrollerat kroppsspråk och överlägsen min kommer mot mej på sina välgympade ben i välputsade Ballydojor, så känner jag mej direkt hotad och måste spana in om hon inte har fuktfläckar under armarna, eller ett missat hårstrå på benet… Ser jag nåt sånt, nåt som rubbar den där perfekta ytan, blir jag genast lugnad. Hittar jag inget konkret brukar jag trösta mej med att hennes tampong håller på att börja läcka eller nåt… Det är nästan ett lyte och jag önskar att jag kunde sluta med det där. Men jag antar att det är därför det blir som det blir när jag arbetar. Föremål som så gärna vill vara fina, motiv som vill väcka avund för sin skönhets skull, men som aldrig kan bli det utan till och med kan väcka äckel. Det är sorgligt, egentligen, men jag känner sån sorg över alla som vill bli avundade, men som vet att dom får nöja sej med sympati eftersom dom har sina defekter. Och sympati ses som nåt fint, men är man ute efter att folk ska häpna över ens perfekta jag, så blir man bara förbannad när man upptäcker att folk bara tycker synd om en för att man har så stora händer, köttig näsa och egendomlig andedräkt."

När jag sa det sista var jag arg, först efteråt slog det mej att folk kanske trodde att jag koketterade.

J:s röst: "Det är som om du slits mellan två ytterligheter. Å ena sidan vill du vara omgiven av skönhet, du hyllar det vackra och ser det som nåt eftersträvansvärt, men å andra sidan måste du brutalt inpränta i betraktaren att det perfekta är en myt."

Ja, J höll sannerligen på att bli en Kulturpersonlighet. Och nu försökte han göra mej till någon läskig kultur-babe. Jag lät mej villigt svepas med.

Jag log och sa: "Kan jag skrapa på ytan, så gör jag det. Just nu känns det bäst att hålla på med tyngre material, och det är nog tur. Jag kan bli så arg på det jag jobbar med att jag klipper till... För tillfället håller jag på med en fot med en vårta på stortån, säkert har jag smällt till hela ski... foten hundra gånger."

Inklippt en sekvens där J sitter i sin tevefåtölj och ser full i skratt ut.

"Sputnicprojektet går ut på att ni sexton unga lovande konstnärer får låna lokaler av Stockholms Stad, och så får ni en rambudget från Statens Kulturråd. Ni har hjälp av några mycket erfarna lärare som dessutom själva är konstnärer, dom ska dock bara hjälpa er i början – och har inga befogenheter att censurera. Ni har fria händer och är största delen lärarfria och dom ställer inte ut själva. Sen ska era konstverk placeras ut i Stockholm under Kulturhuvudstadsåret. Kan du berätta vad du tänker göra rent konkret?"

Bild tillbaka på mej. Jag gör en eftertänksam min. När Lollo såg intervjun sa hon spontant att sådär gör jag jämt med munnen när jag äter soppa. Vi grälade nästan en timme, hon och jag.

"Nej, men jag kan avslöja att det blir i ett grovt och gediget material, och storskaligt. Den blir svår att slå sönder, både för mej och ilskna betraktare. Fast dom där pengarna... Politikerna kommer väl att fortsätta skära i kulturbudgeten, fast kanske bara lite mer diskret nu när det ska bli Kulturhuvudstadsår. Jag skulle med andra ord inte bli speciellt förvånad om vi får en minskad rambudget. Ändå är jag såklart lycklig över att jag har blivit utvald att få vara med."

Så blir det ett hopp tillbaka till ateljén med aggressiv musik (gammal new wawe, New Order) där jag av oförklarlig anledning dansar en blandning av pogo och tango med en av tjejerna i min klass (vi varvade upp inför vår veckoklassfest som vi har varje torsdag, fast det kunde ju inte tittarna gissa sej till). Intervjun avslutades med en frusen bild av mej mitt i en tangosnurr just när min håruppsättning ramlar ner och min hand tappar vinglaset.

Skitsnyggt. Alltihop.

J var duktig.

Efter inspelningen lämnade vi snabbt den lilla skrubben. Jag gjorde upp en tid med kamerakillen när han kunde komma och filma mej i ateljén. Han frågade om jag ville ha skjuts nånstans, men då la J armen om min midja och sa att han hade beställt bord på krogen om hörnet för oss två. Jag kände mej eftertraktad och lite framgångsrik, sådär som man gör ibland när TV är med i sammanhanget. Log mot J och försökte förtränga känslan av att hans hand höll på att registrera alltför tunt hull, men som vanligt förekom han mej.

– Förlåt, det går av gammal vana, sa han. Jag tror inte att du bantar, du ser fräsch ut, men den där hemska tiden sitter väl kvar i minnet.

Han tog bort armen från min midja och först ute på gatan vågade jag fråga.

– Gjorde du ofta så? Jag la ju märke till det efter ett tag, att du brukade passa på att kolla mej när vi höll om varann. Till slut fick du inte ens peta på mej.

– Jag vet, sa han.

Neutralt? Bittert?

– Det fick ingen, sa jag.

Överslätande?

– Jag vet.

Fortfarande omöjligt att avgöra om minnet brände.

– Och inte ville jag tala om det heller, sa jag.

Nu stannade han och tog mej om axlarna. Jag ångrade att jag hade tagit på mej min extrabylsiga trenchcoat.

Jag var rädd.

– Evelyn, det hjälper inte att du försöker släta över den där helvetestiden när jag inte fick röra dej, inte fick tala med dej, inte fick hjälpa dej, inte… nånting! Fan, när jag kysste dej hade du en andedräkt av aceton efter alla spyattacker och när du insåg att jag kände lukten fick jag inte kyssa dej längre. Jag vägrar att påstå att vi kysstes, för hela tiden hade det varit jag som kysste dej. Det är skillnad. Och om du undrar så är svaret ja, jag var knäckt. Tänkte att den enda brud jag nånsin har älskat föredrar kaloritabellen före mej. Det kan låta tragikomiskt idag, men det var som om du var otrogen med vågen. Jag hade inte en chans mot den.

Vi såg forskande på varann. J hade fått några intressanta, allvarsamma rynkor runt munnen. Annars var det finlemmade ansiktet med dom korpsvarta ögonen sej likt. Vad såg han?

Vi började gå igen, långsamt. Trevande la jag armen om honom. Utan att titta på mej placerade han sin arm om min midja igen. Tysta gick vi så den korta sträckan till restaurangen.

Där var det nästan folktomt, och jag fick en obehaglig känsla av att J hade ljugit om bordsbeställningen. Servitören var både fjäskande och kamratlig, och satte fram varsin Guiness åt oss innan vi ens hunnit beställa. J såg ut att vara lika delar pinsamt berörd som stolt.

– Wow, vad synd att jag inte fortsatte hångla med dej, sa jag och försökte att inte verka imponerad. Vilken service! Jag känner mej som en riktig kulturgroupie.

– Äh, jag går hit så ofta…

– Be inte om ursäkt. Bärsen är god. Ska vi ta varsin pizza? Jag vill ha en med kyckling.

– Snälla, kan inte jag få ta den med kyckling? Du kan väl prova deras Devil Napolitana med chili?

Vi hade fallit in i vårt gamla mönster: Ingen fick beställa samma sak som den andra för att vi skulle provkäka från varandras tallrikar.

När J beställde maten bad han dom också ta in en vinare och två campari.

– Tack, sa jag lättad. Det där kommer att underlätta.

– Självklart bjuder jag. Man kan tjäna rätt bra på att sälja sin själ.

– J, för bara några år sen hade du halshuggit dej för det där uttalandet!

Han ryckte roat på axlarna.

– I så fall, om vi ska vara såna, undrar jag om inte du hade tilldömt dej spöstraff för att du så skamlöst låter dej bjudas?

– Skål!

Vi skålade demonstrativt och svalde i stora klunkar. Min vanliga småyrsel hade inte gett med sig, och jag behövde alkoholen för att kunna gå och hämta cigarretterna som jag glömt i min kappa i garderoben.

– Visst ja, kycklingpizza. Är det länge sen du slutade vara veggo?

Jag nickade. Det kändes skumt att röra på huvudet, som om det satt i fel vinkel på något sätt. Min yrsel var starkare nu. Benen var som bortdomnade, pulsen plötsligt hög. När det välbekanta stickandet i händerna kom, insåg jag att en panikattack var på väg. Och här var jag! På restaurang! Med J! Och alla människor… Varför, varför i helvete just nu?

– Du, sa jag. Jag vet inte om jag är så hungrig egentligen. Kan vi kanske ta det här någon annan…

– Mår du inte bra? Ditt ansikte… Nej, är det jobbigt?

Jag nickade igen. Gud, skallen satt verkligen fel! Hjärtat dunkade så det värkte nu, fort och hårt. J reste sej och ställde sej bakom mej. Med lugna, trygga händer masserade han min nacke. Lugnt, tryggt…

– Jag vet ju hur det är. Grejen är att när det händer mej så riskerar jag att bli extra uttittad. När sånt här bryter ut är man ju rädd att ska synas på en, att man ska skämma ut sej. Då vill man definitivt inte bli igenkänd av någon som hatar en och som blir både skadeglad och skvallersugen. Förresten, har du slutat röka?

– Uppmärksam som vanligt, sa jag. Nej, men ciggen ligger i kappfickan och det är så... långt till garderoben.

– Långt? Snälla, har du kvar dom där nojorna också?

– Bara ibland. Annars kan jag till och med åka tunnelbana själv. Det är bara vissa situationer vid vissa tillfällen.

– Jag går gärna och hämtar dom. Tråkigt att inte en enda psykdoktor har kunnat få bort det där ur huvudet på dej. Agorafobi, va? Och hur – det här kunde jag ju inte fråga under intervjun – ja, hur fan kunde du jobba på Stadsteatern? Eller plugga? Eller någonting?

Utan att vänta på svar tog han dom fem stegen till garderoben och var snart tillbaka med ciggen. Och något mer.

När jag med mina konstigt darrande händer tog emot paketet märkte jag att det låg något i och skramlade. Jag gav J en blick och kollade. Bland ciggen låg två skära avlånga piller.

– Xanor, sa J. Hjälper bra.

– J, jag har ju druckit!

– Du mår ju piss och jag tycker att dom bara funkar med alkohol. Gör som du vill.

– Men ihop med alkohol...

– Hjälper dom ännu bättre.

Jag kikade ner i ciggpaketet igen. Jag kände att svetten inte hölls tillbaka av pudret på pannan. Skit. Allt var skit och jag ville bara rusa ut och kräkas.

– Vill du ha lite mer massage istället?

Han ställde sej bakom mej igen. Han masserade skönt, men jag vågade inte blunda, jag vågade knappt andas. Hade jag vågat hade jag börjat gråta.

– Känns det bättre? frågade J tafatt.

– Du kan sätta dej, men gå långsamt runt bordet och dölj mej, väste jag.

Med mina äckliga darrande fingrar skakade jag ut pillren ur paketet samtidigt som jag plockade ut en cigarrett. Hastigt, med en så liten rörelse som möjligt, stoppade jag in xanoren i munnen och svalde ner hårt. Jag visste att tabletterna skulle hjälpa eftersom dom helt enkelt måste. Jag drack upp min campari medan J omtänksamt hällde upp vin åt mej. Jag drack vinet fort men i små, små klunkar.

J såg avvaktande på, och verkade både lite road och bekymrad.

– Tack. Grejen är bara att jag inte klarar någonting.

– Lägg av, Evelyn.

– Periodvis i allafall. Stadsteatern var rätt lätt, mest laga och måla kulisser kvällar och nätter. Jag vet inte, men det är lättare då. På dagarna är det så mycket folk överallt, på bussar, ICA, trottoarer, överallt... och dom är så effektiva och utsövda att i allafall jag tycker att det syns på mej att jag är på något sätt onormal. Själva arbetet var däremot kul. Dessutom kunde jag trycka till min farsa att jag på pappret var scenografiassistent. I praktiken var jag mer allt-i-allo. Det var förresten där jag träffade Lasse... Han peppade mej att plugga vidare. Även om det är en stor skit som säger att man är bra så tar man ju åt sej. Jag blev antagen och föredrar för mitt förstånds skull att tro att jag kom in på egna meriter, inte tack vare Lasses kontakter och så kallade inflytande. Sen, när jag blev med barn, tog jag bara det också som ett lyckotecken i mitt nya underbara liv där det var självklart att jag var oövervinnelig och duktig och lovande...

Hade jag sagt för mycket? J log bekymrat. Jag drog ett djupt andetag. Hade jag blivit manisk också? Säkert. Och schizofren. Och blottare och djurplågare och kleptoman...

– Men jag ville ändå fortfarande plugga skulptur sen när det blev augusti och allt som vanligt hade kraschat. Jag är skitglad över att jag gjorde det, sa jag snabbt.

J nickade långsamt.

– Jag visste inte hur du mår nu för tiden, därför bokade jag ett bord nära utgången åt oss. Det brukar inte vara så mycket folk här, men jag ville vara säker på att du inte skulle börja må dåligt.

Jag blev överlycklig. Omtänksamheten, den vänliga gesten... Innerst inne hade jag hoppats att han skulle förstå, att han inte hade glömt, att han inte hade förvandlats till en fartblind översittare som sa saker som att det bara är att ta sej i kragen; en som såg ner.

Jag blev matt av förälskelse.

– Jag älskar dej, log jag och försökte få orden att verka lätta.

Han hejdade sej otåligt i en gest.

– Jag vet, sa han lika lätt. Det är därför jag inte fattar vad du skulle knulla det där vårtsvinet för? För du kan aldrig försöka slå i mej att du älskade Lasse Klasson?

Servitören kom med våra pizzor och tjuvlyssnade förtjust.

– Jo, det gjorde jag!

– Det gjorde du inte!

– JO!

J gav mej en mörk blick under lugg.

– Och vilket jävla namn. Det är omöjligt!

– Det gjorde jag visst!

– Säg orden då: Jag älskade Lasse Klasson!

– Va? Nej, inte... inte här och inför dej.

J sprack upp i ett triumferande leende och slog ihop händerna med en smäll.

– Jag visste väl det, jag visste väl det! Du älskar mej mest och har alltid gjort det!

Jag slängde en gaffel på honom och smilade tillbaka, lättad över att vi tjafsade som förr.

– Ska du säga! Jag är lycklig nog att kunna älska en i taget! ylade jag teatraliskt.

– Jag är lycklig nog att kunna älska tio i taget! tjöt J tillbaka. Har så mycket kärlek att den svämmar över annars!

– Lögnare, du törs bara inte satsa på en enda för tänk om hon inte vill ha dej!

Vi satt där och tjoade och massakrerade varandra i förtäckta ordalag, alldeles för osäkra för att våga vara allvarliga. Vi tassade aldrig runt het gröt, vi klampade runt den.

Medan vi åt lugnade vi ner oss. Först då la jag märke till hans skor.

– Pjucken, sa jag. Fina. Vad gav du för dom?

– En tjugoåttondel av min själ.

Han ville inte sluta tramsa.

– Nej, allvar. Var det Knyttet som sa åt dej att skaffa snygga skor nu när du har råd?

J svalde en bit pizza och såg sårad ut.

– Hörru, jag har faktiskt en egen vilja. Vad är det för fel på dom här? Tycker du att dom är för flådiga?

– Nej, inte ihop med dina andra kläder. Du lyckas balansera med flanellskjortan som motvikt. Varför har du börjat med såna skjortor förresten?

J sköt tallriken åt sidan och tände en Camel. En grupp gubbar kom in genom dörren och började högljutt beställa gin vid baren, uppenbara konferenstyper. Ändå sänkte J rösten, jag fick luta mej fram.

– Jag har längtat efter dej, Evelyn. Varför höll du dej borta från mej? Jag kunde inte förstå det, och var sur ett tag. Mitt i en termin försvann du huxflux till Göteborg. När vi – Knyttet och jag – fick veta att du låg på hispan och hade anorexia, hade vi så jävla dåligt samvete. Knyttet anklagade sej nog hårdast, ni har ju varit kompisar sen sandlådan, och hon har ju varit med om dina tidigare... omgångar. Hon grät och ville flera gånger åka till Göteborg och be om ursäkt. Jag hindrade henne varje gång.

– Varför då? Det skulle ha hjälpt mej, och det skulle ha hjälpt henne.

– Jag vet det nu, men jag var väl svartsjuk. Och bränd. Du och jag hade haft ett förhållande som var långt mer än tonårsnaiva drömmar. Jag älskade dej så inihelvete jävla mycket. Även om du var helt inne i ditt skal till slut. På den tiden trodde jag faktiskt fortfarande att kärlek och förståelse och sån skit skulle kunna hjälpa dej, du vet vad jag menar. Jag pratade mycket med Knyttet och när det gick upp för mej att du var tvungen att köra ditt eget race, blev jag så sårad över att inte kunna hjälpa att jag upptäckte att jag var kär i Knyttet. Kalla det mänsklig fåfänga, men vi ältade Dom Ratades Klagan och knullade, om vart annat, så det var väl oundvikligt att vi blev ett par. Knyttet var säker på att det var därför du hamnade på sjukhus, och att du skulle dö och att allt var hennes fel för att hon knyckte din pojkvän. Det där är konstigt med er brudar. Ni krånglar till allting. Ibland får jag för mej att ni omedvetet syltar in er i triangeldramer och tjafs bara för att hacka på varann OCH få dåligt samvete OCH kunna skylla unisont – där är ni totalt eniga – på karln.

Om han egentligen har med saken att göra, det verkar mest vara bråk och en strid på kniven er emellan.

Han hällde upp mer vin. Det började hetta i mina kinder.

– Jag skrev väl i brevet att jag först nu har förstått varför du undvikit mej. I början var jag mest arg och sårad. Knyttet och jag hade tänkt bjuda ut dej på restaurang så fort du kom tillbaka till Stockholm. Vi tänkte förklara hur mycket vi älskade dej, lägga upp en strategi för att du inte skulle få anorexiaåterfall och verkligen vara dina bundsförvanter. Då fick vi höra att du varit tillbaka i stan i två månader! I allafall jag tappade lusten efter det. Bestämde mej för att skita i dej, sådär lagom bittert och nonchalant. När du efter ett år – tänk, ett helt jävla år – skickade inbjudan till din inflyttningsfest på ett vanligt stencilerat papper utan någon som helst ditskriven personlig krumelur tog jag det som ren provokation. Men jag kom, i allafall.

– Ja, log jag. Och stannade i tio minuter.

– Förlåt, det var barnsligt. Hälsa den där Lisen att jag är ledsen och ber om ursäkt för mitt larv.

– Förlåt själv.

J såg mej rakt in i ögonen. Gubbgänget skrålade om att ginet var utspätt, jag ville klippa till dom. Såg dom inte att några – vi – var PRIVATA och helvetes mycket bättre än dom, och därför hade rätt till lugn och ro? Vissa ögonblick är viktigare än hela decennier. Jag blängde på loser-Armaninissarna. J ruskade lite på sej. Ögonblicket var förbi.

– Sen har det ju hänt en hel del annat. Det har gått bra för mej. Jag tjänar hyggligt. Än ett tag anses jag spännande. TV-jobbet var en gammal dröm. Nu vet jag inte... Men jag har inte långtråkigt! Jämt är det nåt som ska läsas, filmas, skrivas. Det är väl det enda som är tryggt med det här jobbet, att man aldrig hinner grubbla och tveka, det är pang på hela tiden. Jag har inte varit deprimerad en dag på över ett år. Jag har inte haft tid!

Han log snett.

– Och snygga skor har jag råd med också!

Jag sköt också min tallrik åt sidan. Min skalle började kännas behagligt bortkopplad, mina händer lydde mej åter. Nervositeten var borta.

– Men du mår inte bra, sa jag. Så typiskt. Du förbarmar dej över en okänd gammal kärlek och lyfter upp henne i mediabruset, exponerar henne stolt för att visa dina grabbchefer att du alltid haft god smak, sen ska hon sitta på krogen och känna sej smickrad över att du the rich and famous medger att skon klämmer nånstans. Mycket vill ha mer, J, du visste vad som väntade när du tog det här jobbet. Det är bara en logisk följd i din karriär. Du debuterade som ung och lovande, du ser ut som en ung Thåström – väldigt viktigt – och har en fingertoppskänsla för åsiktsskandaler. Du är ambitiös, och en begåvning . Eftersom du är snygg också, blir du bjuden på fester och du kan inte säga att du avskyr att bli plåtad av vimmelfotografer.

Jag var tvungen att hejda mej. Hade jag gått för långt igen?

– Heja Evve friskt humör! Du har fel. Jag mår visst bra, jag mår utmärkt.

Han tystnade.

– Men det är det som skrämmer mej, fortsatte han lågt. När jag var på din inflyttningsfest och såg dina nya kompisar, hörde era främmande jargonger... Jag såg dej hoppa sönder dina sista nyuppackade flyttkartonger, stark, smidig och lycklig. Då tänkte jag: ”Hon har klarat det. Hon rev ner sin värld och byggde upp den igen.” Jag insåg att du ville klara dej själv, och att du gjorde det utmärkt. Det finns inget som känns så schizat som att börja om från början, det känns både frivilligt och tvångsmässigt, både nyspännande och skräckslaget. För att du skulle klara det bytte du umgänge. Det har inget med Knyttet och mej som personer att göra, det har inte haft med oss att göra ens när du började banta. Du har varit tvungen att leva ditt liv på ditt sätt, och du har gjort det. Jag vet inte om jag skulle våga hålla fast vid det som du har gjort.

Jag tog hans hand. I morgon skulle jag inte kunna skylla allt på vinet, men det skulle jag kanske inte behöva heller. Jag blev irriterad på mej själv för att jag tänkte på olika sätt att skylla ifrån mej. Inför J hade jag sällan behövt det. Nu såg han nästan bedjande på mej.

– När jag fick erbjudande om jobbet tänkte jag först som du, att det var en väntad fortsättning. Sen hajade jag till. Det gick upp för mej att jag hade slagit in på en väg med utstakade delmål, att jag hade börjat förvänta mej samma saker som andra före mej hade gjort. Först vara ung och upprorisk och idealistisk och prata skit om alla köpta jävlar, och ägna sej åt grovt omoraliska drömmar; att en dag kunna sucka över att det är så jobbigt att bli igenkänd överallt, att vara arg på att man inte får mer i förskott på förlaget och att indignerad ringa upp en stackars rubriksättare och yla att man blivit kränkt av tidningen. Det finns inte en människa idag som inbillar sej att TV-jobb är glamoröst. Inte en enda tonåring har missat kändisintervjuer där folk har talat ut om hur plågsamt det är att aldrig få vara ifred för kameror. Ändå är det dit man strävar. För i och med att man blir känd, så syns man. Framför allt om det gäller TV. Människor tittar inte på varann, det känns ibland som om man skulle kunna gå naken på Kungsgatan utan att folk såg en. Men alla tittar på TV. Där syns man. Där finns man till. Och då är man beredd att ta medaljens baksida. Det är också då man hatar alla som lyckats, och kvider av skadeglädje över folk – företrädelsevis gamla klasskompisar och grannungar i samma ålder – som misslyckas. Haha, han trodde att han var nåt, men där fick han allt känna på, där fick råtönten se!

Han sluddrade en aning och spillde lite vin på duken. Vi tittade lojt på hur den röda färgen spred sej på tyget.

– Libresse och Allways Ultra hitåt!

Tydligen var han mer onykter än jag insett. Men jag tänkte inte låta honom komma undan med nojsande den här gången.

– Har nån gammal kompis kallat dej råtönt? frågade jag.

Förvånat ryckte han till.

– Nej, inte vad jag vet. Jag satt bara här och tänkte på att först kämpar man som ett djur för att bli omtalad, trots att man vet att man kommer att förbanna sej senare, för att sen kämpa för att folk ska skita i en och låta en vara ifred – trots att man inte vill bli stämplad som föredetting. Och hela jävla tiden är man så fruktansvärt KOKETT. Vet du vad jag på senaste tiden har tänkt på när jag ska in i studion?

Han lutade sej ivrigt framåt.

– Jo, jag kan inte släppa tanken på att nu ska jag titta in i en kamera och dom som sitter hemma och ser mej på TV-skärmen är helt fria att kommentera minsta pormask i mitt ansikte, härma mitt uttal, byta kanal och stänga av mej! Och några, det vet jag för jag minns ju hur det var, kommer att hata mej.

Jag la handen på hans ena arm.

– Jag vet hur det är, hur man slött kommenterar den fula jäveln i rutan, hur man irriterat vänder sida i tidningen för att ett pucko är på bild under en fånig rubrik, hur man sitter på bussen och diskuterar hur i helvete vissa namngivna dårar har kunnat komma fram. Jag vet hur man hatar, sa J mycket lågt.

– Dom flesta bryr sej nog inte, log jag tröstande.

– Skitmassan nej, vissa bryr sej inte om nånting, skakar bara på huvudet och skrockar nåt folkligt, fnös J.

– Så du föredrar att bli hatad?

– HERREGUD DET ÄR DET JAG INTE VET!

Jag såg mej oroligt omkring. Ett medelålders par hade hejdat sina gafflar och tittade tillbaks.

J kickade till mej under bordet.

– Kolla, väste han. När dom där går till jobbet i morgon gnuggar dom händerna, förtjusta över att kunna berätta om mej på fikapausen.

– Knappast, sa jag. Bli inte ledsen nu, men jag är inte sådär helsäker på att dom känner igen dej.

– Nej, inte jag heller, men grejen är att HUR SKA JAG VETA DET?

– Lägg av J, du nojar.

– Jag vet. Samtidigt som jag vet att jag kanske inte gör det. Hur tror du att det känns när en halv skolklass från Haparanda ropar efter en på Centralen: "Öh, kolla där är han dendärvahettehan i Spectra ellervadethette i TV, jävla punkgubbe som inte är klok!"? Hat. Dom hatade och jag hatade. Fan, det var precis som i plugget, ensam mot idiotpacket, hat, hat, åh Gud vad jag hatar dom! Jag trodde faktiskt att jag skulle slippa det där hatet, både att ha det riktat mot mej och att själv känna det mot andra, i och med att jag blev äldre. När jag gick i skolan var det en drivkraft att tro att inom några år skulle jag ta... kanske inte revansch, men dom skulle få se. Dom skulle... jag vet inte, ångra sej. Alla dessa korkade jävlar med ananasläppglans eller badges med SSU-slogans, förbannade as vars hemliga drömmar var att gifta sej med Leonardo DiCaprio eller att ta mod till sig och våga sätta upp planchen med en halvnäck Pamela Anderson ovanför sängen i pojkrummet trots att morsan skulle bli galen... Jag var så jävla trött på att åka på stryk och att bli psykad av svinen, och så fruktansvärt lycklig när ”Slajm” kom ut. Fina recensioner, egofrossande intervjuer... Det föll mej aldrig in att mina hatobjekt aldrig läste kultursidorna. När det efterhand gick upp för mej, var jag så storsint att jag bjöd på det. Huvudsaken var ju att jag visste. Och när bok nummer två kom, sträckte jag på mej och började ta för mej... Herregud, jag kallades Ekelöfs arvtagare! ”Om Gardell varit fallen för lyrik, kunde det mycket väl sett ut såhär.” Jonas Gardell! Gunnar Ekelöf! Och så jag! Deras namn jämte mitt! Självklart tackade jag ja till alla intervjuer, lät mej till och med fotas som utvikningspojke i en nöjesbilaga i den folkliga ironins namn. Det var bara en tidsfråga när TV skulle komma med jobberbjudanden. Och under tiden, medan allt detta hände... försökte jag leva nåt slags liv. Nåt slags. Evelyn, vet du om att jag höll på att åka på stryk i tunnelbanan för ett år sen? Av samma gamla jävlar som jag flydde från i skolan? Ja, inte samma personer, men samma... sort. ”Kolla vem som står här då, är det inte en berömdhet, är det inte han som skriver med kuken och pissar med pennan, grabbar vad ska vi göra med han?” Gud vad jag hatade. Jag hatade så jag nästan glömde att bli skraj. När jag ramlade omkull efter en riktig knock hörde jag en tjej ropa att Securitas var på väg. Jag fick några sparkar i skrevet och bröstkorgen innan dom stack. Tjejen som ropat hörde inte alls till dom, hon väntade bara på tricken. När hon hjälpte mej upp sa hon att hon paniskljugit om vakterna. Jag var så lättad över att inte ha blivit ihjälslagen men jag var alldeles darrig av chocken. Allt hade hänt så oväntat. Det kändes skönt att det trots allt fanns medmänsklighet, att en främmande människa ställer upp som hon, när man chanslöst ligger där på perrongen, och det sa jag till henne. Vet du vad hon sa? ”Jo, men jag tänkte att dom ska ju inte få spöa dej som liksom är så bra, vet du att min syrra har klippt ut en bild av dej i Expressen för hon tycker du är så snygg.” Haja!

Jag visste inte vad jag skulle säga. J svepte sitt glas, hällde upp mer vin och drack i korta, oroliga klunkar.

– Och då kände jag samma, välbekanta, vibrerande hat mot henne också. Vad är det för fel på mej, Evelyn? Jag har ju kämpat för det här, att synas. Jag har vägrat ge avkall på min attityd, jag skulle dö om jag blev folkkär, min ambition är och har alltid varit att röra om i stiltjen. Så vad hade jag väntat mej? Vad ville jag egentligen uppnå? Jag hatar mej själv för att jag ställt till det. Vafan skulle jag… lansera, nej fel ord… exploatera mej så för? När jag inte ens vet vad jag vill? Fan, egentligen… Egentligen vill jag nog bara bli bortglömd.

J såg vädjande på mej. Jag harklade mej.

– Vill du veta vad jag tror?

Han nickade.

– Dina dikter talar för sej själva. Du önskar att dom kunde få tala för sej själva. Vackra, väl valda ord, skrivna i eftertänksamhet. Det är bara det att ingen människa skulle läsa dom om du inte exploaterade dej, det är ditt uttryck. Jag antar att du är rädd att cirkusen omkring ska ta udden av det du skriver, att det ska missförstås och att du ska beskyllas för hyckleri. Det gör dej ont, tanken att nån som behöver dina ord och älskar dom, tröstas av dom, kanske börjar tvivla på om du – och därmed dina dikter – är äkta. Du hatar förljugenhet, men upptäcker att du medverkar till att du kan uppfattas så. Right? Jag tycker inte att det är ett lyxproblem, tro mej, men jag måste erkänna att jag skulle ge min högra arm för att vara i ditt ställe!

Han tyckte inte det var roligt, jag log förgäves.

– Men vad ska jag göra då? I höst drar en ny omgång program igång, min novellsamling innebär intervjuer…

– Skärp dej! Har Knyttets föräldrar kvar sin stuga i Roslagen? Bra, vila upp dej där då i sommar och ge fan i att visa upp dej på fester och skit. Ta med dej beundrarbreven, känner jag dej rätt har du sparat i allafall några, och ett hatbrev. Beundrarbreven behöver du för din äkta självkänsla, hatbrevet ger dej kraft att bråka tillbaka.

J petade med pekfingret i sin pizza. Vi satt tysta en stund. Kanske var det mycket synd om honom.

– Allt jag ville från början var ju att skriva och att nån skulle tycka att det var bra, sa han med svag röst.

Jag kände mej matt. Vad ville han att jag skulle göra? Jag fick för mej att han länge varit besviken på att ingen förstod, och mest av allt var han sårad över att just jag inte förstod. Samtidigt var jag inte säker på att inte det hela kanske bara handlade om fylletjafs.

Vinflaskan var redan slut. Jag såg hur J ansträngde sej för att skaka av sej det jobbiga i vårt prat.

– Nej, usch och förlåt. Stackare som blivit överöst med elände, sa han.

Servitören närmade sej oss, förbindligt leende. Pizzorna var kalla och halvätna, men vi försäkrade att dom var väldigt goda och att vi tyvärr inte var hungriga.

– Kaffe? Avec? sa servitören neutralt.

– En åtta campari med soda och en kopp té till damen, en

sexa whisky till mej, sa J lika neutralt.

– Du kommer ihåg, sa jag förtjust.

– Ja, en så udda favoritefterrätt glömmer man inte. Evelyn, jag ber om ursäkt. Antagligen är jag packad. Jag har jobbat så mycket, nästan dygnet runt, och idag har jag inte hunnit äta nåt förrän vi kom hit. Det ska bli så otroligt skönt nu när sista programmet ska sändas. Vill du komma på redaktionsfesten på torsdag?

Han verkade försöka skärpa sej.

– Vet inte. Det beror på, men tack i allafall.

Jag sänkte rösten.

– Och tack för xanoren, viskade jag. Nu gäller det bara att ta sej hem i taxi innan jag blir helt sänkt. Jag vill inte göra bort mej totalt.

Servitören kom med camparin och téet. Jag fick fram ett stelt leende och bad honom ringa efter taxi.

– Synd att det blev såhär, jag skäms som en idiot. Jag förstår inte varför det hände, jag ville ju verkligen sitta och prata med dej, suckade jag.

J släppte mej och satte sej på stolen igen. Klentroget såg han på mej.

– Du blev nojig, Evelyn, och det oroar mej. Hur… hur är det egentligen?

– Vaddå, jag orkar inte svara på nånting, jag vill bara tjuta… Du vet ju att jag ibland får panik!

– Ja, jag vet det, men det här är nåt mer, nåt annat… Hur… Dricker du mycket?

– Dricker?

– Ja.

– Ska du säga!

Jag blev så arg. Hade jag orkat hade jag smällt till honom. I flera dagar hade jag varit spänd inför att träffa honom det oförstående svinet, och tydligen hade jag varit nervös inför intervjun trots att jag förtvivlat förnekat det inför mej själv. Skraj för TV, det finns få saker som är mer förbjudna, alla vill synas. I våra kretsar var det tabu att erkänna att TV-kameror gör en generad. Klart som fan att gamla nojor lättare dyker upp!

Ilsket drack jag av camparin. Den var så stark att jag nästan grimaserade, men den var ju gratis.

– Om du dricker den så där fort kommer du att bli dyngrak, sa J.

– Bra! Taxin kommer väl snart, och aldrig att jag lämnar en droppe när jag behöver den.

Han tände en cigg och gav den flott till mej.

– Här. Hoppas du ursäktar mej för mitt egoprat. Jag älskar mitt jobb, ska snart flytta in i en stor fyra med Kristina, vår älskade Knytt, och i höst kommer min första grej på prosa. Jag mår bra, har flyt. Det är bara ibland... Jag ville så gärna prata med dej. Jag trodde att du skulle förstå.

– Det är ingen fara. Förresten, vet Knyttet att du och jag sitter här nu?

J suckade.

– Jag går inte gärna bakom hennes rygg, men jag ville prata med dej själv först. Ni två har ju haft viss kontakt hela tiden, men det har ju hänt en del med både dej och mej på varsitt håll, och jag ville reda ut en del tankar med dej. Du, om nån, borde fatta hur det känns att ibland bara vilja skrika när man förväntas vara tacksam. Jag har aldrig varit med om jobbigare period än nu. Inte ett ont ord om Knyttet, men ibland är hon så... förståndig.

Jag log mot honom. Vi hade diskuterat det tidigare.

– Vi behöver henne båda två.

J log tillbaka. Jag tog ett djupt andetag.

– Du, kan du…

J log ännu bredare. Den jäveln visste nog! Jag drog ett djupt andetag till och gjorde ett nytt försök.

– Tror du att hon vill träffa mej? Jag vill så jättegärna träffa henne! Om hon vill, alltså…

J njöt tydligt av min pinsamma vånda.

– Kan du säga till henne att hon är välkommen hem till mej på onsdag om en vecka? Vid ettiden? Snälla, det blir så konstigt om jag ringer…

J kunde inte hålla masken längre. Jag var så lättad av att ha vågat fråga att jag också fnittrade.

– Självklart. Jag satt här och höll tummarna för att du skulle ta dej för att fråga. Du behöver verkligen Knyttet nu! Och hon för sin del behöver nog dej som omväxling till mej och *mina* nojor. Säkert kommer hon också att tycka att du kan avlasta henne med det. Eller är jag för neurotiskt självupptagen? Tröttar jag ut dej?

– Herregud, vi mattar väl ut varandra! Dessutom antar jag att jag ska bli smickrad över att bli ansedd som den man vänder sej till när det gäller sinnessjuka funderingar. Synd bara att jag själv knappt kan hålla ihop under huden. Lunetic Consulting. Konsult i vansinne. Hoppas jag har ingett dej hopp, mod och styrka.

Jag drack girigt upp det sista av camparin medan J hämtade min trenchcoat. När jag reste mej kände jag att jag hade full kontroll. Inget fummel, absolut ingen ostadighet och inte den minsta overklighetskänsla. Lättnaden var obeskrivlig. Det var som att äntligen komma i mål efter att ha sprungit ett maratonlopp på glasbitar. Mörbultad men så överjävligt lycklig att det är över.

– Du klarar dej nu då? Jag tänkte sitta här en stund till. Du ser ut att må mycket bättre, sa J.

– Jag klarar mej utmärkt. En konstig men logisk avslutning på en tragisk och sen lunch.

Det kändes så lätt att prata!

– Evelyn…

– Jaja, jag märker själv att jag håller på att bli babblig. Taxin har nog kommit nu. Tack för allting, och hejdå!

På väg ut märkte jag att servitören tittade stelt på mej. Jag blängde tillbaka.

Jag måste göra en paus här. Hämta andan, jag känner att jag måste.

Det får inte bli fel här, jag måste välja orden noga.

Det kan lyckas, det kan bli skit, det kan funka.

För jag vet inte riktigt hur jag ska skriva. Hur jag än vrider och vänder på det känns allt så genomskinligt, ogripbart. Jag vill bara klargöra att det inte var någons fel – inte ens mitt – att gränserna började tänjas, sträckas ut till bristningsgränsen, för att till slut helt suddas ut.

Jag var helt enkelt så vansinnigt lycklig. I åratal hade jag kämpat mot en känsla av oduglighet, att inget spelade någon roll eftersom allt var dödsdömt. Varje gång jag var glad och andades ut, kände jag ofelbart en ilning av att nu kan det inte bli bättre, nu är det bara att vänta på den stora kraschen. Jag visste att det var farligt att säga det (man visste ju aldrig vilken demonjävel som hörde det), men jag trivdes och kom bäst till min rätt i katastrofer och kaos. Hellre att den misstänkt idylliska hotfullheten äntligen gick i tusen bitar, än att bara vara hänvisad till att gå och vänta på kraschen. För visst kom det att smälla! Det gjorde det ju alltid, förr eller senare. ("Tänk positivt, lilla Evelyn, och njut av dagen!") Jovisst, men då kunde ju andra fortsätta njuta lika mycket när dom låg där med sina av ångest, självmordspistoler eller tredjevärldskrigetbomber bortsprängda skallar.

Det krävs mod för att våga vara lycklig, sa någon lärd poet.

Mod? Dumdristighet snarare, sa ilskna Evelyn och gnisslade tänder.

Jag kan faktiskt förstå henne. På sätt och vis är vi fortfarande samma person. Men, och här kommer det svåra, att vara så rädd att man bara vill dö, förvandlar vem som helst. Riktig, genuin skräck. Jag kommer alltid att vara fruktansvärt avundsam på folk som sätter latinska etiketter på andras nojor. Det visar bara att dom aldrig föll. För falla vill man. Rakt ner, så man slipper vara med om detta igen. Vilja falla, för man vet inte hur man ska kunna stå upprätt.

När jag såg på TV blev jag ofta arg över det orättvisa i att människorna som rörde sej där på skärmen aldrig reflekterade över hur lyckliga dom borde vara som bara kunde hoppa på en buss om dom skulle nånstans, handla mat om dom var hungriga, demonstrera om dom var upprörda... Långa perioder kunde jag gråta av rädsla för att gå över Tranebergsbron, övertygad om att jag skulle tappa kontrollen och hoppa med huvudet före.

Att handla t.ex dasspapper eller något annat larvigt enkelt kunde mycket väl bli ett endagsföretag. Att jämt ringa Lisen eller Lollo för att be dom handla åt mej, eller följa mej in i butiken, var så vansinnigt förnedrande. Oftast bad jag dom bara i förbigående, i en mycket utstuderad och nonchalant bisats. Men jag visste att dom förstod. Aldrig att dom ens suckade, det var inte det. Men känslan av beroende och känslan av vanmakt när jag krampaktigt sprang in på ICA, ryckte åt mej toapappret, slängde fram en femtiolapp åt kassörskan med ett ”har bråttom, det är jämnt"... Och så stå där utanför butiken och kräkas av hjärtklappning, med oron malande i bakhuvudet: Jag kan inte göra såhär en gång till, dom kommer att tro att jag är galen på ICA. Nästa gång går jag till Konsum, det var ett tag sen jag gjorde samma grej där.

Och jag skulle så gärna vilja demonstrera, men visste att jag svimma av andnöd i folkmassan.

Men sånt tog alla för givet, herregud det är ju bara att gå in i affären...

Herregud, det är ju bara att bestämma sej.

Att ha panikångest är obeskrivbart, men jag antar att det bäst kan beskrivas som att ha en kroniskt smärtsam sjukdom. Det är lätt att förstå att någon har ont, lätt att vilja hjälpa till för att underlätta i början. Däremot att verkligen förstå att smärtan är verklighet, dag efter dag efter dag, nu, i morgon, om ett halvår, om tio år – det går inte, man kan inte greppa det.

Fast ingen säger åt någon med tinnitus, kroniskt öronbrus: "Jag vet att det alltid piper i dina öron, du säger att det ringer och tjuter, men snälla rara försök tänka på något annat, en trevlig melodi eller något."

Däremot hade det hänt mej att psykläkare på psykakuten lagt huvudet på sned och rutinmässigt sagt: "Jag förstår ungefär hur det känns, det måste vara lite jobbigt att uppleva det här." Förstå ungefär! Lite jobbigt! Uppleva! Och alltid med det resignerade tillägget:"Hur tror du att vi kan hjälpa dej?" innan jag fått två propavan att ta när jag kommit hem för "som du förstår är det inte mycket vi kan göra, vi har inte resurser". Man vill bara dö, genast, man vill bara att skiten ska ha ett slut och att slutet ska komma NU. Och förnedringen i att vara ynklig och patetisk inför människor med vitrockad makt... Aldrig mer! Och över hela ens kropp vilar den tunga SKAMMEN: Varför kan jag inte få vara som alla andra?

En gång för länge sen sa J till mej att han avundades mej. Han sa att jag stod i en så intensiv kontakt med mina känslor. Fan, jag som skulle kunnat göra vad som helst för att bli av med dom. Och sen, när J själv snärjdes in av ångest, bad han om ursäkt för sin förbannade kommentar om avund. Då, när han själv blev offer för detta obeskrivbara, märkte han att han inte ens orkade lyfta pennan för att skriva ordet ÅNGEST.

Ja, jag var verkligen villig att göra vad som helst för att slippa min självditsatta FEL-stämpel i pannan. När jag var sexton år ville jag att min psykdoktor skulle ge mej intyg på lobotomi. När han skrattade som om jag sagt nåt riktigt kul och dråpligt, började jag också skratta som om det var ett skämt. Flera år senare kunde det också hända att jag drog lobotomi-sketchen för folk på krogen. Haha, fnittrade folk, du är allt ett äkta roligt original, du.

Och hela jävla tiden visste jag att jag hade menat allvar. Jag orkade inte leva om jag inte hade någonting som kunde döva mej.

Precis som J.

Därför blev jag så lycklig när jag upptäckte vad små skära piller ihop med lite vin kan göra. Krampen i magen släpper, dom spända axlarna sjunker behagligt ner, pulsen slutar skena, fötterna står på nåt sätt där dom står utan att vilja fly, nackmusklerna slutar hoppa, rösten bär och man har kontroll, en befriande kontroll över alltihop, kroppen, viljan, hela situationen. Om man doserar rätt, vill säga. Men nu började jag fatta, och hjärtat slog hårt av lycka.

Jag satt uppkrupen på min stora säng och lutade mej tryggt

mot fönstret – nästan hela ena kortväggen täcktes av ett avlångt fönster på grund av snedtaket – och bara njöt och mindes. Jag tänkte på dom senaste åren, när jag flyttat tillbaka till Stockholm och panikslagen tryckte i portarna på väg till skolan, och senare alltid åkte taxi till jobbet, och ännu senare, men fortfarande lika panikslagen, åkte taxi med en puls på etthundranittio, på väg till restauranger och vernissager med Lasse. Alltid rädd. Det som hållit mej uppe var vissheten om att jag kunde döva allt med att dricka. Kunde jag inte dricka direkt, så visste jag att snart, snart, i allafall när jag kommit hem... Och ju äldre jag blev, vid desto fler tillfällen kunde jag dricka utan att det verkade konstigt.

Jag visste ju att folk ändå skulle börja undra snart. Man kan inte kamouflera surt rödtjut hur mycket man än försöker och vill (och det vill man). Sen jag bröt med Lasse hade jag oftast inte tillgång till annat, på vernissagerna hade jag nästan blivit bortskämd med gratisdricka av fina sorter, och inte bara vin.

Därför, när jag nu satt och vilade ryggen mot mitt fönster, var jag så lycklig när jag tänkte efter och märkte att jag inte var så jävla anti-läkare trots allt. Det kunde ju faktiskt vara så att jag – JAG – kan lura DOM! Hittills stenhårt besluten att vägra bli bedömd av vårdpersonal hade jag ändå sen några år en överenskommelse med min husläkare. Jag lovade att ta mina zoloft (anti-depressiva) om han skrev ut recepten löpande, så att jag slapp träffa honom. Jag behövde bara lyfta på luren och säga till när mina zoloft höll på att ta slut. Zoloft måste man ta varje dag för att den ska dämpa sjuklig depression. Den har egenheten att den tablett man tar idag verkar om sex veckor ungefär. Kanske jag skulle ringa och säga att mina zoloft var slut, och att jag ville ha xanor också, det hade jag ätit förut...

Jag kunde alltid säga att jag vill öva mer aktivt på att vara med folk och då passar xanor perfekt. Så glad doktorn skulle bli, kanske!

Jag gjorde det. Jag gjorde det redan morgonen därpå. Jag-gjorde-det!

Att det var så lätt! Det var verkligen det. Med den rätta diagnosen kan man få en hel del! Enda kruxet var att han bara skrev ut en liten förpackning xanor. Receptet kunde jag hämta på vårdcentralen samma eftermiddag. Den lilla tablettförskrivningen gjorde ändå inte så mycket, eftersom läkaren och jag bokade en samtalstid till tre dagar senare. Bra, för oss båda. Husdoktorn ville se hur jag mådde, och jag ville tala om mina sömn(piller)problem.

När jag la på luren var jag alldeles yr. Det var som en helt annan värld väntade på mej. En som jag kunde vara med i, utan panik och fobier. Tänk, med två xanor i kroppen skulle jag kunna gå och handla på ICA utan att det var något särskilt med det. Skulle något ändå gå på tok, kunde jag dricka en halv vinare med xanoren så skulle jag snabbt bli lugn igen. Det var ju det som var den stora skillnaden. Jag hade alltid trott att det var skitfarligt att blanda piller och alkohol. Nu insåg jag att det berodde på VILKA piller i kombination med VILKEN sorts alkohol.

– Jag måste se det hela realistiskt, sa jag till mig själv när jag sjönk tillbaka med ryggen åt fönstret. Nog är det ju bättre om jag tar en xanor och två glas vin i förebyggande panik-syfte, än att dricka ett litet glas vin, få panikångest och sen supa sej stupfull för att man bara vill dö.

Jag blundade och lutade även bakhuvudet mot fönsterrutan. Första veckorna i min lägenhet hade jag inte ens vågat gå nära fönstren av rädsla för att jag skulle hoppa ut. Nu kunde jag sitta såhär. Klart att jag var lycklig. Jag hade kunnat göra vad som helst förut för att kunna göra det. Precis vad som helst för att slippa skräcken.

Och nu hade jag gjort det.

Knyttet och Lisen tyckte genast om varandra, men höll ändå en viss distans. Båda var fulla av fördomar om den andra. Jag funderade inte särskilt över varför jag så träget ville hålla kontakten med Knyttet, polarn från sandlådan och skolan. Vi var sannerligen totalt olika, men något fanns där hela tiden, som om vi vore syskon. Lollo stod mej inte alls lika nära som Knyttet. Ja, Knyttet var min syster. Vi hade samma referensramar, hade varit med om en massa saker tillsammans och visste efter ett halvt ord precis vad den andra menade, det kunde räcka med en blick. Däremot har hon aldrig varit min själsfrände, som J och Lisen. I skolan skrev hon proven halvbra, och jag fick med våld hålla syokonsulenten borta från henne för att hon inte skulle kunna bli övertalad att gå aptrista kontor- och distributionslinjen. Det är den och dylika gymnasielinjer unga kvinnor som inte bråkar utan skriver halvbegåvade skrivningar lockas in på, och så slår fällan igen och efter tre år släpps tjejerna ut igen, grundutbildade till sekreterare med knäckta framtidsdrömmar, sökandes kontorsjobb som dom inte får eftersom dom är i fertil ålder.

Knyttet kan än idag tacka mej för att jag räddade henne. Istället läste hon humanistisk linje, medan jag sökte och blev antagen på Södra Latins estetiska linje med konst på schemat. Det var självklart att vi skulle hålla kontakten, men det var faktiskt först när jag tog mitt sabbatsår för anorexiakollaps som jag verkligen insåg hur mycket hon betydde för mej. Så mycket att jag inte kunde ta kontakt med henne igen. Jag var ju som sagt tvungen att bygga upp något slags liv helt själv. Jag var rädd att jag annars skulle få matnojorna tillbaka direkt igen, att Knyttet och jag snabbt skulle falla in i vårt vanliga mönster med "Stackars Evelyn, du måste få i dej något! Snälla, ät för min skull, jag lider när jag ser dej så här mager och olycklig!" och "Knyttet, jag kan inte, jag bara kan inte, förlåt, men jag får inte ner en bit av den nyttiga grytan du gjort för min skull!"

Svek och hysteri – jag ville bort från både Knyttet och J. En människa var åtminstone glad över det; Knyttets prudentliga morsa som började pensionspara när hon var tjugofem och föraktade folk som köper färdiglagade micro-maträtter. Gud, vi hade haft tusen bråk genom åren. Det var ju jag som lärde lilla Knyttet att dra halsbloss på nybörjarciggen, som berättade för hennes lilla Kristina hur barn blir till EGENTLIGEN, som lärde Knytt-Kristina bästa knepen för att snatta kexchoklad på Konsum och som fick Knyttet att köpa sådana där punk-knarkarskivor. Inte mej emot, jag erkände villigt för att reta apmorsan.

Nu hade ju Knyttet inte varit någon viljelös varelse, tvärtom var hon väldigt viljestark, men hennes mamma hade sett mej som syndabock och jag kunde inte gärna motstå frestelsen att sätta igång några riviga diskussioner. Jag menar, det måste man ju bara när man vet att någon (som Knyttets mamma) verkligen avskyr tobak, hasch, homosexuella, alla religioner utom Svenska Kyrkan, tiggare i tunnelbanan, alla betal-TV-kanaler (dom visar bara våldsförhärligande tecknade serier för barn samt analsex), vuxna som tuggar tuggummi, kvinnor med för kraftig makeup och skolmatsbespisningar som serverar konstig utländsk mat istället för svensk husmanskost.

Och Knyttet njöt. Jag fixade ju hennes tonårsrevolt åt henne, tog alla smällarna.

Ändå var jag lite halvspänd när vi började umgås igen. Jag hade ringt henne dagen efter att J och jag hade ätit. Jag tyckte att det var lika bra att ta tjuren i hornen, när jag ändå var social och ute och rörde på mej bland människor. Rättare sagt, jag bjöd Knyttet hem till mej. För en med panikångest är det samma sak. Man ska UMGÅS.

Jag hade kvar en rohypnol som jag fått av Lisen när jag hade min senaste maniac-attack. Lätt nervös tog jag den innan jag åt lunch, annars hade jag aldrig lyckats få ner någon mat alls.

Jag tog en xanor också, just in case. Tog jag bara en skulle inget märkas. Jag ville göra ett bra intryck på Knyttet. Hon skulle komma klockan ett, och mycket exakt svalde jag tabletten en kvart innan.

När hon sen stod i farstun kramades vi länge. Hon var sej lik, liten och rultig, och med det naturligt illröda håret som föll över ryggen. Jag noterade instinktivt att hon inte försökte känna mina revben och kolla hur smal jag var. Jag ville inte vara med om samma historia som med J dagen innan. Och så gjorde hon inget i den vägen! Bara därför fick hon en puss.

– Evelyn, vad söt du är! Du ser... bra ut.

Knyttet log brett och uppriktigt. Jag blev rörd. Varför hade jag hållit mej undan den här underbara människan också?

– Jag har varit så arg och orolig, fortsatte Knyttet och krånglade av sej kängorna. Och ledsen. Jag har grubblat mej nästan sjuk över om jag hade gjort något fel, eller om du bara helt enkelt var sjuk i huvudet.

Hon gick in i vardagsrummet, fick syn på soffan men hejdade sej. Hon vände sej mot mej.

– Sätt dej för all del, log jag.

– Tack. Jag menar... Nyss höll jag på att bara sätta mej, så där som man bara gör spontant hos varandra. Men nu... Vi är vuxna, Evelyn. Har du tänkt på det? Vi är vuxna nu!

Vi mönstrade varandra med blicken. Knyttet hade som vanligt några av sina vackra sjalar runt halsen (hon frös jämt) och en hemstickad lång tunn tröja och jeans. Jag hade en sidenblus (faktiskt) jag fått av mamma. Den hade jag målat med en speciell teknik i olika milda färger som gick in i varandra. Min kjol hade Lollo köpt på Carnaby Street, svart och extremt kortkort. Under hade jag ett par gamla nätstrumpor som jag klippt fötterna av. Barfota som vanligt.

Knyttet drog en djup suck som avslutades med ett fniss. Jag föll in.

– Herregud, jag förstår verkligen varför tonåringar klagar över att vi snott upproret från dom. Vi skulle nästan passera som femton år om det bara vore för kläderna, fnittrade jag.

– Åja, viss skillnad finns ju. Du med din sidenblus, hur många femtonåringar har råd med en sådan? Och jag skulle hellre dö än ha tagit på mej ett par jeans, sa Knyttet.

– Ja, jeans hade ju bara dom som inte fattade någonting. Svensonlosers.

Vi sjönk ner i soffan, babbliga och fnissiga. Rohypnolen gav mej mod, xanoren gav mej lugn.

– Knyttet, jag åt middag igår med J när han hade intervjuat mej, sa jag snabbt.

– Jag vet. Han sa det när jag berättade att vi skulle ses idag.

Vi gav varandra en snabb blick.

– Jag tänker inte knycka honom, sa jag så neutralt jag kunde. Ni passar bättre ihop. Han behöver dej.

– Och er gamla historia hade ju tagit slut för så himla lång tid sen, sa Knyttet.

Fnisset hade kommit av sej. Mitt hjärta slog hårt och snabbt, och jag var glad att jag tagit xanoren..

– Jag vet att ni dyrkar varandra, fortsatte Knyttet lågt. Men det är mej han är kär i, vill leva med och så småningom få barn med. Det kan han inte med dej, inte i längden. Ni skulle hetsa varandra, ingen skulle kunna sätta stopp, ni skulle driva och sporra varandra till vansinnigheter... tills någon av er faktiskt dog.

– Jag vet. Det är ni två och det ska vara ni två. Men vi behöver varandra, alla tre.

Knyttet skakade ut det långa håret.

– Ja, tråkiga jag behövs väl alltid som moralisk bromskloss.

– Fel. Knyttet, du är en NÖDVÄNDIG bromskloss och vi dyrkar dej. Luta dej tillbaka nu i min gamla stryktvätt som jag nog ändå får tvätta om, så ska jag bädda ner dej du evigt frusna.

– Medan du gör té, hoppas jag.

– Visst.

Då ringde det på dörren. Jag fick en konstig obehagskänsla.

In stormade Lisen med en egendomlig turban på skallen och en svart lång klänning med stora vida ärmar. Hon såg mycket suspekt ut, och mycket vacker.

– Evelyn, du måste kolla på mitt hår! Jag var tvungen att dölja det med den här larviga turbanen... Titta! Du får fälla domen: Är jag postpunkpatetisk?

Hon virade upp turbanen som jag kände igen som en gammal gardin hon fått av mej. Ut vällde hennes kolsvartfärgade hår med nygjorda breda illblå slingor i.

– Patetiskt vet jag väl inte. Kanske. Men det är en mycket fin blå färg, sa jag.

Då skrek Lisen till.

– Klädhögen! Den rörde sej!

Knyttets röda ansikte stångade sej fritt. Jag fick yrsel. Rohypnol är inte bra i överraskande situationer, man blir lätt vinglig då. Jag satte mej på soffan och tog ett djupt andetag.

– Lisen, det här är Knyttet som alltid fryser, därför bäddade jag ner henne. Knyttet, det här är Lisen som är en dunderpolare och mycket bra. Du minns henne säkert från inflyttningsfesten. Vi känner varandra så väl att vi ibland bara rusar in i varandras lägenheter, förklarade jag.

Lisen rynkade pannan.

– Rusar in? Herregud, du sa ju att jag skulle komma vid ett idag. Du ringde igår för att berätta hur du tyckte att intervjun blev nu med några dagars distans, sa hon långsamt.

Jävlar! Jag hade inget som helst minne av det! Det hela var så pinsamt.

Lisen fångade min blick och förstod. Utan en min fortsatte hon babbla.

– Nu när jag tänker efter sa du kanske att jag skulle komma vid tre. Jo, jag ger mej fan på att jag skrev klockan tre i min agenda. Förlåt, snälla ni. Ni som skulle sitta och prata minnen, och så tabbar jag mej och kommer infarande så här...

– Äsch, det är lugnt. Det är bara kul att få träffa dej på riktigt, den där inflyttningsfesten blev ju så... fel, sa Knyttet artigt.

Det är sådana som hon som kan rädda vilken konversation som helst.

– Vilka vackra sjalar du har, sa Lisen och spann vidare på inviten.

– Tycker du? Jag älskar sjalar och har jättemånga eftersom jag alltid tycker att det är så kallt, välj någon du tycker om så får du den…

Isen var bruten. Jag gick ut i köket och gjorde en kanna extrastarkt Earl Grey, Knyttets favorit. Det kändes som en markering, att min gamla polare inte skulle få för sej att jag glömt hennes vanor totalt, speciellt när min nya ärkebästis var med. Medan jag plockade fram kopparna kände jag det obehagliga ilet i magen igen. Att jag inte kom ihåg att jag pratat med Lisen kvällen innan! Jag undrade vad jag hade sagt, om jag gjort bort mej.

– Om ni ska ha mackor får ni bre själva, jag har dukat fram, hojtade jag.

Det brukade hjälpa att ropa med käck röst när jag fick overklighetsnoja.

Lisen och Knyttet kom in i köket, livligt babblandes.

– Jag sa just till Evelyn att hon är så söt, sa Knyttet. Hon är sej inte lik.

– Tack, sa jag. Du kanske bara kom ihåg mej fulare?

Lisen garvade och högg in på grahamslimpan. Hon gillade Knyttet, det märktes. Jag slog mej lättad ner på en stol.

– Det är faktiskt så att när jag såg Evelyn igen sen… sen hon hoppade av skolan, så slogs jag av samma grej, sa Lisen. Det var på en utställning på Konstfack. Vi gick ju två år i samma klass på Södra Latin, och sen när hon försvann gick jag ut sista årskursen. Ingen i vår klass var kvar på skolan när hon skulle börja om sitt sista år, jag hade börjat på Konstfack. Så fick jag syn på henne när hon var där med skolan, dom skulle kolla på utställningen av oss förstaårselever. Och jag tänkte: ”Wow, vilken brud!" och sen kom jag ju på "Men Gud, det är ju Evelyn!", och så började vi prata.

– Ja, sa jag. Och du var så rädd för att säga fel saker hela tiden. "Du är dej inte lik, Evelyn", sa du. "Du ser friskare ut. Men argare." Klart som fan att jag var arg! Hela klassen vallades ju runt på utställningen, det bara stank losers och wannabes om oss. Vi var dom som fortfarande gick i gymnasiet, och ni som ställde ut hade uppnått målet, ni gick på Konstfack. Så vi gick omkring där, avundsjuka och småskraja, i en av Konstfacks stora lokaler, fulla av respekt för dom som hade lyckats komma in och var så bra, som var vuxna på riktigt. Eftersom vi var så pinsamt medvetna om att det lyste wannabes om oss försökte vi stöna blaserat och säga saker som "introvertinnovativt" och "på postmodernistisk basis" och sån skit.

Lisen skrattade så smulorna flög. Knyttet skakade roat på huvudet.

– Då fick Evelyn syn på en liten, liten duk, sjutton gånger tjugoåtta centimeter..., började Lisen.

– Ja, jag fångades direkt av den. Den var så skickligt nyanserad i rosa. Först såg jag bara en massa rosa skiftningar, men när jag tittade närmare såg jag att det faktiskt var en livmoder, närmast poetiskt målad.

– En livmoder? sa Knyttet och svalde téet hårt.

– Ja, och den såg nästan ut att pulsera. Du måste komma hem till Gisela någongång och titta på den!

– Gisela?

– Det är hon som... Vad ska man säga? Hon är stenrik och raggar begåvningar. Man kan lugnt säga att hon betalar många hyror för fattiga konstnärer. Gisela håller till på konstföreläsningar på universitetet, poesiuppläsningar på söderfik och har en enorm koll på vad som är på gång. Hon är oerhört kunnig, och märker hon att någon är både ambitiös, talangfull och intressant köper hon gärna en duk, en skulptur, eller sponsrar på annat sätt. Många gånger har hon prickat rätt. Det finns ett antal konstnärer som slagit igenom efter att hon tagit sej an dom, sa jag.

– Är hon så duktig att hon kan se vem som kan bli något stort i framtiden? Hon kan ju inte hinna med alla ansökningar ensam, hon har väl hjälp av proffs, speciellt som hon är lekman, även om hon är mycket kunnig? sa Knyttet häpet.

Lisen och jag gav varandra en blick. Knyttet la märke till det, och Lisen gav henne en tapper min.

– Det är just det som är grejen med Gisela. Hon har inga fonder eller stiftelser. Hon är bara en snorrik brud...

– Brud! Hon är säkert femtio år! hojtade jag.

– Okej, hon är en snorrik kvinna som helt och hållet själv väljer och vrakar bland det unga lovande gardet, bestämmer sej för några som hon håller under armarna ekonomiskt ett tag och då är det ju inte så konstigt att i allafall några breakar. I början behövs ju pengar och att någon tror på en. Det är ju massor av människor som aldrig blev författare, konstnärer eller musiker bara för att dom måste slava på så kallade normala jobb, eller för att soc tvingat ut dom på skitjobb för att dom ska få ut sitt socbidrag. Klart många stupar på det, det går ju knappast att utvecklas inom sin konst eller musik om man aldrig hinner eller orkar öva på grund av sitt så kallade försörjningsjobb.

– Usch, jag undrar hur många människor det finns runt omkring en varje dag i Pressbyrån, i tunnelbanan, på Posten som aldrig fick eller tog chansen, mumlade Knyttet.

Hon blev alltid moderlig och sentimental när alla andra blev arga över orättvisor. Lisen gav henne en konstig blick.

– Det är ju bra att det finns människor som Gisela i allafall, la Knyttet till.

Jag visste att Lisen skulle explodera.

– Bra? röt hon. Fattar du inte att vi är många som kan bli beroende av dom skitrika? Dom kan ju i förlängningen styra oss som dom vill. Tack och lov är Gisela inte sån helt ut, hon vill bara hjälpa oss ännu inte etablerade. Hon är schysst, kör sitt eget race, men jag är inte så säker på att hon skulle vilja sponsra någon längre genom att köpa hans konst om han blev osams med henne och vrålade grova könsglosor, för att uttrycka sej milt. Denna jävla marknadsekonomi! Jag anser den godtagbar i vissa situationer, men håll med om att det är vidrigt med ett system där risken finns att ett fåtal extremmiljardärer kan bestämma över kulturen, komma överens om att Någon ska slå igenom och på så sätt styra både konsten och själva denna Någon med pengar.

Knyttet hukade demonstrativt bakom sin tékopp.

– Förresten har J talat om någon Gisela, det måste vara hon. Ni är adepter alla tre. Det är bara jag som är tråkig som vanligt, pluggar till sjukgymnast och lyfter vanligt studielån.

Jag kramade henne. Lisen hällde upp mer té och jag började kunna koppla av.

– Sjukgymnast? sa jag. Tänk att vi inte sett varandra på så länge att jag inte visste det. Du passar perfekt för det. Någon speciell inriktning?

– Ja, autistiska barn har jag tänkt. Att med musik och rytmikövningar få kontakt och samtidigt träna upp deras ofta stela leder och krampmuskler. För när det gäller tålamod med infantila störda personer så har jag god erfarenhet av vår gemensamma vännina här vid bordet, för att inte tala om J, sa Knyttet vänd mot Lisen.

Lisen blinkade mot henne och började skratta.

– Evelyn, den här bruden tycker jag om. Får jag lägga mej i och fråga varför du bröt kontakten när du flyttade tillbaka hit? Du har alltid sagt att du inte har orkat, och att du måste stå på egna ben. Men du måste ju ha mått piss när du kom från Göteborg och skulle gå om sista året på Södra Latin?

Jag såg ner i bordet. Kinderna hettade. Hade jag haft lite vin hemma skulle jag omgående hälla det i mej. För att vinna tid började jag hyvla ost till min macka. Jag visste att jag var tvungen att svara, men visste inte riktigt vad. Det var så mycket som hade hänt, och inte hänt, och jag ville inte att Knyttet skulle ta det på fel sätt och bli ledsen, kanske till och med sårad.

Jag lyfte på huvudet och mötte fyra vänliga ögon som ivrigt väntade på en förklaring. Hur sammanfattar man flera års kaos utan att riskera att bli totalt sinnessjukförklarad? Hur sammanfattar man kaos överhuvudtaget? Jag drog ett djupt andetag. Lugn, Evelyn, du är bland vänner, lugn nu.

– Visst mådde jag apa. Det går inte att förklara... Allt skulle vara precis som vanligt, sa alla när jag skrevs ut från sjukhuset i Göteborg. Jag skulle ju bara plugga färdigt det här sista året, jag kände alla mina gamla lärare och skolsköterskan skulle hålla koll på mej. Att ta ett sabbatsår var egentligen inget ovanligt. Jag skulle bara fortsätta gå i skolan, som om inget hade hänt, sa jag och kände att jag blev varm i nacken och röd om kinderna.

Lisen kramade om min axel. Hon visste redan det mesta, men såg lika uppmärksamt på mej som Knyttet.

– Men grejen var ju att det faktiskt hade hänt en massa saker. Folk som varit hyfsat friska hela livet och plötsligt får ett cancerbesked reagerar nog på samma sätt. Dom har aldrig varit med om en så vidrig ångest och smärta, sådana fruktansvärda insikter förut. När dom några år senare får veta att behandlingen varit framgångsrik, och att dom sannolikt kommer att få leva många år till, har dom oftast totalt ändrat sin syn på sej själva, andra och livet överhuvudtaget. Och omgivningen hänger inte alltid med. Som någon som ensam reser till Guinea-Bissau och återvänder hem några månader senare, fylld av obeskrivliga intryck och minnen, och inte sällan en egendomlig form av blasé vrede över orättvisorna mellan fattiga och rika. Så har man ingen att dela det med! Man är ensam, ingen orkar i längden lyssna, folk tröttnar eftersom dom inte fattar.

Jag tog en stor klunk té. Knyttet såg ledsen ut, Lisen mest bekymrad.

– Jag tror att det var likadant för mej. Man har varit med om något omskakande, något som ruskat om en ända in i själen, och man kan inte förklara sin häpna ilska över att tillvaron för alla andra tycks ha stått stilla medan man själv varit borta och upplevt så mycket. Folk fortsätter tanklöst att trampa vidare i samma spår, och man blir så jävla arg när dom tycker att man har blivit konstig. Knyttet, jag var så rädd att träffa J och dej. Rädd att ni skulle göra mej besviken. Rädd för uppmuntrande kommentarer och ”men nu är du frisk, nu går vi vidare från där vi var förut”, för jag var inte alls kvar där vi skiljdes åt. Nu kanske du förstår, men jag vet inte om du hade förstått det då, sa jag lågt och tittade ner i bordet igen.

Knyttet reste sej och trasslade sej ur några av sina sjalar och la dom över mina axlar. Jag fick tårar i ögonen. När jag tittade upp såg jag att Knyttet också hade det. Hon pussade min mun och höll mej om ryggen.

– Men gud, vilken session! ropade Lisen. Värre än Lassie på rymmen. Jag vill också vara med!

Hon la sej över bordet och pussade med sträckt hals Knyttet och mej. Vi var tvungna att le.

– Marmeladfläckar på magen, rätt snyggt faktiskt, sa Lisen när hon ålat sej tillbaka till sin plats. Men Evelyn, det är en sak jag inte kan fatta. Hur fan lyckades du ta dej igenom ditt sista skolår helt själv?

Vi hade pratat om det förut, men Lisen kunde ändå inte riktigt förstå. Hon tyckte att det var en övermänsklig prestation att kämpa ensam i ett helt år.

– Nu förstår jag faktiskt inte det heller, sa jag. Jag hatade det där oundvikliga i korridorerna. ”Kolla, där är Evelyn, hon har varit borta ett år för sin a-n-o-r-e-x-i-a! Visst är det hemskt, man kan ju döööö av det!”

– Sagt med lika delar skräckförtjusning och hyena-mentalitet förstås, sa Knyttet.

– Exakt! Jag visste jargongen precis, och jag är övertygad om att det fanns ett visst mått av wannabe. Jag kände mej direkt avväpnad när alla möjliga människor inte bara etiketterade mej, utan också visste en massa om symptom och behandling. Du minns kanske Anno, tjejen jag hyrde ett rum av innan jag avbröt allt och åkte hem till Göteborg? Henne tog jag inte heller kontakt med, hon skulle ha blivit helt galen av lycka att ha en så intressant människa inneboende. I stället bodde jag i studentlägenhet, jag hade fått förtur. Det var så skönt att det inte fanns någon från Södra Latin där på studenthemmet, nästan bara universitetsstuderande. Men jag kunde inte låta bli att hela tiden tänka på hur allt kunde ha varit om jag inte hade hoppat av.

– Naturligtvis, sa Knyttet tröstande.

– Ja! En massa ”om” hela tiden. OM jag inte hade kollapsat i sedvanlig stor stil så hade jag varit klar med gymnasiet nu. OM jag hade tagit studenten som det var tänkt, då hade jag fått en resa till Aix-en-Provence av mina föräldrar, det visste jag. OM jag hade skött mej, så hade jag kanske fortfarande varit där, i en pittoresk stuga – eller kanske till och med en charmig vindsvåning. Och jag hade varit en mystisk svenska som intressanta människor jämt ville bjuda på middag….

Lisen fnissade till, men hejdade sej när hon såg att jag grät.

– Men det var inte det värsta. Det var att OM jag inte hade hoppat av skolan, så skulle jag ha varit en duktig, en bra, en tapper. Jag skulle ha varit en som bitit ihop under dom nojigaste månaderna i mitt liv, jag skulle ha gått kvar i skolan, jag skulle inte ha valt bort den när min överhettade anorektiska hjärna insett att jag måste välja mellan att banta på heltid eller gå i skolan. Jag skulle ha varit en som valde rätt, och fått omgivningens applåder. Och dessutom skulle jag för första gången i mitt liv ha varit med om en övervunnen hysteri. Stolt skulle jag resten av livet kunnat säga till mej själv att jag besegrade min rädsla, att jag inte gav vika. Vad kunde jag säga nu?

Det var så skönt att gråta. Knyttet höll om mej och snörvlade mot min axel, Lisen snöt sej högt i hushållspapper. Jag nästan njöt. Länge hade jag gruvat mej för att prata med Knyttet, och så var det inte alls så svårt. Jag var lättad och ledsen på samma gång.

– Jag försökte intala mej själv att det som hände var oundvikligt, men var det verkligen det? fortsatte jag med grötig röst. Andra klarade sådant här. I min studentkorridor var folk GLADA, var dom trötta så var dom det på ett charmigt drack-vinsent-igår-igen-sätt.

– Men hur klarade du dej? sa Knyttet, fortfarande mot min axel.

– Knyttet, gråt inte mer nu. Snälla, jag VILLE ju klara av det här själv. Jag är hemskt ledsen att jag sårade J och dej, jag kan inte be nog om förlåtelse. Det var absolut inte någon barnslig hämndgrej för att J och du blev tillsammans, vi hade ju redan gjort slut. Jag visste att ni skulle finnas där om jag behövde hjälp, och nu har jag fått veta av J att han avrådde dej från att åka och hälsa på mej när jag låg inlagd i Göteborg. Idiotkarl, men vi har rett ut det där. Det är ett under att du är här nu. Visst kunde du ha skitit i J och åkt och hälsat på mej, men du blev ju övertygad om att det skulle bli fel. Jag förstår dej, så sluta ha skuldkänslor. Nej, som sagt, jag hoppas att du fattar att det inte var någon larvig hämnd att jag inte hört av mej till er under dom senaste åren. Men jag förstår att ni blev sura. Jag var tvungen att vara egoistisk, men det var aldrig meningen att du skulle må dåligt, jag gick aldrig in för det med flit. Nej, jag ville klara det helt själv, utan inblandning av ens vårdpersonal.

– Inte?

– Mycket fast besluten, förtydligade jag. Bedömd blev jag ju hela tiden ändå, i skolan, både av lärarna och eleverna. Självklart också i skolmatsalen, det var jag beredd på så jag försökte strunta i blickarna när jag åt. Däremot hade jag inte väntat mej att det skulle vara likadant på skolfiket, så till slut undvek jag att gå dit.

– Så ensam du måste ha varit, sa Knyttet långsamt.

– Ja, sa jag. Men mina betyg förbättrades avsevärt eftersom jag så gott som alltid gick direkt hem från skolan. Jag visste mycket väl att jag var alldeles för ensam, men eftersom jag byggt en mur omkring mej av ren självbevarelsedrift i början av höstterminen, så vore det konstigt om jag började ränna efter mina klasskompisar nu. Visst hängde jag med till fik, men stämningen kändes så ”Hurra, titta, Evelyn äter en HEL BULLE” eller ”Hon tog bara en kopp té, nu svälter hon sej säkert igen”. Därför höll jag mej för mej själv, även sedan mina klasskompisar slutat med sitt mest vördnadsfulla anorexia-tjat. Dom insåg ju till sist att jag åt som jag skulle, men det dröjde väldigt länge innan jag slutade vakna till på natten av att jag i sömnen, närmast reflexmässigt, nupit mej under hakan för att kolla om jag fått dubbelhaka.

– Kort sagt, sa Lisen. Knyttet, kort sagt var hon nitton år och skitttråkig.

– Men så kom du och räddade mej, sa jag och ryckte Lisen i håret.

– Halleluja, fnös Knyttet.

Vi gjorde i ordning en kanna té till, och skulle just sätta oss igen när Knyttet hejdade sej tankfullt mitt i allt flams.

– Evelyn, du berättade bara om vad du INTE kunde säga till dej själv när du började plugga igen. Att du INTE hade orkat, att du INTE var duktig och tapper och så vidare. Jag bara undrar, vad sa du verkligen till dej själv?

Jag smilade mot henne, rädd att stämningen skulle bli allvarlig igen.

– Jo, jag sa: Låt dom hållas, låt hela jävla världen hållas och lägg dej inte i, Evelyn, håll käft och plugga, öppna bara din mun när du ska äta dina tre livsviktiga måltider varje dag, koncentrera dej på att hålla vikten och plugga.

– Som sagt, sa Lisen. Du var nitton år och skittråkig.

När dom gått var jag alldeles slut. Lättad, lycklig, darrig. Vi hade kommit överens om att träffas alla tre minst en miljon gånger till. Jag var så glad över att J, Knyttet och jag hade rett ut det värsta. Och så hade jag min underbara Lisen. Livet var härligt, jag kunde tack vare min självmedicinering äntligen (våga) träffa mina vänner, och träffa nya människor, gå ut på stan och röra mej någorlunda fritt överhuvudtaget. Klart att jag var överlycklig!

Den kvällen behövde jag bara två xanor för att kunna somna.

Jag var så uppåt att jag gjorde en Pasta Alfredo till lunch, med grädde och allt. När jag tog fram baconet och ärtorna ur frysen såg jag att ärtpaketet var halvfullt. Glatt hällde jag ner det i pastan, med mitt nyvunna jag var det ju bara att gå ut och handla mer. Inget hushållande och planerande här längre! Slut med att bunkra pasta och té för att undgå svältdöden om jag krisade och ingen hade tid att gå och handla åt mej.

Jag åt min pasta vid köksbordet och skålade smålarvigt i Coca Cola med mig själv, när telefonen ringde. Den låg bara en liten bit ifrån mej på bordet, jag hann svara snabbt. Först när jag hade rabblat mitt namn kände jag en ilning av obehag.

Det var Lisen.

– Åh, Lisen! sa jag lättad. Vad skönt att det är du! Jag var så skraj att jag hade ringt någon igen och glömt bort det!

– Men, sa Lisen, var är du? Jag sitter här på Operakällaren med Gisela, Knyttet och Teodor.

– Teodor? Vem…

– Han blev så glad att du kom ihåg honom från min gamla klass på Konstfacks skulptörsinriktning. Herregud, enda gången ni har träffats överhuvudtaget är på din inflyttningsfest. Vilket minne du har! Fast mest förvånad är jag över att du bjuder oss allihop på det här svindyra stället. Med hemlig underhållning till aperitifen. Du får ursäkta, men vi har faktiskt börjat med aperitifen, vi väntade ju så länge på dej. Nej! Nämen herregud! Den börjar visst redan nu... Mässingsorkester! Jösses! Och STRIPPOR! Du är inte klok Evelyn, det här är bara för mycket! Mässingsorkester och strippor! Skynda dig hit!

– Lisen...

Jag fnittrade så jag gled av stolen.

– Erkänn! Erkänn att du gick på det! tjöt min elaka väninna.

– Ja, eller nej, bara i början. Fan, vad du är taskig. Skrämma en stackars alkis på det här sättet.

– Du är inte en stackars. Alkis skulle jag väl inte heller direkt kalla dej.

– Du tycker inte det? På allvar, alltså?

Jag rörde runt pastaresterna på tallriken med pekfingret. Lisen suckade.

– Jag vet inte. Tror inte det. Du och jag har ju alltid varit raka mot varandra, och så länge vi inte ljuger eller underdriver utan är så ärliga mot åtminstone varandra så är det nog ingen fara. Ska vi göra en deal? Om någon av oss två upptäcker att den andra håller på att spåra ur, så finns två regler som måste följas: Den som misstänker att den andra ljuger om och/eller har problem med roliga tabletter och/eller alkohol MÅSTE våga säga ifrån. Då kommer regel nummer 2 in i bilden: Den misstänkte urspåraren/olyckliga kicksökaren FÅR EJ bli sur eller börja slåss hårt. Deal?

– Deal. Fast i och för sej vet jag inte om du är den mest omdömesfulla människa jag träffat. Varje gång du exempelvis har PMS eller mensen-har-just-kommit-i-gång-ont...

Lisen fnyste.

– Jag vet! Men det tänker jag fan inte sluta med! Varenda månad har jag svalt mina naprosyn med torr vermouth: du vet att kombinationen är oslagbar. Om du bara visste hur jag led mej igenom mina första stackars tonår med den där satans värken var fjärde, ibland var TREDJE, vecka. Först på gymnasiet fick jag naprosynrecept av skolsköterskan, jag mitt skithuvud hade inte vågat be om hjälp innan. Av en lycklig slump satt Ina, minns du henne från klassen förresten, i väntrummet och när hon såg receptet tipsade hon mej om kombinationen med lite lagom alkohol. Visst, naprosyn är kanon mot värken, men effekten tiodubblas med alkohol, och vermouth är min favoritsort. Så jag är väl heller inte riktigt klok, men vafan ska man göra?

Jag höll tyst.

– Evelyn, är du kvar? Pip om du är det!

– Pip.

– Din självmedicinering är samma grej som med mina naprosyn – kan vi inte kalla dom för nappisar, jag har huvudvärk idag och orkar inte med så många konsonanter på en gång. Alltså, du tar xanor, som läkarvetenskapen hyllar som panikdämpare, och du upptäcker att dom funkar och kan röra dej fritt. Halleluja, jag mår bra, liksom. Effekten tiodubblas med alkohol, och eftersom du knappast slödricker utan verkligen GÖR något, typ passar på att köpa mat, så är det väl bara att gratulera. Du gör det bara vid behov, precis som jag med mina nappisar...

– Snälla Lisen!

– Okej, naprosyn. Men jag HAR ont i huvudet, tro inget annat! Så, vid behov som sagt, är det väl bara bra om du får hjälp på traven med att upptäcka att lite shopping på Konsum inte automatiskt innebär livsfara. Fast vem vet, någon kanske hoppar fram ur manuella ostdisken och skriker BU!

– Lisen, har någon talat om för dej att du är oseriös?

– Ja, och jag är så förvånad.

Jag log brett. Min kvinnliga favoritmänniska. Hon fortsatte babbla.

– Förresten, det här med piller. Du får ju aldrig så många som du verkligen behöver, det får ingen, för psykiatrer är bara så rädda att folk ska tigga piller som dom sen försöker ta livet av sej med, och då mister kanske psykiatern sin legitimation. Har du tänkt på att söka privat psykhjälp? Säg att det är i väntan på att få samtalsbehandling av öppenvården, alla vet att köerna är långa.

– Jag förstår.

– Tro inte att jag vill att du ska bli pillerberoende, jag vill bara hjälpa dej att bli av med fobier. Så bra som du mått den senaste tiden har jag aldrig varit med om. Du lyser, Evve! Du har självförtroende, och det gör mej så jävla glad. Du förtjänar det verkligen! Om du fortsätter att träna så här, kanske du kan trappa ner pillren och så småningom sluta helt. Bara du är försiktig, och avväger. Äh, jag tror inte att det är någon fara. Dessutom dricker du ju automatiskt mindre nu, det måste vara skönt att slippa hinka i sej.

Mitt självförtroende tog åt sej, jag slickade i mej.

– Du, sa jag. Pussa Teodor från mej nu, och hugg in på huvudrätten, så dyker jag upp vid desserten.

– Teo… Jaså. Bli inte chockad nu, men jag ljög om Operakällaren. Jag halvligger i sängen, har inte gått upp än.

– Kunde jag väl aldrig ana. Puss!

Och gudarna ska veta att jag "tränade". Och exprimenterade. Flitigt.

Jag kunde dra nya slutsatser varje dag. Allt gjordes inte av någon diffus, ursäktande plikt, men det var en utmärkt täckmantel.

Knyttet var den enda som var lite orolig. Vi umgicks några gånger i veckan. Det var härligt att kunna gå på bio, konserter och fik igen tillsammans med henne.

– Åh, Evelyn, sa hon ofta och kramade om mej. Det är så härligt att ha dej tillbaka. Vi ska göra så mycket! Vi har mycket att ta igen, mest du förstås. Att du pallar!

Eftersom jag inte trodde att hon var så himla präktig, dolde jag ingenting för henne i början. Jag berättade lyriskt om vad små rosa och vita piller ihop med lite vin kunde göra.

Om man doserar rätt, vill säga. Mitt duktiga övande lärde mej snabbt att två xanor och en halv flaska vermouth var en perfekt kombination om jag skulle gå på stan. Skulle jag bara gå till ICA räckte en xanor och tre små glas vermouth. Skulle jag åka tunnelbana tog jag gå-på-stan-dosen plus en inderal (betablockerare som husläkaren skrivit ut när jag förnyade mitt xanorrecept) och en femma stezolid (jag fick ett recept på ett privatpsyk som Lisen föreslagit). Fit for fight! Halleluja! Vad hade jag att förlora? Inte ett skit, och det visste alla. Man oroar sej inte för att man kan få skrumplever om femton år, när man just kommit på ett sätt att överleva dagen.

Utom Knyttet, förstås.

– Men Evelyn, sa hon. Dricker du varje dag?

– Nej, sa jag, bara när det behövs.

Jag riktigt såg hur Knyttet försökte komma på något rejält avskräckande.

– Kalorier! utbrast hon. Det finns massor av kalorier i alkohol.

– Jag tänker inte på det sättet längre. Men visst, du har rätt. Bara ett glas rödvin innehåller 82 kalorier. Jag får prova mej fram, om jag ersätter vermouthen med en tia stezolid förutom min vanliga xanor...

– Nej! sa Knyttet förskräckt.

Därför tyckte jag att det var bäst att sköta min självmedicinering mera privat i fortsättningen. Jag tyckte inte att jag gjorde det i smyg, mera... bara för mej själv, med vissa undantag för Lisen. Det blev enklast så, allt blev enklast så.

Mina nojor på nätterna tystades även dom. Jag sov som en klubbad säl och blev därmed piggare på dagarna. Jag fick riktigt bra aptit också, eftersom jag inte behövde oroa mej för att vakna kallsvettig mitt i natten och ha ångest över allt jag ätit. Knyttet hade rätt, alkohol innehåller många kalorier, men hade inte alla alltid tjatat på mej om att kalorier inte är farliga? Jag tyckte – med rätta – att jag räknat tillräckligt med kalorier i mitt liv, och alkoholkalorierna kändes inte lika farliga eftersom dom var i flytande form, jag behövde inte tugga utan kunde svälja snabbt.

Det var inte svårt att få stezolid av min husläkare Wennlund. Jag ringde honom på hans telefontid och fick en tid redan samma dag. Han ville träffa mej eftersom han ville se hur jag mådde innan han kunde skriva ut andra piller än xanor, som jag hade fått tidigare. Jag visste inte om det i det avseendet var bäst att spela balanserad eller inte, så jag körde någon sorts blandning. Doktorn var mycket riktigt glad att jag velat komma, han sa att min folkskygghet bekymrade honom. Därför skrev han gärna ut fler xanor, eftersom jag sa att det hjälpte och en burk tior stezolid. När jag också berättade om mina sömnproblem skrev han också ut imovane, men poängterade att jag borde gå och tala med en psykiater.

– Visst, sa jag glatt. Det är ju det jag vill. Det är därför jag är här idag och ber om recept. Xanoren ska hjälpa mej att överhuvudtaget komma till psykläkaren, och imovanen behövs säkert för att jag ska kunna bearbeta mina minnen utan att ligga och grubbla på nätterna.

– Vilken styrka på imovanen tror du är bäst för dej? hummade doktorn. 4,5 eller 7,5?

– Den starkare, så behöver jag bara ta en.

Klockrent! Jag lät husläkaren skriva en remiss till öppenpsyk. Naturligtvis var väntelistan till psykiater flera veckor, så husläkaren skrev på recepten att xanoren och imovanen fick hämtas ut en extra gång i väntan på min behandling. Jag spelade uppriktigt förvånad när jag tog emot recepten. Riktigt övertygande var också min avskedsreplik på vägen ut:

– Skandal att det är så lång väntetid till en psykiater! Det hade jag faktiskt aldrig trott!

När jag kom hem från apoteket la jag pillerförpackningarna väl synliga i ett köksskåp. Inget smussel, inget smygande. Evelyn – den starka kvinnan med den starka ångesten, det lät nästan intressant. Proud woman och shit happens, liksom. Men ändå…

Ingen bryr sej, men alla lägger sej i. Jag visste det. Och var det nåt jag fullkomligt hatade var det jolmiga människor med huvudet på sne som drog en åt sidan och lågt viskade: Hur mååår du egentligen? Kladdade på en, tog en om axlarna och skulle penetrera ens själsliv. Helvetet måste vara fullt av såna.

Så pillren tog jag efter en halvtimmes vånda ut ur köksskåpet och la bakom tvättmedlen i städskåpet. Bäst så.

Jag hade bara lite diffust dåligt samvete, sådär som man brukar när man beter sej på ett sätt som Socialstyrelsen inte förespråkar. Hela arrangemanget kändes larvigt, men jag tröstade mej med att jag ju faktiskt hade min elevutställning att tänka på, och det kunde väl till och med FAMN förstå.

Utställningen, ja. Jag var egentligen inte ett dugg nervös, den skulle på sin höjd få en notis i DN antog jag. Dessutom litade jag på att tabletterna och mitt nyvunna självförtroende skulle avhålla mej från sammanbrott också om inte en enda jävel skulle kommentera mina grejer.

Egentligen är det konstigt. Jag har aldrig tvivlat på att jag är duktig, till och med nästan riktigt bra när det gäller mina arbeten. Självklart har jag aldrig ansett mej "färdig", eller jämförbar med De Erkända, men jag har aldrig varit rädd för att ignoreras (omöjligt!) eller få dålig kritik. Nej, det som fortfarande oroar mej och håller mej vaken av grubbel på nätterna inför en vernissage är dom förbannade människorna som poppar upp i konstsammanhang. Hur ska jag förklara? Där får man skryta om ångest, men inte om inkontinens. Man får göra bort sej, men bara om man känner dom rätta människorna som bildar något slags skyddande nätverk. Man får vara stupfull, man får till och med slåss, men man får inte vara en före detting. Man kan få vara människa, om man är rätt sorts.

J sa alltid att det var likadant i hans bransch, och jag trodde honom. Han ringde kvällen före utställningen, och jag märkte att jag rodnade av glädje när jag märkte att han verkligen var angelägen om att jag mådde bra.

– Vi kommer i morgon och filmar lite. Var inte nervös, vi ska inte fokusera på någon eller någonting om inget exceptionellt genombrott sker, men det gör det ju aldrig nu för tiden och definitivt inte så här års, retades han sockersött.

– Du lovar att fotokillen zoomar in åtminstone två av mina saker! Annars säger jag att du är oskuld, sa jag modigt.

– Äsch, med mitt utseende skulle det bara vara pikant. Dessutom har jag antagligen legat med en fjärdedel av alla mänskor som kommer dit i morgon. Mest visst kan jag säga nåt i fotokillens öra. För övrigt är jag inte där för jobbets skull, utan för din. Knyttet kommer också, det har hon väl sagt? Vi ska vaka som en hök över dej.

– Tack! Och... om det inte är du som gör speakerrösten kan du väl viska något i den personens öra också?

– Visst. Gud, vad det är härligt att vara fascist!

– Precis. Nu tänker jag ta två imovane och gå och lägga mej.

– Duktig flicka. Hej då!

Sen jag börjat ta sömnpiller regelbundet var mina nattnojor tystade, och jag bävade inte ett dugg för att inte kunna sova.

Innan hade det ju mest blivit alkohol, och det brukade också hjälpa, men med lagom dos enbart sömnmedicin slapp jag all hang over. Det var mycket som var underbart.

Jag köpte Denivit tandskölj mot andedräkten, fördelade mina besök på Systemet över hela stan, gick regelbundet till fem olika läkare som trodde att dom var ensamma om min receptförskrivning.

Att det var så lätt! Jag tog det som ett tecken på att det hela inte var så farligt. Bara att ringa och beställa tid, sen sitta rakryggad mittemot doktorn och säga att man är inne i en stressad arbetsperiod (för att visa att man inte är på dekis, att man har ett betydelsefullt jobb som man ytterst ambitiöst stressar sej igenom) och har svårt att varva ner på kvällen (med det prydliga tillägget att man kan ju inte stressa ner med vin, då blir man ju alkis) och svårt att 1) somna (har man tur får man rohypnol, annars trista imovane) 2) sova mer än två timmar i sträck (nozinan, propavan, mallorol eller liknande) 3) koppla bort oroskänslor inför natten (sobril, stezolid, kanske imovane)

Så lätt! Bara att välja! Höll en medicin på att ta slut var det bara att ringa till rätt doktor! Och samtliga var frikostiga med xanor. Jag frågade alltid efter ”nåt som inte är beroendeframkallande, man vill ju inte sluta på Sergels Torg, haha”, det gick alltid hem. Evelyn, familjeflickan med den raka blicken som skamset ber om hjälp med sina ”små bekymmer som vi väl alla har ibland”. Evelyn, den kalkylerande drottningen av självkontroll.

Dessutom hade jag ju anorexiaköret att lägga fram om jag ville. Läkare är inte alltid så pigga på att skriva ut stezolid, det är ju knarkklassat, men jag behövde bara köra med att jag hade svårt att behålla maten på grund av mina skadade kräkreflexer. Det brukade räcka för att dom skulle ta fram receptblocket, stez är ju muskelavslappnande.

Trallala! Klart som fan att jag var lycklig! I åratal hade jag babblat med psykologer, och så hade jag nu hittat boten själv. Lycka.

Elevutställningen gick utmärkt, jag fick Halsen (en kvinna med giraffhals, den parodierade vackra långa halsar) såld till någons – jag minns inte vems – släkting och faktiskt var det två som fajtades om vem som skulle få köpa Foten, den numera TV-kända fotstatyn med vårtan. Gisela, lika tät som cynisk, la beslag på Handen (den fint detaljerade lerhanden där lillfingret bytt plats med långfingret). Herregud, jag blev nästan rik!

Gisela rökte turkiska cigg hela tiden för att reta den inhyrda ordnings- och mässtaben, som till Giselas besvikelse inte brydde sej om hennes låtsasmarijuana.

– Och jag som hade hoppats på en schysst kroppsvisitering, väste hon ur mungipan och fortsatte mycket högt: Eeeevelyn, min hjärteadept, kom och kyss din ekonomiska slav och livboj!

En del människor hör helt enkelt hemma i böcker eller på film, och är hemskt irriterande när dom propsar på att finnas på riktigt. Ingen var så mycket yta som Gisela. Jag var totalt livrädd för henne, men klart attraherad. Det ryktades att hon för tjugo år sen blivit nobbad av Dramatens elevskola, och när jag nu såg henne valsa omkring i utställningslokalen började jag fundera på om det kanske var därför hon så neurotiskt aldrig var på riktigt? Jag tog för givet att det bara var för skådespeleriets skull hon hade köpt av mej. Hon kunde verka ball, men på den tiden trodde jag att jag var ensam om att inse hur hemsk hon egentligen var. Många såg bara en liten del av henne, och jag tror inte ens att J lärde känna henne på samma sätt som jag. Men jag vet att han var lika smickrad som jag över att ha en beskyddare, inte bara ekonomiskt. Det var lyxigt att stå bakom hennes rygg och himla med ögonen när hon hyllade vår begåvning. Visserligen var J och Gisela släkt på mycket långt håll, men det pratade hon aldrig om. Hennes image mådde nog bara bra av att hon utan släktband tog honom under beskydd. Penningstinn snurrade hon runt på vernissager, universitetsföreläsningar och krogar där det konstnärliga gardet höll till, ivrigt raggande efter talanger. Få höll måttet, men vi var bland dom utvalda.

Lisen gick runt i lokalen och strålade, högrest och vacker, och när jag skymtade mej i en spegel slog det mej att jag hade samma utstrålning. Stolthet. Catch me if you can!

Ja. Jag vred på huvudet, såg alla människor, alla intresserade och vänliga. Dom hade trevligt.

Jag såg in i spegeln igen. Jag inte bara såg ut som dom – jag VAR som dom. VI hade trevligt. Vi, allihop. Och när det blev sen kväll skulle vi ha avslutningsfest, alla skulle dricka med mera, så jag behövde inte vara rädd för att utmärka mej på nåt sätt.

Inte-behöva-vara-rädd.

Och sen väntade sommaren.

Utställningen blev inledningen på en underbar sommar. Mina föräldrar hade skickat ett brev – självklart mammas handstil – och bett om ursäkt för att dom inte hade någon tid över till en Stockholmsresa men att ”dom tänkte på mej och höll tummarna för att min (!) lilla utställning ska bli rolig (!), här fick jag en check till inköp av sånt där material (mamma hade inte lagt på minnet ens vad jag pluggat) och förresten hade pappa nu hunnit titta på videobandet och hälsade att jag sett så trevlig ut i TV, med PS stavas inte Sputnik med k?”. Jisses, men checken var rätt fet.

Pengar kan man köpa ganska mycket lycka för. Ingen jag kände var direkt luspank, i allafall inte jämt. Dom som för tillfället inte hade nånstans att bo, fick sova hos dom som hade det. Liksom för dom flesta andra var mina kompisars chanser till förstahandskontrakt små. Det föll sej helt naturligt att vakna på förmiddagen och försöka komma ihåg vem eller vilka som låg och sov i vardagsrummet.

Massor av människor dök upp och försvann. Jag visste att jag uppfattades som väldigt öppen och pratglad, men också att jag knep ihop munnen om sånt som låg mej nära. Det var inte så populärt i denna krets av primalskriets barnbarn. En del slängde till och med ur sej att integritet var ett hot mot demokratin. Då brukade Lisen, min svartögda hjältinna rycka in till mitt försvar.

– Nå, vi har alla våra hemliga trädgårdar! sa hon mystiskt med mörk röst.

Det här var så larvigt, det känns fånigt att skriva det och direkt bisarrt att minnas. Trodde vi verkligen på en revival för the summer of -68? Eller är det något som alla i vissa kretsar går igenom?

Men vi var marknadsanpassade hippies, bohemer med mobiltelefon och agendor. Vi var fria och unga och begåvade.

Över picknickfilten satt vi och planerade nästa drag i karriären, solen brände och ingen skulle bli dataprogrammerare. Allt var möjligt.

J var i sitt esse, mer dandy än bohem förstås, men lekfull och ivrig. Så fan heller att han vilade upp sej i Roslagen, vi umgicks allihop nästan varje dag och J var självklart elitklassad eftersom han var den som fick flest inbjudningar till premiärer och fester. Många, många ville sitta bredvid honom, och han njöt och sög i sej. Knyttet och J hade samma överenskommelse som alla andra: Var så god och ligg med vem du vill, bara det används kondom! Som sagt, vi var luttrade barn till 68-generationen.

Jag hade läst att en genomsnittskvinna i Sverige i trettioårsåldern hade legat med sju män. Jag visste att jag var fånig, men när jag hade legat med nummer sju mumlade jag ett HURRA JAG KOMMER ATT VARA NORMAL NÄR JAG ÄR TRETTIO ÅR ÄVEN OM JAG INTE LIGGER MED NÅN MER! Eftersom jag snart skulle fylla 23, så hade jag stressat fram ett snyggt försprång. Jag behövde inte ligga med någon mer, åtminstone inte förrän jag fyllt 31.

– Det är skitkul att knulla! sa vi mycket högt till varandra så att Alla Pryda Jävlar kunde höra.

Gud, vi var verkligen fria och unga och jag kände för första gången i mitt liv att det kunde vara hur kul som helst att leva.

Det lyste om J också. TV-säsongen var slut och boken var sen länge spikad att släppas till hösten – så klart att det lyste om honom. Han betedde sej som en nysläppt benådad livstidsfånge.

Benådad. Frisläppt. När jag nämnde det för honom en solig dag på Gärdet skrattade han.

– Frisläppt? Ja. Jag är fri som en nysläppt fjärt i rymden!

Det sista var han tvungen att vråla. Våra vänner höll på att skramla fram en improviserad samba på grusfyllda Colaflaskor och oljefat. J sprang ut på gräset, vickade på höfterna i takt med musiken, sträckte ut sina armar och snurrade lyckligt.

– Ja, jag är friii!

Jag älskar det minnet av honom.

Ibland kunde jag hejda mej mitt i en rörelse, stanna upp och bara njuta av situationen, av scenariot och alla medverkande. Tänka att här är jag, en snart 23-årig begåvad konstnär som har en egen bostadsrätt i innerstan, riktiga vänner och ett såkallat aktivt sexliv. Jag kan äta vad jag vill när jag vill, med lite självhjälp kan jag röra mej fritt på otäcka platser. Krisar jag behöver jag bara lyfta luren så kommer min bästa väninna. Jag vet att jag ska få ett VISA-kort med femton tusen insatta i födelsedagspresent. Hade jag sett mej själv som jag är och har det nu för bara några år sen, hade jag trott att det inte var sant. Jag är lycklig, jag har allt.

Så brukade jag tänka.

Det var skönt också att Knyttet, J och jag hade rett upp en massa varför, vem som var mest skyldig och vem som hade mått sämst. Vi enades om att det som hänt inte var någons fel, att vi hade mått sämst var och en för sej och att vi skulle gå vidare. Men på en punkt var Knyttet orubblig.

– Måste ni ligga med varann?

J och jag tittade förvånat på henne. Vi hade inte ens petat på varandra på det sättet. Knyttet var röd i ansiktet.

– Nej, sa J. Om ni två lovar att inte ligga med varann.

Han försökte tramsa bort allt som vanligt.

– För att... ja, det skulle vara så skruvat, framhärdade Knyttet gnälligt. Evelyn var min bästis liksom, när vi var små. Du J har varit hennes pojkvän. Och vi umgås ju så mycket, jag vet inte... Det skulle bli så... konstigt.

Lilla modiga Knyttet. Vi log lättade mot henne. Utan att hon visste om det hade hon befriat oss från generade tankar. Jag hade anat att J precis som jag tvekande avbröt sina hejdå-kyssar. Vad var okej, var gick gränsen?

– Jag kanske är pryd, men...

Knyttet mumlade ner mot golvet. Vi omfamnade henne översvallande.

– Inte alls! Inte för att vi har gjort nåt, men naturligtvis ska vi hålla fingrarna och så vidare – framför allt och så vidare – från varandra! sa J och jag lättade.

På det viset skyfflade vi som så många andra gånger över allt på Knyttet. Det var som när man var elva år och inte vågade dra halsbloss på tjuvrökarciggen; lättat skyllde man på att mamma skulle känna tobakslukten. För som kille hade ju J ett jävla handikapp – kramades vi länge både såg och kände jag ju att han inte direkt led av frysliten badpitt.

Frys-liten? J älskade mina adjektiv. ”För det får jag väl ändå, Kristina?” kunde han glatt hojta.

– Ja, men gränsen går just vid Evelyns adjektiv, hojtade Knyttet tillbaka.

Dom hade en så förfinad jargong. Gud, jag blir fortfarande svartsjuk när jag tänker på det! Eller kanske inte direkt svartsjuk, mera… avundsjuk. Redan den här sommaren hade jag kommit fram till att jag älskade J, men att jag älskade Knyttet på samma sätt. Det var så långt från erotik… Dom gav mej ro.

Jag älskade J för att han gav mej ro.

Eftersom både Lisen, Knyttet, J och jag hade permanenta bostäder och därför ofta hade en massa folk halvboende hos oss, var det inte ofta vi kunde prata med varandra utan att någon utomstående la sej i. Därför var vi tvungna att ringa om vi ville prata i fred och därför var det inte konstigt att J ringde en kväll så fort han kommit hem efter att ha varit hos mej i två dygn.

Han höll på med en totalt vansinnig grej, en multi-performence-happening-konstig sak. Han ville sätta upp en show med klassiska balettdansöser, afrikanska trummor och så skulle han naturligtvis hålla monologer och läsa dikter. Detta ville han turnera med, och avsluta varje föreställning med konsert av ett eller två bra band. Det hela var så fruktansvärt likt J, att jag var övertygad om att han skulle ro det i land. J brann, som alltid.

Jag älskade det.

Därför blev jag, när första chocken hade lagt sej, överlycklig när han nu ringde och sa att han fått två sponsorer och att det nästan var tvärsäkert med den nödvändiga tredje och att han ville ha mej som scenograf!

– Varför så förvånad? sa J med ett skratt. Du är ju duktig, och har scendesignerfarenhet från Stadsteatern.

– Ett vikariat, ja! Som assistent, inte ordinarie.

– Du är duktig, talangfull och du tackar inte nej!

– Jag tackar inte nej, så klart. Jag blev bara så överraskad, och så himla glad. Jag har kollat igenom dina idéskisser och noga läst dina monologer, och eftersom det påstås att enda skillnaden mellan en suverän författare och ett geni är det glödande vansinnet, så får jag härmed gratulera dej till geniförklaringen!

– Evelyn, sa J mjukt. Det är det här som gör dej så perfekt, inte bara som scenograf. Jag ska genast återgälda ditt strålande smicker. Både du, och en massa andra, vet att du är begåvad. Men du nöjer dej inte med det, du går vidare, vill bli ännu bättre, varför inte bäst? Många skulle nöja sej med att stanna på din nuvarande nivå, väldigt många. Du vet, folk samlar ihop sina bästa dikter dom skrivit, skickar in dom till ett förlag eller målar några dukar och skickar in dom till Liljevalchs årsutställning för proffs och amatörer, och hoppas få komma med. Sen när refuseringsbreven kommer, för det gör dom ju alltid i början...

– Hm, senare också, kan jag som icke-geni meddela.

– Vissa refuseringsbrev slutar aldrig komma, det vet vi båda två. Men vi blir förbannade, sårade, sporrade, revanschlystna. Det blir faktiskt inte dom flesta. Ja, dom reagerar väl som vi precis när dom fått brevet, men sen sitter dom i åratal på krogen och skryter med sina ganska snälla refuseringsbrev som dom reciterar för varenda jävel – naturligtvis har dom lärt sej brevet utantill, men vissa bängkukar har det vördnadsfullt ihopvikt i bakfickan och är redo att visa det så fort dom svept några öl och en tio år yngre och ännu lättimpad tjej dyker upp.

– Ha! sa jag luttrat. Av egen erfarenhet vet jag att man som brud inte är så lätt att imponera på efter några kvällar på en ordinär lokal. Vi låter er bara tro det, så vi kan snacka skit om och garva åt er på damtoan.

– Lugn, du får mej att tappa tråden! Igår var jag på ett riktigt hak, ett loserställe på Söder och ölade med Andreas, ljus- och ljudteknikern som ska vara med under turnén. Där fanns en sådan där typ med basker och allt. Får jag plåga dej genom att berätta vad han basunerade ut?

– Nej.

– Han läste ur minnet, stod mitt i baren. Hör bara: ”Dikterna präglas av en stark inkännande ton, med en klarsynthet som är ovanligt skarp. Dock håller manuskriptet inte fullt ut, men förhoppningsvis gör författaren fler försök i framtiden, vilka vi emotser med intresse.” Jag småpratade lite med honom, för jag hade sett hur han sneglat på mej när han ylade ut sitt fina brev. Han sa att han skulle skriva en roman. Gör det då, sa jag. Då sa han att han kanske inte skulle skriva någon roman, utan dikter, eftersom han fått ett så berömmande brev från Bokförlaget Alba. Alba, sa jag. Då måste ditt brev vara väldigt gammalt, för Alba har inte funnits som enskilt förlag på åratal. Då stirrade karln på mej och vrålade att jag var snobbig, och att jag snart skulle se mej omsprungen på boklistorna för han skulle minsann skriva ”en bestsellers”!

– Så pass, log jag. ”En bestsellers” av en författare som har lite problem med pluralis. Hoppas han inte skriver den på engelska, för hans egen skull. Men det är ju likadant överallt, folk vill inte satsa, bara skryta. Det är väl okej, alla kan ju inte bli konstnärer, journalister, programledare, skådespelare. Låt loserpatetikerna skryta om sina luftslott, dom behöver sina livslögner precis som vi. Men jag blir förbannad över att många inte verkar fatta att det krävs så jävla mycket tid, pengar och plugg för att efter tiotalet år kunna försörja sej någotsånär. Jag ser numera mitt yrke som något som ingår i min sjukdomsbild.

– Samma här. För vi kan inte låta bli det. Ibland är det så att jag skulle vilja slippa. Men det är så mycket som måste ut.

– Ja, som tränger på och bara måste ut NU, sa jag och var nära att lägga till ett halleluja.

Jag var glad att jag inte gjorde det, för J lät plötsligt sammanbiten och allvarlig.

– Många skulle säga att vårt samtal är obehagligt elitistiskt, att vi spottar på människors drömmar och är bortskämda besserwissrar. Att vi skulle tycka att vi står över dom…

Jag kunde inte hålla tyst längre.

– Älskling?

– Mm.

– Det gör vi ju. Vi står över dom helt klart. Inte i allt, men i mycket. För att vi brinner.

– Du har fattat vad jag menar, Evve, men vi brinner inte; vi BRINNER.

– Ja, vi har inget val. Till skillnad från dom som inser att det är tryggare att sitta på krogen och skryta om sin outnyttjade potential än att verkligen satsa allt och hela tiden riskera att göra fiasko inför hela världen, främst släkt och ovänner, men mest inför oss själva. Jag tycker vi är värda en eloge. Äsch…

– Du behöver inte be om ursäkt för att du låter pretto. Jag vet vad du menar, och ge fan – i allafall inför mej – att be om ursäkt för att du är ambitiös. Pretentiös… där är jag kluven. Men vi ska ha en eloge för att vi törs, i allafall tillsammans, för bland det otäckaste som finns är ju att fortsätta fördjupa sej efter att ha fått epitetet Wunderkind stämplat i pannan.

Jag började darra. Knappt märkbart, men handen som höll i telefonluren skakade lite, och jag visste att det inte berodde på vin eller piller. Lätt yr reste jag mej från stolen.

– Jag älskar dej.

Hurra! Det bara kom och det var jag som sa det!

– Jag älskar dej!

Too much! Vi hade använt frasen arton miljoner gånger, men nu var jag bara tvungen att säga den.

– Okej, klart jag tar jobbet, sa jag snabbt och harklade mej. Har du prel-datum?

– Vi kör igång i slutet av augusti på halvfart, för att ha lite mer kött på benen när vi sätter igång på allvar i början av september. Det är lite strul med replokalen i augusti, jag kunde inte få ett ordentligt kontrakt förrän tredje september. Så i augusti och två veckor framåt har vi ett väldigt konstigt schema. Det gör ingenting, vi ska ju ha premiär i november och turnén startar i februari. Dessutom, den sextonde augusti...

– Jag vet, jag vet, jag vet! Din nya bok!

– Min första novellsamling, om jag får be. Hela början av augusti kommer jag vara upptagen med att bära min AK-4 och hälsa på alla tänkbara förstadagsrecensenter. Fast om dom lovar att skriva snällt så nöjer jag mej med att bara krossa knäskålarna på dom. Hot går hem!

– Det behövs inte, boken är utmärkt och det vet du. Men okej, lite kulsprutor piggar alltid upp!

– Puss på dej nu, och jag hoppas att Knyttet inte varit alltför sträng mot dej gällande vissa saker. Hon är på mej jämt, men hon tröttnar nog snart.

– Äter hon fortfarande råggröt med äppelmos till frukost?

– Om! Plus en extra portion mentalt.

Vi la på. Det sved i magen.

Jag var glad. Jag var kär. Jag hade jobb.

Och det var fortfarande sommar.

J var en fighter, det sa alla och han sa det själv.

Men han kämpade och tvekade lika mycket.

Många nätter följde jag med honom och det spelade ingen roll om vi var hemma hos någon eller på krogen. J satt vid köksbord och bardiskar, alltid med ett litet hov omkring sej. Han babblade och planerade, spånade fram långa listor på livsregler för sin klan. En mustasch kan bara bäras om den är ironiskt menad, kortärmade skjortor signalerar patetik, bara onanister med dålig klädsmak gör lumpen, när man skalar räkor ska bajssträngen alltid tas bort, den sortens folk som jämt beställer in fyra små rätter på kinakrog är uteslutande från Borlänge, angående behåbränningarna på sjuttiotalet borde man göra ett stort bål av tubsockor idag och dom ytterdörrar som har vidriga textade skyltar med sånt som ”Välkomna in i stugan för här bor Patrik med frugan” borde vara lagliga att sparka in.

J:s hov var förtjusande i sin läraktighet, dom hetsade varandra till stordåd. Välformulerade sågningar är alltid intressanta, speciellt när dom är mitt i prick. J njöt av sina domar, sitt övertag. Alla ville vara med honom, eller mot honom. Ingen var oberörd. J hade attityd.

Inte ens när vi var ensamma kunde han helt koppla av. Eftersom det var så vansinnigt kul brukade vi fortsätta hatsessionerna. Människor som säger resisjöör istället för regissör, som säger dels utan att återkomma till dels utan fortsätter ”och sen”, som inte kan uttala Sean Connory eller Vichy Noveau ska föras direkt till slakt! Idioter som spelar dansbandsmusik inför sina barn ska omedelbart fråntas vårdnaden! Ja, överhuvudtaget ska folk som lyssnar på dålig musik spärras in och tvångslyssna på Verve, Iggy Pop, Laurie Anderson och gammal hederlig Ebba Grön. Handlar du i en affär och kassörskan säger att ”det blir sexton krona” så kör ner en pluralislektion i gapet på henne och gynna aldrig mer den affären. Studentsångare, mimare och mammor som tvingar folk höra på när deras snoriga ungar sjunger Idas sommarvisa – skjut dom! Först i knäna, sen i skrevet och sist i magen. Låt dom bara ligga där!

Så rätt.

Så snyggt.

J hade fått sina sista finansiella klartecken för en turné. Vrålhångel är ett passé slanguttryck, det har det varit länge, men att hångla så man vrålar är alltid trevligt, som J så ironiskchickt sa till journalisterna.

Han hade naturligtvis varit tvungen att tumma lite på sina idéer, mest var det tidsmässigt med turnén som skulle starta redan i december, men stommen för själva föreställningen var densamma som förut. Han skulle läsa sina texter tillsammans med en tjej från scenskolan, ackompanjerad av en sjuk elgitarrist från New York som han träffat på en semester och som senare flyttat hit. Elgitarristen var riktigt pervers och hade varit med i Jim Rose-cirkusen, och musikaliskt var han kult, om än katastrofalt dålig. Laura och Danielle, som ofta sovit över hos mej och varje gång verkat riktigt gå in för att ha högljutt sex – och då menar jag HÖGLJUTT – skulle spela trummor och dansa. Danielle påstod ofta när hon var packad att hon blivit relegerad på Balettakademien bara för att hon var lesbisk, men varenda människa visste att det hade mera att göra med hennes närmast groteska viktökning – tjugo kilo på en termin. Laura var negress och hade spelat afrikanska trummor sen hon för några år sen genomgick något slags back-to-the-rootskris. J hade fått visionen att hon och Danielle skulle växla mellan trummorna och dansen en gång när han måste ha trippat svårt, det var både Lisen och jag övertygade om.

– Men, som vi sa till varandra, huvudsaken är ju att det blir intressant. Kul är det ju redan.

På varje turnéstopp skulle ett stockholmsband dyka upp och avsluta föreställningen.

– Vi ska verkligen gå in för att bli hatade stockholmsjävlar, sa J entusiastiskt. Inte ett enda lokalt band, bara etablerad stockholmsmusik.

Han var ute på mycket djupt vatten, och hans hatlistor blev längre och längre.

En augustikväll sov jag över hos J och Knyttet, det var alldeles för fullt med folk hemma hos mej. Dom hade flyttat in i sin stora fyra, och precis fått hem sin stora dubbelsäng. J hade gått och lagt sej, men Knyttet ville ändå visa mej sovrummet med säng och allt.

– Den är verkligen stor! viskade jag. Och tapeterna är fina.

Då fick jag syn på J. Först hade jag trott att det var täcket som virat ihop sej, sen såg jag att det faktiskt var han som krupit ihop i sängen. Han låg i fosterställning, vänd från mej, med armarna om knäna. Då och då ryckte han våldsamt till. Knyttet rodnade och drog mej i armen.

– Larvar han sej? sa jag halvhögt.

J ryckte till och gjorde nåt ljud, ett mummel.

– J?

Knyttet hyssjade åt mej. Jag fick en otäck känsla i magen.

– Han larvar sej inte, väste Knyttet. När han har somnat blir det sådär, jag vet inte varför. Inte han heller. Men han sover som en stock.

Det kändes som om jag fått se nåt jag inte borde. Det var nåt nytt, nåt som inte fanns där förut. Jag tyckte inte om det.

Nästa gång J vräkte ur sej oneliners och hatdeklarationer började jag se honom på ett annat sätt. Och Knyttet slutade snart följa med oss på krogen.

– Det känns inte bra längre, sa hon bara.

J var nervös. Han hade festat som ett djur hela sommaren, och hela tiden ridit på en kokett nervositet. Till hösten skulle hans första novellsamling komma ut; ”Maneter”. Men sista veckan av augusti var J inte längre klädsamt nervös, hans händer vred sej om varandra och hans pina var för stor för att vara rolig.

Han satt på golvet i mitt vardagsrum, i svettluktande skitiga kläder och vägrade röra sej. Framför hans fötter stod en flaska whisky som han fundersamt smuttade på mellan varven. Jag var yrvaken, klockan var bara nio på morgonen, och glad över att jag låtit honom kopiera mina nycklar så jag sluppit gå upp och öppna.

– Har du suttit här länge? Ska jag fixa té?

– Nej tack, jag håller mej till pavan. Jag väckte dej väl inte? Ville bara sitta här en stund och hämta krafter.

Jag kommer direkt från… vad heter hon, den där blonda bruden?

Jag skrattade till och satte mej bredvid honom.

– Har ingen aning om vem du pratar om. Har du svårt att hålla isär flickorna, din gamla poetfjolla? Tänk om Shakespeare blandat ihop Lady Macbeth med Julia?

J gjorde en irriterad gest med armen. Jag avbröt mej och tog en klunk whisky. Hela magen brände till, och jag sträckte mej snabbt efter en bit pain riche som låg på bordet. Brödtricket brukade fungera när jag inte ville kräkas. Knepet är att småsuga på brödet, inte svälja det. Bäst är apelsintricket. Innan man börjar dricka nåt som kan bränna i magen, så skär man upp apelsinklyftor. Sen kan man dricka, och när man känner att magen vill vändas ut och in så suger man på en apelsinklyfta tills den otäcka smaken försvinner. Att äta istället för att suga i sej apelsinen är dömt att misslyckas.

J suckade.

– Vill du vara ifred? sa jag.

– Nej, Evelyn, jag vill att du ska sitta här… och bara vara med mej.

Han talade tyst och långsamt och jag visste att han ville gråta. Jag hade på mej ett par enorma boxershorts någon glömt kvar, och en midjekort avklippt badrock. Det var kallt i rummet, fönstret hade varit öppet hela natten för att vädra ut rök. I köket låg en vilsekommen japansk turist som hade blivit totaldäckad efter tre öl på festen kvällen innan. Lisen och jag hade singlat slant om vem som skulle få stoppa ner honom i sovsäcken. Hon vann och var överlycklig och tog flera kort med japanens kamera på honom själv och henne, han storsnarkandes och hon med ett moderligt leende.

Jag började frysa så jag skakade. Girigt tog jag en djup klunk. Våra blickar möttes.

– Du har fått läsa manus, säg vad du tycker ! Jag vet att du är skittrött på mej, men snälla, jag lovar att jag inte ska fråga en enda gång till!

Han såg bedjande på mej.

– I morgon hålls releasepartyt på Essingen! Ja, dom säger att dom ska fira Pilotpristagaren på förlaget, men dom ska ju mjukstarta lanseringsgrejen… Faller det i god jord så ska dom fortsätta i den stilen, med stora releasepartyn som skivbolagen ungefär, och med samma klientel. I morgon släpps boken, och jag vet inte om jag kanske ska vara glad åt att förstadagsrecensionerna säkert kommer att ta upp lanseringssättet. Är recensionerna vidriga kan det ju vara bra att själva boken försvinner i hypedebatten. För Evelyn, jag tror inte att dom kommer att gilla novellerna. Jag tvivlar mer och mer…

Jag suckade och sa som det var: Hans noveller var vackra, engagerande, kanske lite högtravande men fantastiska. En av dom, Runa, förstod jag inte så mycket av, hans blinkningar åt och parodieringar av den franska litteraturen var jag för obildad för. Vi hade diskuterat om Runa hade något i samlingen att göra, men jag insåg att J hade rätt när han sa att han hade den med för att jävlas med dom som påstod att han var illitterat.

Jag strök honom över håret, smekte hans axlar, viskade komplimanger och J bara skakade på huvudet.

– Ingen fattar hur det är. Jag har kämpat som ett svin sen jag var fjorton år för att få det jag skriver utgivet överhuvudtaget. Andra bara babblade om sina rockdrömmar och fantiserade att få skivkontrakt, bli sighnade och göra videos. För mej var det likadant fast med litteratur! Fan, folk tror att det bara är att skriva en bok och så kommer den ut. Dom fattar inte hur många tusen manus förlagen får in och hur jävla få som blir antagna! Det var också en av anledningarna till att jag lät PR-firman få sin vilja igenom med lanseringsidén. En bok och en skiva har många likheter, den ena är inte mer fin än den andra, bredda kulturen liksom...

Nu grät han.

– Och jag är inte säker på att jag klarar det!

Jag höll om honom och kramade hårt.

Då hördes plötsligt ett konstigt ljud ifrån köket, och så stack ett brett leende japanansikte ut från köket.

– Excause me, who's kitchen did I sleep in?

J stirrade på japanhuvudet.

– En liten japan... Så söt han är! Får jag hitta på hans namn? Har du knyckt honom? Jag kan väl få honom, jag har alltid önskat mej en egen liten japan.

– J, han är min, du får knycka en egen.

Vi började skratta. J reste sej spänstigt och sträckte fram whiskyn åt japanen

– Sorry for talking swedish, sa han glatt. Call me J, I'm an author...

Och så blev han snabbt bilden av sej själv, förvandlingen tog en sekund.

Jag blev rädd.

Vissa saker var helt enkelt inte roliga längre. I början är det alltid roligt med love, peace and outlaw living. Men tillslut är det alltid en som står där med sin halvt sönderfestade lägenhet och får betala. Dom mest förhärdade anarkisterna äter upp ens mat, dricker ur ens vin under devisen att dom är emot privat ägande överhuvudtaget. Skitsmart uttänkt, tycker dom. Ord som ansvar definieras som en synonym till frihetsstympning. Ändå körde jag inte ut drägget, jag har alltid definierat mej som en smula outsider. Dom troppade av ändå. Där stod jag med räkningarna för hyra, mat, el. Jag grät, men inte på grund av att jag skulle bli tvungen att övertrassera mitt konto. Jag grät för att jag kanske inte hörde hemma i dom här kretsarna. Dom kanske hade trott att jag var en sån där ball, rik brud som gjord att lura.

Jag var bara rädd för att bo ensam, rädd att vara ensam, rädd att bli den som är ensam kvar. Ensam med farliga tankar. En som ingen orkar vara med för att jag är jobbig. Korkad. Dum. Ohipp. En som man kan driva med.

Jag försökte repa mod och se det hela med panikpositiva tankar. Nu kunde jag ju börja bjuda hem folk igen, alltså inte den sorten som mer eller mindre ockuperat min lägenhet. För det gick helt enkelt inte att få ett ryck och ringa runt till fyra tjejkompisar och be dom komma och äta middag två dagar senare.

Det gick ju aldrig att planera något. För två dagar senare när middagsgästerna kom hade jag kanske tre personer jag knappt sett tidigare sovande över i vardagsrummet, påtända och jobbiga. Jag vill inte påstå att jag blev direkt utnyttjad eller att folk körde över mej, eller ens var taskiga mot mej. Nej, felet var ju från början mitt, jag som glatt delat med mej till höger och vänster.

Patetiskt. Skit. Frustrerande.

Ljust ljus. Väldigt ljust, och det skar in i mina ögon. Blödde dom?

Jag kisade försiktigt. Mina ögon var som en ultrakänslig lins.

– Evelyn för helvete! röt någon och skakade om kameran.

Som var jag.

– Schysst av dej att bara somna mitt i alltihopa. Fattar du överhuvudtaget vad jag har sagt?

Ruskningarna upphörde. Munnen hettade, jag var tydligen törstig. Min tunga var så torr att det gjorde ont.

– Du kan väl svara åtminstone! Här har jag suttit och pratat med dej i säkert en kvart, vet du att jag har god lust att bara skita i dej och gå härifrån.

Jag kisade försiktigt igen. Lisen. Hon såg ännu argare ut än hon lät.

– Okej, jag tar det igen. Dina O A Andersson-original är borta. Någon eller några av dina fjärtintellektuella vänner har snott dom. Det kanske för övrigt förklarar varför du är ensam här, packet har väl dragit tillbaka till respektive studentrum eller föräldrahem i bystan. Med dina O A.

Jag ville svälja men hade inget att svälja. Nu var det kris. Och i skallen började en molande värk. Om jag hade vågat skulle jag ha vrålat efter vatten.

Det blev tyst. Hon hade väl inte gått? Gode gud, Lisen hade väl inte bara lämnat mej så här?

– Lisen, sa jag lågt.

Rösten lät egendomlig, men skräcken att vara ensam i denna urusla kondition fick mej att skärpa mej. Vad hade Lisen sagt? Mina O A-teckningar? Och varför var varenda fönster vidöppet? Hade jag verkligen somnat sittandes på golvet, och hur länge hade jag i så fall sovit?

Effektiva barfotasteg hördes från köket. Lisen dök upp med ett stort glas vatten. Tankeläserska, älsklings-Lisen, du-alltid-underbara…

– Här, sa hon och hukade sej bredvid mej. Ska jag hålla eller greppar du glaset?

Jag tog det och hällde i mej.

– Ta det försiktigt, så det inte kommer upp igen, mumlade Lisen. Jag borde nog inte ha tagit ett glas, du verkar snarare behöva en babymugg med två handtag och pip.

Jag sneglade på henne. Hon log inte.

– Vem som helst utom dej hade jag hellre sparkat nerför trapporna än att dom skulle få se mej så här jävla ynklig, sa jag och gav upp.

Det var ingen idé att kämpa för en självstolthet som ändå inte fanns.

Jag letade i minnet och kom ihåg i allafall tre gånger som jag servat Lisen som hon gjorde nu, och det gjorde det lite enklare att andas. Visserligen var det några månader sen senaste gången hon var i ett så jävla bedrövligt skick, men ändå. Hon hade över huvudtaget varvat ner, hade allt oftare suttit och pratat med den nästan alltid nyktra Knyttet och gått hem när Knyttet gjort det.

Jag drack upp det sista av vattnet. Lisen hade en poäng. På

senare tid hade leden av knäppskallar, d v s folk överlag, tunnats ut. Oftast var vi bara fem–sex stycken som sov över hos J och Knyttet, Lisen eller här hos mej.

– Var är alla? sa jag.

Rösten bar!

– Jag menar, det var ju en gatuteater från Katrineholm här...

Lisen suckade, sen började hon fnissa.

– Dom är nog i Katrineholm och dealar O A-pennstreck.

– Det tror inte jag. Förra veckan tog jag ner teckningarna och la dom i byrån i hallen, sa jag triumferande.

– Evelyn, det är den som är uppbruten.

Hon slog ut med händerna och hann precis fånga mitt tappade glas.

– Ingen, kom ihåg det, ingen kommer över min tröskel igen som inte är rekommenderad av minst två pålitliga människor, började jag.

– Då blir det nog rätt tomt här.

– Det skiter jag i! Förresten tänkte jag just på det, folk är som bortsopade. Har du knyckt dom och sålt dom?

– Faktum är att jag lät stoppa upp och balsamera ett par stycken, men det var ingen som ville ha dom.

Fjant igen. Neutral mark. Jag gav Lisen en blick.

– Faktum är, sa hon tonlöst, att många skolor har börjat och att dom flesta fått studentrum.

– Dom andra då?

– Folk jobbar faktiskt, Evelyn. Hallå, hela förbannade sommaren har ju folk gjort upp storstilade planer! Dom som skulle båtluffa har gett sej iväg, dom som skulle debutera är inne i slutspurten, lyckostarna på TV sitter med häckarna fulla av körscheman och redaktionella dispyter. Konstfack startar om en vecka, haja att jag har ynka två terminer kvar!

Hon kramade min ena axel.

– Och du är ju inte heller lottlös. Om två veckor börjar du ju med Vrålhångelgrejen. Dessutom undrar jag, det var egentligen därför jag kom hit, om du vill vara med på en sak. Vi är några stycken från skolan som fått korn på en jättefin lokal, ett gammalt varv med fönstertak. För att det ska gå i lås behöver vi minst två till som kan dela hyran, eller en som är snorrik…

– Som jag, via mina föräldrar.

– Missförstå inte nu, Evelyn, men vi är ju många som vet att det inte spelar någon roll för din halvexisterande farsa om han får betala lite extra. Och det är ju bra om vi är så få som möjligt som delar ateljén, med dej blir vi sju. Allihop är vettigt folk, Klaus och Petra känner du redan. Kontraktet är också bra, mot att vi röjer upp stället kan vi flytta in våra saker i november. Vi skriver på enskilt för två år i taget.

Jag tittade ner på mina knän. Hela kroppen kändes stel. Hade jag suttit och sovit med knäna uppdragna? Iförd endast trosor och en herrtröja storlek 54. Dom prettofrigjorda nissarna från Katrineholm måste ha garvat åt mej. Hade dom skrattat först och stulit sen eller tvärtom? Ett ynklo, det var jag. Där fick jag för att jag behandlat dom med milt överseende. Dom kände väl på sej att jag var en äkta nolla. Landsortsbor åker så jävla AGGRESSIVT till Stockholm. Knyckiga rörelser och dialektala demonstrationer på högsta volym, ni-ska-inte-tro-att-ni-är-nåt-bara-för-att-ni-bor-i-stan.

En nolla kan man alltid driva med, stjäla ifrån och skratta åt, stockholmare eller inte. Svenskt mästerskap, elitnivå – vem är automatiskt en loser? Jag drog mej till minnes att jag överlägset halvsmilat när en av Katrineholmsdårarna kvällen innan förtroligt sagt: ”Man kan inte bara droga sej för att det är kul, man måste först se sina demoner i vitögat helt ren, man måste rannsaka sej själv och hela sitt liv innan man ens röker på.” Hon var högst sexton år och helt allvarlig. En sån där som sa livsviktiga saker hela tiden, medan hon innerst inne var kokett glad över att hon i alla sammanhang alltid var yngst. Säkert var det hon som stulit teckningarna.

Hon hade säkert sett ner på mej hela tiden. Avslöjad. Av en sån! Jävla goth-Pollyanna!

Jag bara grät.

– Lisen, säg ärligt: Du vill att jag ska vara på ateljén bara för pengarnas skull. Visst, min farsa ställer upp med stålar, varför skulle han inte? Men vill du EGENTLIGEN att jag ska vara med?

– Förlåt älskade Evelyn, jag menade inte alls så. Det fattar du väl. Du är skitbegåvad, kul och allting, och dessutom tänkte vi... jag att det kanske är det här du behöver. När du är färdig med Vrålhångelscenografin – erkänn att du redan börjat skissa – så har du något annat på gång. För... nu om någonsin är det nog livsfarligt för dej att inte ha något att göra. Du vet vad jag menar.

Lisen såg vädjande på mej.

– Du kan ju inte fortsätta såhär! Det är ju nästan alltid du och J som utmärker er. J har ju Knyttet som tar hand om honom, du måste fixa det själv och det gör du inte. Bli inte arg nu Evelyn, men du och J ska nog hålla er ifrån varandra ett tag. Ni behöver lugna ner er. Jag tycker rätt bra om J, men du är MIN bästa. Hade inte Knyttet och jag tagit hand om er så...

– Men skit i det då om det bekymrar dej så in i helvete! Jag vet varför du bara nämnde några, när jag frågade dej vart folk tagit vägen. Du rabblade upp folk som pluggar, jobbar... Du glömde bort alla patetiska losers! Dom som också satt just här inne och pratade om kommande diktsamlingar, utställningar, utbildningar. Du nämnde dom inte för att dom aldrig kom längre än så!

– Lägg av. Du hatar dom ju också, såna där obegåvade pladdrare...

– Jag hade, om du tänker efter, hört till dom om jag inte hade varit tillsammans med J när jag var sexton och om inte MIN FARSA hade haft pengar så att jag FICK vara med på ert lilla ateljéprojekt!

– Allt handlar om kontakter, det är allmänt känt.

– Du låter iskall.

Lisen satte sej i min TV-fåtölj och började leka med ett halvtomt ciggpaket på fotpallen.

– Det jag tröstar mej med är att både du och J måste skärpa er när Vrålhängel drar igång. Jag vill bara att du ska veta, att om du trots jobbet fortsätter att röja runt som ett debutrockband på sommarturné, så kommer jag inte att vilja umgås med dej förrän du lugnat ner dej.

Jag suckade och började sakta räta ut mina ben. Diskussionen var lönlös. Jag var bakis och Lisen hade ändå rätt.

– Vänner?

– Självklart, sa Lisen. Jag går och hämtar en treo.

– Och jag ringer pappa. Pengarna blir inga problem.

Mitt i all virvlande galenskap, späckad av överspända happenings och fester kunde jag sunt nog få behov av att vara totalt ensam. Inte för att koppla av, för det kunde jag inte, utan för att få vara ifred och inte behöva säga dom där inövade cyniska sakerna, le mina sneda leenden och för att slippa kravet att göra något innovativt till och med av drickandet av en kopp té. Jag behövde bara få sitta. Spänna av kunde jag ju inte, så jag satt och bet på naglarna, satt ensam och det var ljuvligt.

Det var fortfarande lite sommar i luften, så jag brukade sätta mej på berget bakom Yttre Tvärgränd på Söder. Där, i en skreva, var jag osynlig för alla promenerande människor. Jag älskade det.

Naturligtvis visste J om mitt gömställe, men han var också den enda. Ibland kunde det hända att en av oss redan satt där, men eftersom vi ville vara ensamma på samma sätt gjorde det inget. Vi satt bara tysta och bet på naglarna.

En sen kväll i augusti hade jag lämnat min larmande lägenhet för att ta en nypa luft på bakgården och samtidigt passa på att slänga soporna. Bakgården var fuktig och kall, men när jag böjde på nacken för att se om det hånglande okända paret som dykt upp på min improviserade fest med Lisen och Knyttet fortfarande hånglade i köket, så... Jag blev så trött. Matt, nästan.

Bara orkade inte, inte, inte gå tillbaka upp till lägenheten och tvingas... vara där.

Jag började gå.

Barfota var jag också, eftersom jag bara tänkt mej ut med soporna. Att gå barfota en varmblåsig augustikväll genom Stockholm, det är sent och det är mörkt – det är skitskönt. Det är skönt att bli smutsig om fötterna, skönt att följa Sveavägen och se att lodisarna krupit ihop vid Adolf Fredriks kyrka, skönt att tänka att dom i allafall slipper frysa i natten nu i augusti.

Vid Hornstull fanns knappt en bil ute, dom få människorna gick, och vi gav varandra sådana där gud-vad-stan-är-mysig-på-sommaren-nickningar. Jag var inte rädd ens för att bli våldtagen när jag vek av uppför berget vid Yttre Tvärgränd. Jag var inte rädd.

Det kändes också helt naturligt att se att min klippskreva inte var tom. J satt och rökte med så långa bloss att jag först trodde det var hasch. Han satt med ryggen åt mej, men ryckte inte ens till när jag harklade mej.

– Stör jag?

– Nej, sa J.

– Varför kom du inte med Knyttet på vår minifest? Hon sa att du var sjuk, men du sitter ju här.

– Sa hon det? Att jag var sjuk?

J vände sej om och klappade bredvid sej. Jag hade på mej en tunn långklänning, när jag satte mej hos J pöste tyget över halva honom. Han rörde inte en min.

– Är du det? sa jag. Sjuk, alltså? Varför kom du inte?

– Varför är inte du där själv?

Jag la armen om honom. Han lutade huvudet mot mina bröst.

– Jag vet inte om jag orkar längre, sa han lågt. Jag bara ljuger.

Vi satt så en stund. Jag smekte hans huvud, hans kind. Det var nästan kolsvart runt oss.

Jag visste inte, men jag antog att J var olycklig över sitt vanliga dilemma, över sveket mot idealen och gamla tonårsdrömmar. Jag drog min kofta om oss båda, och fortsatte smeka.

– Tänk inte på det där nu. Boken släpps ju inte förrän den tjugonionde, tröstade jag.

J vred hastigt upp ansiktet, hans näsa krockade med min haka.

– Boken? Det är inte om den, inte bara om den i allafall. Det är Knyttet! Och om dej! Och om allt!

Jag sa ingenting.

– Evelyn, jag ljuger. Jag ljuger jämt!

– Aha, sa jag lätt. Knyttet vet inte hur mycket själsfränder du och jag är...

– Nej! Eller jo, det gör hon. Hon är ju inte gjord av sten, klart hon är ledsen ibland, men det där har ju vi tre pratat så mycket om. Knyttet är ju min tjej, min... fan, käresta. Du, du är ju min MÄNNISKA. Men det är inte det. Hon tycker att jag ljuger jämt.

– Om vadå?

– Ja, om jag har hämtat ut något recept, vrålar och gapar om att jag sluddrar fast jag är oskyldig. Hon kollar mej också. Om jag säger att jag har varit i tvättstugan, så går hon ner och KOLLAR det på bokningstavlan. Och igår sa hon helt lugnt att jag var dum i huvudet som inte fattade att hon hur enkelt som helst kunde kolla med återuppringningsknappen på mobilen vem jag hade ringt.

Jag suckade. J lutade huvudet igen mot mitt högra bröst.

– Vem hade du ringt då?

Jag var tvungen att fråga. Spänt började jag bita på min ena tumnagel.

J suckade, och jag visste svaret.

– Just den gången hade jag ringt EN läkare, en enda privatpraktiserande liten invärtesspecialist…

Jag kunde inte hjälpa det, jag skrattade högt.

– Evelyn, det är inte roligt.

– Jo. Jo, det är det. Knyttet har rätt, du är dum i skallen, totalkorkad! Och visst, du har rätt du också: Du ljuger. Men så fan att du ska sitta här och ha ågren över dessa fakta…

J började också fnissa. Det var rätt sjukt, alltihopa.

Vi kysstes en stund, innan vi började gå hem till mej. Hem till mej, med krystad minifest och konstlade tonfall och hela skiten.

Fy fan vad vi ljög hela bunten.

Och blundade.

Jag gick inte på releasepartyt.

Mina händer skakade, och jag kräktes alldeles för mycket för att kunna behålla tillräckligt med alkohol för att få skakningarna att upphöra. Jag visste att jag borde ha en vit vecka, men jag kämpade ändå med vermouth-och-apelsin-tricket för att kunna vara i så pass form att jag kunde stötta J. Men när jag med bävande kramp i magen kastade mej över DN så fort den dunsat ner på hallmattan och läste recensionen av ”Maneter”, gav jag upp. Det var inte läge med en vit vecka, inte ens med en grå dricka-så-det-inte-märks.

”Maneter som inte kommer att försvinna i höstens bokhav” var rubriken. Kritikern skrev : ”Med denna novellsamling bevisar J (som på rockstjärnemaner slopat övriga bokstäver i sitt förnamn och helt sitt efternamn) att den senaste tidens debatt på dessa sidor kommit på skam: Kommersialisering innebär inte automatiskt att produkten saknar egenvärde. Den inflammerade PR-debatten – med vänsterjournalister i spetsen – leder förhoppningsvis inte till en finkulturell bojkott av 'Maneter'. Det är dock olyckligt att just J och hans nya verk kommer i kläm mellan ideologiska motparter. Man får hoppas att författaren har rätt då han i förra veckans pressmeddelande menade att vanliga läsare knappt vet om att debatten överhuvudtaget existerar, eftersom dom är så smarta att dom skiter i kukhuvudena på kultursidorna (författarens ord). 'Maneter' ska nämligen läsas som det oberoende verk det faktiskt är; jag tror att vi bevittnar en stor författares födelse…"

Och så följde en halv sidas beröm. En halv sidas erkännande. J HADE KLARAT DET!

Jag satt på mina händer för att dom inte skulle skaka ihjäl mej, hade tidningen framför mej på köksbordet och bara grät. J var bra, J var bäst, J var underbar – dom skrev det! Han hade lyckats!

Jag tog två tior stezolid och hoppades att dom inte skulle komma upp, jag måste ut och handla Svenskan också. Jag försökte sitta alldeles stilla och andas lugnt. Magen skrek.

Knappt hann jag till toaletten förrän jag kräktes upp tabletterna. Det gick inte att få dom att stanna kvar, det var omöjligt.

Över en timme låg jag på badrumsgolvet och grät.

Hela livet var så jävla ynkligt.

Jag vet att J ringde, och att vi mest bara vrålade IIIIIH. Det var underförstått att jag inte kunde gå på festen, och att han egentligen inte heller borde sätta sin fot där. Sen skrek vi igen.

Lisen gick på festen, hon fick min inbjudan. Hon hade grälat med J (varför kunde hon aldrig hålla tyst?) och hade som slutkläm sagt åt honom att hon minsann inte tänkte gå på något jävla snobbparty för att se honom göra bort sej. Mycket riktigt skickades ingen inbjudan till henne. Lisen förbannade sej själv – det var ju ändå fri mat och dryck, för att inte tala om alla kontakter – och hon blev kanonglad när hon fick min inbjudan. Jag ljög och sa att jag hade maginfluensa, annars hade hon bara blivit orolig.

– Inte för att jag tål karln, men tillställningen blir säkert kul. Hoppas det blir i allafall NÅGON präktig skandal, sa hon.

Nej, det blev ingen skandal. Snygga vimmelfoton i några damtidningar, och en halvsida i Expressen. Eftersom det inte stod ett ord om skandal, så hade det inte varit någon. Eller hur? ELLER HUR?

”På bilden en mycket livad J som omfamnar flickvännen Kristina Waltman...”

”En mycket uppåt prosadebutant bredvid årets Pilotpristagare...”

”Festen tillhörde i lika stor utsträckning J som väldigt uppsluppen syns på bilden tillsammans med...”

J var så jävla skithög att Knyttet till slut la fyra imovane och tre propavan i hans champagneglas för att få honom tillräckligt groggy för att kunna knuffas in i en taxi. Enligt Lisen fick han ordentligt med stryk i bilen på väg hem. Av Knyttet! Hon som bad om ursäkt om hon råkade trampa ihjäl en spindel!

Jag skäms när jag skriver det här, det rör sej om några veckor där jag inte är säker på vad som verkligen hände och vad som var rykten, eller vad som är simpla efterhandskonstruktioner i min skalle. Det hade hänt så mycket som var konstigt, att jag blev kanske inte så mycket blasé som avtrubbad.

Däremot var det en sak som alldeles säkert hände: jag svek min äldsta vän, jag var inte med henne och stöttade. Lilla, lilla Knyttet. Så ensam och så rädd. Jag kan precis föreställa mej hur det var. Stor fest, blixtrande kameror, trendiga människor, massor av låtsasbekanta som drog och slet i J, överallt folk och dunkande musik. Och så det vidriga aset J, som av nervositet gnuggat så mycket amfetamin mot sitt inflammerade tandkött att han for runt så Knyttet inte hade en chans att hänga med. Hon måste ha varit så orolig, så generad och förvirrad. Hon ville honom väl, försökte släta över hans framfart, försökte verka lika road som omgivningen. Och hon log och log och log för överallt fanns kameror som villigt dokumenterade den hopplösa katt och råtta-leken.

Knyttet måste ha insett från början, annars skulle hon aldrig i livet stoppat ner dom lugnande tabletterna i sin lilla handväska bredvid sminket. I damrummet, om nån skulle tittat ner i väskan, skulle hon bara spelat Kvinnan Som Är Beredd På Allt; mascara, eyeliner, imovane, läppstift, stezolid, propavan... För hon skulle vara tvungen att spela. Hon kunde aldrig vara helt beredd på hans utflippade maner. Ingen visste nånsin vad som kunde hända.

Knyttet ville aldrig tala om festen med mej. Inte J heller.

Jag visste mycket väl. Många människor tror i sin oskuld att vi som häller i oss alkohol, shoppar sönder både vår egen och andras ekonomi, petar i oss dom tygluddiga små pillren vi gömt i byxfickan, kort sagt FÖRSTÖR, inte är medvetna om vad vi håller på med. Det är vi visst det. Det är därför vi fortsätter.

Två dagar efter releasefesten klev J in genom min dörr och

blev kvar. Likblek och sammanbiten sa han att Knyttet stuckit till London. Dom skulle göra en paus. I London skulle hon bo hos kompisar och sy t-shirts och sälja dom dyrt till rika raveungar. När hon kom tillbaka skulle allt vara som förut.

– Vem försöker du lura? muttrade jag.

J:s ena öga var ordentligt igenmurat, så han fick skjuta upp några intervjuer. Reportrarna försökte först övertala honom att ändå ställa upp på bild, hans image skulle må bra av lite slagsmål. Det hedrade honom att han ändå väntade tills han såg lika sammetsögd ut som vanligt.

– Alltså, jag kan inte bo i min egen lägenhet. Varenda pryl där påminner om den-och-den gången när jag gjorde bort mej genom att göra det-och-det eller säga si-och-så, sa J tjurigt. Det är nästan osmakligt schysst att jag får bo här ett tag, speciellt som jag inte har så mycket pengar. Faktiskt inga, om man ska vara petnoga.

– Och det ska man, sa jag snabbt. Du får låna av mej, men jag måste få tillbaka dom.

– Hur då? Jag har tjänstledigt från mitt jobb, och dom enda pengarna som finns är från sponsorer och ska gå till Vrålhängel. För det säger jag, att jag tänker inte nalla ett öre av dom stålarna. Jag har ju lovat er andra att jag ska avstå från lön under reptiden, så att ni ska få ut mer.

J gav mej en stolt blick. Vi satt i min soffa, morgonen efter att han kommit lommande för att söka tröst hos mej. Jag visste vad blicken betydde: Så länge jag sköter mitt älskade arbete är jag inte illa ute. Det lät ju sant, det lät till och med mycket bra. Jag log godkännande mot honom.

Dessutom hade vi legat med varandra så sent som för en kvart sen. Hur lätt är det att vara bestämd och hålla sej för god för lite hederlig manlig självömkan då? Man vill ju inte att dom ska känna sej alldeles utnyttjade.

– Men pengar måste du ju få in. Kan du inte brödskriva lite? Passa på när du är het, sa jag uppmuntrande.

– Du är inte klok, eller så är du ovanligt tanklös. Fattar du inte att jag måste ligga lågt nu. Varenda redaktör i hela jävla landet vet hur jag... var. På festen var det ju proppat av mediafolk. Jag vill bara glömma allting som har med den där världen att göra, och kanske skulle jag kunna lämna allt spektakel bakom mej om det inte vore för att jag är evigt dömd att påminnas. Om tio år och förhoppningsvis fem nya böcker kan du ge dej fan på att jag i varenda intervju kommer att bli utfrågad om vad jag EGENTLIGEN hade tagit på den här tillställningen. Om jag knallar upp på en redaktion nu för att föreslå något frilansjobb och vilja diskutera några idéer, kommer självklart redaktionschefen säga: Sorry, inget jobb men vi kan väl göra en intervju i stället och diskutera din syn på svårigheter att hantera ett kändisskap. Nej, Evelyn: Jag är vare sej jag vill det eller inte i karantän.

Jag kysste honom.

– Du är den enda som fattar, sa J.

Att försöka glömma är bland det mest energi- och penningslukande som finns, vad man än använder för metod. Inte ens att kopulera är gratis, någon måste alltid stå för frukosten morgonen därpå. Dessutom fick i allafall jag dåligt samvete av att ligga med J, trots att han envist sa att vadå, han och Knyttet hade ju en paus. Jag kunde inte riktigt köpa det där, jag visste att hon skulle bli ledsen vad hon än sagt. Och att svika Knyttet gjorde alltid mer ont än att att svika J, men jag aktade mej samtidigt noga för att försöka tänka på varför.

GLÖMGLÖMGLÖM – jag flydde in i ett hav av tyger, knäppa kulisser och ljussättningsdiskussioner med den inhyrde EMA-killen. Jag föredrog som vanligt att jobba ensam, med inspelade musiksessions av dom rabiata flatornas vilda trummor och elgitarrsnubbens halvmelodiska dån på högsta volym i min walkman. Ibland var jag ändå med under repetitionerna för att kolla att vi alla var inne på samma linje. Min tilldelade materialbudget var minst sagt begränsad, men jag tyckte faktiskt själv att allt flöt. J, lika mycket arbetsnarkoman som jag, lät mej härja fritt och – jag fattar om det låter konstigt – så kunde vi tack vare (och inte trots) våra drogvanor faktiskt konstatera att vi alla låg före i våra planeringsscheman. Tack vare, eftersom vi höll oss undan alkohol i större mängder, vi var aldrig bakis. J hade kommit över fyra hundra kodeinpiller via en gammal kompis som led av ulcerös kolit. Han påstod för sin läkare att diarréerna bara kunde kontrolleras med kodein, trots att han inte hade diarrér. Killen var förtidspensionär, ickemissbrukare och ville bara tjäna lite pengar på sin smärtsamma sjukdom. Jag förstår honom. Folk som tvingas bli födgenier kan göra hemskare saker.

– Jag kan ju ta lugnande tabletter, varför skulle jag då inte kunna ta piggpiller? tänkte jag.

Eftersom jag inte skulle stå på scen, och därmed kunde jobba undan utan dom andra, tog det inte mer än ett par veckor förrän jag var klar. Kodein mår man ofta väldigt bra på i början, jag blev liksom klarögd.

– Det känns också bra att min lever får vila lite från alkohol, sa jag till J. Kodein är väl inte så himla bra heller för den, men det kanske är farligt på ett annat sätt, och då får levern i allafall slippa det vanliga farliga alkoholsättet.

– Evelyn, du går från klarhet till klarhet, suckade J bara.

Jag tog inte åt mej. Han kunde säga rent av elaka saker till mej, men jag visste att han var olycklig när han gjorde det. Jag tyckte synd om honom. Jag peppade och pushade och gjorde lista efter lista med förslag på hur J skulle kunna muntras upp. Ändå, någonstans, var jag innerligt glad över att Lisen höll sej borta. Hade hon sett mej i min iver hade jag skämts. Fjant, hade hon sagt utan tvekan.

Ibland räckte det med att jag tänkte på Lisen, för att jag skulle börja skämmas. Och Knyttet gav mej mardrömmar av skuldkänslor. GLÖMGLÖMGLÖM.

Och faktiskt: lika mycket som jag skämdes, lika roligt hade jag. Firandet av J:s bokrecensioner hade ju kommit av sej. Förtjust blev han utsatt för ett surpriseparty arrangerat av Gisela.

Där fanns massor av inflytelserika människor, och ingen kunde undgå hennes baktankar att upprätta hans rykte. Hennes prestige stod ju också på spel. Hennes adepter skulle visst vara lite skönt crazy, men inte totalt bindgalna. Och aldrig, aldrig på dekis. Gisela var – i likhet med många andra rika människor – livrädd för folk som var på dekis. J och jag höll oss stadigt upprätta med mina gamla stezolid och pyttelite rödvin hela festen igenom. Vi agerade det mest oneurotiska paret i världen. Trygg och segerviss hade han armen om min midja, och jag rodnade av lycka när J bekräftade för en vimmelreporter att vi numera var ett par. Jag vågade inte fråga J om han spelade då med, eller om vi verkligen var tillsammans. Men eftersom han flyttat in hos mej och i sina mest speedade stunder talade om att sälja sin lägenhet och resa med mej för pengarna, så vägrade jag att se mej som ”den andra kvinnan”. Gisela bjöd frikostigt på kokain när gästerna hade gått, som en outtalad belöning. Jag var omtöcknad redan innan jag snortade, annars hade jag nog kommit ihåg denna storstilade debut bättre. GLÖMGLÖMGLÖM.

Och livet kom faktiskt in i en låt vara orytmisk men ändå trivsam lunk. Bortsett från att J och Knyttet skrev brev till varandra, var vi nog ett par. Ett riktigt bohemäktenskap, med andra ord.

Vi hade mitt VISA-kort och varandra.

J hade sagt att jag var den enda som förstod, och det var nog sant. Han hade aldrig varit speciellt punktlig, utom när det gällde jobb, och jag var den enda som inte var grinig när han kom sent eller inte alls under den här tiden. Jag hade gett mej fan på att inte bråka med honom i onödan, jag visste ju att allt var en enda mess för honom. Jag behövde bara gå till mej själv: när jag hade mina ångestperioder, visst hade det inte funnits en mer opålitlig människa än jag? Blev inte jag lynnig av att må apa? J:s vredesutbrott mot hela världen var till och med ganska uppfriskande.

Sådär resonerade jag med mej själv när jag satt hemma och väntade på honom i timmar. J, tänkte jag, reagerade mer sunt än jag när han krisade. Han var utagerande, jag vände allt inåt.

Pang! Där kom han hem och Pang! där vräkte han skohornet i väggen och Pang! där smällde han till hallbyrån.

Visst måste det vara mer sunt att se till att få ur sej ilskan än att hålla den inom sej? tänkte jag bara.

Jag försökte tänka mej in i hur hans liv måste vara just nu, och så länge jag fick obehagliga rysningar av det så hade jag som hederssak att inte gnälla på honom. J behövde mer än någonsin mitt stöd, jag var ju den enda som förstod. Jag var en av dom ytterst få han hade överhuvudtaget, och jag visste till skillnad från många andra hur fin, omtänksam och rolig han var OCKSÅ.

Dessutom, vad hade inte jag ställt till med i mitt liv? Svikit, gjort illa, varit för jävlig och svikit igen. Nu mådde jag ju bra, hade gjort det länge, och därför var det min förbannade plikt att hjälpa honom. Han hade ju alltid, alltid ställt upp på mej. Om han för tillfället var ur gängorna och behövde något självstärkande var det inte konstigare än att vanliga människor tog en fylla eller en sobril. J behövde bara något starkare ibland, eftersom det han gick igenom verkligen var något extra. Många hade gjort bort sej på en fest, det var väl inget ovanligt, men bokpartyt var ingen vanlig kräftskiva-med-grannarna, där hade funnits massor av fotografer och människor som illvilligt försökte förstöra J:s liv. Herregud, han riskerade hela sin omsorgsfullt uppbyggda karriär, och hela hans jag var i gungning. Då skulle det vara patetiskt att komma med en liten sobril och säga: Varsågod, ta den här så är allt bra sen.

Antagligen hade jag sett för mycket film om knark, Hair och Trainspotting fanns väl i bakhuvudet, och det var väl därför jag först inte kopplade det jag gjorde med knark. Det var liksom inte på riktigt. Inte alls som på film. Ingen rökelse, inga snyggt utmärglade människor, inte ens musik i bakgrunden. J:s småfete finlandssvenske kran bodde i Huddinge, och han hade varken klackring eller nåt desillusionerat över sej. Jag mötte honom en kväll som hastigast i dörren. Han kom väl sammanlagt tio–tolv gånger under dom där veckorna. J höll inte på med sprutor och skit, han fuktade bara fingret och gned in dom vita kristallerna under överläppen. Så rent, så... praktiskt.

– Får jag lite? sa jag andra gången finnen försvunnit nerför trapporna.

J ryckte på axlarna och höll fram den lilla frimärkspåsen med pulver. Jag gjorde som han brukade göra. Slickade på pekfingret, doppade det i påsen och... Så beskt, så starkt! Som en blandning av citron och maskindiskmedel. Som superbeskt surgodis, riktiga surisar! Vi skrattade åt mina försök att förklara surheten, och amfetamin kallade vi i fortsättningen för surgodis. Det gick lättare att garva på surgodis, men inte överdrivet. Inget blev speciellt överdrivet. Flaxiga rörelser, förklarade J, fick bara gamla pundare som förstört nervsystemet genom vad man kan kalla alltför okritiskt bruk. Och Risto sålde aldrig fultjack. Han var rätt okej, men ingen man skulle umgås med.

Vi tog lite pulver nångång ibland, för att fira nåt, eller om jag kände för att jobba länge i sträck. Det är svårt att förklara, men jag blev energisk och lugn samtidigt, vilket passade mej utmärkt. Jag började må bra fysiskt igen, mensen var tillbaka och regelbunden. Jag tog det som ett bevis på att J hade rätt. Det vi petade i oss var nog rätt oskyldigt. Att mensen var regelbunden gjorde det också möjligt att räkna ut när vi inte behövde använda kondom. J var skitnoga med det, och jag var överförtjust av att han brydde sej. Lasse Klasson visste säkert inte ens hur man räknade ut sånt, som jag sa till J.

– Lasse Klasson, han är ingen MAN, fnös J.

J älskade att höra mej jämföra honom med Lasse, eftersom det genomgående var han själv som vann. Naturligtvis.

– Det här skulle inte ditt gamla stinkande ex ha klarat av, va? kunde J säga när han gjort något, och det var bara halvt ironiskt sagt.

Jag sa aldrig något liknande om Knyttet. Visserligen brukade J säga ”när” och inte ”om” Knyttet kom hem, men vi tyckte båda för mycket om henne för att prata direkt illa om henne. Hon väckte för starka skuldkänslor hos oss. Jag beslutade mej tyst för att ligga lågt ett tag när det gällde Knyttet. J måste få koncentrera sej på sitt arbete i lugn och ro, och när han inte jobbade måste han få vila.

Ändå, när J bara var för jobbig och jag tänkte: Knyttet får ta tillbaka honom, jag orkar inte med honom, jag vill inte ha honom, så hade han en närmast terapeutisk inverkan på mej, något som inte bara hade med mental styrka att göra. Vi var ju av samma skrot och korn, så han kunde – på ett sätt ingen psykolog hittills kunnat – få mej att börja tänka efter.

En kväll när jag kom hemsläpandes på en massa mat var J redan hemma. Han såg förvånat på alla kassar och bar in dom i köket.

– Du ser minst sagt till att vi alltid har gott om mat hemma, ropade han åt mej över axeln.

Jag snörade av mej kängorna och följde ivrig som en behagsjuk hundvalp efter. Påtänd eller inte? Var det en aggressiv anklagelse eller en komplimang?

– Hade jag vetat att du skulle köpa så mycket hade jag burit hela vägen åt dej, sa J vänligt.

Jag tittade diskret på hans ögon, hans hållning, gester. Nej, inte det minsta påverkad. Jag kände hur mina axlar föll ner.

J började packa upp och jag öppnade kylskåpsdörren.

– Får jag fråga en grej? Du får ju ganska ofta sådana här köpa mat-ryck. Har det någonting med din gamla anorexia att göra?

– Nej, det tror jag inte, sa jag. Mera med panikångesten, i så fall. Jag bunkrar nog av ren rutin. Fast det är klart...

Jag hejdade mej med en enkilos Prästost i händerna. Faktiskt hade jag aldrig tänkt på det så noga. Sen ett halvår tillbaka var det ju bara att gå och handla mera mat, om den skulle ta slut. Innan dess...

– När jag var matvrickad och någorlunda vuxen, så hade jag antingen massor eller ingen mat alls hemma. Båda alternativen gav mej en kick. Antingen för att jag hade så mycket mat som jag lät bli, då blev varje gång jag öppnade kylen gången när jag INTE tog en macka med två lager ost och skivade oliver ovanpå. Rå power när jag var tvungen att slänga maten som ruttnat och möglat. Eller så höll jag kylen tom, och då var jag duktig som inte ens utsatte mej för frestelserna.

J rufsade om mej i håret.

– Jag undrade bara, för om det bara skulle röra sej om rutinlagring, så skulle du ju i rimlighetens namn inte bara köpa på dej mat utan också diskborstar, plastfolie och sånt som tar slut förr eller senare.

Han räckte fram två italienska salami och en brie.

– Jag tror att mycket är fråga om matglädje, sa han. Jag önskar det, för det är du värd.

Plötsligt såg han så där snygg ut, som på bilderna i tidningarna. Män får sådana ryck ibland, och jag hoppas innerligt att dom inte är medvetna om det.

Jag blev tvungen att harkla mej, och började gräva i en matpåse.

– Ja, sa jag. Jag får en känsla av makt över mej själv av att veta att jag kan äta hur mycket salami jag vill, och gärna tillsammans med några vindruvor. Jag har avstått från för mycket för länge. Nu tycker jag att jag kan unna mej lyxen att ha sådan mat jag gillar hemma. En sak har jag upptäckt, och det är att nu när jag tillåter mej själv att äta en hel sockerkaka, så vill jag inte. Det räcker så bra med två bitar, nu när jag vet att jag får. En hel sockerkaka, det är ju äckligt. Fattar du poängen?

– Ja.

– Tycker du att det låter sinnessjukt?

– Inte mer än vad jag är.

– Jag är lycklig.

– Jag är lycklig med dej.

En dag fick jag brev från mina föräldrar (mammas handstil som vanligt).

Sötnos!

Pappa och jag kommer till Stockholm den femte, vi måste ju se hur vår stora flicka reder sej i huvudstaden. Vi har fått kort från Louise, strålande betyg och spännande karlar, elle est superbe, n'est pas? Trevligt att hon trivs, och nu är det inte mer än rätt att vi tittar till dig också. Pappa ska f.ö. till doktor Borsch på rutinkontroll, det är inget annat än skandal att ingen annan läkare duger åt honom. Din far har ju alltid varit en vanemänniska. Louise nämnde något om scenografiarbetet du utför nu. Klämmigt namn på den turnén måste jag säga, men allt ska ju vara så ironiskt nu för tiden. Inkvartering behöver du inte bry dej om, pappa och jag bor på Hotel Anglais. Ska vi säga att vi möts utanför, vid Svampen kl. 11.30? Om tiden inte passar, hör av dig.

puss
din gamla mamma

Vissa brev gör en mörkrädd, men när jag visade J det här skrattade han bara.

– Dom är sej lika, jag är faktiskt lite avundsjuk, sa han.

– Avundsjuk! tjöt jag. Tänk på att det är JAG som måste stå ut med dom!

– Dom är precis som dom alltid har varit och dom kommer aldrig att ändra sej. Jag förstår att du är ledsen över deras… personlighet, men försök stå ut med dom.

– Okej, men nu måste jag TRÄFFA henne. Ja, det är alltid bara hon som kommer…

– Ett hinder mindre, så mycket lättare då! Det rör sej ju bara om några timmar, och din mamma har ju också ett checkhäfte…

Jag blev så arg att jag blev kall i hela kroppen. J hade fortfarande inte hyrt ut sin lägenhet, han skulle lätt ha kunnat håva in pengar på det för länge sen. Han hade sagt tusen gånger att han ”måste komma sej för”. Och nu, efter att ha bott gratis hos mej i över en månad, ville han alltså att min morsa skulle försörja honom. Det stank.

– Det är faktiskt min mamma du talar om, sa jag stelt.

– Vadå?

Tusen scener och situationer rann igenom skallen. Förtryckt konstnärsfru, idiotblondin som inte bara låter sej puckas utan försörjer också, en äcklig ful brud som tvingas betala för att karln inte ska gå ifrån henne, en kulturgroupie som tar hand om Den Erkände Men Ändå Missförstådde. Skit! Inte jag! Inte jag, Evelyn!

Jag klippte till honom. Pang, rakt över vänsterkinden.

J vacklade till, antagligen mest av förvåning. Han tog sej över den illröda kinden och såg skamset på mej.

– Förlåt! Snälla Evelyn, förlåt! Jag tänkte mej inte för. Herregud, jag är en äkta drummel…

Jag borde ha vetat bättre. Nu väntade ännu en natt med hålla-handen-ångest och jag-förtjänar-inte-att-leva-sessions.

Kvällen efter att ha träffat mamma satt jag på mitt favoritställe, det småhemliga, bakom Yttre Tvärgränd. Hösten fanns runt omkring mej, det blåste kallt men jag ville göra ett försök att teckna i allafall. Det skulle bli en serie genrebilder på barn, mest för min egen skull, men naturligtvis hoppades jag kunna sälja dom till någon tidning. Jag hade egentligen aldrig gjort nånting med eller för barn, men som mina lärare hade sagt: Ska man försörja sej på konst måste man vara beredd på att klara allt, i alla bemärkelser.

Så jag skissade på arga barn, roliga barn, häpna, kompismysfnissiga och så vidare när jag kände en knackning på axeln. J. Han såg så full i skratt ut att den obligatoriska ilningen skar igenom mej. Påtänd?

– Evelyn, förlåt om jag stör, men jag måste bara få veta vad du tecknar!

Han log. Nej, inte påtänd.

– Ungar, sa jag reserverat. Olika ungar, ganska knäppa faktiskt.

Han satte sej nonchalant bredvid mej och lät mej dela hans trenchcoat.

– Jag har stått här en stund och kollat på dej. Jag vet att du brukar göra samma ansiktsuttryck som du tecknar, som om du liksom testar ansiktsmusklerna på dej själv för att det ska se verkligt ut, eller kännas verkligt. Men nu var det rena parodin, du har suttit här med stelfrusna händer och tecknat ark efter ark medan du grimaserat, storsmilat, räckt ut tungan, sett förvånad ut... Vad är det du gör? Ge hit!

Jag visade honom några smakprov, fortfarande reserverad, och ångrade mej genast. Varför alltid göra som J säger, varför alltid låtsas som inget någonsin hänt, varför alltid vara den som bryr sej om, varför alltid alltid alltid alltid förlåta tills jag spyr?

– Dom är riktigt bra, sa han.

Smicker! Trodde han att jag skulle gå på det?

– Jag har utbildning, sa jag kort.

– Har du tänkt sälja dom eller?

Jag hörde ängslan. Vad han menade var: Fick du inga pengar av dina föräldrar? Skitkarl!

– Hurså? sa jag skarpt och gav honom en lång blick.

– Tänkte bara.

– För att du inte har några pengar, eller hur? Fråga någon annan. Bo i ett rum i din lägenhet och hyr ut resten i andra hand, jag är benhård. Vad har du med att göra om jag har fått pengar av min morsa eller inte? Rövslicka din egen!

– Vadå, du fick inget?

– Fattar du dåligt? Hyr ut din...

– Det har jag ju gjort! Den är uthyrd! Visserligen hela och bara för en månad, men alla papper blev klara igår och... Jag har egna pengar.

– Igår? Då var det därför du firade så rejält!

Nu stirrade vi på varandra. Trenchens skötselråd kliade mej i nacken när J grävde i sin sidas ficka efter cigg.

– För övrigt skulle jag aldrig smila för MIN morsa! la J till.

– Nej, hon går ju inte på det längre.

– Det är en princip.

Han var patetisk. Jag stod inte ut med någonting längre.

– Här! skrek jag i falsett och reste mej i ett språng. Ciggen ligger här, i den här fickan, fattar du ingenting jävla loserkuk, titta HÄR!

J såg bara intresserat på mej och tog paketet ur min hand.

Jag stirrade tillbaka, så arg att jag var alldeles varm. Jag hatade varenda människa i precis hela världen, men jag undantog för en gångs skull mej själv. Folk var ju galna!

J klappade på stenhällen bredvid sej.

– Vem hatar du mest? Mej eller din mamma? För din farsa gills ju inte, har jag förstått.

Jag sparkade upp några gulbruna löv på honom.

– Evelyn, förlåt för igår om det är det som gör dej galen! Jag... spårade ur lite. Visst, det är synd om dej som inte fick sova ordentligt, men tror du att du hade kunnat göra det ändå eftersom du skulle träffa dina föräldrar? Tänk efter ärligt. Dessutom, har du tänkt på hur det känns för mej? Jag minns inte mycket från igår, och det gör mej skitskraj. Jag ber om ursäkt, men det känns inte lättare för mej när du är så arg för något jag inte ens minns! Du har all rätt att vara förbannad men tänk inte bara på dej själv!

Jag dumglodde på honom, kände hur mina armar bara föll neråt sidorna. Ilskan hade gjort en puls på 18 000, men nu blev det nästan hjärtstillestånd av – vad? Häpnad, mordlust? Hopplöshet? Ja. Allt. Men mest hopplöshet.

Vi såg varandra djupt i ögonen. Jag ville dö, men satte mej bara lugnt bredvid honom igen. J virade omsorgsfullt in mej i hela trenchcoaten.

När han övertygat sej om att jag hade det riktigt varmt och bekvämt räckte han mej sin cigarrett och slog sej sen ner framför mej.

– Var hon jävlig?

– Va? Nej, inte alls, sa jag. Hon var schysst. Verkade uppriktigt lycklig över att för första gången i mitt vuxna liv kunna gå en shoppingrunda med mej.

– Var det otäckt?

– Äsch, jag tog en inderal en halvtimme innan vi träffades, inget mer.

J lutade sej fram.

– Inget mer?

– Jo, två tior stezolid, fast dom tog jag i ett omklädningsrum en timme senare. Haja att vi gick till en verkligt lyxig underklädesboutique! Vet du vad hon sa? ”Jag måste ju se till att du har några snygga underplagg nu när du äntligen har fått en riktig byst!” Gud, har jag det?

– Ja. Noja inte nu, men sen du börjat äta ordentligt har du fått en riktigt, vad ska jag säga… klädsam B-kupa.

Jag log.

– Oroa dej inte. Hennes kommentar hade jag pricksäkert tolkat som att jag blivit skitfet, om jag hade fått höra den för några år sen. Nu vet jag ju att du har rätt. Det känns mera som… att jag unnade henne tillfredsställelsen att få gå med sin numera ganska normala dotter och köpa hennes första dyra kvalitetsbehåar. Folk som såg oss tog oss säkert för en vanlig mor och en vanlig dotter. Vi gick till och med på restaurang! ”Välj vad du vill ha, bara det är riktigt dyrt!” sa hon och lät LYCKLIG. Jag är övertygad om att hon var det också. Och för att glädja henne extra beställde jag in lammkotletter och en gräddig potatisgratäng.

Jag log åt minnet. Mjukt hade jag klunkat i mej camparin till aperitif och nonchalant hade jag druckit rödvinet till maten. Jag hade hållit masken perfekt, ingen hade kunnat tro att jag längtat till restaurangen för att dricka bort den sista nervositeten.

– När hon gick tillbaka till pappa på hotellet var jag bara glad över att ha gett henne lite framtidshopp, sa jag lågt till J.

Han himlade med ögonen.

– Tycker du att jag är vrickad om jag säger att jag faktiskt... ja, älskar henne?

J såg avvaktande på mej.

– Äsch, sa jag urskuldrande. Jag menar... Hon skulle säkert inte tro mej om jag sa det, hon skulle bara tro att jag var ute efter pengar eller att jag hade en allmänmelodramatisk dag.

– Har du sagt det nångång? Att du älskar henne?

– Ja, men det är länge sen jag sa det och verkligen menade det. Jag låg på sjukhuset i Göteborg och hade näringsdropp och bara kunde inte äta, det var omöjligt, jag fick upp det lilla jag åt hela tiden och en sköterska sa åt mej att skärpa mej. Mamma kom på besök varje dag och hade med sej kvällstidningarna, Coca Cola-light och alltid en ny present som en vacker kofta, dyra penslar, nagellack... Hon visade så tydligt att hon retirerat. Koftan var ingen pastellkashmere utan stickad i grovt, blandfärgat garn, nagellacket var svart – den enda nagellacksfärg jag kunde tänka mej att ha på den tiden, och penslarna så uppenbart utvalda i samråd med ett proffs. Och så detta att hon kom varje dag... Vi pratade knappt, men jag tyckte så mycket om att ha henne i mitt rum, hon arrangerade om mina besöksblommor, gnolade, luktade gott – och det betyder mycket i en evigt klorinstinkande miljö där det enda som sägs framförs med beskäftighet. Så en dag när hon stoppade om mej tog jag tag i hennes hand och sa: Jag älskar dej.

– Och?

– Hon log snabbt och sa: Jag vet, jag älskar dej också. Som

om jag inte visste riktigt vad jag sa, tonfallet var samma som man har när man tröstar en senil gubbe som gått vilse på stan, ett det-ordnar-sej-ska-du-se.

– Fan, vilken bitch!

– Men vad skulle hon tro? Jag hade ju kämpat MOT henne och hennes jävla idéer i åratal, dessutom var jag ju erkänt sinnessjuk!

– Ja, men det här borde hon ha faktiskt ha fattat. Okej, du har kämpat mot henne, men att slåss och hata är inte alltid samma sak.

– Jo, jag hatade henne nåt fruktansvärt ibland. Det är du som inte fattar det här! Du kommer aldrig vara dotter till nån!

– Förlåt, Evelyn.

– Du får inte skratta! Och du får inte himla med ögonen när jag säger att jag är glad att ha gett henne lite hopp angående mej. Jag måste vara den jävligaste unge en mor och ungdomspsykiatrin kan råka ut för!

– Jag skrattar inte. Jag skrattar inte alls. För jag anar, sa J sakta.

Jag såg ner i marken.

– Jag anar mer än du tror, Evelyn.

Jag visste att det var sant. Han förstod säkert bättre än till och med Lollo när det gällde mamma. Han förstod mej överhuvudtaget, och då menar jag inte bara verbalt.

J satte sej bredvid mej och höll om mej. Det började mörkna, men vinden höll på att lägga sej. När J lutade sitt huvud mot mitt visste jag att jag inte kunde leva utan honom. Jag verkligen hatade vissa av hans sidor, men jag älskade honom mest. Och nu när han hade hyrt ut sin lägenhet innebar det inte bara att han måste bo hos mej, utan också att han hade egna pengar.

– Det värsta med föräldrar är att dom har så stor makt, även när man är vuxen. I allafall om man är pank, sa J. Vilken novell? Jag skrev den när du precis hade åkt tillbaka till Göteborg.

– ”Apans barn”.

– Bra! Men deras makt…

Jag huttrade till. J reste sej och drog med mej upp. Det blåste nästan inte alls nu.

Vi stod tysta i flera minuter och såg ut över Riddarfjärden. Stockholm såg spöklikt ut, gatlamporna och neonskyltarna blinkade och vattnet var svart.

– Hur mycket fick du? sa J.

– Hon satte in 17 000 på mitt Visakort.

– Bra. Nu går vi hem.

Jag hade inte så stor erfarenhet av att bli ratad, jag var av naturen själv en ratare. Snabbt kunde jag arbeta upp en intensiv ilska och ett totalt oresonligt hat – så var jag av med en människa till. Hade jag haft att göra med fler människor, så hade man kanske kunnat säga att jag satt det i system. Svisch, bara, så var jag ensam kvar med tårar av ilska och självömkan. Ett "jag hatar dej så jag spyr" till, så var ännu en människa borta.

Därför var jag uppriktigt tacksam för att Lisen inte hörde av sej, jag kunde inte garantera att jag inte skulle göra mej av med henne på samma sätt. Hon visste, liksom jag, att kritik mot det liv jag levde med J vore oundvikligt om vi skulle börja prata. Och hon visste att jag avskydde kritik för något jag var mitt uppe i. Lisen lät mej vara i fred, och jag hade knappast tid att sakna henne.

Hela tiden J och jag bodde ihop, hade han och Knyttet brevväxlat. Efter ett tag stod det klart för mej att han höll henne på sparlåga, som jag gjorde med Lisen. J och jag skulle aldrig klara att bo ihop någon längre tid, vi älskade varandra men skulle knappast kunna vara ett par i vanlig bemärkelse. Fick jag inte klippa till honom och fick han inte småpunda skulle ingen av oss stå ut. Vi klarade med nöd och näppe tillvaron var för sej, tillsammans vore vi en katastrof.

J lät mej villigt/sadistiskt (jag skulle ha gjort samma sak) läsa både Knyttets och hans brev i början. Jag anade att han i takt med våra gräl och samlevnadspraktiska förslitningsskador med tiden skulle vägra mej att läsa dom, så jag sa åt honom en dag att jag inte var intresserad. Hellre det än att han skulle skriva brev i smyg, och läsa Knyttets bakom min rygg.

J log förstående.

– Om du bara kunde spela hälften så cool som du inte är, sa han.

Jag blev röd om kinderna, men vi pratade inte mer om saken.

Därför borde jag ha varit mer beredd när J en kväll inte ville ligga med mej. Gud, jag hatar att bli ratad, speciellt när det gäller sånt. Man känner sej som en stor, fet, pilsk, äcklig sugga.

Jag visste omedelbart varför. Breven.

"Förlåt, förlåt, förlåt", hade J skrivit.

"Jag förlåter, jag förlåter, jag förlåter", hade Knyttet svarat.

Den från början avmätta brevväxlingen över Nordsjön måste, sen jag slutat följa den, ha blivit häftigare och häftigare.

J hade gjort mej totaltrött och avtrubbad så många gånger, men varje gång hade jag fått nya krafter. Nu kände jag att jag bara hade ork till ett sista yl.

– Så du flyttar! vrålade jag. När kommer hon hem? Vad har du skrivit? Vad har du använt exakt för ord om mej?

– Hon kommer om fyra dagar, vi har tid på oss...

– Du flyttar NU!

– Men min lägenhet är uthyrd med tre dagars uppsägnings...

– Det skiter jag i! Du har säkert många som vill dela binge med dej, oroa dej inte. Fattar du inte att jag inte står ut med att se dej? Vad har du skrivit?

– Om oss? Allt, så klart, det var du ju med på.

– Om mej?

– Inget, tror jag, sen du slutade läsa. Jo, ett PS då och då: Evelyn hälsar.

Jag slängde en inbunden version av Eddan på honom. Den var tung och bra. J hade ju bott i sex veckor hos mej, så han duckade bara vant.

Det blev alldeles tyst. Vi såg skamset på varandra.

Mitt huvud började dunka, jag lutade mej mot bokhyllan. Det hade varit J:s idé att flytta in den med teologisk/teosofisk litteratur från mitt trånga vardagsum. Jag skulle bära tillbaka den redan i morgon. Försiktigt blundade jag.

Såja Evelyn, tänkte jag. Duktig flicka som redan planerar vad du ska göra i morgon, vad du ska göra SEN. Livet går vidare, om man inte kollar i självmordsstatistiken. Lura inte dej själv nu, du vet att det här bara var något tillfälligt. Nu ber du J om ursäkt för att du slängde Eddan på honom, sen ber du honom vänligt att gå och så går du och lägger dej utan att ha svept resten av ginet.

Jag öppnade ögonen igen. J stod och krånglade på sej jeansen. Rufsig i håret med öppen skjorta. Under ena örat lyste ett sugmärke. Mitt.

Jag suckade och kastade uppgivet Bibeln på honom. J fångade den rutinmässigt. Vi orkade inte ens vara ilskna som förut.

– Gå nu och dra åt helvete, sa jag ynkligt.

– Visst, men vi är väl vänner… som innan?

Jag nickade. Kunde vi vara annat?

Jag gick ut i vardagsrummet och tog fram ginflaskan.

Det var mörkt och kallt i rummet. Dunkandet måste komma från fönstret. Rytmiskt, dunk, dunk, Jag huttrade till, det var mycket kallt och jag måste stänga fönstret. Nu började armen vakna, det stack och kröp under skinnet, så ont. Så kallt. Jävla fönsterhelvete!

När jag slängde fram ena benet från soffan fick jag en känsla av att benet inte var mitt. Det tillhörde inte mej! Jag såg ju att det var mitt, att det satt fast på min kropp, men hur skulle jag kunna ha en kropp som den här? Degig, klumpig, kritvit med mysko blåmärken på vaden. Och magen... Fet, sladdrig, blöt. Blöt? Jag tog tag i soffbordet och lyckades stå i flera sekunder, tillräckligt för att inse vad det kalla, våta på magen och på soffan var. Piss!

Jag tappade taget om bordskanten, vägrade tänka, vägrade känna. Innan jag föll fick jag tag i stringbokhyllan, och lyckades falla så att åtminstone ena knäet hamnade underst. Sånt är viktigt, det är nästan omöjligt att ta sej upp i stående ställning annars, när man mår så här.

Fönstret var det, ja. Dunkandet höll på att göra mej tokig, både fönstret och den domnade armen. Genom att dra mej upp med hjälp av bokhyllan och snabbt ta några steg mot köket var fönstret snart igenstängt, men inte låst. Mina händer skakade, min arm gjorde ont, den feta magen skrek och gjorde det omöjligt att koncentrera sej på att regla fönstret. Jag började gråta.

Allt var fel. Det skulle inte bli så här. Trevande kom jag in i vardagsrummet igen. Det stank något. Soffan! Pissoffan! Mitt piss! Fy fan för denna ynkliga, darriga, övergivna, stinkande, äckliga, feta varelse som var jag! Äckel, äckel var jag! Nu grät jag högt. Det var lika bra att bli den fyllkärring alla ändå trodde att jag var. Jag VISSTE att folk ibland inte trodde mej när jag sa att jag inte tagit nåt. Lollo hade anklagat mej för så mycket som jag var oskyldig till! Att jag förstört hennes jävla uppväxt genom att vara i centrum med min äckliga anorexia. Att det var mitt fel att pappa bara ville skiljas hela tiden, och att jag inte hade någon talan när jag pratade om hans överklassuperi. Inte heller var jag lämpad att raljera över hans sk ”hälsohemsvistelser” som farmor betalade. Alla i släkten, utom pappa, benämnde det ”lyxtork”. Min morsa borde vara glad över att ha både sin make och mej att vara martyr för. Hon mår inte bra om hon inte får vara tapper.

Och så har hon ju alltid Lollo att beklaga sej inför. Dubbeljackpot! När hon oroar sej i sitt helgonlika mysgoda hjärta över sin make och sin äldsta, så finns alltid duktiga Louise där med sina intelligenta aforismer och dräpande humorstinna repliker. Mamma älskar Lollo. Lollo älskar inte mamma. Mamma älskar Lollo som gått i hennes juridiska fotspår och paragraffyllda skor. Lollo är smart. Lollo är bäst i klassen, alltid, hela livet. Även när det gällde bibelkunskap när hon läste inför den katolska konfirmationen. Så inte kunde någon misstänka att det var hon som kvällen innan konfirmationen smög sej in i församlingshuset (självklart betrodd med nycklar) och satte upp affischer med en helnaken Jesus omgiven av sina nit och läder-försedda lärjungar. Gode gud, Lollo är smart. Hon har planer på att utbilda sej färdigt till jur mag utomlands, med tanke på EU-jobb. Lollo kommer att lyckas. Överlever man en familj som vår kan man inte misslyckas. Älskade Lollo, har jag förstört så mycket för dej egentligen? Två gånger har jag varit nära att dö ifrån henne, med hjälp av svält och det nästan synonyma direkta självmordsförsöket. Hon förlåter mej aldrig. Hon har sagt det. För hade jag dött, eller smitit som hon sa, hade jag lämnat henne kvar med dom två skenheliga dårarna som skulle kunnat ägna sina liv åt att förstöra hennes, eftersom jag vore ur vägen. Men nu... Inte ens Lollo skulle vilja att jag lever vidare! Soffan nerpissad, en jävla mess... Inte ens Lollo...

Jag spydde rakt ut, ramlade och kräktes igen.

Klockan var elva på kvällen. Jag hade torkat upp spyorna och vädrat, men andades fortfarande genom munnen för säkerhets skull. Manliga alkisar torkar sällan spyor, varken egna eller andras. Det är ju så synd om dom. Kvinnliga alkisar gör det. Dom är ju vana, liksom, och ingen tvingar dom ju, som det heter när en kvinna röjer upp efter någon annan än sej själv och ingen annan vill hjälpa henne. Manliga alkisar är så... skör-macho.

Missbruk må vara en jämlik åkomma som drabbar rika och fattiga utan åtskillnad, men konsekvenserna drabbar utan tvekan kvinnor och barn mest, rakt av.

Alkis. Jag? Ja. Eller rättare: Jaha.

Jag hade fått en lapp i brevlådan. Hade alla i portuppgången fått en sådan, eller bara jag? Såg jag verkligen så härjad ut? Gud, då kunde jag räkna med att bli vräkt! Eller, ja, det bara måste vara så, hade Lisen eller Knyttet lagt den i mitt brevinkast. Men varför ringde dom inte på i så fall?

Det hela var mycket obehagligt. Jag mindes inte riktigt, hade lappen kommit idag eller hade den legat osedd på hallmattan i en vecka? Lappen var en blandning av reklam och information om ett behandlingsprogram för kvinnliga alkoholister. Ville man prata med en ex-alkad kvinna fanns ett dygnet runt-nummer. Jag sträckte på mej. Hade jag inte duschat nyss? Såg inte min lägenhet ganska hyfsad ut? Lukten skulle snart försvinna. Var det inte helt normalt att dricka lite vin när man drabbats av olycklig kärlek?

”Ring dygnet runt så kopplas du automatiskt till närmaste jour!”

Olycklig kärlek förresten. Var jag verkligen kär? Jag älskade honom, men det hade inte med saken att göra. J älskade mej, men var kär i Knyttet, hon kunde ge hans liv lite stadga och balans. Och hon kunde torka hans spyor.

”Ring dygnet runt!”

Det borde finnas sådana jourtelefoner för olycklig kärlek. Gisela stod jag inte tillräckligt nära för att hon skulle få se eller höra mej i en sån här situation. Lisen skulle säga vad-var-det-jag-sa, cynisk men omtänksam. Lollo. Nej. Min syster slutade umgås med män överhuvudtaget när hon slutade gymnasiet, fullproppad av lika mycket kunskap om franska verb som av äckel över post-pubertala korkade män. Driven av vetskapen att dom inom några år lätt skulle ha högre lön och högre befattningar än hon, trots att dom fortfarande var lika korkade och låtsatsvuxna som tidigare, hade hon gjort en lysande akademisk karriär. Mamma frågade henne om hon också skulle vänta med man och barn tills hon – i likhet med henne själv – var över trettio.

– Vadå? hade Lollo svarat. Man OCH barn? Jag tog för givet att du för länge sen insett att man inte kan ha BÅDE man och barn. Man måste välja, för det går bara inte att ta hand om båda, man orkar inte.

Mamma hade öppnat munnen, men stängt den igen. Vad skulle hon kunnat säga?

Jag flinade till. Vår äckliga familj skulle nog kunna sätta sprätt på åtskilliga psykiatriska konferenser. Familjeterapin hade varit ett skämt på den tiden vi gick dit. När jag var smal. Min mor borde ha blivit skådespelerska. Hon såg helt oförstående ut, så perfekt vad-pratar-hon-om, när jag berättade för terapeuten hur mamma brukade härma mej när jag åt, hur hon blåste upp kinderna alldeles spända som stora bollar när jag lyfte gaffeln mot munnen.

– Men herregud, lilla gumman! Så har jag väl aldrig gjort?! brast hon ut inför terapeuten.

Hemma igen fick jag indragen veckopeng för att jag blandat in plyschmänniskan i familjeangelägenheter. Herregud, hon ville ju bara lite skämtsamt stötta min bantning! Inte så att jag skulle bli det benrangel jag för tillfället var, ”att du alltid ska överdriva, Evelyn”, utan bli lagom smal. Sånt förstår inte humorlösa vänstermänniskor med socionomutbildning, dom förstår inte. Sextio procent av alla låginkomsttagare är feta, för dom vet inte bättre. Nyrika med mycket pengar men lite smak hade ofta samma problem. Normala människor (mamma) behövde inte lyssna på överviktiga socialister i vinröd plysch.

Jag hällde upp mer vermouth i ett rent, ordentligt glas. Sen kom jag att tänka på mamma, och drack direkt ur flaskan. Ha! Nu skulle hon se mej! Med nerpissad soffa i en nästan städad lägenhet med pizzakartonger och tompavor. Hon skulle se mej nu, fet och packad och kanske i stånd att ringa ett journummer.

”Ring dygnet runt…”

Alkis? JA FÖR FAN, HEJA!

Modig av starkvinet slog jag numret. Jag ville inte in på någon behandling, men såna där jour-människor blir glada bara man ringer, hur mesiga som helst är dom. Dessutom kunde jag alltid senare säga till Lisen att jag tagit kontakt med alkisjouren, hon skulle bli så lättad att hon säkert inte skulle tjata om mitt pimplande på flera dagar.

– Hallå? sa jag.

Någon hade tydligen svarat, jag hade inte riktigt hängt med. En vänlig kvinnoröst upprepade sitt namn.

– Hej, jag heter… Sara, sa jag. Jag har lite problem med alkoholen.

– Jag förstår. Är det något speciellt du vill tala om?

– Va? Nej, nej, jag… vet inte.

– Har du druckit nu?

– Nej. Jo.

Jag kände mej som en idiot. Varför skulle jag ringa överhuvudtaget?

– Sara, jag kan skicka några broschyrer till dej, om du vill. Vi har behandlingshem främst i Norrland, men socialen brukar tyvärr inte vilja samarbeta över kommungränserna.

– Socialen? Jag har ingen kontakt med soc.

– Annars kanske du kan få din arbetsgivare att betala.

– Jag har ingen.

– Egen företagare?

– Nej.

Nu lät rösten tveksam.

– Du kan ju betala din plats själv, men…

Hon lät tveksam att fortsätta meningen, jag skulle så uppenbart inte ha råd. Så stramade hon upp sej.

– Kontakta socialen. Visserligen har dom dålig budget överlag, men har du tur och visar att du är motiverad är det möjligt att dom kan ställa upp. Att du ringde nu i kväll är ett framsteg i din kamp. Vårt samtal har i allafall sått ett frö för framtiden…

Jag la på luren. Först efter fem ljumma vermouthklunkar kom gråten. Jag grät och armen började bulta igen, magen värkte något otroligt. Och snart skulle vinet vara slut. Terapi.

Kära mamma! Det är det förbannade barnet som talar. Hon som med sin omkrets på huvudet – fyra centimeter större än beräknat – slet upp dej inifrån så doktorn var tvungen att sy fyra yttre och fyra inre stygn i din tappra kropp. Förbannad är jag, i dubbel bemärkelse: Förbannad i mening att vara dömd till att vara ditt barn. Förbannad i mening att jag är rasande arg. Minns du mej?

Evelyn, du gör mej så besviken. Varför har du inte en frisyr som klär dej? Du kan ju vara söt om du bara vill. Evelyn, vad menar du med att köpa saltgurka? Jag sa ättiksgurka! Saltgurka, det äter bara... bönder! Dom vet inte bättre! Salt binder vatten och vatten binder fett, och möjligen kan såna där arbetare äta sånt för deras yrken är så... fysiska, men vi, vi äter ättiksgurka.

Mamma, morfar var bonde.

Han var AGRONOM, Evelyn.

Jag hittade en starkölsburk som J helt säkert oavsiktligt lämnat kvar och öppnade den. Sen talade jag högt.

– Minns du en grej, mamma? Vi satt och såg på ett barnprogram om hur det är att jobba som brandman. Du satt bredvid mej i soffan med Lollo i knäet, jag var väl fyra år. Filmen visade en brandmans vardag, och när dom visade lunchen stod en brandman vid en spis och stekte falukorv. Mycket falukorv. Han la i stora klickar margarin i stekpannan, det riktigt bubblade om korvbitarna. Minns du att jag vände ett frågande ansikte mot dej och sa: ”Men mamma, dom använder så mycket fett! Det får dom väl inte göra?” Då snörpte du till med munnen, innan du sa med pedagogisk röst: ”Det där slaskandet tyder på att dom varken har stil eller klass, kom ihåg det!” Du behövde inte oroa dej, jag kom ihåg. Jag var nitton år när jag åt mitt livs första falukorvsbit. I nitton år var jag livrädd att bli förvandlad till en vanlig. Eller en stor klump ister. Du satte verkligen ribban högt, både för Lollo och mej, och för dej själv. Ingen som ser dej, eller hör dej tala, kan ana att du kommer från mycket enkla kretsar. Jag kan inte klandra dej. Du jobbade hårt för att inte förbli vid rovorna. Dessutom är precis allt precis alltid mammornas fel. Du har rätt, det finns verkligen plyschdårar som kan psykutreda ihjäl en. I deras värld finns fäder som skuggbilder, såvida dom inte slår fru och barn blodiga. Min far finns inte, han har aldrig slagit. Han bara finns där, i skuggan. Jag tror inte ens han tittar på oss. Och du, som övat hela ditt liv på att fatta vad som är comme il faut, har varit så duktig och aldrig frågat efter kniven till det kallskurna (det finns ingen, det vet väl ALLA SOM ÄR NÅGOT) och jag vet att pappas släkt så ofta har sagt :"Åh, hans vackra fru, hon verkar ha det i blodet, ingen som ser henne kan tro annat än att hon är en av oss, ja, hon är ett bevis på att i dagens Sverige kan alla som är begåvade och framåt komma riktigt långt!" Och jag vet att du grät en gång när du råkade höra det. Psykologerna borde inte bry sej så mycket om en moders skuld. Dom borde bry sej mer om hennes sorg.

Jag hällde i mej det sista av ölet.

– FÖRBANNADE JÄVLA SKIT! skrek jag. Så synd att du har en dotter som tar dej så på orden. Saltgurka! Men det kan inte vara ditt fel. Du som är så glad, trevlig och balanserad. Och rik. Ja, ingift rik, men ändå. Så rik att JAG inte behöver jobba. Fatta! Du skickar feta checkar så jag behöver inte arbeta, jag kan I LUGN JÄVLA RO SKÖTA NERVERNA! Jag vill inte inte behöva arbeta. Men jag är jävligt glad över att jag hann med J-skitens scenografi, så jag slipper se honom. Så jag slipper se någon.

Gud, jag önskar att jag kunde bryta här, dom här gräsligheterna är så… gräsliga. Löjliga. Men grejen med att må riktigt vidrigt är att man oftast får tid – eller så ger man sej tid – att riktigt frossa i självömkan. Man lämnas ifred för att man lämnar ifred. Man är ingen rolig typ.

Och så finns den där lilla, lilla molande tanken: Ska jag leva såhär resten av mitt liv? Vara neurotiker på heltid? Pikant och käckt kommer omvärlden att dra i mina lemmar för att bjuda ut mej på bio, fester och långa tala ut om hur jag mååår eeegentligen. Men man är bara den där stinkande pessimisten som aldrig är nykter så efter ett tag ger dom upp, även om det tar tid. Så blir det plötsligt plats på torken. Och så flyttas man till psyket... Fan! Aldrig, aldrig mer dit! Aldrig får man göra som man vill! Kan man vara ledsen över att vara bortskämd? Bortskämd med vänner och pengar? Nej. Jag är inte klok.

Plötsligt kände jag en hand på min axel. Jag blev iskall. Hade jag verkligen sagt allting högt?

– Lugn, flicka lilla, sa en röst med finsk brytning.

Jag vände mej om. Risto stod där, som vanligt lätt framåtböjd och med konstig min.

– Dille? frågade han försiktigt.

– Nej, sa jag och svalde galla hårt, hårt.

– J? Poeten?

– Han är inte här. Han har flyttat, och det är nog bäst att du håller dej därifrån. Hans tjej, du vet.

Risto suckade. Så sken han upp.

– Du mår inte så bra, sa han trevande.

– Nej, sa jag. Men jag vill inte ha nåt pulver.

En vild tanke flög genom huvudet. Det var ett tag sen jag hade varit hos en läkare, jag såg så anskrämlig ut, och fick panik bara av tanken på att röra mej i stan. Hjärtat började slå fort. Kanske hade Risto...

– Vad vill du ha? Jag har imovane, dom starka på 7,5, tjeckiska roppar på 2 och så ville den satans tjecken att jag skulle köpa hans jävla vodka, men det var väl tur i och för sej nu när du behöver den. Satan, som om jag, JAG, skulle vara nån jävla fyllservice.

Han gjorde en sårad min, uppenbart kränkt av att ha blivit nerklassad av en tjeckisk amatör. Hierarkier, jag ville inte veta ett skit om deras normer, göra om min mors resa att lära mej vad som är comme il faut i en klass jag egentligen inte hörde hemma i. Ändå insåg jag att jag var stämplad, utan att riktigt veta hur det gått till.

Risto lutade sej mot köksdörren.

Roppar fick gå bort, jag hade ju tänkt skärpa till mej, någon gång i allafall. Men en halv imovane kanske vore en räddare i nöden när det gällde paniken. Med hjälp av det skulle jag kunna gå ut på stan om jag fick lust. Kanske kunde jag få en läkare att sjukskriva mej. Jag hade en svag obehaglig känsla av att jag redan var sjukanmäld från pissjobbet, trots att jag egentligen var klar. Jag tänkte aldrig mer jobba ihop med J. Visst, arbetet hade gått fint, det flöt, vi jobbade hårt allihop, dag som natt, vissa av oss fortsatte samarbetet här hemma... Men så vinkade Knyttet med lillfingret, och så var det slut på det roliga. För vissa. Mej.

– Roppar, sa jag med eftertryck och överraskade mej själv. Det är vad jag behöver. Två... nej tre kartor om du har. Hittar du nåt benz någonstans är det bra.

– Det finns bättre. Som strikt affärsman ser jag till kundernas välbefinnande.

Jag skrattade till. Detta var en helt normal affärtransaktion. Grejen med sådana är dock att man då också som kund naturligtvis måste betala. Oron högg i magen, som visst aldrig slutade jävlas.

– Har du ketugan? Jag har så ont.

– Gå till sjukhuset då, sa Risto sarkastiskt.

Jag log snett åt hans skämt. Ingen läkare i världen skulle tro att jag verkligen hade ont, jag skulle utan tvekan stämplas som pillerkåt simulant.

– Okej, jag har ketugan och jag antar att du kanske har ont, men det är mycket, mycket svåråtkomligt och där-för...

– ...mycket, mycket dyrt, fyllde jag i. Jag har nästan inga pengar.

Risto la tre små ketugan på soffbordet. Jag såg på morfinkapslarna. Att bara svälja en eller ett par – vips! är man i en behaglig halvslummer så snabbt att man knappt hinner reagera. Det högg till i magen igen. Bara tanken på att Risto skulle samla ihop allt det här och gå härifrån och lämna mej med min jävla magvärk och mitt huvud och mina krypningar under skinnet och min rädsla och min förbannade ångestsorg. Lämna mej ensam, precis som J nyss hade gjort! Hade jag bara tillräckligt för att i allafall kunna köpa lite ketugan...

– Du, sa Risto. Du är väl inte så dum att du tror att jag går omkring med hur mycket som helst? Jag kommer tillbaka med grejerna, om det nu blir nån affär.

– Ja, jo, det blir det. Bankomaten. Jag har niohundra på bankomaten. Fast jag vet inte om jag kan... Om jag kan gå ut... Kan... kan du följa med mej?

Risto ryckte till och jag insåg misstaget.

– Jag visar mej aldrig tillsammans med mina klienter!

Han hade höjt rösten och det räckte för att få mej att börja gråta. Jag tappade greppet om allting, jag orkade inte längre försöka få sammanhangsbitarna att stämma. Jag slet fram mitt bankomatkort från diskbänken (hur hade det hamnat där?)

och slängde det på köksbordet.

– 7878, grät jag. Koden. Lämna ditt lilla smakprov här, så kommer du med dom riktiga grejerna när du hämtat ut pengarna.

Jag grät så jag hackade tänder. Det var så overkligt. En dealare i mitt kök, en kran som inte befann sej i en bok eller på en filmduk, utan en riktig. Här, i mitt kök! Overklighetskänslan fick mej nästan att känna mej trygg, jag var så van vid den, trots att den gjorde ont rent fysiskt av rädsla. Benen vek sej och jag kände mej plötsligt svettvarm.

– Niohundra spänn, sa Risto. Finns det ett öre mindre på kontot så får du hålla tillgodo med det här, då kommer jag inte tillbaka. Fattar du?

Han plockade fram vodkaflaskan han haft i innerfickan på jackan och ställde den på bordet bredvid ketuganet. Sen var han borta. Borta! Jag visste att jag hade niohundra på kontot, men tänk om han skulle fula sej och inte komma ändå! Bara dra med pengarna! Då skulle ingen kunna hjälpa mej. Ingen skulle kunna göra någonting.

Jag kravlade över köksbordet och stoppade raskt i mej morfinet. En gammal halvfylld läsk stod under bordet. Av rutin visste jag att den troligen använts som askkopp och att starka, äckliga och halvupplösta fimpar vaggade omkring där. Att riskera att spy upp ketuganet vore onödigt. Alltså måste jag resa mej upp mot diskbänken, nå kranen. J ville lära mej att ta morfinet på mycket skickligare sätt, sätt som gav mer valuta för pengarna, men dom struntade jag i att lära mej. Av rädsla att dö? Nej. Självbevarelsedrift? Kanske. Kan man ha det trots att man inte är rädd att dö?

Jag svalde kapslarna, dom lätt dragerade som liksom smög sej ner i halsen. Vatten, åh så gott! Men jag vågade inte dricka för mycket. Min mage hade blivit så nyckfull.

Alkis. Jaha. Skulle jag fortsätta i den här takten skulle jag förekomma alla förnuftiga jävla människor, anfall är bästa försvar: ”Ja, som ni ser har jag redan druckit för mycket. Jag ser era blickar, jag är vinalkis, tar mej understundom ett piller och trivs utmärkt med det!” Det borde avväpna dom!

Äsch. Jag var bara i en tillfällig svacka. I morgon skulle jag ringa till vårdcentralen och avboka min sen länge bestämda träff med distriktsläkaren. Han skulle annars utan tvekan lägga ihop ett och annat, och inse att den trevliga familjeflickan Evelyn kanske inte bara gick till honom för att få sina stezolid utskrivna mot krampaktig mensvärk.

Mensen, ja. Jag var inte med barn. Jag var inte med barn. JAG VAR INTE MED BARN! Två dagar innan Knyttet släpade iväg med J härifrån gjorde jag ett gravtest.

– Äsch, sa J. Är det något så är det. Det visar sej ju ändå med all önskvärd tydlighet.

Som om det kvittade! Möjligheten fanns faktiskt, den var knappast reell, men den fanns där. Vissa saker skäms jag över.

Fan, att jag älskade J!

Jag tittade på köksklockans sekundvisare och lät blicken registrera tiden. Tiden som bara gick.

Risto hade varit borta ett bra tag, och oron ökade för varje nytt varv sekundvisaren gjorde. Men magen hade lugnat sej, liksom lindats in. Hela kroppen var inlindad i mjuk bomull, även inuti, varje organ var mjukt, mjukt inlindat och huvudet var lätt att bära, bara bomull. Jag provade att luta huvudet mot köksbordet, och det kändes som att vila mot en mjuk kudde. Jag böjde mej fram ännu mera och knäppte händerna runt bomullsmagen. Som inte innehöll ett barn. Testet var pålitligt och visade negativt. Jag smekte lätt på den tomma magen. En gång hade den rymt en varelse på nästan tolv centimeter, med ett hjärta som tickat sen tredje veckan, med ryggrad, hjärna, ögon (undrar vilken färg?), benknoppsstumpar och ett ansikte med klart mänskliga drag...

Då, på den tiden, hade Lasse ofta hållit sin arm runt min rygg och stolt visat upp oss i kändistidningarna. Det var inte så himla ofta den sortens blaskor på hans vernissager, så han hittade på kändishappenings och "köp kändisarnas tavlor, överskottet går till Röda Korset". Så jag log hemlighetsfullt mot en och annan kamera och Lasse tryckte mej i svanken så att magen omisskännligen såg ut sådär mer-än-kanske-gravid ut och var så stolt. Jag hade blivit tillsagd att vem som än frågade skulle jag bara rabbla: "Inga kommentarer, vi är bara nära vänner". Och så log jag ännu mer hemlighetsfullt. Duktig flicka, kan läxan utantill. Nej, så sa naturligtvis inte Lasse. Men jag kände. Offentliga hemligheter i kombination med kändisar drar publicitet-publik-pengar. Ibland, även om Lasse och jag var ensamma, kunde jag få känslan av att han fortfarande agerade som inför stor publik. Så dramatisk, så dramatiskt lycklig. Ensamma kunde vi hålla om varandra, han kunde se mej i ögonen, lägga sina händer på min ännu ganska platta mage och allvarligt säga: "Jag ska ta hand om er, alltid. Dig och vårt underverk till barn. Jag lovar på allt jag äger och har. Ni ska aldrig behöva ha det svårt. För jag älskar er så mycket."

– SKIT!

Jag vaknade till mot köksbordet. Min vana trogen hade jag väckt mej själv genom att ropa till. Utan att tänka slängde jag ner kaffebryggaren på golvet. Klasses jävla bryggare som jag snott en gång från ett av hans "kontor".

– Vad satan är det? sa en finsk röst.

Risto kom in i lägenheten. Han var blöt, det regnade tydligen. Hur kom han in, var min dörr aldrig låst? Skamsen över den krossade kaffebryggaren mumlade jag något otydligt, men så harklade jag mej.

– J bor inte här längre. Han stack i... i... Ja, han har stuckit, sa jag snabbt.

– Jag vet, sa Risto.

– Hur kunde du...?

Risto kliade sej i huvudet. Han hade mitt bankomatkort, och jag hade inget minne. A piece of cake.

– Jo, just det! Bankomaten! Gick det bra? sa jag lättad, för nu hade det klarnat.

Ristos mungipor åkte ner, han hade ju varit så nära.

– Här är prylarna, sa han. Som det räckte till, tilla han surt. Lite gott och blandat. Klagomål godtages ej.

– Inget öppet köp? log jag.

– För fan inget öppet köp ens mot kvitto. Du vet väl hur det brukar stå: Badkläder, underkläder, valium, ryssfemmor och reavaror bytes ej.

Risto la en plastpåse, en vanlig Konsumkasse, på bordet. Jag nickade slött åt honom. Jag kollade inte vad det var i. Jag skulle aldrig våga klaga ändå, trots att allt antagligen var tilltaget i underkant enligt reglerna.

Innan han gick stannade han till i ytterdörren och sa, som om han kunde läsa mina tankar:

– Se inte så mycket skit som Trainspotting. Du bara inbillar dej en massa då.

Jag höll på att plocka upp den kraschade kaffebryggaren från golvet och nickade bara.

– Du förresten, la han till. Gör nåt åt det där jävla menset, du ser för jävlig ut.

Så gick han. Mensen! Jag stirrade nerför mitt ena byxben, det var täckt av blod. Instinktivt kände jag mej i skrevet bakifrån. Blod! Och inte så lite heller. Vad fan sa han inget tidigare för? Så här mycket blod – det måste ha runnit länge. Det var ju inga floder, ingen panik, bara en första-andra-dagen-mens som fått flöda fritt.

På golvet fanns små intrampade, koagulerade blodfläckar. Hur hade det här kunnat hända?

Jag ställde mej i duschen, tog av mej kläderna under vattenstrålen, fortfarande med bomullsfeeling. Mycket noga duschade jag, och när jag kom till skrevet hajade jag till. Ett tampongsnöre hängde mellan mina ben! Herregud, jag måste ha insett att jag fått mens (men när?) och fört in en tampong och… fyllesomnat. Jag hade ju haft så ont i magen, och hade fortfarande, hur dum får man bli? Ett ord blixtrade förbi: tampongsjukan. Byts inte tampongen ut minst var femte timme bildas bakterier som… Man kan dö! Och hur länge hade den här varit inne? Hur som helst, den måste ut NU.

Jag blundade och drog ut den tunga, genomdränkta tampongen och hann precis spola ner den när jag kände stanken av ruttnande blod från mitt underliv. Noga spolade jag mej ren, men kände mej ändå inte ren ens efter en halvtimme. Jag hällde upp ett bad medan jag hämtade in en ny vermouth från balkongen (J brydde sej inte om att leta där, i blomlådan) och sköljde ner några imovane, eller om det var roppar. Den smugglade vodkan behövdes säkert senare, jag lät den stå kvar i köket.

När jag krupit ner i det heta vattnet var det som om hela kroppen tog ett långt, djupt andetag. Dåsig slöt jag ögonen. Äntligen i fred. Äntligen lugn.

Då märkte jag till min häpnad att en ton började vibrera, från den smärtande magtrakten, upp genom halsen, min mun formades och förskräckt insåg jag att jag höll på att ropa efter mamma.

Jag kommer knappt ihåg.

Jag vill inte.

När man levt omtöcknad tillräckligt länge blir det overkliga till slut den enda riktiga verkligheten.

Så löjligt det ser ut i tryck, så banalt. Men jag kunde inte längre hålla isär vad som var nojor och vad som var biverkningar av det jag petade i mej. Skakade mina händer för att jag ännu inte hunnit dricka vermouth, eller för att jag visste att jag var tvungen att tala i telefon snart? Talade jag otydligt av trötthet, eller av för mycket benz? Hade jag ärvt reumatiska besvär av min pappa, eller började jag få fylleben? Var det bara dålig belysning eller började jag se dåligt? Eller var jag bara hypokondrisk?

Lisen hade ju inte varit i min lägenhet när J bodde där. När hon kom dit några veckor efter att han flyttat var hon märkbart störd.

– Fan, vad det ser ut här! sa hon. Och som det luktar! Evelyn, förlåt om jag frågar, men när städade du här sist? Kolla, det är ju för helvete MÖGEL i pizzakartongen!

Hon gav mej en prövande blick när jag sa att jag visst brukade plocka undan, men sen J hade stuckit hade jag helt enkelt inte tänkt på det.

– Förlåt, egentligen är det väl en bragd att du hunnit städa överhuvudtaget när du var som mest turturduvad. Ni hade väl en massa att stå i, antar jag, med jobbet, krogen och Giselas tillställningar, sa hon avmätt. Jag skulle inte få någon tid över. Förresten, Gisela lyckades faktiskt med sitt i förväg mycket omtalade surpriseparty. Jag hade riktigt kul.

Hennes röst hördes plötsligt långt ifrån, den kom liksom inte från hennes mun. Jag började svettas, men stålsatte mej att verka oberörd. Vid det här laget var jag van.

– Var du där? sa jag förvånat.

– Ja, men jag tror inte att du minns det. Andra kanske du kan lura, men inte mej.

– Vaddå, du är inte heller guds bästa barn!

– Förvisso sant, men jag håller inte på varenda dag… Hur är det?

Hennes röst ändrade tonläge, lät mjukare. Jag märkte att jag blundade. Att vara i centrum på fel sätt gör mej oftast aggressiv, eller svimfärdig. Nu blev jag både och. Det kan vara mycket skönt att bli ompysslad, men inte som stackars okontrollerade Evelyn. Min mamma tyckte säkert synd om mej (och sej själv) när jag var yngre och hade ätstörningar, men hennes ömhet blev klinisk och handen som smekte mej uppmuntrande över pannan kunde lika gärna tillhört en opersonlig sjuksköterska. När något blev för jobbigt och panikartat kunde hon stänga av, och tämligen oberörd försöka göra något praktiskt åt situationen. Jag skulle verkligen vilja ha den förmågan. Bitter? Kanske, men jag avundades henne.

Lisen förstod att jag behövde komma ifrån. Vi redde ut det där vanliga så-fort-en-karl-kommer-in-i-bilden-duger-inte-väninnan-tjafset, sågs varje dag och varje gång började min obeskrivliga migränliknande overklighetsattack att göra mej konstig. Hon visste att jag talade sanning när jag sa att jag helt enkelt inte tänkt på att städa. Dessutom, eftersom vi umgicks och arbetade i samma kretsar, visste hon också att jag jobbat ytterst ambitiöst med Vrålhångel. Lisen hade sitt Konstfack och pluggade extra grafik på deltid. Det gjorde att hon hade anledning att skärpa sej, gå upp på morgonen och vara fräsch. Inget sittande på krogen till stängningsdags.

Det kändes som jag gick omkring med en tjock, mobil mur omkring mej. Lisen var snäll, visst var hon det, och trodde att hon förstod när jag försökte förklara. Men en sak var det inte ens idé att nämna. Det var för privat, för mycket Evelyn över tankegången, och jag höll den för mej själv: Jag kände mej mer död än levande – och hade inte särskilt mycket emot det. Det var så skönt att SLIPPA! Slippa allt, och alla. Inte beröras ett jävla dugg. Folk strävar efter att kunna sova gott, och säger saker som: Ett gott samvete är bästa huvudkudden. Ren dynga! Vill man verkligen sova, sudda ut allt som kan tänkas hålla en vaken, skiter man i käcka visdomsord och new ageinspirerade avslappningsband – man ser bara till att bli klubbad, och inte bara det, man håller sej halvklubbad som vaken också.

Men välmenande människor förstår inte alltid vitsen av att andra kör vissa egna race. Det var som om alla slet och drog i mej. Knyttet, som kom med J för att hämta några av hans saker, J själv (kuvad och demonstrativt nykter för att hålla Knyttet lagom stolt eftersom hon hörde till den sentimentala sortens människor som tror att kärlek kan förändra alla), Lisen förstås, Lollo brevledes (efter att jag upprepade gånger ringt till henne och ylat massa osammanhängande grejer) och till och med portvakten som tyckte att mitt tompaveskrammel lät olycksbådande (skitpinsamt, jag kände mej som en A-lagare, men portvakten var religiös på det vänliga sättet och gav mej bara en broschyr om Jehovas Vittnen). Andra inte bara brydde sej, dom la sej i. Jag visste att dom hade rätt, att så här kunde jag inte fortsätta, men hur många gånger innan hade jag inte fått höra det? Hela jävla livet hade folk sagt med skräckförtjusning till mej "men så där kan man ju inte göööra, ju!" Varför skulle jag bry mej nu?

J och jag hade sommaren innan pratat mycket om det där, våra fniss var nödvändiga för distansens skull. Både han och jag kastade oss in i saker som klassades oåterkalleliga. Om vi var jagade rusade vi förutsägbart in på återvändsgator. För att skryta efteråt att vi var gamblers? Av tvångsmässig önskan att förstöra för oss själva? Eller var det bara otur? Kan man göra saker med flit omedvetet?

Forskare har hittat en gen som gör en del människor mer äventyrlystna. Dom blir bergsklättrare, stridspiloter, hoppar fallskärm etc. Men, som J och jag sa när vi diskuterade det, vi trodde inte att det vi höll på med var ett ivrigt exprimenterande att tänja gränser. Om han och jag tagit lektioner i fallskärmshoppning skulle vi klara studierna galant så länge vi höll oss på marken och vara ordentligt förberedda för testerna som skulle avklaras innan vi fick hoppa från ett flygplan. Kort sagt, vi skulle vara mönsterelever. Men när vi skulle hoppa ur planet skulle vi aldrig dra i fallskärmens snöre. Och det hade vi vetat om att vi inte skulle göra, redan när vi tog vår första nybörjarlektion. Några av vår sort upptäcks inte i tid på sådana strapatsrika utbildningar och förberedelsekurser. Folk dör "oförklarligt" under dom säkraste förhållanden.

Precis som när man sliter ifrån en tvååring en vass kniv, reagerade jag när Lisen meddelade att hon kontaktat soc och beställt tid åt mej. Fortfarande är jag faktiskt lite sur för det. Men jag visste att det var en tidsfråga innan projektledaren för Sputnic skulle sammankalla oss projektanställda inför installationsjobben, och jag kunde helt enkelt inte visa mej så här. Jag visste – och det hatade jag mest av allt – att jag inte skulle klara att arbeta, och mina idéer var ännu inte ens på skisstadiet. Det, och det faktum att mitt VISA-kort var spärrat på grund av övertrasseringar, var det enda som gav mej sådana skuldkänskor att jag inte kunde dricka bort dom.

På grund av det gick jag med på att träffa soc-sekreteraren, mot att hon kom hem till mej. Men, och det här är otäckt, det spelade ingen som helst roll att Lisen hade tjatat, bett och vädjat. Ingen, absolut ingen, skulle ha fått mej att inse att jag behövde vård. I åratal hade jag knappt hört annat, och den koketta upphetsningen av att folk tänkte på en, var för länge sen utbytt mot ett frustrerat raseri över alla hycklande besser-wissrar som påstod att dom agerade för mitt eget bästas skull.

Nej, det som gjorde att jag själv ville ha hjälp var den krypande, kliande overklighetskänslan. Den kunde komma smygande, trevande, likt ett extremt utdraget cresendo, eller PANG slå till när jag var helt oförberedd. Om jag pratat med någon i telefon, hände det att jag ringde upp igen för att kontrollera att jag inte bara inbillat mej att jag nyss talat i telefon. Annars kunde ovissheten ta över, och det var hemskt att börja noja över en sån vardaglig grej. Jag menar, om man ändå funderade på livet eller gud eller nåt, då hade man ju kunnat vara knepig helt legitimt. Men jag ägnade mej åt vardagstortyr och var livrädd.

Jag antog att J också blivit rätt skum. Han hade ringt en kväll och låtit mej indirekt förstå att Knyttets ambitiösa kärleksinställning inte bitit. Jag var ganska kort, misstänkte att han bara ville hålla mej småvarm. Jag minns att han sa till mej att sätta mej framför min dators tangentbord. Han hade läst en grej och varit fixerad av den i dagar.

– Tänk, fortsatte J. Med dom här knapparna kan man få Nobelpriset. Det enda kruxet är i vilken ordning man ska trycka ner tangenterna.

Sådana saker gör vem som helst galen.

Så när jag fick en plats, sa jag ja till Hemgården.

Det föll sej så logiskt perfekt att premiären på Vrålhångel skedde kvällen innan jag skulle in på avgiftning.

Logiskt, eftersom jag rimligtvis borde supa ner mej till apstadiet för att palla att ta mej till avgiftningen (tack och lov lovade Lisen mej att skicka en videoupptagning från premiären, jag skulle vara för väck för att komma ihåg själva föreställningen). Hemgården tog inte emot folk direkt från gatan, så soc hade fixat en plats åt mej på avgiftningen. Där skulle dom hålla koll på mej när alkoholen gick ur blodet, och försöka komma underfund med om jag var i behov av pillernertrappningsschema. Det hade jag kunnat tala om för dom att jag inte var, men klokt nog höll jag tyst om det. På en så hemsk plats kanske jag skulle behöva varenda piller jag kunde få.

Jag fick rätt. Efter ett dygn låg jag i landstingssängen och tittade upp i taket och försökte både minnas premiärfesten och förtränga den. Dyngbakis, så där riktigt vidrigt bakfull, men jag ångrade inte en sekund att jag festat tills jag svimmat. Jag hade riktigt omsorgsfullt supit mej mycket, mycket full. Det skulle ju dröja till nästa gång. Förresten, jag skulle ju bli botad var det ju tänkt! Att åka in på en frivillig avgiftning var ju som att med gott humör låta sej korsfästas. Pang, pang, åker spikarna in i köttet, pang, pang, för alla synders skull, pang, pang, upp reses korset – SKÅDA SYNDERSKAN (visst är hon skrämmande ful i sin syndiga olycklighet), smärta, smärta, ner åker korset, ritsch, ratsch, spikarna tas bort, upp kliver Hon Som Gjort Bot, jubel, tryck henne mot ert bröst ty hon är botad och förlåt henne ty hon visste icke vad hon gjorde.

Förlåt. Skulle jag kunna ta ordet i min mun?

Visst, jag har betett mej som ett svin, men tycker mest att det är rätt åt er! Ni har inte varit så snälla som ni tror, är det någon som jag bör be om ursäkt är det mej själv. Det är MIN kropp jag förgiftat, varför ska jag be ER om förlåtelse? Era sunda kroppar och friska hjärnor är det inte synd om. Ni hittar säkert er plats i himlen ändå, jag är den som inte tagit min för givet, därför haver jag låtit mej spikas upp på kors och allt! Bry er om varandra och ägna er åt er småskurna tillvaro, men skit i mej, jag orkar nämligen inte se en människa i ögonen mer.

Så jag låg där på sängen och kollade upp i taket. Jag kände mej precis som när jag var tonåring och hungerstrejkande låg på sjukhus. Regression. Skit samma. Det fanns i allafall en stor skillnad.

Här fick jag vara ifred. Jag kunde ligga såhär i timmar om jag ville. Lyx. På den här avdelningen var det ingen som försökte köra upp en om man låg till sängs dagtid. När jag, på ett helt annat sjukhus, varit intagen för anorexia, var det förbjudet att sova om det inte var natt, då var det sovtvång.

Avgiftning var tydligen något helt annat.

En annan värld.

Ingen terapi, ingen sysselsättning, ingenting, bara ett rännande mellan sängen och rökrummet. Nickningar mot varandra, obligatoriska landstingskläder, tystnad vid måltiderna, allmän hysteri när medicinerna delades ut. ALLA intagna var övertygade om att JUST DERAS mediciner var utbytta mot något mildare, innehöll den lägsta styrkan, var nertrappade i smyg, var verkningslösa som sockerpiller, allt med flit. Självklart, gratis legalt knark vill man inte ha för lite av, speciellt som man kanske kan övertyga doktorn om att nertrappningsschemat är på tok för snabbt och kort. Mera piller, fler tabletter doktorn, annars går jag sönder! Eller så skriver jag ut mej, så det så!

En del hotade med det, trodde barnsligt att någon skulle bry sej. Andra skrev verkligen ut sej, men det var mest horspundarna på den andra avdelningen, när heroinpriset var tillräckligt lågt på plattan. Inget var tydligen så klichéfullt som missbrukarvärlden. Jag kunde inte bry mej, mer än att JAG uppenbarligen hörde dit. För att markera distans pratade jag knappt med dom patetiska halvfigurerna i rökrummet.

Ironiskt nog var det dom som var tvångsintagna som var minst patetiska. Dom låg lågt, och jag kunde verkligen fatta varför. Dom kunde minsann inte skriva ut sej, och – det läskigaste av allt – fick inte nobba någon form av medicinering. Vägrade dom äta dom föreskrivna pillren, tvångsinjicerades dom.

Vi, som juridiskt var där frivilligt och kunde nobba alla tabletter, svalde ivrigt den ena efter den andra. Och ville ha mer. Hela tiden. Det fick vi naturligtvis inte – så roligt skulle vi inte ha det! – men jag tror faktiskt inte att det bara handlade om att vi mer eller mindre tanklöst följde våra invanda mönster. För över oss alla, varenda intagen på avdelningen, hängde det tysta, obeskrivliga, och trängde in i varenda nerv, varje por: Vi var skit.

Vi hade svikit, gjort illa, manipulerat, ljugit, förstört. Vi var sådana som kraschade drömmar, egna och andras. Vi lät folk tro saker, som vi visste var lögn. Och så upptäcktes lögnen, och vi blev svikare.

Jag puffade upp min huvudkudde och lät huvudet försiktigt sjunka mot den. Min huvudvärk var enorm. Den var något annat än vanlig huvudvärk. Ett molande, malande, tryckande som fortsatte ut i armarna, ner i händerna. Stickkänslan i fingrarna kändes som TV-bilden ser ut efter sändningstid, surrande och pockande. Huvudvärken tog sej samtidigt neråt halsen, torr, ner i strupen till den brinnande, sugande magen.

Bredvid mej på nattygsbordet stod en rondskål. Jag hade spytt några gånger, mest gallslem. Min mage var tom, jag hade ändå svårt att äta.

Matsalen var alltid full vid matdags. Folk åt på ett närmast desperat sätt.

Jag hade just kommit därifrån, pliktskyldigt hade jag försökt få i mej lite köttfärslimpa. Då hade jag hört en sköterska säga förnumstigt till en annan vitrockad:

– Helt klart sker en oral fixering hos dom när man tar bort deras små snuttefiltar!

Snuttefiltar? Hade vermouthen varit min jävla napp? Möjligt, men det var inte det jag hakade upp mej på. Det var t-o-n-f-a-l-l-e-t. Sättet att knuffa sin kollega i sidan, att använda just dom orden till det tonfallet. Beskäftigheten.

Jag hade rest mej omedelbart från matbordet, och fått höra att här dukar vi minsann själva av efter oss.

Självklart. Självklart skulle jag inte fatta det, jag var ju trots allt här på grund av infantil oral fixering. Det var då jag gick till mitt rum och la mej på sängen.

Jag hatade på ett skrämmande välbekant sätt. Insåg att jag

hade gjort fullständigt rätt som följt min intuition och dragit lärdom av vad jag faktiskt varit med om på sjukhus. Se en legitimerad själavårdare och spring för livet! Den som förr i tiden var präst för att få makt med inkluderande rövslickeri, blir idag psykiatrisk vårdpersonal. Människor har exakt samma respekt för dom (belästa), talar samma latinska fikonspråk, man är i samma desperata underläge (snälla, hjälp mej, säg vad det är för fel på mej) och jag tror inte att jag är helt ute och cyklar när jag anar att Socialstyrelsen i många avseenden ersatt och bemöts med lika stor respekt som Gud, i varje fall av psykläkarna.

Jag vet inte, men jag tycker inte om människor som har misstänksamhet som yrkesskada. Ingen förutsätter att en psykpatient talar sanning. Hos en del läkare kan man riktigt se dom sekundsnabba farhågorna spegla sej i deras ögon: Mytoman? Beroende pillertiggare? Hysterika? Allmänt inbilsk? Vill bara bli sjukskriven (fy, fy, fy)?

Knappast inbillning från min sida, det syntes ju så tydligt hur dom stämplade en.

För att ligga på en psykavdelning är inte bara att fönstren inte går att öppna, att speglarna är av reflekterande plåt, det är inte bara att dörrarna bara kan låsas utifrån; det är detta jävliga DU VET INTE DITT EGET BÄSTA MEN DET GÖR VI!

En del människor verkar tycka om det, en del till och med erkänner det, vilket är modigt. Dom känner periodvis att det är skönt/nödvändigt att slippa ta ansvar för sej själva och söker upp psykakuten och ångestylar TA HAND OM MEJ FÖR JAG LITAR INTE PÅ MEJ SJÄLV! Förhoppningsvis får dom hjälp – det är inte alls så säkert – men några sådana finns sällan på avgiftningar. Där finns säkert folk som innerst inne bara älskar att gå omkring med den där hasande gången, men som hellre skulle dö än erkänna det. Därför hasar dom bara runt med lätt böjt huvud och muttrar sina pubertala ”samhället är bara skit, ingen förstår mej, jag hatar det här stället”. Självklart ÄR detta diffusa som dom kallar samhället ren skit, men inget lär förändras av deras eviga muttranden och hasanden.

Ja. Jag avskydde mina medpatienter, jag föraktade personalen och hatade mej själv. I avskräckande syfte är en avgiftningsavdelning mycket bra. I stället för att dela ut några klatschiga (på det där töntiga viset) broschyrer i skolorna och visa upp den nyfrälsta exheroinisten Svempa i skolaulan, borde varenda trettonåring i den så kallade riskzonen tvingas tillbringa ett dygn på en avgiftning eller ett behandlingshem.

En läkare förklarade mina testvärden för mej. Blodproverna visade att jag hade lätt näringsbrist, och var uttorkad. Urinproverna visade svaga spår av amfetamin, kodein och benz. Ett av mina levervärden, billirubin, låg på 47, normalt ska man ha max 25… Jag kände mej nästan lättad. Mina levervärden var minsann förhöjda. I rökrummet satt jämt folk och skröt om sådant som deras högsta promillehalt (hade man som högst haft 4 fick man inte ens vara med och tävla). Nu återvände jag till rökrummet, trots att jag brukade undvika att gå dit om det inte var folktomt, som vid matdags. Jag hade fått ett dropp satt i armen mot uttorkningen, och jag märkte till min förvåning att jag gick hasande. Jag måste skärpa mej.

I rökrummet satt en karl i tjugofemårsåldern och letade efter fimpar i askfatet. Han lyste upp när han såg mej. Jag visste att jag skulle bli skinnad om jag sa att han kunde få ett helt ciggpaket av mej, jag hade flera inlåsta på expeditionen, så jag slängde bara fram två cigg åt honom.

– Tack. Jag har liksom inga pengar, och folk är ju så jävla snåla. Dej har jag inte sett förr? sa han.

– Jo, vi stod bredvid varandra i förrgår när vi fick nattmackor.

– Jamen, här. Du har aldrig varit här förut, va?

Jag satte mej och tände en cigg.

– Nej, och jag tänker inte komma tillbaka hit heller.

– Hörru, det kommer du att göra. Så där tänker alla. Men det är inte så farligt, man vänjer sej. Är du här frivilligt?

Jag nickade tveksamt. Jag VILLE ju inte vara här, men soc hade inte tvingat mej. Lisen hade tvingat mej. Jag hade tvingat mej. Eller, Lisen och omständigheterna hade tvingat mej att tvinga mej själv.

– Frivilligt? Då måste du ha bråkat jävulen med soc. Det är svårt med planerade avgiftningar, folk kan få vänta i veckor. Dom flesta som jobbar här är okej. Överhuvudtaget är det ett schysst ställe. Går du på bidrag är allt gratis också, så det är klart att man måste hit och fräscha upp sej lite mellan varven tyvärr. Ska du vidare?

– Mm.

– Då måste du verkligen ha tjatat på soc. Dom har inte råd att skicka folk hur som helst bara för att dom vill till behandlingshem. Och det finns inte så jävla många hem kvar, eftsom soc inte har råd att skicka dit folk. Det är så snett så fy fan. Och du kan inte ha hållit på länge, hur kunde dom bevilja det?

– Min kompis ringde soc och åkte dit och…

– Schysst polare! Så skulle ingen göra för mej. Vart ska du nånstans?

– Hemgården.

Killen drog i sej halva sin cigg med ett enda bloss. Jag stoppade diskret ner mina Prince i sjukhusrocken.

– Hemgården! Jag har aldrig varit där, men två polare har varit där. Där är det väl okej, dom kollar till exempel inte posten. Hur enkelt som helst postar man godis till sej själv när man har permis, eller så ber man någon annan göra det. Fast ibland tar dom pissprov utan att förvarna. Visst är det för jävligt att pissa i en liten plastbytta medan någon jävel står och glor på en hela tiden? Ibland skjutsar en ur personalen en till närmsta vårdcentral när man ska pissa, och då står man där på vårdcentralens labdass och ska pissa på kommando mitt framför ögonen på en helt främmande sköterska som kollar en noga så man inte ska fuska. Du har inte en cigg till, va?

– Du fick ju två.

– Men den ska jag ha till senare, förstår du.

Jag suckade och halade fram Princen. Killen tände den snabbt, och började babbla igen. Mot min vilja var jag lite intresserad.

– Fast ni tjejer har det ju bra, sa han. Be en ren polare på hemmet pissa i en kondom, knyt den och för upp den i fittan. Sen när du ska tvångspissa så ser du till att ha vassa naglar. När du sätter dej på dass rispar du bara hål på gummit, så kommer det rena pisset ut. Fast så här gör dom ju mest bara med fludderfolk. Käkar du fludder?

Jag skakade på huvudet.

– Nej, eller jo, ibland bara. Jag… jag dricker mest.

Av någon anledning kändes det konstigt att säga det högt. Jag ville inte tillhöra hans jävla… Jag ville inte vara en som han! Jag var inte som han. Jag var inte som någon annan här. Inte, inte, inte.

– Dricker? Du som ser så fräsch ut. Eller, jag menar, jag gissar att du är något på tjugo. Dom brudarna ser inte ut som du. Fast du kanske har någonstans att bo? Vad hade du i billirubin?

Jag sträckte lite på mej, förvirrad över att på något sätt vilja skryta.

– 47. Det ska vara…

– Runt 25, jag vet. Men då är det ju ingen fara, varför är du här?

– Det är ju förhöjt, sa jag lamt och lite snopet.

– Du, jag har haft över 150, och en polare till mej hade över 200 och han överlevde! Fast då var han riktigt dålig ett tag förstås, gul och avsvimmad i sådan där… koma. Koma, heter det. Men han klarade sej, så 47 – vad är det för jävla dagisrekord?

Jag såg på honom. Han hade inga synliga ärr efter vilda knivslagsmål, inga tatueringar skymtade under landstingsskjortans uppkavlade ärmar, armarna var inte sönderstuckna av grova nålar… Ändå så heltorsk.

Jag reste mej och slängde Princepaketet på bordet framför honom. Han skulle inte behöva fråga.

Han sa inte tack.

Jag la mej på min säng. Alla människorna… och jag. Jag var så rädd.

I fyra dygn hade jag gråtit och spytt, och inte förrän nu hade jag kraft nog att vara rädd. Overklighetskänslorna, paniken över att inget kändes som om det var på riktigt, var över mej. Det ironiska i att det jag ville bli fri från, overkligheten, var dubbelt så förekommande på avdelningen. Tiodubbelt. Jag hade inte varit oskuldsfull, jag visste ju att det skulle bli jobbigt, men ingen hade kunnat göra mej förberedd på den otäcka tankegången: Tänk om det inte hjälper att hålla sej ifrån droger? Tänk om jag alltid kommer att må så här? Jag började ju med oskyldiga xanor, utskrivna av läkare för att lindra min panik. Grundproblemet kvarstår – men botemedlet är borta. Jag kanske inte skulle kunna motstå att ta livet av mej i ren ångest. Var det då inte bättre att ägna sej åt lite självmedicinering än att vara en levande död neurotiker som inte törs någonting, inte ens lämna sitt hem? Ingen visste. Ingen. Vem kunde då döma mej om jag inte orkade längre, när valet stod mellan att ta livet av mej av ångest eller ta något som lugnade mej så att jag stod ut med att leva och kanske till och med fann det kul? Vilka var dom – alla – att döma?

Jag visste inte om jag skulle skrika rakt ut, eller avge livslångt tysthetslöfte. Innan jag bestämde mej gav jag med mej. Jag skulle ge behandlingshemmet Hemgården en chans. Vistelsen där fick avgöra. Situationen var låst hur jag än gjorde, så när det var dags för avfärd dagen därpå hoppade jag in i Hemgårdens lilla folkabuss utan att röra en min.

Jag åkte ifrån Stockholm, jag lämnade Knyttet att på egen hand hålla ihop J, jag stack ifrån Lisen efter att ha lovat henne att inte höra av mej förrän jag mådde bättre, jag bara stack från alltihop och bara åkte och åkte.

"Behandlingshem är ett mycket känsligt kapitel. Det handlar om etik och moral, stimulerande fysiska och psykiska aktiviteter, personlig integritet, överlappande ansvarsområden, klyftor som ändå gapar, tvångsförvaring i praktiken, välfärd och omsorg åt de små vilsna knarkarna. Vi bryr oss, ingen ska få fly från verkligheten, från livet, ingen ska komma undan, vi ska alla tvingas stanna kvar, tvingas säga ja till livet, tvingas till insikt att livet är värt att levas, andra åsikter tyder på sjukdom och inflytande av subkultur, missriktad upprorsmentalitet och allmän grinighet."

Jag fnissade förtjust. J:s röst ekade i mina hörlurar. Lisen hade hållit sitt löfte och skickat ett kassettband från Vrålhångelpremiären.

Jag låg i min säng på Hemgården och min första undran över om J:s mässande tal var speciellt lämpligt att lyssna på just nu, när saker och ting var som dom var, hade gett med sej. Detta var absolut lämpligt. J hade förmågan att skruva till allt, man visste aldrig om han var allvarlig eller drev med en. Då och då avbröts J av applåder och busvisslingar. Han var i sitt esse, och jag blev både glad för hans skull, och ledsen, nej arg, för min egen. Ligga här, som vanligt i en säng som skattebetalarna hade slitit ihop. När jag kunde varit ute i det brusande Livet med Lisen, Knyttet... och J. Fy skäms, Evelyn, men ligg där du ligger och rym för fan ingenstans, folk (och du själv) orkar inte med dej just nu!

Från en säng till en annan, men den jag låg i nu var mycket mer hemtrevlig, och när jag rörde vid huvudkudden prasslade det inte om den. På sjukhus brukar dom ju alltid stoppa in kudden i en plastpåse som extra spy- och kladdskydd innan dom trär över örngottet. Så var det inte på Hemgården.

Här var tapeterna trevligt småblommiga och möblerna gedigna och omaka. Det luktade inte sterilt Landsting någonstans. Golven var av blankslitet trä och faktiskt till för att gå på, inte bara avsedda att snabbt kunna sköljas av.

Jag delade rum med en tjej, Cissi, men annars kunde jag inte klaga. På min sida av rummet var det rent och prydligt, på hennes låg buntar av veckotidningar och läskburkar. Jag hade upptäckt att jag längtade efter lite ordning och reda, lite struktur. Stöket och oredan påminde för mycket om... om det där andra. På väggarna hängde tavlor av lador i olika stadier av förfall, gardinerna var av vit spets, och en prunkande begonia stod i fönstret. Rummet var mysigt och rofyllt, med snedtak och allt. Jag hade inget emot att dela rum med Cissi, hon var vänlig och neutral, och det hängde en tunn träjalusi som skilde hennes del från min.

Dessutom kunde dörren till vårt rum låsas inifrån, det var det första jag kollade.

– Här visar vi varandra ömsesidigt förtroende, försäkrade min kontaktperson Wioleth redan när jag steg innanför dörren på Hemgården.

Jag fnyste inombords, för jag visste vad det brukade betyda: Personalen skulle säkert kunna kräva hundraprocentig uppriktighet och lojalitet från min sida, men så fort jag krävde detsamma skulle dom bara skaka på huvudena och hänvisa till sekretessen.

– Dina väskor är tunga, vad har du i dom? sa Hemgårdens alltiallo Pedro.

– Böcker, sa jag kort.

– Böcker! Så trevligt, sa Wioleth och fortsatte lågt: Du förstår väl att du och jag tillsammans packar upp dina väskor? Vi har haft en del problem med att elever tagit med sej saker som inte hör hemma här.

Så efter att ha packat upp mina väskor och genomlidit min första måltid i den kombinerade mat- och samlingssalen, fick jag det lilla paketet Lisen hade skickat.

Sedan Wioleth ögnat igenom innehållet i det vadderade kuvertet räckte hon det åt mej.

– Du ser trött ut. Ska du stanna ett tag på rummet och vila? Vi serverar kvällsfika vid halv åtta, annars ses vi i morgon, Evelyn. Ställ väckarklockan – jag såg att du har en sådan, så att du kommer i tid till morgonsamlingen klockan åtta.

Jag gav henne ett leende till tack och gick tillbaka till mitt rum. Där öppnade jag paketet igen, och hällde ut det på sängen: en videokassett, ett vanligt kassettband och ett litet brev.

Stockholm den tjugondenånting november

Strulputta! Hur har du det? J har fått skitbra recensioner, utom dom där vanliga som hatar honom du vet. Din scenografi nämns i fyra tidningar, fast mest bara typ ”den kombinerade betong- och tyllscenografin inramar på ett slående sätt föreställningens komplexitet” du vet sån skit, fast visst är det KUL. Jag antar att du inte varit i form för att gruva dej ang recensioner, men jag har köpt dubbla ex, var inte orolig hörru. Hipphipphurra ! Jag har dragit en SLUTSATS för första gången i mitt liv! Säkert kan du inte se videon i fred, därför har jag spelat in väl valda delar på kassett – ber om ursäkt för ljudkvalitén – för walkman har du väl? Lyssna i lugn och ro och njut, J är svinsvinbra!

LOVE PUSS SMÄLL

LISEN

Post Scriptum: Dina dom där vridmojängerna på vänster scenkant är suveräna! Och vilka färger! Jag trodde inte det gick att fan FÄRGSÄTTA Lou Reed på det sättet. Du är bäst!

Lisen, underbara Lisen. Liksom karln i rökrummet på avgiftningen sa alla här att ”den där polarn du har, schysst brud, hon måste ha jobbat häcken av sej för att få in dej här för sånt är svårt, vet du”. Det gav mej – självklart – dåligt samvete, men fick mej också att sträcka lite på mej. Lisen hade fått in mej här, nu var det upp till mej att stå ut.

Och det var inte det lättaste.

Jag hade haft en diffus föreställning om att tiden på behandlingshem skulle vara någon form av retreat. Man skulle få ro att tänka över allt man gjort, gråta en smula i förstående personalfamnar, bli peppad av ex-gangsters som fattade exakt vad man menade. Ja. Jag skulle bli förstådd. Andra människor skulle stärka mej i alla fantastiska insikter jag värkte fram. Förstådd.

När jag legat på barnpsyk, och även på vanligt psyk, som tonårig anorektiker hade det funnits personal dygnet om. Personal som inte bara var beredd att ta emot förtroenden som kunde tänkas tränga på, utan som också inbjöd till vanligt prat. Det fanns något välvilligt, med vissa undantag naturligtvis, över själva vården.

När jag hade varit på Hemgården i sex förbannade dagar undrade jag inte längre över om minnet hade förgyllt vad jag varit med om tidigare som patient. Jag var tvärtom helt säker på att även om det mitt anorexia-jag varit med om inte var direkt himmel, så var jag i helvetet nu.

Allt var så satans håglöst! Alla, precis alla, hatade att vara på Hemgården, personalen lika mycket som eleverna. Jag hade fått ett stencilerat papper med ett schema som var späckat med föredrag, diskussioner, lektioner i avslappning och affirmationer, erbjudande om kuratorhjälp om man ville ha hjälp att skaffa bostad och alla hade rätt att få fobiträning i samarbete med psykolog. Just det sistnämnda blev jag ju glad över, men när jag hejdade Wioleth vid morgonsamlingen och visade henne pappret log hon bara lite konstigt och sa att jag tydligen fått ett gammalt informationsblad från åttiotalet.

– Det fanns pengar då, Evelyn. Idag ska du vara tacksam att Hemgården överhuvudtaget finns kvar, sa hon.

Wioleth såg lite trött på mej och kramade min axel. Jag log tillbaka och fick ont i magen.

– Men vad ska jag göra här då? Trots allt ska jag ju vara här i åtta veckor.

– Vi hittar på små billiga aktiviteter.

– Och om jag strejkar? Ja, vi strejkar allihop!

Wioleth suckade. Hon trodde att jag menade allvar.

– Det är regel nummer ett för Hemgårdens grundare att alla elever här måste lära sej att acceptera hur samhället är uppbyggt.

Många missbrukare har flummiga idéer om att just dom är utsedda till omstörtande revoltörer, men här ska man lära sej att se igenom det struntpratet.

Jag kände pulsen öka.

– Du menar ungefär, se bara hur det gick för hippies och punkare? sa jag.

Magvärken blev värre. Wioleth ryckte på axlarna och började gå.

– Ja, sa hon. Se bara hur det gick för dom.

Dag sju låg jag på min säng igen, och njöt slött över att ha lyckats fejka en förkylning för att slippa gå på ett föredrag som Hemgårdens grundare höll i samlingsrummet. Han kom på besök en gång i månaden och talade inför sina elever. Om vad visste jag inte, men jag kunde ana. Jag hade stått i fönstret och sett honom kliva ur sin illröda sportbil. Hans kostym var en kostym på det där närmast trendreligiösa sättet.

Av Cissi hade jag fått höra att han var smålänning. Det förvånade mej inte.

Jag ville hellre ligga på sängen och lyssna igenom J:s band, det gav mej en ironisk distans som var nödvändig för att härda ut.

Som J sa i hörlurarna:

"På behandlingshem tvingas man på gott och ont leva tillsammans med folk man annars hade hatat eller, varför inte, under andra omständigheter, hade älskat. Men i och med att man tvingas, just tvingas, leva med dom, blir situationen i bästa fall en nyttig erfarenhet, i andra fall bara vidrig. Personalen är alltid ett kapitel för sej. Väljer man att jobba med äckliga gamla psykon till urusel lön är man antingen idealist (det slutar med katastrof), eller bara trött på att vara arbetslös (då har man mycket bättre prognos att palla) eller helt enkelt galen."

Jag skrattade högt. På Hemgården fanns alla tre sorterna.

Det knackade på dörren och jag stängde av bandaren. Cissi kom instormande och rafsade åt sej papper och penna, tydligen för att anteckna föredraget. Hon nickade åt mej och rusade ut igen.

Jag hatar att abrupt bli tillbakaslungad till verkligheten när jag till exempel är djupt inne i en bok, lyssnar på musik eller målar. Samma sak hände nu. Jag hade tappat feelingen, och jag var så rädd att J:s suggestiva stämma skulle verka för mycket.

Vad visste J om behandlingshem? Det han läst i tidningarna, och hört av egendomliga polare. Cissi visste, men hon hade inte orden.

Hon hade ett extremt bra minne. Det hade inte alltid varit så, hon var normalglömsk tills hon var nitton år. Av Håkan, en gammal alkis som var här på gården för sista gången (soc vägrade att betala en behandling till åt honom om han inte blev bra nu) hade jag fått höra att Cissi tydligen blivit gruppvåldtagen i en hiss. Sen dess mindes hon precis allting. Hade hon hört ett personnummer en gång, kunde hon rabbla det utan att tveka två månader efteråt. Jag märkte det själv en gång vid en frukost när Wioleth hade klagat över att det inte fanns några ägg. Hemgården fick ägg levererade av den lokala äggbonden. Wioleth suckade och skulle just resa sej för att hämta telefonkatalogen för att ringa och klaga.

– 56 97 81, sa Cissi tveklöst. Så slipper du leta i katalogen.

– Men, sa Wiolet häpet. Hur...?

– Det stod på hans lastbil när han var här och levererade nyslaktade höns för tre veckor sen, sa Cissi.

Självklart hade dom satt Cissi i terapi tusen gånger, men det enda som hjälpte, som fick henne att glömma, var exakt 0,2 gram heroin intravenöst. En kabbe, helt enkelt. Den sortens självmedicinering är olaglig, därför var Cissi här. Jag kommer aldrig att klandra henne.

I ett försök att komma i rätt stämning igen tryckte jag på playknappen igen och rättade till hörlurarna.

"J'accuse!" vrålade J.

Jag knäppte av min walkman. Minnen dök upp, obehagliga.

Jag hade, av förklarliga själ, endast vaga minnen av premiärfesten. Jag hade verkligen gjort bort mej. Själva föreställningen mindes jag ingenting av, men efteråt i kulisserna med massor av människor och lika mycket vin hade jag stolt vrålat: "Hit med SPRITEN, jag ska ändå på avgiftning i morgon! Det gäller att passa på!" Och folk hade hurrat och sagt saker i stil med "that's the right spirit". Senare, när jag verkligen gått över från vin till whisky, förvandlades jag till Rebellen som satt och skröt med att jag ju egentligen inte behövde avgiftas, jag såg det hela mest som en semester med vila, gratis legala piller, och på det hela taget som ett sätt att mjölka Landstinget på pengar. Jag mindes applåder och hurrarop när jag sa detta.

Ännu senare, när folk hade börjat troppa av eller mest satt och hånglade, började jag – naturligtvis – böla. Jag grät och ylade att jag nog faktiskt behövde den där avgiftningen för att jag inte var riktigt klok och höll på att bli en patetisk fyllekärring, en ful fyllekärring dessutom och att jag nog höll på att dö. Lisen och Knyttet tröstade (gud, jag skäms fortfarande) och några dragna, sentimentala amatörpsykologer dunkade mej i ryggen och sa att "hörru tjejen, eftersom du inser att du har lite problem med drickat så är det ett bevis på att du egentligen inte behöver åka på någon avgiftning, där hamnar ju bara såna som inte har nån självinsikt liksom". Plötsligt märkte jag att jag hånglade med en av dom, innan jag lika plötsligt svimmade.

Och vaknade upp på TNE, för att efter några timmar slussas vidare till avgiftningen.

Jag rullade ihop mej på sängen. Minnena brände verkligen. Om jag skulle dö här på Hemgården, så fy fan vilken hemsk sorti från Den Riktiga Världen utanför!

Hemgården bestod av ett stort boningshus med fyra gamla statarlängor till. Som nyinskriven fick man bo i det stora huset tills man visat att man klarade av att bo (läs: sova utan för starka sömnpiller) ensam.

Jag antar att jag, av ren överlevnadsinstinkt, gjorde mej ganska omöjlig. Klarar man att se på det ironiskt, kan man nog klara av att vara var som helst och med vem som helst. Det blir värre när verkligheten tränger igenom den tjocka distansen.

Vi var sju patienter, eller elever som det hette. Tre var där på LVM och två var P 34:or. Dom som var frivilligt inskrivna, låg lägst på rangstegen. Eftersom jag var där under milt tvång, det vill säga att jag om jag skulle avvika inom en viss tid – två månader – kunde bli LVM:ad, var jag snäppet högre upp. Dom som var LVM:ade var dom som beklagade sej minst, dom kunde ju inte begära eller neka till någonting, eftersom dom var där på tvångsintyg. Rymde dom blev dom jagade av polisen, och omplacerade på rymningssäkra behandlingshem. Högst i rang stod dock P 34:orna. Det var fångar som ansökt – och fått – tillstånd att sitta av sin sista tredjedel av strafftiden på behandlingshem, främst om brottet varit drogrelaterat. Dom jag har träffat – inte bara dom tre på Hemgården – har alla ångrat att dom valde så. På ett behandlingshem är det alltid tjafs och skitsnack, uppslitande gräl och tristess. I ett fängelse är reglerna klara på ett helt annat sätt.

I datarummet stod en PC och en trave CD-rom. Man hade rätt att söka aktivitetsbidrag hos soc när man var på behandlingshem. Två killar, P 34:or, hade lyckats få en tusenlapp var, och köpt några uppfriskande dataporrspel. Gud, det var bland det äckligaste jag sett! Jag ville bara spy! Tänk att behöva leva med sådana människor, människor som leker väldigt verklighetstrogna sadistiska porrspel, för fan, kom man upp i ett visst poängtal fick man föra upp en pistol mellan benen på databruden och skjuta. Jag var så rasande, jag grät hela natten efter att jag första gången sett spelet. Jag kunde ju inte säga något, personalen höll på åsiktsfriheten eller vad fan dom skyllde på. Dessutom ville jag inte göra mej helt impopulär.

En av killarna, Cissi och jag kallade honom Flodhästen eftersom han knappast vägde ett gram under 150 kilo, gav mej ibland luriga ögonkast. Jag var aldrig rädd, inte riktigt rädd. Men jag la märke till hans blickar och böjde mej aldrig för att torka av matbordet om han var i rummet, sådana saker. Och det äckligaste av allt var att han gick på vår tjejtoalett och pissade på golvet. Cissi och jag pratade en del om det på kvällarna. En flodhästman som kollar på sadistiska porrspel hade inget på en damtoalett att göra, han skulle hålla sej och sin kuk så långt borta från en kvinna och framför allt hennes kön som möjligt. Han hade förverkat sin rätt. Han skulle inte ens få dela dass med oss.

Sådana där saker fattade inte personalen, att man kan bli galen av kampen att behålla sitt eget jag, sitt eget förstånd, sina egna principer.

– Men titta inte på Tobias spel, då.

Åh! Herregud, jag visste ju att det fanns där, jag visste att det fanns i hans sjuka hjärna, när jag såg honom dricka kaffe tänkte jag på hur hans feta händer kramade koppen, händer som...

På Hemgården kunde man enkelt sammanfatta den kollektiva anda som det stod så vackert i den uppdaterade PR-broschyren jag fått av soc med: alla snackade skit om alla. Och ja, jag hatade, riktigt hatade att tvingas bo med vissa av dom andra eleverna. Dom stank, dom var dumma i huvudet, dom var elaka, dom stal – jag höll på att bli galen. Jag försökte verkligen vara schysst, jag försökte inte göra mej "fin" (snart förstod jag att det var en dödssynd att sminka sej varje dag, det var snobbigt, så jag slutade måla mej helt), jag golade aldrig, rättade inte ord, hade mina sjavigaste jeans på mej – men jag visste att jag var snobbdömd i allafall. Droppen kom en kväll när jag varit på Hemgården i tre jävla veckor.

Vi stod några stycken i köket och bredde kvällsmackor, vi brukade turas om. Så, av någon anledning, sa jag något om att jag älskar hundar till finnen som höll på att hyvla ost.

– Jaså, sa han. Jag gillar också hundar. Jag snodde en en gång.

Jag tappade smörkniven i golvet.

– Va? Vad sa du? Är du inte riktigt klok? Varför då?

– För att jag kände för det.

Han log, han visste att han gjort mej upprörd.

– Men... tänkte du inte på hunden? Och matten, eller hussen, som måste ha blivit helt jävla förtvivlad?

Finnen ryckte på axlarna.

– Det var en afghanhund. Har man råd att köpa en sådan, har man råd att köpa en till.

– MEN DET ÄR JU INTE SAMMA HUND, DIN SKIT! vrålade jag.

Finnen la ifrån sej osthyveln och suckade.

– Sådana som dej kommer aldrig att fatta någonting. Ta det lugnt, livet är inte bara att lyda. Förresten, eftersom hunden var av en så pass ovanlig ras knackade snuten på hos mej efter några veckor och snodde tillbaka jycken från mej. Lika bra det kanske, han pissade ju inne.

Jag gick så fort jag kunde till mitt rum och slängde mej på sängen. Hade jag inte varit där på milt tvång, hade jag dragit direkt.

Jag grät över en timme, och bara vetskapen om att jag var tvungen att inte bara se utan också samarbeta med finnhelvetet fick mej att vilja skrika. Jag bara måste göra något, vad som helst. Teckna? Mina pennor var självklart stulna och grafitstiften skulle jag knäcka – mitt handlag var inte precis fjäderlätt för tillfället. Måla – åt helvete med KREATIVITETEN. Det skulle bara kännas som om jag lydde Wioleth-asets käcka råd att SKAPA nåt jävla förbannat KONSTRUKTIVT.

Jag höll på att bli galen, jag visste det. Jag längtade efter en schysst psykos, då skulle jag i allafall slippa vara medveten om helvetet på Hemgården.

Jag fick syn på min walkman med J:s band i. Han fattade definitivt inte ett skit. Varför skrev han, och pratade, om behandlingshem? Han skrev monologen i somras, när allt fortfarande var party och hur-man-märker-att-någon-är-loser-listor. Jag antog att just den monologen var viktig i sammanhanget. Han insåg väl att partyköret var nära att spåra ur, och att han för liv och pina inte ville hamna på ett sådant här ställe, men att det kanske skulle vara oundvikligt till slut. J, alltid redo. Anfall är bästa försvar. Han ville hinna före sina belackare, speciellt dom som som sett honom på releasefesten. Men nu jävlar... J skulle få veta.

Han var den enda som skulle fatta. Han måste. J var som jag, han bara måste förstå, annars skulle jag verkligen bli så sinnessjuk som jag önskade och samtidigt var livrädd för.

Jag slet fram block och penna ur byrålådan och la mej på sängen och började skriva.

Hemgårdshelvetet 16 december

Hej J!

Jag vill att du ska veta att jag hatar, hatar, hatar. Vad man än går på är ingen tripp i världen värd att åka in på behandlingshem för. Jag orkar inte fråga hur du mår, hur det är med Knyttet – ingenting för jag orkar knappt överleva överhuvudtaget. Här ska du få ett väldigt subjektivt men jävligt sant schema över en normal dag på Hemgården:

8.00 FRUKOST. Renlighetsmanikern (det brukar tydligen alltid finnas en sådan på institutioner, den här heter Eva) står i duschen för tredje gången sen uppstigandet, sjungandes högt för att spela obekymrad. Dom två som enligt schemat skulle laga frukost väcks av ilsken personal. Den kvinnliga chefen har sin vana trogen kommit en halvtimme tidigare – vis av erfarenheten – bara för att koka ägg, värma kaffe och göra gröt. Hon är tjock och suckar som om hon hade tröskIUnga.

9.00 SAMLING. Två tappra anställda talar om för oss vilken veckodag det är. Replik: ”Så är det tisdag igen. Margareta har namnsdag, namnet betyder pärla. Är det någon som känner en Margareta kan ni väl ringa och säga grattis såhär på Margaretadagen, va?

Ett svart bylte, en haschpsykosare från Zaire, rör lite på

sej: ”Jag kände en som hette Margit eller nåt, är det samma liksom? Pärla, alltså?”

10.00 FÖRELÄSNING/ FILM. Vi ser klassikern ”Vi hade i allafall tur med vädret” för att analysera en familjs sammanbrott och identifiera jag-svaga personlighetsdrag. Eller så håller en i personalen ett litet föredrag om vett och etikett, ger tips på hälsningsritualer vanliga människor har när dom träffas i tvättstugan (nyinflyttade hälsar gärna med eftertryck till skillnad från invanda grannar som brukar nöja sej med en liten nick och, om dom är kvinnor, ett litet leende).

12.00 LUNCH. Att benämna tid i måltidssammanhang på ett behandlingshem är ett hån. Folk äter. Folk vräker i sej. Folk smackar. Folk käkar, halvtuggar, rapar, fiser, öser in mer, äter tills dom blir hungriga igen. Sen återstår måltiderna.

14.00 TERAPI. Oftast är det gruppterapi med kontaktövningar där vi ska lära oss att lita på varandra. HA! Men annars: INDIVIDUELL TERAPI. Okej, här kan man, om man vill, utnyttja tiden väl. Har man en bra terapeut är detta ingenting att raljera över. Annars kan man ju alltid få timmarna att gå genom att lyssna på dom vänligt naiva frågorna av halvprivat natur och låtsas (även inför sej själv) att man är intresserad av svaren. Min terapeut, Wioleth, har långt brunt hår i en trådtunn fläta och självklart ingen behå. Eftersom hon har terapeutrondör och vansinnigt stora bröst får jag ofta kämpa mot impulsen att plötsligt störta upp ur min fåtölj, kupa händerna och stötta det framtunga ekipaget. Men mina samlade händer och krafter skulle väl knappt greppa ens det ena bröstet, så det får vara. För att göra Wioleth lite uppiggad berättade jag en gång om mina impulser, som hon fann mer intressanta än naturliga. Gjorde jag bort mej, J?

OBS! Jag överdriver kanske något litet, men på det stora hela är det så här det är. Du får inte tro att jag försöker avskräcka dej från att använda vissa kemikalier, jag kan bara krasst konstatera att du skulle bli tokig på ett sådant här ställe. För du har väl inte trillat dit igen? Jag tror, och hoppas, inte det, du har ju föreställningarna. Som du själv alltid sagt: Den dag mitt arbete blir lidande, då tar jag antingen livet av mej eller blir absolutist. För helvete J, inget är värt detta!

Vill avsluta detta hatbrev med en hyllning till alla oss som skapade föreställningen (mest dej förstås) och att du ger Knyttet en riktigt sugande tungkyss från mej.

din alkade vän Evelyn

PS Jag vet att du förstår.

Jag skrev med flit inget om J:s och min tid tillsammans. Det var lite ömtåligt, och det skulle ha känts som om jag gick bakom ryggen på Knyttet. Jag antog att J skulle bli tacksam när han läste brevet och upptäckte att jag undvikit ämnet eftersom han då skulle kunna visa Knyttet brevet med gott samvete. Jag ville verkligen inte förstöra för dom.

TV och cig. Tjock, stickande, nästan frätande rök. Efter kvällsmaten, som vi fick göra i ordning själva under begreppet ”social träning” satt vi där framför TV:n småtuggandes på matrester och dumglodde. I mångfaldens namn fanns det två apparater, men eftersom den andra stod i ett rum man inte fick röka i, hade vi i praktiken bara en TV. Det var ingen idé att käfta (snällla Evelyn, här käftar vi inte, vi diskuterar) om vad man ville se. Det spelade ingen roll. Hade det visats en underbar film hade jag skämts. Knyttet skrev och tipsade om ”Antonias värld” och att J tackade för brevet men tyvärr inte hade tid att svara själv – endast i ett litet PS skrev hon att J skötte sej, vilket gjorde mej lätt misstänksam.

Jag skrev ett vykort tillbaka och tackade för tipset, jag älskade den filmen. Ett vykort, eftersom jag bara inte orkade förklarade hur läget var på Hemgården, men jag skrev ändå att jag nog inte skulle palla att se filmen i sällskap med det där klientelet. Mina antydningar skulle nog få henne att förstå.

Men jösses vilket liv det blev på J! Två dagar senare ringde han till Hemgårdens kontor, mot alla regler, och krävde att få tala med mej.

– Jävla IQ-bracka, vrålade J i luren. Skriva att du inte ens kan se en hyfsad film bara för att rummet är fullt av smackande analfabeter och fistfuckare! Att du inte kan få ro i kroppen och njuta av filmen.

Jag var förvånad och stressad. Kontoret hade bara en fungerande telefon, och den uppehöll J. Den evigt hostande föreståndaren höll sej vaksamt i bakgrunden, med en blick på medicinskåpet. Hon log lugnande mot mej. Jag log brett tillbaka medan svetten rann.

Det var så underligt. J:s röst i mitt öra, på riktigt, mitt i alltihopa just nu. Miltals härifrån. Det slog mej att jag tyckte att det var både konstigt, fantastiskt och lite sorgligt att han kunde tala och finnas och leva utan att jag var med. Det högg i bröstet och jag längtade.

– Jag längtar, sa jag. Ingen annan har ringt.

– Du sa ju att vi inte skulle ringa. Har du ångrat dej? Ska jag säga till folk att det är okej att höra av sej?

– Vet inte. Jag visste inte att det skulle vara så här.

– Ja, om den där Hemgården är som du skrev…

– Nej, jag menar inte bara Hemgården. Jag visste bara inte att det skulle vara så här. Med allt.

– Jag fattar ingenting. Vill du ha besök?

– NEJ!

– Varför då? Jag är nästan lite avundsjuk. Du får helt gratis en unik insyn i en massa människors liv utan att lyfta ett finger. Du har möjlighet att etablera kontakt med, ja losers. Hur går det?

Hans varma men distinkta röst. Trösklungan hostade till och pekade på klockan. Jag nickade åt henne.

– Va?

– Jag måste lägga på nu. Om du ska ringa hit igen så får du be att jag ringer upp dej, vi har telefonautomat för sådant.

– Har jag missat något nu? Vad...

– Jag är här på retreat och är ännu inte mogen för utanförvärldens negativa stress. Jag är ledsen.

– Det är någon i rummet? Okej. Men tack för brevet, du skrev så jäkla kul om terapeuttuttar och haschtalibanen. Och ta permiss snart!

Trösklungan knäppte händerna och började se riktigt störd ut.

– Hejdå, jag skriver, sa jag.

– Hejdå och heroin och en flaska med rom...

J började provokativt skråla. Jag fnissade förtjust och oroligt.

– Det är bra, Evelyn, ta en sobril med vaniljsmak bara, så går det över. Fråga chefen på panget om hallon-propavan också, dom är ju så goda. Skål på dej älskling, ta inte med dej så mycket hiv hem till mej, lämna lite åt dom andra barnen, och upprepa högt och dagligen: TISSEL TASSEL MUMMEL VISK DET ÄR NI SOM ÄR SJUKA OCH JAG SOM ÄR FRISK!

Han skrek ut det sista och jag slängde på luren. Utan ett ord gick jag snabbt ur rummet, in på mitt nya egna (jag hade blivit anförtrodd att sova ensam) och slängde mej på sängen.

Jag skrattade så jag grät.

Sliten mellan två lojaliteter hade jag suttit på kontoret med luren i handen. Trösklungan med pedagogisk min å ena sidan, J från det verkliga livet å den andra. Och det var där, ute i det brusande, ickepedagogiska livet jag hörde hemma. Permis, hade J sagt. Visst hade jag tänkt tanken förut, men allt hade varit så hopplöst, så diffust. Vad hade jag att komma ut till? Folk jag hade svikit, människor som var besvikna på mej, en obeskrivligt skitig lägenhet och skulder. Jag orkade bara inte tänka på det, trots att jag hatade Hemgården. Kanske att...

Jag satte mej hastigt upp. Tanken var blixtklar: Det hade redan blivit hemtamt att gå omkring här och hata allt och alla, inklusive mej själv. Utan att överpsykologisera, så hade jag kanske funnit något slags jävla trygghet bland alla psykpuckon.

Jag måste ut härifrån! Ända från början hade jag varit fast övertygad om att stanna mina föreskrivna två månader, först för att jag ville bli bra och kanske rentav sluta dricka, senare för att bara inte bli LVM:ad. Det förstnämnda var ju en omöjlighet på Hemgården, men det andra fick bara inte hända. Gud, att bli inspärrad! I minst sex månader, lagen kunde sträcka sej åratal framåt. Tvångsförvaring. Här, eller på ett annat ställe, och bli tvångsmedicinerad.

Det knackade på dörren. Wioleth undrade med mjuk stämma om hon fick komma in.

– Visst, sa jag.

Jag upptäckte att jag grät. Fan också!

Wioleth kom in och stängde dörren efter sej.

– Jag upplever att du kanske vill prata, sa hon och slog sej ner bredvid mej. Du fick visst ett telefonsamtal. Har det gjort dej upprörd?

Jag hittade ingenting att snyta mej i. Wioleth, förberedd som vanligt, tog fram ett paket pappersnäsdukar ur koftfickan.

– Jag vill härifrån, snörvlade jag.

– Jag vet det, och det tror jag dom flesta vill.

– Varför ska jag gå här och mögla? Det blir jag ju inte bättre av. Mina levervärden är bra nu, jag har inte försökt rymma, jag har både blåst och kissat rent på proven, ni kan inte tvinga mej att vara här hur länge som helst. Jag vill hem nu! Jag har fått min läxa.

– Vi skriver aldrig ut en pati… elev från en dag till en annan. Vi måste ha en eftervårdsplan. Dessutom anser soc att det är bäst att du är här i två månader i allafall. Det måste vi hålla.

– Gud, så frustrerande! Ska jag bara gå här tills jag blir lika vrickad och nertryckt i skorna som dom andra….

Wioleth såg på mej. Hon ville så gärna vara kompis med sina patienter, men eftersom hon hade sådan makt, både rent juridiskt och socialt (hennes ord vägde tungt i utredningar), så var det inte möjligt.

– Permission, sa jag. En kort permission. När man varit här i fyra veckor brukar det beviljas, det säger Cissi. Att åka hem och hälsa på släkt och vänner till jul kan väl ingen nekas.

Wioleth la handen på min axel och kramade den mjukt.

– Det är just det, Evelyn. Jul och nyår är ju allmänna suparhelger. Därför beviljas ingen permission till storhelger. Ärligt talat, tror du att du skulle klara att stå emot alkohol då? Eller motstå frestelsen att ta några stezolid för att klara av att vara glad och lugn inför släkten?

Jag dröjde med svaret. Inte sen avgiftningen hade jag tagit

något benz, och jag trodde inte att det skulle vara något problem att motstå det. Alkoholen skulle bli svårare, men jag visste ju att om jag fortsatte dricka som jag gjort förut – nu tänkte jag i längre perspektiv – så skulle jag åka in och ut på sådana här äckliga behandlingshem och till slut förvandlas till en sån här Hemgårdslallande idiot tills soc – och alla andra – tröttnade och lät mej supa ihjäl mej utan att bry sej.

Jag vill sluta dricka
men jag vågar inte.
Jag vill dricka
men jag vågar inte
för då kan jag dö
och det vågar jag inte heller.

Jag funderade hastigt igenom vad Wioleth skulle kunna tänkas vilja höra. Något som tydde på självinsikt, något pålitligt och förnuftigt.

– Wioleth, sa jag och harklade mej. Du har rätt i det du säger, och jag tycker att det är mycket bra att storhelgsregeln finns när det gäller permissioner, speciellt om man som jag inte har varit här så länge. Men jag kän… upplever att om jag får träffa mina vänner före jul, alltså före själva helgen, så kan jag få förnyade krafter att ta itu med mitt terapeutiska arbete här. Lisen, min bästa väninna, kan säkert vara med mej hela tiden, och hon är pålitlig och nykter.

– Jag vet, sa Wioleth. Det var väl hon som tjatade på soc att du skulle få vård? Du har nämnt henne några gånger när vi haft terapi, dessutom har din socassistent talat så väl om henne. Men före jul, jag vet inte… Här har vi alltid planerade permissioner.

Varför har du inte sagt något innan?

Jag suckade.

– Du vet att jag omöjligt kan fira jul med mina föräldrar, och jag har varit skraj att träffa andra jag känner, du vet att jag skäms. Men så idag, när jag pratade med en urgammal killkompis, så fick jag liksom en kick. Jag måste ut och träffa folk igen! Jag blir galen här!

Wioleth log.

– Om Lisen garanterat möter dej vid Centralen i Stockholm och sen sover över hos dej, så kan du vara tillbaka här dagen därpå.

– Dagen därpå? Vet du hur lång tid det tar att åka till...

– Ta morgontåget när du åker härifrån, så hinner du med en hel del. Men, Evelyn, jag måste prata med dom andra först, jag kan inte ge dej tillstånd själv. Jag tror inte att det blir några problem, du har ju skött dej. Vi ska ha personalmöte i eftermiddag, så du har tur.

Jag fick. Trösklungan sa ja.

Värre var att ringa Lisen. Vi hade ju gjort upp att inte höra av varandra under min behandling, om inte jag ville. Nu, när det var dags, darrade mina händer när jag slog numret.

– Hej, det är Lisen.

Jag svalde hårt. Hennes röst. Efter flera veckor. Höll jag på att bli galen?

– Hej, sa jag. Det är dags nu. Jag är redo.

– Evelyn! Herregud! Du finns fortfarande! Jag har varit supernära att ringa, men vi lovade ju att hålla oss ifrån varandra under din... ja, vistelse. Vad då redo? Ska du skrivas ut?

– Om det vore så väl. Nej, jag ska ha permis. I hela två dygn, nästan. Jag undrar om du vill bli min bodyguard?

– Body... Aha, jag förstår. Jag ska hålla koll på dej. Ska jag sova över hos dej också?

– Japp, om vi inte sover hos dej förstås.

– Du, sa Lisen och sänkte rösten till ett väsande. Det går inte att sova hos mej, jag har en k-a-r-l installerad. Jag vill inte dela säng med både honom och dej, för han är bara min.

– Gratulerar! Penetrerad in absurdum?

– Vi gör inget annat.

– Men du kan slita dej från honom och sova över hos mej en natt? Du, mitt telefonkort är snart slut. Kan du den tjugonde och tjugoförsta?

– Visst, everything for you, babe. Nästan. Hör av dej angående tågtider!

Tågbiljetter bokades till den tjugonde respektive tjugoförsta december; Pedro, alltiallon, satt närmare en timme i telefon för att boka eftersom det var så tätt inpå julhelgen. Jag vet inte hur han lyckades, men han hade såväl kontakter som ett hotfullt förflutet eller vad jag ska säga, så det gick vägen.

Dans, eufori, frustration, men det gick lättare att stå ut med det externa kaoset nu när jag visste att jag skulle få åka därifrån snart. Jag brydde mej inte längre om att bli äcklad när byltet (alltid klädd i svarta säckiga kläder) från Zaire åt sina snorkråkor vid matbordet, när flodhästen lämnade sina kladdiga porrtidningar på tjejtoaletten, när alkisfinnen spelade Sånt är livet med Anita Lindblom så högt han kunde på sin svajiga bandare halv sju varje morgon.

Jag stod ut.

Frihetskänslan forsade över mej när jag såg Hemgårdens minibuss vända vid tågstationen och köra iväg. Jag drog långa, djupa andetag. Vinterkylan gjorde utandningarna till stora moln.

När jag klev på tåget märkte jag att jag hur enkelt som helst kunde kliva upp. Jag behövde inte vila några skakande benmuskler! Jag hade fått muskler och kondis, jag var inte ett dugg yr, kanske hade det inte ens varit fråga om panikångest, jag kanske helt enkelt varit otränad. Alkohol skapar ångest, även rent fysiskt. Nu, när jag skulle låta bli, eller trappa ner rejält, kanske jag skulle bli fri från allt det där! Jag var ju fjorton år när jag fick min första panikattack. Fjorton år, och vad hade jag gjort då? Jo, det var året när jag blev full första gången, och jag hade näringsbrist av bantning. Näringsbrist ger yrsel, yrsel ger panik, panik leder till självmedicinering (alkohol) och den ger ångest. Nu, med ordnade mat- och dryckesvanor skulle allt kanske funka!

Självklart är sådana tankar förbjudna.

Efter tiotusen timmar kom jag äntligen till Stockholm. Jag hade inte pratat med nån på hela resan, utom med tjejen i restaurangvagnen där jag INTE köpte öl, där jag INTE köpte vin. Annars brukade jag alltid fara runt i vagnarna efter andra som var lika pratsaliga (och packade) som jag. Folk som dricker på tåg – och dom är förvånande många – finner alltid varandra, och har utan tvekan roligast.

Nu var det första gången på fem år som jag reste nykter och utan ens den minsta sobril, och mitt nya jag äcklades nästan av några finnars vodkaskrålande från en kupé, och den obligatoriske kostymmannen med darrande manschetthänder mitt emot mej verkade faktiskt patetisk.

Så det var en stolt Evelyn som stod utanför Centralen, stolt också för att hon med livet som insats gått tvärs över den stora hallen. Ja, jag tycker fortfarande att det är läskigt. Är det massor av folk där får jag cellskräck och svårt att andas, och är där nästan folktomt får jag panik för att vänthallen är så himla stor och då glömmer jag bort att andas.

Lisen visste ju om allt det där, därför hade hon blivit extra glad när jag föreslagit att vi skulle ses utanför.

– Gud, Evelyn, pallar du verkligen med det?

– Ja, filosofin på Hemgården är att skåda skräcken i vitögat, även om man känner sej som ett utskitet äppelmos, hade jag svarat.

Behandlingshem kan göra sånt med en.

Men nu stod jag där, solen gassade i kylan och folk stod i kö till kiosken som sålde varma kastanjer. Jag började slappna av. Lisen var uppenbart försenad. Jag köpte några kastanjer med ena ögat på utkik efter henne. Ingen Lisen.

Jag gick tillbaka och lutade mej mot Centralens skrovliga vägg. Snart ställde sej några brudar i artonårsåldern någon meter från mej. Jag blundade, vände ansiktet mot solen och tjuvlyssnade.

– Hörde ni om Sonja? Att hon är sjuk? Magen, sa en av brudarna.

– Gud, ja! Och vi som har PREMIÄR på ELEVARBETET den tjugonde! Men hon ska STÅ PÅ SCEN även om hon spyr njurarna ur sej, det har hon sagt, sa en altstämma.

Jag sneglade lite. Visst var det teaterbrudar som var igång. Såna som nyttjar magstödet till att höja rösten om allt som har med deras TEATERSTUDIER att göra. Såna som har medvetet fula kläder på sej, störtsäkra på att inget kan missklä. Tvärtom kan dom oformliga plaggen i omöjliga färger framhäva deras unga fräschör. Tyvärr har dom rätt.

Frigjorda är dom också. Det är alltid dom som låtsas tappa tvålen på offentliga duschar, så att dom får visa allt när dom böjer sej för att ta upp den. Bara för att man själv ska stå där och stirra på deras inre blygdläppar och känna sej hämmad.

Altrösten harklade sej.

– Jag tror att Sonja är lite knäckt också. Det är ju slut med Pierre. Bara hon inte bryter ihop PÅ SCEN!

– Det är nog ingen fara, aldrig skulle hon svika TEATERN bara för att hon har nån magsmitta eller för att Pierre har varit dum, sa den andra.

Plötsligt kände jag hur varmt solen egentligen sken, trots all snö på marken. Det kändes som om solen koncentrerades just på mej. Det var massor av folk omkring mej, hjärtat bultade hårt, kastanjen var för salt, paniken började få tag.

Jag kisade mot teaterludren, dom stod helt avslappnade och gapade om den där jävla Sonja. Fattade dom inte hur bortskämda dom var? Herregud, att bli smittad innebär oftast att man blir smittade av någon, alltså att man överhuvudtaget varit bland folk, att bli sviken av sin pojkvän innebär att man i allafall haft en, jävla bekymmerslösa skitarslen som gravallvarligt framställer Ångesten och Smärtan på nån skitscen, dom står bara här, det är självklart för dom, jag kan aldrig bli som dom, fan, jag låter avundsjuk, men jag kan aldrig aldrig aldrig bli så obesvärad att jag ens försöker, jag kanske inte ens vill...

Jag hade väntat över en kvart och visste att jag skulle skrika högt, rakt ut, och börja gråta mycket snart. Snabbt vinkade jag till mej en taxi. När jag satte mej i bilen var huvudvärken total.

– Inget bagage?

Jag skakade försiktigt på skallen, den kändes konstigt stel.

– Bara den här väskan.

Jag sa adressen och fick på så sätt kontroll över overklighetsnojan. Det gick liksom upp för mej att jag skulle hem, hem till mej. Fri. För mej själv. Runt två månader hade jag varit övervakad, kontrollerad, blottad för bedömning. Hade det inte varit personalen så hade det varit nån annan av alla som jag tvingades leva med. Precis hela tiden, alltid någon.

Och nu var jag fri. Eller i vart fall ledig.

– Ska jag höja värmen lite? frågade chauffören lojt. Det är verkligen ovanligt decemberkallt trots att solen skiner. Hela stan skulle behöva värmas upp av en jätteglögg.

Jag lät min röst tala och min mun le.

– Verkligen. Förresten, kan du stanna till vid Systemet där borta? Jag fortsätter hem sen.

– Visst.

Det är alltid perfekt temperatur i ett Systembolag; på sommaren svalt och skönt, på vintern uppvärmt och bra. Nu var det ganska mycket folk där, men betjäningen var snabb och jag njöt av att ha återfått kontrollen.Hjärtat slog normalt, jag var inte yr. Mitt nya liv var tydligen inte så nervigt! När jag log mot expediten log hon tillbaka.

En kvart senare låste jag upp min alldeles egna dörr. I hallen hade någon (Lisen?) hängt upp serpentiner. Köket var rent, allt var diskat och i kylen stod en ugnsfärdig hemmagjord paj, fräscha grönsaker, franska ostar och läsk (!). Jag blev alldeles varm. Lisen. Underbara.

Jag la in det jag hade köpt, två öl och en starkvinsglögg. Jag hade verkligen förtjänat det! Helt ren i evigheter, och, som dom säger på Hemgården, det är hur man dricker som är viktigt, inte vad. Och det var ju kallt, hade inte taxichauffören sagt det kanske? Att hela stan behövde en varm glögg? Jo. Och på Systemet var det fullt med folk. Det är ju inget onaturligt att man tar sig lite glögg när det är kallt. Ovanligt kallt, dessutom.

Ändå tvekade jag lite. Att värma glögg luktar. Lisen skulle missförstå. Hon skulle antagligen tro att jag tänkte råhinka i mej. Nej, glögg luktar, men en julöl...

Så jag drack ena ölen.

Fri. Men snart skulle Lisen komma och stanna hela kvällen, dessutom propsa på att sova över. Hon skulle aldrig förstå hur skönt det vore för mej att för en gångs skull sova utan att känna mej övervakad. Ja, hon skulle kräva att få sova här "med tanke på omständigheterna, du har ju inte varit riktigt pålitlig, jag har ju faktiskt ansvaret för dej nu Evelyn, jag lovade Wioleth...". Fan! Under såna villkor är det inte kul att träffa nån, inte ens Lisen, om man ska känna sej... spionerad på. Vi skulle driva varann till vansinne! Egentligen ville hon nog inte heller vara här, nyförälskad i den där vad han nu hette. Så kanske, kanske skulle jag kunna lirka med henne, om jag visade så kallat gott omdöme. Hon måste ju vara trött på att alltid ställa upp. Ställa upp och bevaka den där misslyckade som måste bevakas fast hon inte vill. Om jag bara kunde övertyga henne om att jag klarade mej alldeles utmärkt ensam... Ärlighet är ett honnörsord på Hemgården. Om jag kunde muta henne med det.

”LISEN; JAG HAR DRUCKIT EN ÖL! BARA SÅ DU VET ALLTSÅ!” skrev jag på telefonblocket och la lappen på köksbordet. Fast, då kunde jag lika gärna dricka den andra också, när jag ändå luktade öl.

Så jag öppnade bärs nummer två och kom på att jag inte sett mej omkring ordentligt i lägenheten. Jag gick in i mitt pyttelilla sovrum. Fräscha lakan, rentorkat nattygsbord, vädrat. Ny luft, nytt liv, ett riktigt liv.

Jag gick ut i köket och tog fram glöggflaskan.

Jag bestämde mej för att välkomna Lisen med lite glögg.

Jag bestämde mej för att smaka på glöggen.

Jag bestämde mej för att sätta upp en stor lapp på dörren: ”Lisen, jag är hos Knyttet och J. Ingen fara, jag ringer i morgon. Varför kom du inte till Centralen?” signerad ”En nykter Evelyn”.

Jag bestämde mej för ett återfall.

Begreppet återfall är varje missbrukares värsta fiende och bästa vän. Det tillåter en att skyla över ett egentligen fortsatt beroende. Dom flesta människor accepterar att nån trillar tillbaka om omständigheterna är dom rätta. Och det är dom alltid.

Jag visste det där. Men det gör inte en normal anhörig, i alla fall inte i första taget. För regler finns, och dom här reglerna kommer alltid att finnas, det är bara människorna som brukar dom som byts ut:

1) Anhöriga vill hoppas. Jag vet, kanske även dom, att det inte kommer att hålla, men låt dom hoppas. Därför passar det bra med ordet återfall, för det låter så en-enda-gångaktigt.

2) När man sitter och skakar i ett hörn på sjukhusets avgiftningsavdelning, häktet eller hemma i soffan så lyckas man hålla

en tanke i sin kaosskalle, nämligen ordet försöka. Det brukar funka dom första gångerna om man varit duktig och ren i några veckor mellan varje gång åtminstone. Man säger: ”Jag kan inte lova att aldrig mer, men jag lovar att försöka.” Då vet man att man bäddar mjukt för ett återfall, och sannolikt blir förlåten eftersom man ju bara lovat att försöka.

3) Anhöriga står ut med mycket, eftersom det förväntas av dom. Dom känner trycket – inifrån och utifrån – att klara av det, att återställa (mitt) lugn, säger till sej själva och varandra att dom bara måste vara starka. Dom rannsakar sej själva, anklagar både andra, varandra och sej själva. Dom vet alltför väl att såväl kvällstidningarnas söndagsbilagor som terapeuterna kallar dom medberoende.

J visste också allt det där, precis som många, många andra som är i vår sits nu kan det utantill.

Vi är klyftiga, riktigt smarta. Som psykdoktorn säger: manipulativa. Annars hade vi inte kunnat rida på reglerna. Dumskallarna, dom efterblivna, ocharmiga, ickeverbala går under. Dom dör rätt snabbt för ingen orkar med dom, att rädda dom, ens ta i dom. Anställda på psykavdelningar och avgiftningar är luttrade, men gallrar ändå medvetet eller omedvetet för att dom måste: Har det här människobyltet nån förutsättning?

Jag vet inte varför jag valdes ut att få rätt till behandling. Antagligen för att jag kan prata för mej. Vilket liv som helst kan låta spännande och hjärtknipande om man bara berättar om det på rätt sätt.

Och J? Onekligen av samma anledning som jag i början. Och för att han var begåvad. Till slut för att han var kändis. Dom kämpade med honom in i det sista.

Det här hände för så länge sen, men jag minns tydligt hur Lisen suckade högt i trappuppgången och försökte låsa upp dörren. Det gick inte, för jag hade vridit om sjutillhållarlåset. Jag höll andan tills hon klampade iväg igen, väntade en minut och tog in lappen som satt på dörren. På baksidan av mitt meddelande hade hon skrivit: ”Tunnelbanestopp en halvtimme. Och inte ett ord till tack för städning och pajbakning! Och du lånar inte min Kokaiitröja (ligger i påse i hallen). Helvete! Lisen som dyrkar dej. P.S. Och pajen smakar nog skit.”

Jag drack upp det sista av glöggen, rörd och knottrig på samma gång och mumlade om och om igen: ”Jag hatar mej, jag hatar mej för det här, jag hatar mej” medan jag öppnade städskåpet och drog fram lådan med glödlampor, batterier, radion-som-ska-lagas-någång och garnnystan. Ingen vermouth, men en lapp med Lisens handstil. ”NICE TRY, EVELYN. Men varför talar du inte om att du mår så hemskt att du vill dricka?” Jag var så besviken att jag började gråta. Avslöjad. Som om hon bara väntat på att jag skulle börja supa. Gud, så jävla mysfiffig hon måste ha tyckt att hon var!

Skitförbannad gick jag in i vardagsrummet. Där, bakom vänstra högtalaren som doldes av den långa gardinen, där bara måste jag kolla. Ja. Ja!

Det kunde ju inte vara mitt fel att hon inte hade checkat överallt. Där, ett sånt enkelt ställe! Det här hade hon slarvat med, inte gjort ordentligt, hon hade helt enkelt inte brytt sej EGENTLIGEN! Hon hade inte orkat. Gråtit klart över mina svek. Och det var rätt åt mej. Lisen hatade mej till slut.

Lika bra att supa ihjäl sej då.

Så får dom som dom vill.

Så får jag som jag vill.

Så blir alla lyckliga då. Dom glömmer mej snart. Några kommer att minnas mej, förhoppningsvis med hat. Men dom kommer att klara sej, och dessutom vara lyckligare när dom är befriade från mej, råalkisen Evelyn. Dom andra kan snyfta falskt och tillgjort vid min begravning. Men Evelyn Spöke kommer att vaka över de sina. Kanske gör hon mer nytta som död? Ja. Så denna whiskypava skall hällas i hennes mun.

Så kände mer än tänkte jag. För mitt i detta masoschistiska, nästan njutningsfulla kalas, visste jag med förnuftet att jag var välkommen tillbaka till behandlingshemmet. Precis som J och, misstänker jag, andra drogfreaks, såg jag till att alltid ha en annan möjlighet som alternativ.

Det var ungefär då, när jag druckit halva whiskyn, som J ringde. Jag var övertygad om att jag lät och tänkte klart, men samtidigt inte. Rutinerad av tusen låter-jag-packad-så-det-märks-samtal gjorde jag samtalet kort.

Ja, jag är hemma. Nej, Lisen är ute och handlar mjölk, hurså? Nej, jag är inte dragen! Tycker du det? Nej, säger jag! Sluta, det är jag inte alls!

På med luren, präglat av ett stort nu-skiter-jag-i-allt och en enorm trötthet.

Jag hörde inte när han kom. Jag vaknade inte när han ställde sej på knä vid soffan. Jag minns vagt att han skramlade med nyckelknippan med alla nycklar som hörde till min lägenhet, skakade den precis vid mitt öra. Men jag minns klart hur han tvingade i mej den sötklibbiga vätskan och att jag snabbt mådde nåt för överjävligt illa.

– Lugn, Evelyn. Det är inget farligt, bara kräksirap. Du måste få upp det du har druckit. Minns du om du har tagit några piller? Har du det? För då måste jag ringa ambulans.

– Inte ambu…

Jag spydde rakt ut.

– Det är bra, ut med det bara. Jag är beredd med hinken. Gud, vad… Fan! Kan du vänta nu, jag måste fan spy jag med.

Stackars J, alltid äckelmagad. Och som jag spydde. Det värsta med kräksirap är att den inte slutar verka fastän magen är tom, man kan hålla på och hulka i timmar trots att även gallan tagit slut. J satt hos mej hela kvällen med hinken redo, tröstade mej när jag grät över smärtan, skrek på vatten för att ha nåt att kräkas upp och var säker på att jag ville dö. När jag äntligen somnade av utmattning bar han in mej till sängen och när han fräste att jag var tung och borde ha i allafall lite anorexia kvar, log jag och visste att allt var bra.

J. Den natten var han allt. Allt.

Han låg tätt intill, vaknade genast för att trösta, och bara han och jag var länge dom enda som visste att en av hans vackraste diktsviter blev till av stoffet från den natten.

På morgonen var han effektiv anhörig, förtjust över att själv få spela den rollen. Han ringde och bestämde och ordnade och sa hela tiden ”men nu är hon under mitt ansvar” och måste ha haft ganska roligt. Jag protesterade inte ett dugg när han sa att tågbiljetterna var bokade till tiotåget och att personalen på Hemgården skulle möta oss halvvägs med minibussen för att ”ta över” mej.

Vad jag tänkte på? Inget, tror jag. Jag minns inte, men jag stänger alltid av när jag är rädd.

Om jag skämdes? Nej.

Mitt återfall gav mej inga som helst skuldkänslor. I min så kallade behandlingsmodell ansågs återfall som något nästan oundvikligt, till och med som en bekräftelse på att ”något höll på att hända” i ens psyke. Att terapin varit framgångsrik, eftersom den väckt så många jobbiga minnen till liv att man knappt kunde klara av dom. Det var på något sätt duktigt att så många starka känslor kom upp till ytan att man inte visste hur man skulle hantera dom, utan föll tillbaka. Det var tillåtet att falla, eftersom man varit så duktig i terapin liksom. Wioleth nästan myste.

– Det viktiga nu är hur du hanterar dina känslor efter återfallet, sa hon och räckte mej en bunt papper.

Jag visste vad det var för papper. När andra trillat dit på Hemgården hade dom fått likadana. Det var tabeller och scheman. Jag vet att det låter sjukt, men det var så tryggt att allt hade sin gilla gång. Inga undantag gjordes för mej, jag behandlades som alla andra. Ingen ur personalen tog mej avsides för att förtroligt säga att du Evelyn, som är så smart och begåvad och så synd om, du behöver inte förklara någonting, vi förstår att det måste vara jobbigt för dej att vara här med alla ointelligenta dårar.

Det kändes fan ta mej tryggt att sitta och fylla i formulär med frågor som ”Vad exakt kände du tio minuter före ditt återfall? Sätt kryss för vrede, maktlöshet, sorg eller annat (i så fall vad)”. Jag var på vippen att skriva ”Lycka”, men ändrade mej.

Lisen hade skickat brev någon dag efter att jag kommit tillbaka till behandlingshemmet. Hon skrev att jag genom mitt svek fått henne att tjuta skallen i bitar. Att hon hatat och hatat. Hon hade verkligen sett fram emot att träffa mej. Sviken.

Jag kryssade för att jag kände mej maktlös.

Fatta hur satans... oanständigt det kändes att sitta och analysera tillvaron bit för bit. Att smaka på livet teskedsvis. Säkert var det nyttigt för mej som alltid sveper hela kakan utan att känna smaken, för att (numera i bildlig mening) sen spy upp den och gå vidare som om inget hänt. Men att göra det så... statiskt, det var så skruvat.

Wiolet sken som en sol och kvittrade ”Äntligen känns det som om vi komunicerar på allvar, Evelyn!”.

Jag log artigt mot henne.

– Det är inte bara Lisen som har skickat brev. På kontoret ligger en hel drös som kom samma dag du åkte. Vill du att jag ska hämta dom andra breven? frågade Wioleth.

Jag såg hennes mun röra sej, men rösten var liksom fördröjd. Jag öppnade munnen, men fick inte fram ett ljud. Attacken kom så plötsligt, helt utan förvarning, det var hemskt. Wioleth böjde sej mot mej som i slow-motion.

– Evelyn, mår du inte bra? Du är alldeles blek. Vill du att jag ska ringa efter doktorn?

Jag vågade inte skaka på huvudet, det var så tungt.

– Abstinensen brukar komma på tredje dagen, men det här är ju bara den andra, började Wioleth.

Jag blev rasande. Skulle HON tala om för mej vad abstinens innebär när jag höll på att svimma.

– Jag vet! skrek jag. Men det är så annorlunda...

Wioleth hoppade till.

Jag lutade sakta mej tillbaka mot den ergonomiska mysfåtöljen. Hade jag orkat hade jag krossat den förbannade gubben i månen-klockan. Wiolet försvann ur rummet. Jag önskade, verkligen önskade att jag kunde svimma på riktigt. Verkligheten hade kommit ikapp. Vad hade jag gjort egentligen? Åkt hem till Stockholm, svikit min älskade Lisen så hon grät, spytt i J:s armar, mer eller mindre tvingat honom att på hans få lediga föreställningsdagar kånka ombord mej på ett tåg och åka med mej hela vägen till Bergslagen, blivit skjutsad från tåget till Hemgården i baksätet på deras minibuss, blivit ledd in i mitt rum medan hela puckogänget såg på och flinade, sen sovit ruset av mej för att komma ner till frukosten och bete mej som om allt detta var den naturligaste sak i världen. Dom andra puckoeleverna hade nästan hyllat mej, ja inte som en hjälte, men som om jag klarat något slags mandomsprov, jag var en av dom nu. En av dom. Och jag hade mått bra, känt lite som om jag bara varit ute ett tag i världen utanför som omväxling. Det kändes som om jag testat verkligheten. Och upptäckt att den fanns kvar.

Och att jag inte platsade i den.

Wioleths och någon annans röst hördes in till mitt rum. Wioleth och... Trösklungan, föreståndaren. Tydligen var hon sjuksköterskeutbildad. Lågmälda stämmor, men jag hörde.

– Ja, sa Wioleth. Jag ringde jouren, men du vet, så här nära julafton, vi får nöja oss med det vanliga mot kramper sa han. Det är ju möjligt att hon får det. Tre? om dagen, sa han. Om det inte är vanlig baksmälla, du vet den där vanliga ångesten dom får, dom upplever ju allt möjligt ibland vid återfall, så skulle vi ringa igen.

Jag drog filten över huvudet. ”Dom upplever.” Trodde hon att jag var döv, eller sket hon i att jag hörde? Jag var ju ändå bara en av ”dom”. *Wioleth, jag upplever att jag vill döda dej. Om du har tur kan du få med dej dina fotriktiga tofflor i graven.*

– Evelyns värden är okej. Urinprovet var rent, inte ens benz. Jag tror att vi får se det här som ett ordinärt alkoholåterfall. Det bekräftar också vad hennes soc skrev, att Evelyn egentligen bara är alkoholist, och att hon tar till benz när hon inte har dricka till hands.

Jag låg i sängen och hörde och hörde. Socrapport? Alkoholist? Pissprovet, när lämnade jag det? Antagligen igår, när jag var så väck. Det var riktigt otäckt att inte minnas, och ändå skönt. *Jag är en som inte kan ta ansvar för mina handlingar. Jag vet inte vad jag gör. Därför kan jag göra precis vad jag vill. Precis vad jag vill. Och ni kan inte bli arga. Jag vet ju inte vad jag gör, det säger ni ju själva.*

– Jag upplever Evelyn som mycket sensitiv och mottagande. Hon är ju trots allt en sån där konstnär. Därför föreslår jag att hon får tänka över sin situation över jul och nyår, hon behöver inte vara med på allmänna aktiviteter, sa Wioleth.

Trösklungan hostade en stund.

– Ja, sa hon till slut. Du är ju hennes terapeut, och om det är din bedömmning, så... Du jobbar ju dom närmaste dagarna, se bara till att hon är med och äter, och gärna är ute och rör på sej inom rimlig tid. Förresten, vill du följa mej till kontoret? Det är ett schema jag vill diskutera med dej.

Dom försvann. Äntligen.

Jag sov i nästan ett dygn. Då och då kom någon, vanligtvis Pedro, och väckte mej för att jag skulle dricka vatten. För första gången upptäckte jag att han hade snälla ögon. Det var så konstigt, jag hade ju sett honom hur många gånger som helst.

– Det är viktigt att du dricker mycket, och försök få i dej lite mat. Om du vill kan jag bära upp den idag, men i morgon måste du komma själv till matsalen, sa han.

Att jag inte lagt märke till förut att han inte pratade som den övriga personalen, med psyktermer och klyschor! Bara därför nickade jag åt honom, och lovade att bli en aning mer social dagen därpå och äta med dom andra.

– Det är ju julafton i morgon, sa Pedro. Extra god mat.

Julafton. Jag önskade att jag inte lovat någonting. Julafton med puckona!

– Här är dina propavan, du ska ju ta dom senast tio på kvällen så det är dags nu. Hoppas dom hjälper.

Jag svalde dom girigt och bad Pedro släcka i taket. Hade jag tur kanske jag skulle sova hela dagen i morgon också.

Jag vaknade med ett ryck.

Allt var kolsvart, tyst och mitt i natten. Sängen kändes varm, lite klibbig. Hur länge hade jag sovit? Vad var klockan?

Jag reste mej, gick vant i mörkret fram till fönstret och drog upp persiennerna. Mina ben darrade, jag hade legat länge till sängs. Månen spred ett svagt skimmer i rummet, nästan hotfullt blottades min varma säng med ihopstuvade sängkläder, byrån med en låda slarvigt halvöppen, det lilla skrivbordet med en trave tummade pocketböcker, garderoben, trägolvet med dom breda planken...

Jag tände skrivbordslampan och genast kom verkligheten tillbaka. Just när jag började andas ut och inte känna mej sovkonstig längre, fick jag syn på bunten av brev som låg på skrivbordet. Någon hade burit upp dom från kontoret, Wioleth hade ju sagt att det kommit brev.

Jag kollade på klockan. Halv fyra, och visst ja, det var ju julafton. Frukosten skulle serveras klockan tio, även institutioner firade tydligen med sovmorgon. Jag skulle ha tid att sitta och läsa breven, och ändå kunna sova några timmar.

Att läsa själva breven skulle väl inte ta så lång tid, men jag visste, gud, jag visste så helvetes väl att jag skulle börja Tänka och Minnas, och då kunde jag hålla på hur lång tid som helst.

Tveksamt rörde jag brevhögen. Jag skulle vara tvungen att läsa igenom den. Skulle jag lägga mej i min äckliga säng nu, skulle jag bara ligga och gruva mej. *Evelyn, du har just haft ett så kallat återfall, du är i så kallad psykisk obalans, du är en så kallad sensitiv varelse, det är julnatt och du kan inte sova. Ha en äkta masochistsession för fan och få det överstökat!*

Jag satte mej vid skrivbordet och bestämde mej för att ta breven i tur och ordning. Det första var från Knyttet.

Stockholm 17/12

Hej Evelyn!

Jag är inget bra på att skriva som du vet, men jag vill att du ska veta att DU ÄR BÄST och att jag önskar dej ett (nyktert) Gott nytt år. J är på turné, kommer hem den tjugonde för att fira jul, jag tror han sköter sej men man vet ju aldrig. Jag är så trött! Om det inte vore för att du är på behandlingshem och kämpar och är duktig, så vet jag inte om jag hade orkat leva. Det är så skönt att veta att du sköter dej! Jag orkar ingenting, så jag tar ledigt en termin och börjar med att vara helt själv på Gåsö några veckor, mina föräldrars lantställe är så fint och TYST. Du vet adressen och telefonnumret, men ring inte på mobilen för den tar jag inte med mej. Hejdå gamla bästis!

Knyttet

Arma krake! Hon skulle bara veta... Ja, nu visste hon ju. Och ta ledigt en termin, Knyttet som alltid varit så plikttrogen. Hon måste vara helt slutkörd.

Jag hejdade impulsen att sträcka mej efter block och penna, det var lika bra att läsa alla brev först. Nästa var från Lollo.

Paris, place de la SKITKORV 14/12

Bonjour, din gamla alkis!

Hur är det? Är det hemskt? Jag kan precis tänka mej dej på ett sånt där HEM. Du måste vara desperat, du hatar ju alltid precis alla så fort du tvingas vara i grupp. Vad är det för hem, är det A-lagare eller finalkisar? Finns det knarkare där? Har du hört något från mamma? (Pappa hör ju aldrig av sej.) Hon är skitarg på honom. Jag vägrar att åka hem till julen. Det blir ju bara gräl dom emellan. Mamma är övertygad om att det är pappas fel att det gått snett för dej.

Evelyn, allvarligt talat: Jag vet att du fixar det här. Detta är något du ivrigt försatt dig i, och med samma beslutsamhet kommer du att ta dig ur det.

En sak till – en viktig, och jag dödar dig om du säger det till någon: Alla säger att du och jag är så himla olika. Det är vi inte. Jag – karriäristen med höga ambitioner och stenhård disciplin. MEN! Det är du också. Du vill vara bäst på att vara sämst, om du förstår vad jag menar. Det kräver en hel del disciplin att kröka ner sig så, en viss målmedvetenhet att strunta i alla varningssignaler, som du nog trots allt fått. Ända sedan vi varit små har du gått din egen väg, och – du MÅSTE lova att inget säga – jag beundrar dig för det. Jag skulle aldrig våga trotsa mamma och pappa sådär, och bli konstnär. Nu har jag ju inte konstnärstalang, men ändå. Du är modig, Evve, och detta säger jag sisters between.

Du vet hur dålig jag är på att berätta något om mig själv, men jag kan i allafall meddela att jag flyttar ifrån det här studentrumshelvetet (se överst på pappret) i februari, och in i en riktigt fin andrahandstvåa. När jag är säker på adressen med alla siffror och så, skickar jag den.

Jag önskar dej ett gott nytt år, och hoppas att brevet hinner fram i tid. Vi ses på mammas 50-årsfest.

din lillasyster

Jag bara stirrade på brevet, var tvungen att läsa om det. Lollo hade verkligen bjudit till. Jag visste hur svårt hon alltid haft för att vara riktigt personlig, i allafall mot oss i familjen, och detta var inte bara julsentimentalitet. Hon och jag hade alltid haft en speciell kontakt, ett slags ömhet på distans (jag kom allt oftare på mej själv att tänka i Wioleths termer, och ryste). Snabbt sprättade jag upp nästa kuvert, för att förhoppningsvis känna mej bättre till mods. Det var från Gisela, och innehöll ett superdesignat julkort med en svart naken kvinna symboliskt på ett kors:

God jul ÄLSKLING! Vad sägs om kortet? Greger har gjort det, jag sponsrat i vanlig ordning. Kom tillbaka till oss ÄLSK-

LING, vi saknar dig så. Du har så mycket att ge, inte minst med din konst. I mina kretsar är jag gammelmor, som du vet, jag vill så gärna hjälpa dig. Det kan jag också, men bara om DU vill. Är du säker på att du vill? Gisela

Greger, han som gjort kortet, var en av dom jag legat med i somras, och ingen jag ville minnas. Giselas adept, hur många var vi? Gammelmor, ett häxbegrepp som Gisela någon gång rett ut för mej, men jag mindes inte så noga. New age. Det påminde inte så lite om den terapeutiska skola Wioleth körde stenhårt med. Speciellt det där "Är du säker på att du vill bli frisk?". Jag tog ett djupt andetag innan jag läste det sista brevet. Det var från mamma.

Göteborg 18/12

Min flicka, hur är det med dig? Äter du ordentligt? Du måste hålla vikten och inte bli dålig igen. Jag är så orolig, och har till och med fått sömntabletter. Jag ligger vaken och tänker på mina flickor, Louise ända borta i Frankrike och du på ett hem, och jag vet inte vilket som är värst. Ni är ju stora nu, men en mamma slutar inte bry sig.

Att du har en liten svaghet för flaskan är inte så märkvärdigt, jag vet flera på din fars sida som borde ha åkt på hälsohem. Det är ingenting att skämmas för. Se bara på Gittan Crafoord, hon med Nämdemansgården. Ändå är ju detta inget annat än en tragedi för dig, du har ju varit tillräckligt drabbad med nerver och elände. Jag sa åt din far att detta med Evelyn är personligen ditt fel, hade du brytt dig om din dotter från början hade detta aldrig hänt!

Evelyn, han betalar nu dina VISA-skulder mm. Jag har

förstått att det är viktigt för alkoholister att de får känna egenansvar som alla andra människor, så nu är det upp till dig att klippa sönder VISA-kortet. Fler kortskulder betalas inte i framtiden, som du säkert förstår.

Kära Evelyn, förlåt att jag inte märkt att du inte mått bra, men jag har haft så mycket att göra här i Göteborg. En klen ursäkt, men gudarna ska veta att du aldrig varit lätt att komma in på livet. Du vill väl hålla mig utanför, jag är ju din mamma, och det förstår jag så väl att man som ung vuxen inte vill att ens mamma ska lägga sig i allting, så jag håller mig minsann undan. Jag har inte heller haft det så lätt alla gånger.

mamma

Jag la ifrån mej brevet, la det i den lilla högen med dom andra. Brev. Ord på papper. Bakom orden – vad?

Jag släckte skrivbordslampan och satt en stund i mörkret tills ögonen vande sej och jag åter kunde se konturerna av möblerna i rummet. Månen lyste upp ett hemtrevligt dunkel, hur kunde jag ha tyckt för mindre än en halvtimme sen att det var skrämmande? Det var ju rätt mysigt.

Ord på papper. Utan tvekan låg det äkta känslor bakom vartenda ett. Folk stöttade, pushade, var och en på sitt sätt.

Jag hade svikit dom alla. Vid det här laget visste nog alla vad jag hade gjort. Kanske inte Lollo, men mamma skulle säkert rapportera när Lollo ringde det pliktskyldiga god jul-samtalet. Wioleth hade säkert ringt till mina föräld...

Nej, jag var ju vuxen nu. Inget var som på den gamla psykanorexiatiden när personalen ringde hem. Mamma visste inget om min whiskysession. Jag var tjugotre år. I högsta grad myndig och betrodd att leva mitt eget liv. Och ändå inte. Jag hade pajat det. Varför? När jag som tonåring varit tvångsintagen för att jag höll på att svälta ihjäl mej, hade jag med lika brinnande hat som nu på Hemgården tvingats finna mej i institutionsrutiner och mina magra medpsykpatienter var bara utbytta mot medpsykelever. Hur hade det kunnat bli såhär? Och hur kunde jag vara så jävla dum att det första jag gjorde när jag var utanför Hemgården var att supa? Supa. Jag drack inte, jag söp ju.

”Alkoholist” hade Trösklungan sagt. Hur många gånger hade jag inte trotsigt svarat ”ja, jag är vinalkis” när folk undrade. Men att höra det om sej själv, var så... brutalt.

Om jag skulle ta livet av mej nu, skulle det vara ett perfekt tillfälle. Alla var så besvikna på mej. Dom hatade mej, dom måste hata mej, och med tanke på alla gånger jag gjort bort mej på fyllan, eller bara varit allmänt jävlig och besvärlig... Folk måste ha varit äcklade. Om jag skulle dö nu skulle jag med lite tur bara bli ihågkommen med hat. Om... Nej. Å ena sidan hade jag inget som höll mej kvar. Gud eller livet hade sett till att det som skulle bli mitt barn (jösses, hon skulle ha varit ett år och två månader nu!) hade stötts ut, min jävla ruttna kropp ansågs ovärdig av ödet, för äcklig att bringa fram det största: LIV.

Men å andra sidan hade jag inget att förlora på att försöka leva ett tag till, och då kunde jag passa på att ändra livsstil, byta bana. Inte göra något livsavgörande dramatiskt, utan bara andas och leva och komma på fötter igen. Och vara nykter.

Jag reste mej, och ställde mej framför spegeln över byrån. I dunklet syntes jag ganska bra, men ändå skonsamt detaljlös.

Julnatt. Svek. Myndig. Eget liv. Klara av.

Jag stirrade på mej själv. Tjugotre år med långt hår med blåsvarta slingor, elva ringar i ena örat, spensligt byggd. Evelyn –

jag. Och jag skulle förändra mej. Inte utseendemässigt, men inombords var det bara att följa med det som redan höll på att hända. Det mesta VAR förändrat. Jag ville inte, orkade inte, kunde inte fortsätta som jag gjort den senaste tiden. Jag behövde skärpa mej, för min egen skull. Annars skulle jag sluta som dom flesta inom missbruksvården, åka in och ut, bli barnsligare och barnsligare, tappa greppet om allt och alla och mej själv i en enda röra, för att till slut bli frireligiös eller dö.

INTE INTE INTE JAG!

Jag log för mej själv. Känslan, den underbara och starka, rusade runt i kroppen. Ett Kanske hade väckts. Slut på det planlösa, virriga levernet. Jag skulle till och med vara ärlig mot Wioleth. Ja, lite måste jag ju hålla inne med, måste hålla en någorlunda fasad. Men jag tyckte om henne och hon skulle få veta det.

Ibland måste man bara besluta sej. Jag gjorde det.

Varifrån får man styrka när man är övertygad om man inte pallar en timme till levande?

Jag kan förstå religiösa människor, den där powern som bara finns där, kommen från Någon eller Något. Jag kan till och med förstå satsa-på-dej-själv-för-du-är-unik-typerna, som inte ens tar genvägen via någon gud, eller har andra svepskäl för inre styrka.

Jag tror att man ibland bara är tvungen att vara stark. Folk kan slänga ur sej att det som inte knäcker en gör en starkare, men dom brukar inte tänka på att bakom vissa siffror i självmordsstatistiken kan det verkliga modet finnas.

Jag ville inte dö, men inte heller fegleva. Det finns det redan för många som gör.

Det här är så svårt att förklara. Som sagt är jag dock övertygad om att människor som blivit frälsta förstår. Man vet att man är präktig, men man ger sej hän. Det känns som om verkligheten faktiskt är begriplig, att man faktiskt inte är ensam, att man visst kan påverka och betyda något, att man vet att man mycket väl kan komma att känna sej ensam och rädd, men man gör sej beredd på ett annat sätt, beredd att möta, rustad att – ja, vad, allt? Så länge har man gått och tagit saker för givna, att man blivit blind och totalt utan känsla. Va, har inte alla alltid ont? Är inte alla rädda jämt? Är du säker? Vem har sagt det? Spyr inte alla tio liter galla och surt vin på mornarna? Men herregud, varför har ingen sagt något till mej?

Insikten är rena snusförnuftshallelujan.

Jag fick hopp. Den här chansen, den här enda sista chansen, skulle jag ta. Jag var faktiskt vid liv. Inte bara i livet, utan med. Hade jag inte överlevt den där gången när jag ylande likt en varginna skurit sönder mina underarmar? Och inte bara det, och här kommer pudelns kärna: Hade jag inte förmått mej att ärligt garva åt att jag då använt Gillette Sensor Exelle av alla rakblad. Skrattat så det svartnade för ögonen när TV:n ylat Gillette – the best a man can get?

Galghumor. Då överlever man.

Jag hade ju alltid sett mej som en survivor. Visserligen dödslängtande, men ändå. Sämre utgångsläge kan man ha. Och kanske, kanske skulle Lisen och jag skriva den där barnboken och hinna bli klara till sommaren... Om jag skulle resa någonstans sen i sommar...

Jag började kunna sova utan propavan.

Jag blev en praktelev. Evelyn – bäst i klassen!

Det var inte svårt. Alla institutioner älskar praktexemplar.

Det råkade vara jul, och därför reagerade väl inte folk nämnvärt när jag log, skrattade och till och med erbjöd mej helt frivilligt att hjälpa till med disken efter den stora julmiddagen. Men när jag på annandagen ägnade en halvtimme åt att trösta Flodhästen för att ingen släkting eller kompis hört av sej ens med ett julkort, tror jag att dom flesta började förstå.

Eftersom jag blivit mer accepterad så fort jag fått återfallet, verkade inte min förvandling så stor.

– Liksom, du är inte så arg längre, sa haschbyltet från Zaire som visade sej ha ett namn, Leo. Jag tror att du behövde kröka lite på permisen, det var nog det som var grejen.

Under mellandagarna hade Wioleth och jag terapi.

– Åh Evelyn, nu känns det plötsligt som om vi äntligen kommunicerar! pep Wioleth förtjust när jag pratat på i en timme.

När jag lagt bort den ironiska hinnan över tillvaron kunde jag prata med dom andra eleverna på ett annat sätt. Dom hade namn, hade historier (och vilka historier!) och var människor. Tillvaron blev på något sätt spännande på Hemgården.

Pedro, alltiallon, var ex-pundare och såg sin enda chans till ett drogfritt liv i jobbet på Hemgården. Det var där han fått sin behandling, och han var mer eller mindre beroende av miljön där. Personalen kände till hans bakgrund, han hade haft samma terapeut som jag – Wioleth – och hon visste ju nästan allt om hans familj, skolår etc. Pedro fann väl trygghet i allt det där, själv skulle jag aldrig palla att jobba någonstans där mina kolleger visste allt om mitt hemska förflutna. Pedro kunde få flashar ibland. Det hände ibland när han körde oss i minibussen till byns mataffär, där vi köpte cigg och sånt, att han plötsligt på en öde raksträcka tvärnitade för att det blixtrade till i skallen på honom att en giraff stod mitt på vägen.

Flodhästen, det porrälskande svullot, hade hiv och hette Tobias. Han anförtrodde mej att han var livrädd för att utveckla aids och hastigt magra av till trettio kilo. Tobias hade ständigt bilden av en döende skelettmänniska på näthinnan, och jag fattade varför han vräkte i sej mat. Jag förlät honom dock aldrig porr-cdspelet.

Cissi har jag berättat om, men vi tappade på något vis kontakten när vi inte delade rum längre.

Den vidriga finnen som älskade Anita Lindblom flyttades till ett LVM-hem efter att pissat positivt på benz och speed utan att ens ha haft permission. Jag anade att dom andra vetat om att han smugglat in det via post, men att jag inte fått veta något eftersom jag då inte var en i gänget.

Leo, haschpsykosaren från Zaire, visade sej inte alls ha någon psykos, han var bara allmänt dum i huvudet, haschskadad och effektsökande. När nästan alla mina målargrejer var försvunna från konstrummet, samtidigt som Leo visade upp den ena psykedeliska målningen efter den andra, frontade jag honom.

– Äh, det är möjligt att jag lånat nån sån där färgtub nångång. Jag vet inte, för jag minns aldrig nånting. Haschpsykos, du vet, sa han och hasade vidare.

Leo hade den där avgiftningshasande gången med långsamma, utstuderade rörelser och ofokuserad blick så fort han visste att han var iakttagen.

Klara var en raveunge, vegan och manisk. Hon var klipsk, mager och var omväxlande fotomodell, förklädd journalist som skulle avslöja Hemgårdens dubbla bokföring, universitetsstuderande i praktisk filosofi, skådis i en film som ibland hette "Misstänkta begär" och ibland "Singoalla" men som hur som helst skulle ha premiär nästa år, osv. Klara pratade ibland så otydligt att jag tyckte synd om henne. Personalen måste ha drogat ner henne ordentligt. Egentligen borde hon inte alls vara på behandlingshem, hon var för vrickad. Men eftersom Hemgårdens läkare också var delägare, och därmed kunde håva in cash från kommunen på Klara, ansåg han att hon inte behövde tas in på psyket utan var tillräckligt frisk för att vårdas på Hemgården. Hon hade ju faktiskt bevisligen haft såväl poppers som e i blodet under ett antal razzior på ravearrangemang, så soc höll med doktorn och betalade Klaras vistelse och behandling.

Johanna var en av dom som det så tydligt skulle gå åt helvete för. Hon sattes i obs-klass som tolvåring, skröt med att hon haft sin första överdos som femtonåring och nu satt på sin fjärde LVM. Hon var tjugofyra år, och det enda som fattades var liksom Hinseberg, men det var nog bara en tidsfråga. Johanna var inte korkad, bara något så vansinnigt obildad. Jag tror inte att hon larvade sej när hon uppriktigt inte visste vem som var statsminister, sådana saker. Hon tyckte inte om mej, jag var en sådan som hade mitt på det torra, en som inte fattade någonting, och speciellt i början försökte hon hela tiden provocera mej. En gång kom hon fram till mej utanför tjejtoan.

– Evelyn, har du en binda att låna mej?

– Tyvärr, men jag har tamponger om du vill ha.

– Nej, jag måste ha just bindor. Jag gjorde en abort i tisdags och blöder så jävligt. Du vet, jag hade ju permis för två månader sen, sa hon utstuderat nonchalant.

Hon studerade verkligen min reaktion, hon ville chocka.

– Jaha, sa jag lika utstuderat nonchalant.

– Du vet, jag hade kunnat vara fyrabarnsmor vid det här laget om jag velat, sa hon och försökte låta uppkäftig. Men det vill man ju inte. Och vem fan skyddar sej?

Då gick jag faktiskt, för då var det nära att hon verkligen lyckats provocera mej.

Jag lärde mej aldrig att tycka om någon av dom andra eleverna. Inte Flodhästen med sin hiv, inte ens Cissi. Jag kunde heller aldrig förmå mej att tycka synd om dom. Folk var som dom var, saker och ting var som dom var, saker hände eller hände inte. Jag visste bara att jag aldrig i livet ville hamna på ett behandlingshem igen, precis som jag som tonåring lärde mej sky psykvård. Inget var värt det.

Jag hade insett hur lyckligt lottad jag verkligen var. Jag hade en lägenhet som väntade på mej (det var jag ensam om av alla elever), jag hade någorlunda utbildning, jag hade riktiga vänner, om jag skötte mej skulle jag aldrig behöva vara riktigt fattig (i värsta fall skulle alltid mina föräldrar rycka in) och jag hade Kraften, hade inte gett upp.

Första tiden efter Beslutet om Förändring satt jag på kvällarna och ringde och skrev långa brev till Knyttet, Lisen, J och – faktiskt – Gisela. Jag behövde ösa ur mej sanningar och ursäkter, och det var bra mycket läskigare än att sitta och babbla med Wioleth. Mamma och Lollo fick också brev, något kortare och censurerade, men jag var skyldig dom stort tack. Visst var det naturligtvis lite pliktkänsla över dom breven, men Lollo hade ju bjudit på sej själv – även om hon som vanligt inte skrev ett ord om sitt privatliv – och mamma hade på sitt sätt också bjudit till förutom att hon via pappa fixade min VISA-skuld. Bara en sådan sak, till skillnad från dom andra på Hemgården hamnade jag inte hos Kronofogden. Jag sa klokt nog inget om det till någon, utom Wioleth. Jag skulle ha blivit så hatad!

– Evelyn, sa Wioleth. Du har snart varit här i två månader, och tycker själv att du är redo att skrivas ut. Hur känns det?

– Bra.

Gubben i månen-klockan tickade, och jag minns att jag tänkte att den nog skulle bli skönast att slippa av allting. Jag hade magen full av grötfrukost, skallen fylld av idéer och kände mej allmänt oövervinnelig. Wioleth hade på sej sin överdimensionerade stickade bruntröja. Bysten hotade ändå att spränga garnet, hotfullt tornade den upp sej bakom yllet. Wioleths arbetsrum var avslappnande, luktade en smula mysk (bara fjortonåringar och terapeuter använder mysk) och så fanns som sagt den äckliga klockan. Wiolet sög eftertänksamt på en av sina långa hårtestar.

– Sen det här tråkiga återfallet har du verkligen lagt manken till, och arbetat hårt på din personliga utveckling. Vi i personalen har haft lite dåligt samvete för att... det blev glapp i kommunikationen. Egentligen skulle du ha tagit antabus innan du for iväg på permissionen, enligt reglerna, men... Din socialsekreterare undrade över det, men hon och jag kom överens om att det ju ändå hänger på dej själv. Upplever du det som ett svek från vår sida?

Ha! Överläge. Jag visste vad hon ville höra, så jag sa det leende.

– Nja, lite utlämnad kände jag mej kanske under permissionen, men som du sa så är det ändå mitt ansvar att hålla mej nykter. Mitt egenansvar.

Wiolet strålade.

– Lisen kommer att vara hos mej några timmar varje dag i början, sa jag. Jag ska tvångsåka tunnelbana, vara i nya ateljén... Jag har börjat inse så mycket.

Nu sken Wioleth så det inte var klokt. Hon böjde sej över sin lilla väska och fiskade fram tre visitkort.

– Vi samarbetar med dom här läkarna, dom kan fungera som en länk mellan öppenvården och pa... eleverna. Det är ju köer överallt, men dom här har vi avtal med. En av dom är förresten delägare här.

Jag ryste. Honom ville jag inte ha att göra med. Dom andra visitkorten hade ett kvinno- och ett mansnamn. Kvinnliga doktorn fick gå bort, jag var trött på att bli uttjatad av kvinnor (Wioleths stämma kunde förfölja mej i drömmen).

– Du får med dej en burk antabus när du åker härifrån, vi

påbörjar kuren redan idag. Eftersom du är här frivilligt, så får du själv bestämma om du vill ha kontakt med öppenvården i Stockholm.

– Tack, sa jag lydigt. Men jag klarar nog det här själv, jag har ju mina vänner som ett slags socialt skyddsnät. Känner jag att jag blir sämre, så tar jag kontakt med någon av dom här rekommenderade läkarna, eller öppenvården direkt.

– Du äter dina zoloft mot paniken, och du har sagt att du känner dej mycket bättre. Jag tänker på dina pillerproblem...

– Jag har brutit med allt det där en gång för alla, sa jag med fast stämma. Nu när paniken är borta vore det ju idiotiskt att börja äta benz som i slutändan ger mej mer ångest.

– Korrekt, sa Wioleth. Du förstår, jag måste ställa dom här frågorna till dej eftersom soc... ja, urinprovstagning på Mariapol en gång i veckan kostar en del pengar, och nu när anslagen till missbruksvården...

– Jag förstår.

– Men om du får problem ska du självklart vända dej till soc, så kan dom ta upp frågan på nytt. Ingen ska ju bli utskriven och vara helt utlämnad till sej själv.

Jag log igen. Hela samtalet igenom hade jag vetat både frågorna och svaren. Jag var så tacksam att min övertygelse att lägga av var så stark, annars hade det varit livsfarligt att skriva ut mej under dom här omständigheterna. En fluddrare som inte behöver lämna urinprov om hon inte själv vill (vansinne) och inget obligatoriskt veckosamtal på öppenvården iallafall i början. Jag insåg mer och mer varför folk bara åkte in och ut på behandlingshem.

Lisen stod på perrongen. Lång, längre än jag mindes henne, kanske för att hon stod på tå i dom grova armékängona och höll utkik efter mej. Mitt hjärta började slå hårt.

Nu var jag här. Tillbaka. På riktigt, och det var både skrämmande och skönt. Hemgården, bye, bye. Aldrig mer. Men nu, på Centralen, med Lisen, resväskorna, grilloset, alla tusen människorna som sprang omkring och var normala. Och så jag.

– Evelyn!

Lisen vinkade med båda händerna samtidigt, en gammal vana när hon var upphetsad. Jag rusade emot henne, väskorna vägde plötsligt tio gram, och jag bara rusade rakt in i hennes famn. Hon slog armarna om mej, vaggade mej och skrattade. Hjärtat slog så hårt nu att det gjorde ont.

Vi stod så en stund. Vagg, vagg, vyss, vyss, var inte rädd, inget är hemskt...

– Ska vi inte dra en vaggvisa också? skrattade jag till och drog mej loss.

Lisen strålade. Hon var så uppriktigt.... lycklig att se mej.

– Jag kan sjunga hur mycket du vill, log hon. Jag har kollat med pluggschemat, jag kommer att kunna vara hos dej ett par timmar om dagen ett tag framöver. Vyssan lull eller Till havs? Puccini, kanske? Jag sjunger allt.

Hjärtat började lugna ner sej, men övriga jag hängde knappt ihop. Lisen, vilken människa! Hur hade jag kunnat svika?

Jag hade släppt mina väskor mitt i omfamningen. Vi krockade med skallarna när vi samtidigt böjde oss för att plocka upp dom. Det var en sån där riktig smäll, en som man nästan tycker borde höras. Smärtan drog fram en tår från vardera ögat, trots att jag dumfnissade förvirrat.

Så kramade vi om varandra igen, och nu rann tårarna på riktigt. Allt var för mycket.

– Lisen, mumlade jag in i hennes axel. Varför gör du så här? Kommer och möter mej, pressar in mej i ditt schema? Varför, jag fattar inte? Hur orkar du bry dej?

Hon sa ingenting. Jag hörde att hon snyftade.

– Jag har förstått hur du måste ha kämpat på soc för att jag skulle få hjälp. Jag vet inte hur jag... Tack! Självklart, tack! Men varför är du snäll mot mej? Varför är du så jävla GOD?

Lisen sköt mej ifrån sej några decimeter och tog tag om mina axlar. Hon såg mej rakt i ögonen.

– Därför att jag vet att du skulle göra samma sak för mej.

Vi log mot varandra. Hon tog min ena väska och började gå.

– Kom, jag satte in en kyckling i din ugn. Vi tar en taxi så är den fortfarande ätbar när vi kommer hem.

Jag tog mina andra väskor och följde henne, lommade efter.

Jag visste faktiskt inte alls om jag verkligen hade orkat göra samma sak för henne.

Man är aldrig så liten och skör som när man nyss skrivits ut från psykvård. Aldrig är det som är ens jag, ens tillvaro, hela ens värld så trevande, darrande.

Allt som förut varit självklarheter måste ifrågasättas. Något som innan föreföll naturligt blir plötsligt konstigt, eller konstlat.

Jaha, jag tänkte alltså leva vidare. Jag skulle inte supa ihjäl mej. Om ingen olycka inträffade, eller dödlig sjukdom drabbade min kropp, så skulle jag enligt statistiken leva sextio år till. Min kropp skulle vara kvar här på jorden, bland människorna. Jaha. Och?

Första veckan ringde folk hela tiden för att kolla läget. Till och med folk som jag inte hört av sen sommaren, och knappt kom ihåg, hörde av sej och peppade. Tack, jag mår jättebra. Nej, det är inte svårt att låta bli. Tack snälla för att du ringde.

Det dunkande svarta hålet skulle hållas i schack med zoloft och paniksamtal till öppenvården. Ingen självmedicinering, inget ljug. Alla sa att det svarta hålet sakta skulle fyllas. Alla sa att tids nog, Evelyn, tids nog. Men kunde dom inte då sluta ge varandra blickar bakom min rygg, varför tystnade en del samtal när jag kom in i rummet, kunde dom inte låta bli att bete sej som om allt dom sa mej bara var nödlögner? Det var som att gråta och märka att folk nödljög en lugn, upptäcka att deras tröst bestod av vita lögner? Man kan inte bli arg på dom som vill en väl. Det är inte deras fel att dom måste ljuga för att trösta.

Varför måste det vara så svårt att härda ut ibland? Jag var mycket nöjd över att vara helt ren, så när som på det antidepressiva zoloftet när jag skrevs ut, men hur peppad jag än blivit så var min besvikelse stor när jag upptäckte att det tog sån tid att bli jag igen. Förresten, igen och igen – hade jag nånsin varit mej själv? Mina tonår bantade jag bort, mina första år som vuxen hade försvunnit in i en självdopad dimma.

Åtta dagar och tio timmar efter att jag lämnat Hemgården ringde det igen.

– Älskade Evelyn, back in town!

J vrålade rakt in i luren, jag hoppade till. Detta var något annat än dom lågmälda, tassande påringningarna från oroliga men artiga människor som jag dittills fått.

– J, sa jag släpigt. Tänk på att jag är nyutskriven, jag är en mycket SKÖR person…

– Så sägs det om mej också. Visst är det hemskt hur vi kan lura omgivningen? Vi är ena riktigt manipulativa jävlar.

Jag andades ut. Äntligen J, jag hade längtat. Min människa, min mitt-i-prickare.

– I morgon har vi turnéavslutning, i Linköping. Det ska bli så jävla härligt och hemskt. Man har ju nästan bott med dom här dårarna i flera månader. Vi är helt slut, allihop, men mest på det privata planet. Avskedsföreställningen kommer vi att göra skitbra, typ tredje andningen. Eller elfte.

– Nytändning när man vet att det snart är över?

– Precis. Jag antar att det var likadant för dej på det där hemmet.

– Du vet inte hur rätt du har.

– Jag har alltid rätt.

Paus. Det var så mycket jag ville säga, det kliade över hela kroppen, och hade allt varit som Förr hade jag utan tvekan hällt i mej rödtjut nu. J och jag brukade alltid dricka när vi talade i telefon, jag kunde inte minnas att jag någonsin ringt honom utan att ha öppnat en bärs åtminstone.

– Jag tänkte att det inte var någon idé att ringa första veckan, då har väl ändå telefonen varit ockuperad av folk som undrat hur du måååår och om du är nykter. Det är väl nu som det börjar kännas. Jag menar, att det är på riktigt.

– Telepati, sa jag.

– Det är så svårt det här. Hur ska jag göra så att det blir rätt? Ringa varje kväll vid tio för att jag vet att det var då som du brukade börja kröka på allvar? Eller på morgonen och checka din morgonångest? Och när jag kommer tillbaka... Ska vi gå skogspromenader, jag menar, vad vill du att jag ska göra?

J lät vänligt desperat. Jag visste hur väl han ville.

– Som vanligt, sa jag. Jag hade tänkt mej att allt skulle vara som vanligt, bara att jag inte tar någonting. För det gör jag inte. Allvarligt.

Paus igen.

– Starkt. Är det för evigt, eller en testperiod?

– Vet inte. Förhoppningsvis för evigt. Jag vet bara att det kommer att dröja länge innan jag ens kommer att våga dricka ett glas vin. Jag är skraj, J. Riktigt rädd. Ändå märker jag ju att jag mår bättre. Du har rätt, jag är stark, någonstans.

Tystnad. Jag kände att jag måste säga något igen.

– Men dagarna är värst. Och nätterna.

J suckade och jag kunde nästan höra honom skaka på huvudet.

– När jag kommer hem lovar jag att finnas till hands. Kristina kommer förresten hem från Gåsö i övermorgon, så gör det något om jag inte kommer till dej förrän om ett par dagar? Antagligen måste jag sova när jag kommer hem, så att hon inte tror att jag bara har supit och knarkat precis HELA tiden, för att inte tala om att knulla runt, jag menar att jag har ju faktiskt hunnit göra en och annan föreställning under turnén också. Kristina har varit därute på Gåsö i tre olika perioder, jag hoppas innerligt att hon inte börjar tala om att flytta dit. Hon har varit så helvetes lyrisk när jag ringt dit ut, så jag förväntar mej ditt stöd om hon börjar tjafsa om kollektivboende i naturen och sådan skit.

– Självklart, sa jag. Apropå hennes farhågor, är du helt ren?

Svaret dröjde.

– Ja, det kan man väl säga. Visst händer det att jag dricker efter en lyckad föreställning, och jag har väl dragit en... två brajor någon gång.

– Är du helt ärlig nu?

Ännu en förbannad paus.

– Ja.

Jag ville lämna ämnet, det brände och jag kände mej både dum och snokande.

– Gisela och Lisen hade en överrraskning åt mej, sa jag raskt. Du vet SEX?, skulpturen? Dom har flyttat den till nya ateljén.

– Vad kul! Med lastbil eller? Äsch, Gisela har ju kontakter. Har du varit och kollat?

– Nej, jag... Hittills har jag flutit omkring och bara varit, det är ändå en stor omställning. Man blir ju hospitaliserad. Men snart, så.

– Du, jag ringer som jag sa från Linköping, det blir lite dyrt. Men jag ville höra av mej. Vi ses snart!

– Ja, det gör vi. Hej då!

Jag la på luren och visste att bara detta att ha pratat med J, skulle hjälpa mej att stå ut ett tag till.

Trots att Lisen gjort och fortfarande gjorde allt för att hjälpa mej – och hon lyckades verkligen, jag skulle inte klarat mej utan henne och dyrkade henne – så var J den som kunde hjälpa mej bäst.

Jag visste att J förstod, men att han hade motsatt problem. Han visste förbannat väl vem han var, därför stod han inte ut med sej själv. Omgivningen älskade J, ville ha honom med, rev och slet för att övertala honom att stanna en stund extra hos dom. Han gav dom en nidbild och dom älskade den. När han var ensam föraktade han sej själv, och nojade över att nidbilden kanske tagit över hans riktiga jag, eller var det tvärtom? J var en sådan som petade bort luddet från naveln, inte för hygienen, utan för att kunna titta djupare i den.

Jag gick omkring och försökte ställa till rätta. Vad klarade jag av egentligen, utan fuskmedel? Handla på ICA – okej, Konsum på Slussen – inte okej, alltid för mycket folk, Burger King Odenplan – utmärkt, det var nära hem, åka buss – utmärkt om jag satt närmast mittdörrarna, tunnelbana – tänkbart, och så vidare.

Med hjälp av Lisen och allmänt vansinne vande jag mej att röra mej någorlunda fritt.

Jag hade jobbat så hårt och bra på speed att jag tack och lov inte låg på efterkälken i Sputnic. Sommaren innan hade jag uppenbarligen hunnit med mer än jag visste. Ett tag var jag orolig, men när jag första gången kom till ateljéhallen blev jag alldeles tagen av lycka och stolthet. Mitt verk, min stolthet.

Praktfull låg hon där, stor och tung vilade hon på rygg i min ateljé. Över henne låg en man gjord i samma material som hon, och såg henne kärleksfullt i ögonen. Han höll henne om halsen, i ett slappt ofarligt grepp. Såg man från vänstra sidan älskade dom verkligen, hennes ansiktsuttryck var både extatiskt och kärleksfullt. Hennes vänstra arm var frusen mitt i en smekning över hans rygg. Men såg man från högra sidan var hennes ansikte plågat, höger ben var lätt uppdraget för att fösa undan honom och vänster arm tycktes inte alls vilja smeka utan slå.

Från början hette verket ”Jag älskar dej?”, men det vore att skriva för mycket på betraktarens näsa. Jag bytte till ”SEX”, och var mycket nöjd när jag senare också la till frågetecknet.

Ateljén, det ombyggda varvet, var mycket fin trots att där inte var riktigt iordningställt ännu. Massor av människor hade tillkommit i projektet att bygga om, och ytterligare några hade hyrt in sej. Jag var privilegierad, fick bestämma mina tider när jag skulle ha tillgång till min del mer flexibelt, eftersom jag (pappa) hyrt in mej för längre tid än jag hade användning för och därmed kunde lämna min plats betald till dom andra.

Jag kände mej så duktig, ställde till och med väckarklockan på tio när jag gick och la mej, försökte aktivera mej med onaturliga grejer – men drog gränsen vid att följa med Lisen till Skansen – började trevande känna igen folk i ateljén, var så fruktansvärt duktig att jag sökte en deltidstjänst – jag med mina nojor! – när Kamratposten sökte en tecknare, kämpade och andades och bara inte-drack, inte-smet, inte-var-inte-duktig. Lisen såg det inte, men fattade när jag berättade. J såg (direkt). Knyttet såg så småningom.

En kväll, när vi alla var hemma hos Lisen, det måste ha varit tre veckor efter att jag skrivits ut, blev det akut. Jag grät över att Knyttet och J skulle behöva ta en omväg, helt fel linje, med tunnelbanan, bara för att lämpa av mej innan dom åkte vidare hem till sej. Beroende, igen. Av människor.

Knyttet och J började gräla i Lisens hall.

– Men det fattar du väl att hon inte kan söka till öppenvården för en sådan här grej! skrek J hetsigt.

– Jag tycker ändå, började Knyttet beskäftigt.

– Du tycker men du vet inte! Psykvården har köer på över en månad om du nu förespråkar samtalsterapi.

– Men Mariapol…

– Där kommer Evelyn att sitta framför en kurator som kommer att säga att hon tycker att Evelyn är så stark och duktig som håller sej borta från droger, men tyvärr har dom inte resurser för annat än peppning. Och så hänvisas hon till öppenvården, och knäcks under väntetiden.

Själv satt jag i Lisens soffa och grät. Skammen var så total. Lisen höll om mej mjukt, och strök mej över håret. Var det detta jag skrevs ut till? Var det så här jag var? Ett litet barn, ett kolli?

– Men psykakuten, J! Enligt lag har Evelyn rätt till…

– Psykakuten! Där frågar dom bara om hon vill ta livet av sej. Säger hon ja läggs hon in med tvång. Säger hon nej hänvisas hon till öppenvården.

Jag tog bort händerna från ansiktet och sneglade ut i hallen. Knyttet och J stirrade på varandra, rasande.

– Möjligheten finns också, sa Knyttet syrligt, att dom undrar om hon vill läggas in frivilligt.

Allas huvuden vreds mot mej, jag kände Lisens blick i nacken. Det blev tyst. Jag måste säga någonting.

Omständligt harklade jag mej och torkade bort lite snor med tröjärmen. Är man psykstämplad så är man.

– Det kanske är lika bra, sa jag med tunn röst. På en vanlig avdelning. Jag kan ju inte vara riktigt klok…

J:s röst ven som en piska.

– Och sen då? När du skrivs ut? Blir det annorlunda då?

Jag började gråta igen.

– Grattis J, ditt arsle, och tack så mycket! röt Knyttet och störtade fram till mej.

J rusade efter, och snart var det bara en massa händer och armar och hår inpå mej. Mitt uppe i alltihopa kunde jag höra Wioleths röst inne i skallen: ”Är det uppmärksamhet du vill ha, Evelyn?”

Jag var tvungen att börja fnissa, situationen var så uppenbart sjuk. Jag märkte hur dom andra växlade blickar ovanför mitt huvud. Jag skrattade högt.

– Lugn, det är ingen fara, ingen ambulans med små vitrockade män behövs, sa jag. Jag bara... Titta på mej! På oss! Det är så sjukt!

Lisen fnittrade till, så följde J efter, så Knyttet med sitt högljudda skratt.

– Evelyn, I love you, just love you, skrattade Lisen.

– Och jag er, allihop. Jag måste säga att jag blir rörd över all... ja, ert engagemang, men snälla, ni får inte gräla för min skull. Jag har ju en läkare som Wioleth rekommenderade.

– Wioleth, bara namnet, sa J drömmande. Jag skulle inte våga gå till en doktor som någon som hette Wioleth rekommenderat.

– Pisshjärna, varför har du inte sagt något om det tidigare? sa Knyttet.

– Därför, sa jag. Jag är skraj för läkare. Eller deras receptblock, rättare sagt.

Skamset strök Knyttet mej över kinden.

– Jag kan följa med till honom, sa Lisen automatiskt.

Jag gav henne en blick.

– Tack, men du har gjort tillräckligt. Jag måste ta tag i saker och ting själv någon gång och jag börjar nu. Ni får lita på mej. Jag tänker be honom om xanor, för sådana här tillfällen, jag måste ju kunna åka hem själv med tunnelbanan! Propavan vill jag ha till natten, det är inte beroendeframkallande. Okej?

Knyttet rynkade pannan.

– J, du får förklara medicinerna för mej sen. Dom där första, X någonting, dom är väl inte heller beroendeframkallande? Det är det viktigaste.

– Dom är inte som valium och annan benz, sa J pedagogiskt. Jag berättar sen.

– Bara du är ärlig, Evelyn, sa Lisen. Och inte dricker, särskilt i kombination med…

– Aldrig i livet, sa jag bergfast. Jag vill bara kunna leva normalt.

J gav mej en uppmuntrande blick.

– Så, sa han och började dra på sej rocken. Kan vi bestämma att mötet om Den Nojiga Men Älskade är avslutat? Jag vill hem nu, och Evelyn ska inte börja noja över att hon är sinnessjuk och till besvär utan vi åker först hem till henne, sen hem till oss, okej?

Jag log, och började inte gråta igen förrän jag precis skulle somna hemma i sängen.

Morgonen därpå ringde jag läkaren och fick en tid samma dag. Han måste ha märkt att jag blev häpen, men han sa att jag hade tur eftersom gamla elever från Hemgården var reserverade tider just på torsdagar. Han lät vänlig, och jag tänkte att det är äckligt egentligen, att vara i ett sådant underläge att man blir lycklig av att någon som är Över en på Rangskalan låter vänlig.

Han visade sej vara ganska opersonlig, vänligheten var en distansfråga, när jag träffade honom. Det var skönt på något sätt, han ville varken vara kompis eller übermensch, utan såg bara omväxlande på mej och sitt armbandsur. Han ställde några korta frågor, jag svarade ärligt. Ärligt! Jag! Mot en läkare!

– Har du haft problem med benzodiasepiner?

– Ja.

– Du ska veta att jag aldrig skriver ut något i den vägen utan att kontakta din terapeut på Hemgården. Men visst, xanor mot paniken går bra. Liksom propavan. Dessutom, om du vill lämna ett leverprov så kan jag be sköterskan komma in och sticka dej. Du behöver inte, men du sa ju att du har haft förhöjda levervärden, och det kan ju vara tryggt att veta att allt är som det ska.

Jag strålade mot honom. Min mun hade bara gått av sej själv, om levervärdet på avgiftningen, bara en sådan sak. Och helt ärligt! Jag anade att han egentligen ville se mitt nuvarande värde för att se om jag skötte mej, men där hade jag ju inget att frukta så visst kunde han få sitt prov.

Jag var så stolt när jag gick ifrån honom, stolt och stark. Jag visste att om allt krisade, kunde jag ta xanor. Var det omöjligt att sova, kunde jag ta propavan.

Det var en märklig känsla: Jag behöver inte något annat. Jag har något som kallas paniksyndrom, och jag har min medicin mot det. Jag är inte galen. Jag är inte galen alls. Jag klarar det här.

Jag gjorde det också, klarade av det. Rörde mej ute, arbetade i ateljén, träffade folk. Triumf!

Jag sa till Lisen att hon inte längre skulle känna sej tvingad att se efter mej, att jag var starkare nu. Hon såg rätt tacksam ut, och jag förstod henne. Vi var nog lika lättade båda två.

Jag började känna mej duktig igen och – det kändes bra. Men min djupaste önskan var att verkligheten skulle ta ett kliv framåt på minst ett år. Det var så jobbigt att precis allt skulle vara från början igen.

– Tids nog, sa Lisen. Du har strulat bort så mycket tid att du måste förstå att det tar ett tag innan du mår helt bra.

– Men jag vill att det ska vara om ett år NU! ylade jag.

– Tids nog, Evelyn.

Jag märkte att jag var stark för att jag ville det. Det var också en häftig känsla, att kunna styra lite hur man mådde utan att behöva dricka. Jag upptäckte att jag kunde gå förbi små kvarterskrogar, eller välja att gå in och beställa en Ramlösa, utan att vara rädd. Varken rädd för att få panik eller för att börja dricka alkohol.

Överhuvudtaget var jag ganska mycket ute och gick. Jag njöt, trots att vintern inte ville ge sej.

En dag var jag ute på min vanliga vända, när jag fick se...

Jag såg. Jag tvärstannade.

Jag tog tag i en lyktstolpe, blundade, öppnade ögonen och såg igen. Det fanns kvar.

J gick åt motsatt håll på andra sidan gatan. Rocken, bootsen, dom svarta jeansen, det var han.

I ena handen bar han en ICA-kasse, allt kunde ha varit som vanligt, jag kunde ha ropat hej och sprungit över gatan till honom.

Men han var påtänd. Jag var tvärsäker. Den där gången, sättet att hålla ut vänster arm... Jag hade sett det så många gånger förr.

Jag vände och gick hem igen.

När jag kom hem kände jag paniken komma. Jag gav doktorn en tacksam tanke när jag svalde dom två xanoren. Två, som för Djup Kris. Aldrig fler, jag ville hålla mej till föreskriven dos. Mina händer skakade, jag hade svårt att dra ut en köksstol. Sen sjönk jag ner på den, lutade huvudet mot köksbordet och kände allting bulta inifrån. Jag satt så säkert en halvtimme.

J hade varit helt opåverkad varenda gång vi träffats eller ringt sen jag skrivits ut. Jo, packad hade han ju blivit när vi varit ett gäng på krogen, men det blev ju dom flesta. (Åh, dessa ryggdunkningar: ”Schysst, Evelyn, starkt av dej att lägga av!”) Skulle han ha käkat fludder så skulle väl det ha märkts, om han inte hållit en väldigt låg nivå. Å andra sidan var han vid det här laget van att dosera. Men påtänd, aldrig. Inte en enda gång hade han varit speedad.

Varför hade han inte sagt något till mej om han var illa ute? Jag hade ju varit ärlig. Jag kände mej så jävla dum, dunkade till skallen mot bordet och sträckte mej sen efter telefonen. Det enda raka skulle jag göra.

Fortfarande darrade mina händer, men jag lyckades slå numret.

En signal hann gå fram.

– Kristina Waltman.

Knyttet lät andfådd. Kapplöpning till luren, hinna svara före J?

– Hej, det är jag, sa jag och försökte låta som vanligt. Jag såg J för en stund sen, han kanske är hemma nu?

– Nej, han är på jobbet. Vad konstigt, var såg du honom?

– Vid Hornstull. Fast det kanske inte var han.

– Nej, han jobbar ju. Eller så kanske han bara hade ett ärende, jag vet inte Evelyn...

Det sista kom med en snyftning. Jag märkte att mina händer inte darrade längre, helt stilla satt jag med luren i handen och visste ingenting.

– Knyttet, jag fattar. Är det så hemskt att jag ska komma över?

Jag riktigt hörde hur hon samlade sej, kämpade.

– Nej, det är ingen fara. Du såg honom? Och han var påtänd? Gud, jag har ju sagt åt honom... Evelyn, jag ska vara helt ärlig: J tar lite speed ibland. Inte farligt, men det är så... Man vet aldrig när. Allt är så oberäkneligt.

– Jag vet. Trots allt bodde vi ihop några veckor. Jag provade några gånger, men på Hemgården fanns det ju folk som verkligen...

– Ja men, det är ju det jag menar, sa Knyttet ivrigt. Du har ju sett båda sidorna av saken. Och nu, när du vet om det här med J, så är det en grej jag undrar.

Hon tystnade, det satt tydligen långt inne. Jag bävade.

– Är det så himla skönt? Är det så bra? Mår man så där skitbra? Evelyn, är det värt det?

Knyttet lät desperat. Jag fattade vad hon menade. Var kickarna så bra, så jävla nödvändiga, att man sket i att man svek trots att man lovat och lovat att inte, aldrig mer...

– Ja, sa jag och suckade. Det är det. Det är värt det.

Knyttet drog efter andan.

– Jag tycker ju inte det, sa jag snabbt. Inte längre. Men då, just då, när man är mitt i det, då har man inget val. Det är värt alltihop och man hatar det.

Det blev tyst. *Snälla Knyttet, säg inte: "Kan inte du tala med honom?" Jag kan inte! Jag orkar inte! Jag vet inte!*

– Lisen har sagt åt honom att hon dödar honom om han visar sej påtänd för dej, fast jag tror inte att hon vet hur mycket han håller på. Det var visst någon gång när hon kom hit som han var lite... Är det okej om jag låter honom fatta att du vet? sa hon till sist.

– Visst. *Snälla Knyttet, be mej inte!*

– Fast det är ju inget farligt, jag menar, han håller ju inte på varje vecka ens en gång, och på jobbet går det ju bra. Att han inte sagt något till dej är bara för att du inte ska bli frestad, det har han sagt själv. Och det finns ju ingen anledning till hysteri, vi fortsätter ju att umgås efter det här, eller hur?

Orden kom forcerat, blixtsnabbt.

– Självklart, sa jag.

– Och förresten var det ju kanske inte ens J du såg. Det kan ju ha varit någon helt annan.

– Ja, det är klart.

Vi sa hej då och la på luren. Jag kände mej alldeles tom.

Alla hade vetat, utom jag. Jag kunde förstå varför dom skonat mej, men någonstans visste jag att jag aldrig skulle förlåta J för att just han spelat teater. Det var väl inte hela världen att han fortsatt ta speed, varför hade dom gjort en så stor grej av det? Trodde dom att jag var en porslinsdocka? Som skulle gå i tusen bitar vid minsta skalv?

Jag ryste. Jag behövde få prata med någon lagom utomstående. Gärna någon som kunde ge svar på precis alla jävla varför i hela universum.

Därför var det inte så konstigt att jag började umgås en del med Gisela. Jag har nämnt henne massor av gånger, men lika noga undvikit att försöka beskriva henne. Jag har tänkt att berättar jag om Gisela kan ingen ta det här seriöst, det blir för vansinnigt. Vissa borde inte finnas, är för osannolika, men alla känner för det mesta minst en sådan. Dom finns. Gisela finns.

Innan jag blev hennes adept, hade jag bara hört en del rykten om henne. Vi hade mest träffats på fester och föreläsningar förut. Hon, liksom jag, var tokig i konsthistoria, och kände snabbt igen varandra på kortkurser. Vår bekantskap var alltid ytlig, hon var för rik. Man kunde aldrig ta henne på allvar. Jag menar, första gången man gråter hos någon och denna person säger ”Raaaring, låt oss dränka dina tårar i denna champagne” så tycker man att det är häftigt. Men sker det gång på gång – och alltid med Moët & Chandon – blir man lite betänksam, och sväljer gråten inför henne. Jag tror inte att Gisela bryr sej om en enda människa utom sej själv, och eftersom folk blir så frustrerade av henne tror jag inte att nån bryr sej ett dugg om henne. Hon är rapp, intelligent, vacker men så rik att allt bara är yta. Hon vill ha det så. Hon vill inte bry sej.

Därför var hon perfekt för mej nu.

Lisen var med i hennes Liliths döttrar, en grupp kvinnor som ägnade sej åt svart magi och otaliga ritualer. Det var väl inte så farligt som det lät, men jag tvivlade inte ett ögonblick på några av kvinnornas kunskaper och förmåga. Jag lät hälsa genom Lisen att jag inte kände mej tillräckligt i balans för att gå med, men att jag gärna ville veta mer.

Svaret lät inte vänta på sej. Dagen därpå kom en budbil med ett brev och en bok om kvinnoreinkarnation. Överrraskad gav jag budchauffören en tjugolapp – ska man ge dricks? – och läste det korta brevet: "Evelyn, begåvningarnas begåvning! Välkommen hem. Har själv haft problem med nerverna tu sais. Kom för en pratstund i morgon vid två. Kan du inte, ring. Läs boken, den är på engelska, men mycket lättfattlig. Tips: Häll upp ett glas vatten precis innan du går och lägger dej. Tillkalla vindens, eldens, luftens och jordens andar, prata gärna högt och be dom komma in i glaset. Sen dricker du vattnet och lägger dej. När du somnat kommer andarna in i dina drömmar och berättar vad du ska göra. Skriv gärna ner det på morgonen, så du inte glömmer. OBS! Helt ofarligt! Puss raring. G."

Boken var säkert intressant, men lättfattlig var den verkligen inte. Gisela är ett språkgeni till råga på allt, och visar det gärna. Jag vågade inte låta bli det där med vattenglaset, fast det kändes lite larvigt att sitta och tala ensam rakt ut. Det mesta som har med magi att göra är hemligt, jag misstänkte att jag skulle hålla andedrömmarna för mej själv (jag hade rätt). Men nu kan jag ju berätta: Jag drömde om en grov ek. Det var sommar och J stod lutad mot den och grät mot stammen.

Det var allt. Jag var bara en betraktare, jag varken kunde eller ville gå fram till honom. Förmodligen betydde drömmen ingenting.

Klockan två dagen därpå klev jag in genom porten på Skeppargatan. Huset var fint på det genuinrika sättet, utan prål och nyrik vräkighet. Gisela bodde på ett helt våningsplan två trappor upp. Jag visste att hon brukade låna ut två rum till olika föreningar. I ett av rummen fanns en liten tryckpress. En av föreningarna var syndikalisternas ungdomsförbunds utbrytargrupp, en var anarkafeministisk, en var en förening för aktiv dödshjälp och ett gäng tjejer brukade träna självförsvar i det litet större rummet. Nej, det var inte så patetiskt som det ser ut så här på papper. Grupper kom och gick, och det var väl inte konstigt att Gisela hyrde eller lånade ut två av sina sju rum? Välgörenhetstant, fnös en del.

Men hon var mera ball än tragisk, inte mer osannolik än Pol Pot, och apropå välgörenhet skulle Gisela aldrig lyfta ett finger för att hjälpa till, som J brukade säga.

Gisela öppnade endast iförd en vacker svart kimono. Hennes platinablonda – antagligen bleker hon det, men jag har aldrig sett ens en millimeters mörk avslöjande utväxt – långa hår var uppsatt i en svinrygg och dom blodröda naglarna var längre än nånsin.

– Evelyn, mitt hjärta, kom in. Jag vaknade för en timme sen, jag är för tokig som inte skaffar väckarklocka, men det handlar om principer…

Hon visade mej ett elegant kapprum där jag krånglade av mej jackan. Dom få gånger jag varit hemma hos henne innan hade jag tydligen varit bra väck. Då hade jag i allafall inte lagt märke till något kapprum.

– Något att dricka? Jag har smygstartat med sherry, tycker du det är gott?

– Jag ska nog inte ha det, kan jag få lite soda istället?

Gisela tvärnitade halvvägs in i köket och vände sej mot mej.

– Gudinna så dum jag är! Du har ju varit på det där hemmet. Förlåt! Självklart ska du inte dricka sherry. Gå in du, så fixar jag i ordning en liten bricka.

Jag gick in i vardagsrummet, det större som J skämtsamt brukade kalla salongen. Namnet var inte dumt, vardagsrum förknippas med TV, soffa och soffbord. Det här rummet var fullt med konst och gröna växter, på golvet låg tjocka dyra mattor, soffan var enorm och överdragen med Josef Frank-tyg och någon TV syntes inte till. Jag märkte att jag tvekade om jag skulle våga sätta mej. När jag satte mej kändes det som om jag gjorde det med beråtT mod.

Gisela var fyrtioåtta år och drogs till det unga gardet. Fortfarande hatälskar hon dom unga, är rädd för dom gamla och finner dom däremellan ointressanta. Vid den här tiden visste jag mest bara det som stått om henne i tidningarna, och det som spritt sej ryktesvägen. Det tog lite tid att smälta att nästan allt visade sej vara sant.

Gisela föddes rik, gifte sej rikare och skilde sej ännu rikare.

– Min man var visserligen polare med kungen, men förbannat tråkig i sängen, som hon brukade säga.

Sonen Philip var sedan länge stationerad i England, vuxen men fortfarande tonårsursinnig på sin mamma. Och visst kunde man förstå honom. Gisela var svår på den tiden, nu har hon lugnat sej lite.

Efter förlossningen och tre månaders pliktskyldig amning lyfte Gisela tuttarna, bantade ner sej till matchvikten 48 kilo och trodde att livet skulle bli som vanligt igen. Sonen sattes i armarna på en barnsköterska i uniform, och Gisela satsade stenhårt på att inte bli en hon-har-fått-barn-och-har-blivit-så-tråkig-typ. Hennes man med både von och en massa ff i efternamnet betraktade henne som helig och livgivande, det köret män tar till för att trösta sej med icke-födande älskarinnor, så Gisela raggade friskt bland knapadeln i Riddarhuset. Ingen ville ha henne! Hon beslöt sej för att skylla allt på den något tunga käklinjen och putmagen efter graviditeten. Och det var här Giselas rätta jag började visa sej: Hon kontaktade en plastikkirurg och tvingade honom med pengar och övertalning att fettsuga henne. Han vägrade först, eftersom Giselas käklinje var normal, liksom putmagen. Dessutom var hon för smal för ett ingrepp. Men hon tjatade och lockade, opererades och – stämde doktorn! I tingsrätten och inför Patientrådet sprutade hennes tårar över att ha blivit lurad av en så skrupelfri läkare som bara ville tjäna pengar på hennes anorektiska vanföreställningar och förlossningsdepression. Självklart vann hon, och fick så att säga både fettsugning och pengar.

Gisela såg sej omkring, fick syn på sin man och bestämde sej för att efter doktorn var det hans tur. Hon kollade skilsmässostatistik och fann till sin lycka att nyblivna föräldrar är dom som vanligast skiljer sej. Och så lät hon tårarna svämma över inför tingsrätten igen. Hennes man hade såna krav på henne, jämt skulle hon vara representativ, förresten var det hans fel att hon hade bantat ner sej. Ja, det var i ren desperation över att inte uppfylla hans krav som hon lät sej övertalas att fettsuga sej. Inte ville han (här rodnade Gisela sedesamt i rätten) ha samlag med henne heller, sen hon blivit mor. Haha! Där fick han tillbaka för sitt veliga tal om livgivande moder! Han var tvungen att under ed erkänna. Naturligtvis vann Gisela, slapp både den dreglande ungen, sin man och att bekymra sej för räkningar på ett bra tag.

Under sjuttiotalet pluggade hon reklam. Enligt den allmänna

vänsteropinionen var det bland det mest förkastliga man kunde göra. Så när åttiotalet stormade in med högkonjunktur och yuppies formligen skrek branschen efter välutbildade, pigga reklamare. Gisela var mycket duktig och blev utöver allmänt rik också pricksäker på börsen. Hon köpte och sålde aktier tills det så småningom tråkade ut henne.

Gisela är aldrig den som tvekar. En människa med total svart contra vitt-livsstil. Hon köpte en yogakursgård i Värmland, utökade kurserna med kristallterapi och Qi-Gong. Gud så rätt! Dit vallfärdade hennes gamla kolleger och ruinerade klienter. Stället blev snabbt populärt, och Gisela anställde fem nya lärare, förutom personalen som följt med på köpet. Hon var nästan aldrig där själv, men höll noga koll på verksamheten och håvade frejdigt in EU-bidrag och glesbygdsstöd.

Nu kom Gisela in i rummet med en bricka fullastad med exotiska frukter och flaskor med soda. Hon log och såg nästan moderligt på mej.

– Stackare, frestade jag dej med sherry? Gör det nåt om jag tar ett glas?

Jag skakade på huvudet. Hon sköt fram brickan och gav mej en assiett och fruktkniv. Bara en sån detalj visar på klass. Jag började andaktsfullt skära i en mango. Gisela satte sej bredvid mej och högg in på ett fikon.

– Jag blev så glad när Lisen berättade att du blivit intresserad av andlighet. Man frigör obehagliga minnen, dom blir lättare att komma ihåg. Jag tror att felet med dej Evelyn, är att du vägrar minnas, du lever så flackande.

Mangon var perfekt. Jag slurpade med en ursäktande min.

– Varför ska jag hålla på att rota i gammal skit? Jag är sönderanalyserad av mej själv och sjuttonhundra terapeuter. Jag vill vila. Göra nåt nytt.

– Nej, då rusar du iväg igen och blir besviken. Du ska absolut inte göra nåt nytt. Du ska lära dej att ha tråkigt.

– Jaha.

– Att festa klarar du utmärkt, det är vardagen som är ditt problem. Bli inte arg nu, men det verkar inte som om du har förstått att man måste gå ur sängen, äta frukost och gå till jobbet. Du rasar mot den som har bestämt att veckan har sju dagar. Och du hatar dom som finner sej i det.

Hon hade rätt. Det var mitt i prick.

– Du är här för att få råd, inte sant? Jag är gammelmor i mina kretsar, jag blev initierad för sexton år sen. Att gå in på mina studier i ämnet tar för lång tid, det tar vi en annan gång. Men jag antar att du tänker som jag gjorde, jag trodde att andlighet var ett mycket behagligt forum för myndigheter och maktmänniskor. Det finns inget enklare än att förlöjliga andlighet, och därmed oskadliggöra människorna som är intresserade av det. Nästan inget av det vi vet kan bevisas vetenskapligt.

Jag hällde upp lite soda och begrundade vad hon sagt. Att argumentera hade jag ingen lust med, jag kände mej avväpnad. Men lite gruff skulle hon få.

– Men vad gör ni då? Om jag vore till exempel kärnkraftsmotståndare och ville agera, då skulle jag gå med i en politisk grupp och kanske lägga mej tillsammans med andra aktivister och blockera ingången för arbetarna på kärnkraftverket. Inte fan skulle jag sätta mej i ring hemma hos nån häxkompis och försöka meditera bort kärnkraften! Jag är övertygad om att myndigheterna älskar er för ni är aldrig något reellt hot mot dom.

Gisela log uppskattande. Hennes kimono glipade utan att hon gjorde nåt åt det.

– En sak ska du ha klart för dej: en häxas uppgift är handling. Att inspirera folk, få dom att växa och inse att allt faktiskt är möjligt. Det där med meditation är inte så himla flummigt som du försöker få det till. Om du kan få ro i dej själv så kommer du att orka agera, du kan engagera hela ditt jag istället för att bränna ut dej på den ena dödfödda aktionen efter den andra. Och faktiskt är vi organiserade. Vår uppgift är att skaka om folk, väcka deras tankar och försöka återfå respekten för naturen. Om du inser att varje sten har ett eget liv, kommer du att värdera en stens personlighet högre än dess pris. Om du lutar dej mot en fridfullt betande ko, andas in hennes jag, kommer du att dricka mjölken med ödmjukhet. Indianerna bad varje djur dom tvingades döda om ursäkt, och förklarade för det att dom måste ha mat. Det handlar om respekt, och det behöver du lära dej. Nu slösar du bort ditt liv på ingenting.

– Ingenting? Är allt bara bortkastat?

– Hurra, du blev förbannad! Du behöver verkligen hjälp att fokusera den där vreden.

– Men hur då? Jag tycker att jag jobbar häcken av mej med alla fobiträningar och sliter som ett djur för att skapa bra grejer. Förresten ska jag återgå till olja när ”SEX?” är klar, jag utvecklades så snabbt som skulptör att jag måste vänta med fortsättningen.

Gisela drog om sej kimonon och strålade mot mej.

– Men det är ju precis det jag menar! Jag är mycket glad att du insåg att du utvecklades för fort, att din själ inte riktigt hängde med. Det är det jag försöker förklara. Du måste lära dej att ta det lugnt i alla avseenden. Vila i dej själv.

När hon sa det kändes det plötsligt lite lättare att andas och jag kände hur spända mina axlar faktiskt var. Utan ett ord vred Gisela mej från henne och började massera min nacke. Jag var så trött och ifrågasatte ingenting. Allt var så konstigt, det var ingen idé att bry sej om det.

– Låt allting ske, sa Gisela. Vissa saker kan man göra något åt, andra händer vare sej man vill det eller inte. Det är inte farligt.

I hallen slog en golvklocka sju. Till och med tiden gick fel. Gisela jobbade skickligt med mina spända muskler. Jag lät blicken vandra i rummet. Rikedom. Visst var allt möjligt om man kunde köpa sej fri från konsekvenserna. Gisela, hänsynslöst härjade hon runt. Jag undrade stilla för mej själv när hon träffade sin son senast? För ett år sen, för tio år sen? Tala om att göra sin egen pryl. Kanske grät också hon på nätterna. Hennes son hade säkert slutat gråta redan som litet barn. Det var inget jag kunde göra åt det. Jag blev lättad av att se ett problem som inte angick mej. Jag som annars tog TV-bilder på massavrättningar som en personlig förolämpning. Nu, först nu med Giselas händer på min nacke, bestämde jag mej för att genast gå med i Amnesty International, och sen sluta grubbla. Kanske fanns det fler problem som egentligen inte var mina?

– Du kommer att lära dej att kunna koncentrera dej på dina egna bekymmer istället för att blanda ihop dom med allt mellan himmel och jord. Din livliga fantasi ska du inte slösa bort på att ha vakna mardrömmar om alltings undergång. Använd den talangen på ditt arbete och på att försöka vara ärlig.

Hon avslutade massagen med att nypa mej lätt i häcken.

– Och du, du får inte glömma bort att garva! Allt är inte på liv och död och det finns faktiskt saker att skratta åt. Prova. Jag lovar att inte blixten slår ner på dej bara för att du tillåter dej att vara glad.

Jag vände mej mot henne igen. I ena fönstret bakom oss fick jag syn på en vit lerduva, en fredsduva med två djävulshorn i pannan. Jag hade gjort den för några år sen. Gisela hade köpt den på stört. Det kändes skruvat att se något som jag hade gjort för så länge sen, se det i den här miljön nu. Gisela följde min blick.

– Har du fortfarande separationsångest?

– Ja, lite. Men jag vet ju att hon har det bra här.

– Hon trivs.

Vi såg på varann och bara förstod. Ändå var det någonting kvar, kanske ville jag gå med håven, jag vet inte, men jag ville ha svar.

– Gisela, jag undrar... Varför valde du mej? Att sponsra, menar jag. Massor av människor avundas mej, det vet jag, för att du pushar för mitt namn och hjälper mej in i dom rätta kretsarna. Är jag verkligen så bra?

Hon skrattade till och sjönk ner i soffan.

– Du är mycket bra, men du har rätt att få höra hela sanningen. Du förstår, redan första gången jag såg dej, det var på en föreläsning om Toulose-Lautrec, slog det mej att du var en medsyster i den heliga orden Sankta Anorexia. Jag vet faktiskt inte varför, för du var inte utmärglad, men det var något med ditt kroppsspråk, din utstrålning. Andra gången jag såg dej var på vernissage, och du såg så himla arg ut att jag blev intresserad. När vi började prata, och det framgick att du gjorde en del egna saker i olja och lera, så tänkte jag BINGO. Tack och lov hade jag rätt!

Gisela skrattade till. Fast besluten att inte visa hur snopen jag var log jag glatt tillbaka.

– Jag skulle gärna vilja veta mer om… ja, häxeri eller vad jag ska kalla det. Sen är det inte omöjligt att jag vill bli initierad, sa jag.

– Vågade du göra det där med vattenglaset igår?

– Jag vågade inte låta bli.

– Underbart! Du förstår mer än du tror.

Vi satt och pratade i flera timmar. Det var så oerhört skönt att tala med Gisela, som en blandning av en dunk i ryggen och en klapp på kinden. Hon gav mej kickar.

Naturligtvis kom vi in på J. Han hade haft mycket tätare kontakt med Gisela än jag, men nu hade han inte hört av sej på ett tag.

– Hur går det för honom, vet du det? frågade Gisela.

– Nu efter turnén borde han väl vila ut och rensa skallen, men du vet ju hur han är. Två veckor efter att han kommit hem tog hans tjänstledighet slut, så nu är han tillbaka på TV igen. Han är inte kvar på Spectra, och jobbar mest bakom kameran nu. Det är som om han inte vet riktigt vad han vill. Han har kontrakt på två säsonger till, men jag tror inte att han är riktigt i form för att göra något annat än att vila.

– Han är en blyg exhibitionist. En som ger bort sin själ i lyxförpackning men ändå kräver integritet.

– Skitbra uttryckt, Gisela! Jag har alltid sagt att han är en social enstöring.

– Men det var inte just jobbet jag tänkte på. Hur är det med honom?

Gisela såg oroligt på mej, vaksamt. Jag visste inte hur mycket hon visste, och för all del hur mycket jag visste.

– Jaa, sa jag dröjande. Han är inte längre framför kameran för att… Företagsläkaren har tvingat ner J på deltid. Han måste ta det lugnare. J är helskärpt när han jobbar, men på fritiden och när han skriver så... tror jag faktiskt inte att han kan låta bli att peta i sej ett och annat. Det börjar bli otäckt.

Gisela nickade eftertänksamt.

– Jag har hört att han blivit heltorsk. Inte för att jag är speciellt antidrogfanatisk, men den mannen håller på att spåra ur. Herregud, varför kan han inte knarka som alla andra? Lite piller när det behövs, snorta lite kola när det är fest... Det finns hur många saker som helst, många är dessutom inte olagliga, men han envisas med att ta just den drog som knäcker honom. Jag har försökt tala honom till rätta en gång, sagt att droger ska anpassas individuellt och amfetamin ska han låta bli. Det funkar för bra på honom, så bra att det till slut kommer att slå över och bli hans mardröm. Och då kommer han att upptäcka att han är fast. För sent. Hur blir du på speed?

– Lugn inåt, energisk utåt. Jag orkar med jobbiga saker, samtidigt som jag har kontroll över läget. Nu har jag inte tagit nåt sen i våras. Ingen abstinens eller nånting, det var bara att bryta.

– Då är det alltså en drog du mår lagom bra på, men inte så supertrippat bra att du blir beroende. Själv kan jag inte ta det, har aldrig kunnat. Jag bara kräks och svettas. För mej är det kola som gäller. Syra kan jag ta med nån som kan det, som vet. Annars skulle jag aldrig göra det. Jag tog det bara tre gånger under en halvårsperiod, tillsammans med min häxgammelmor, för att se mitt skyddsdjur och få hjälp att finna mitt häxnamn. Vanlig trans hade inte funkat. Jag brukade alltså gammal hederlig LSD för ett visst syfte. Det är skillnad på dagens raveungar som köper piller av totalt främmande människor och petar i sej bara för att se vad som händer, på kul. Det är fullkomligt vansinne! Livsfarligt och så helvetes dumt.

Gisela var upprörd och fingrarna spretade med supernaglarna. Jag hade aldrig pratat så här länge med henne.

– Han skjuter i allafall inte i sej, suckade jag. Någongång har vi diskuterat det, och han anser att jag som så många andra har blivit hjärntvättade av såväl antidrogkampanjer som drogromantiska filmer. Många som skjuter i sej grejer gör det ju bara nångång ibland. Det finns många i alla möjliga yrken, inte minst läkare och aktiemäklare, som sprutar i sej lite speed om dom ska jobba övertid. Grejen är att alltid använda engångssprutor, obrutna, och slänga bort varje spruta så fort man använt den. Rent, prydligt och ja, praktiskt. Det blir bara ett litet, litet hål som knappt syns om man inte stirrar på det. J påstår att det är Socialstyrelsen som gett oss vanföreställningar. Vissa mediciner funkar bäst om man sväljer dom, som alvedon. Andra mediciner tas bättre och snabbare upp i kroppen om man tar dom som stolpiller, till exempel en del migränmediciner och vissa smärtstillande. Men några mediciner bör tas intravenöst, alltså blandas med blodet direkt. Svårt sjuka diabetiker måste ta sitt insulin i sprutform. Och J anser att om hans amfetamin funkar bättre i kroppen om det förs direkt in i blodet, så han får ut maximal effekt och därmed valuta... Han är väl i valet och kvalet. Han riskerar ju inga smittsjukdomar heller, han kan ju köpa hur många sprutor han vill. Fast jag vet inte... Det är sjukt på nåt sätt.

– Evelyn.

Gisela kramade min axel.

– Du älskar honom? Släpp honom. Han är inne på villospår, och du ska ge fan i att följa efter med ljus och lykta för att locka honom på rätt väg. Det kan du inte. Kommer han så kommer han. Tro mej, han måste snart välja. Och vi kan inte göra ett enda dugg. Låt det ske.

Jag slet mej loss. Hjärtat bultade.

– Ska jag bara se på när han går under?

– Du måste släppa honom! Om det är nån du kan hjälpa så är det hans flickvän.

– Jag vet. Jag vet det.

Den vintern läste jag mycket, Gisela hade hur mycket litteratur som helst om häxkonst. Det var en enda röra av schamanism, indianmedicin och österländska tänkesätt, kinesiska läror blandades friskt med buddistiska, allt slukade jag intresserat. Det var anarkistisk filosofi, andlig feminism och miljöpartiets valprogram. Mycket gick igen. Den gamla punkidén att man får göra vad man vill, bara det inte skadar någon annan visade sej ligga häxorna varmt om hjärtat. Och lite go for it, à la Spice Girls girlpower. En del saker föreföll mej väl liberala, det låg lite SAF-propaganda som ”Satsa på dej själv” över det. För att inte tala om den självterapeutiska delen.

Inom häxmedicin finns något som kallas Det blommande trädet. Du sätter dej i söder, det lilla barnets plats i cirkeln, med ryggen mot ett träd du tycker om. Det är bra om du innan har frågat trädet om det vill hålla dej sällskap en stund. När du sitter där, gå igenom hela din barndom, släpp fram allt du minns från den. Sen flyttar du dej så att näsan pekar mot norr, den vuxnas sida. Gå igenom tankarna och fråga dej vad eller vem som hindrar dej från att vara den du vill vara, vad som hindrar dej från att kunna göra det du vill. Flytta dej sen – fortfarande med ryggen mot trädet – åt väster. Tänk intensivt och spotta ut det eller den som hindrar dej. Gör dej av med det bara! Ut med känslor av skuld, stress etc. Luta dej mot trädet, hämta kraft och tacka det.

Jag tog en taxi till Lilljansskogen för att göra det. Det var kallt, snön yrde i marsvinden. Inte en människa i sikte. Antagligen hade det räckt att ta en liten promenad till Vasaparken för att hitta ett träd att vara ensam med, men där visste man ju aldrig om snuten trots allt skulle dyka upp och ta en för knarkare.

Knarkare. Var det det J var? Egentligen, alltså.

Jag försökte skaka av mej alla tankar, "håll tanken ren" hade Gisela sagt.

I en liten glänta fick jag syn på Trädet. Ett grovt, gammalt med mäktig krona. Jag blev så lättad, här fanns mitt träd, och kanske skulle jag få svaren, kraften. Alla knäppa människor i min omgivning, alla idioter som bara fanns…

Jag snubbelsprang dom sista stegen och lutade så tungt huvudet mot stammen. Alla jävla människor…

– Träd, är det okej om jag…

Min röst var tunn. Jag skulle inte orka prata. Jag skulle inte orka tänka. Inte göra det Blommande trädet.

Jag tryckte hela kroppen mot stammen, omfamnade det valhänt. Hålla tanken ren. Omöjligt.

Jag stod där och tryckte, hatade J som jag inte träffat sen jag för två veckor såg honom påtänd, hatade Knyttet – där kunde hon få, jag hade inte lyckats få honom att sluta, nu fick hon se att hon inte heller lyckades trots allt babbel om att kärlek förändrar människor, nu kunde den där beskäftiga snipfittan sitta och böla, jag skulle inte trösta, hatade Lisen för att hon var snäll utåt sett, säkert trodde hon att hon var urgod, men egentligen var hon lika effektiv och ICA-kuriren-praktisk som Knyttet, och varför föraktade då Lisen henne för just samma egenskaper, Lisen var en hycklare, dessutom drack hon för mycket själv, så himla praktiskt att kunna skyffla över skiten på mej och peka ut mej som alko för att slippa undan själv...

Jag såg allt så tydligt. Det var så viktigt, det bara rann ur mej.

Men ändå.

– Dom där dårarna och jag hör ihop, sa jag till trädet. Vi har inget val.

Jag gick därifrån. Jag skulle inte bry mej om Knyttet och J, dom fick hålla på och härja som dom ville. Ingen av dom ringde längre, så varför skulle jag? Lisen, uppenbart livrädd för att erkänna att hon pimplade för mycket vermouth – det hade hon säkert inte sagt till soc när hon anmälde mej – kunde väl få ha mej som sin katalysator. Sjukt, men det bjöd jag på. Jag skulle umgås en del med Gisela, dra mej undan i övrigt, se till att ”SEX?” som nu hade blivit klar liksom i förbifarten (jag kände inte längre något för den, den var tom och jag kunde pliktskyldigt – inte sprickfärdig av stolthet – ringa Sputnic och be dom hämta den) blev installerad och bara fortsätta vara duktig.

Det var en sån period när tiden bara flöt på. Det var så skönt, jag var aldrig ensam eftersom jag satt med mina böcker och träffade Gisela och folk från Liliths döttrar nästan varje dag. Min rädsla att paniken – PANG! – skulle slå till fanns där hela tiden, i bakhuvudet. Jag pratade och pratade om det, men det hände inte, det som jag var rädd för: att plötsligt, när som helst, skulle allt hinna ifatt mej, slå undan benen på mej och jag... Jag skulle aldrig orka resa mej igen.

Det fick bara inte finnas.

Att kanske lägga sej i sin säng, och så slår allt bara ner över en. Värre kan inte finnas. Lollo, mammas oro, pappas checkar,

Lisens goda hyckleri, J:s lögn (jag kunde inte släppa det där telefonsamtalet när han lovade att han var helt ren, det var nog det som sved värst), Knyttets förvirrade hjälpsamhet, eventuella recensioner för "SEX?", min framtid som vaddå, mitt förflutna som vaddå, Hemgården som nästan kunde te se idyllisk så här i efterhand, frestelsen och rädslan att ringa psykakuten och bara vråla TA MEJ MED, allt. Det var så hemskt att det aldrig fick finnas.

Utåt gick allt bra, utmärkt till och med. Ingen som såg mej skulle kunnat ana.

En sen eftermiddag satt jag i Giselas våning och kunde nästan glömma allt det där.. Jag hade – åh, lycka – fått provanställning som tecknare på Kamratposten – hur vågade jag skicka in ansökan än mindre palla en anställningsintervju? – och fått en vuxenserie antagen i Galago. Lisen och Gisela skålade i ett rödvin med fruktansvärt långt namn, jag smuttade på en sherry. Jag kände mej starkare och friare sen jag börjat umgås med Gisela. Ville jag dricka alkohol så fick jag, bara jag totalt ärligt kunde säga mej själv att det var motiverat med ett glas, och att jag inte flydde genom att dricka det. Ofta kände jag en ilning av präktighet. Så länge jag höll mej borta från piller och inte drack regelbundet, gjorde präktigheten ingenting.

Puck Jansson, en späd fjortonårig flicka, satt nedanför soffan och målade Giselas tånaglar. Noga förde hon penseln. Puck gick på Svenska Balettskolan, och Gisela med sin förmåga att dra till sej talanger tog snabbt Puck under beskydd. Hennes föräldrar bodde på Adelsö, och var tacksamma att Gisela lät henne sova över då och då med tanke på den långa resvägen.

Gisela pysslade om Puck som om hon vore hennes dotter.

Förtjust berättade hon om första gången hon träffade Puck. Det var på en bankett, dit Pucks hela familj var bjuden. Ilsket hade hon suttit vid samma bord som Gisela och demonstrativt vägrat äta något annat än räkögonen från räkorna som dekorerade förrättens avocado. Hon var i en svacka, funderade på att hoppa av dansskolan och var grinigare än vanligt. Så när Gisela vänligt frågade henne vad hon skulle bli när hon blev stor, hade Puck stirrat på henne och väst: Terrorist.

Klart Gisela föll som en fura, och Puck i sin tur dyrkade henne.

– Skål, ropade Lisen och väckte mej ur dagdrömmarna. Skål för din första fasta anställning!

– Jag vill också dricka vin, gnällde Puck.

– Ma cherie, så länge du inte kan känna skillnad på detta utsökta vin och vanligt rödtjut, föreslår jag att du tar lite tetravin från kylskåpet och blandar med lite vatten, sa Gisela.

Puck for iväg med lätt utåtvridna fötter och med dom långa gängliga armarna flaxande.

– Har man verkligen varit så ung? suckade Lisen.

– Hon har redan haft ner en ampel, två klätterväxter och krossat en Dresdenskål, sa Gisela. Jag hoppas hon växer i sej själv snart. Hon låtsas vara helt omedveten om sina armars och bens längd. Skål för ungdomen!

– Apropå skål, sa jag. Jag har inte hört ifrån J på flera veckor.

– Snygg koppling, Evelyn. Då kanske det intresserar dej att veta att din gamla vännina Kristina, vad kallar du henne... Knyttet, kommer hit snart.

– Hit?!

– Se inte så förskräckt ut. Jag ringde hem till J för att bjuda in honom och flickvännen till den här lilla festen för att fira din anställning. Det var bara Knyttet hemma, och hon sa att J var bortrest, men att hon gärna kom. Hon lät överförtjust, nästan sprickfärdig. Hon måste verkligen leva ett tråkigt liv, sa Gisela.

Att tänka sej rationella Knyttet i det här gänget var svårt, men jag blev glad att hon ville komma och gratta mej.

Samtidigt som det ringde på dörren kastade sej Puck dit likt en vakthund. Hon öppnade med ett ”Hej, välkommen-in-jag-heter-Puck-och-jag-ska-bli-bängfull!”.

Vi nästan hörde hur Knyttet hajade till. Jag gick till undsättning.

– Hej, kul att du kom! Jag visste inte att du skulle göra det förrän alldeles nyss. Hur är det? Här är kapprummet!

Knyttet hade på sej en tjock filtliknande historia till kappa, dubbla vantar och pjäxor. Hon höll en grovstickad mössa i handen och det droppade smält aprilsnö ur det långa röda håret. Och ansiktet... Hon sken, jag har aldrig sett henne stråla så! Hade jag inte känt henne och gått förbi henne på gatan hade jag vänt mej om och stirrat.

– Hej Evelyn, sötnos! Grattis! Nu händer visst allt kul på en gång. Jag ska berätta. Det var också därför jag kom hit. Fast jag måste vara hemma vid åtta, J ringer då.

– Ringer? Var är han?

Knyttet hängde omständligt av sej, skakade vattnet ur håret och gick in i salongen. Även utan dom tjocka kläderna såg hon rultig och kompakt ut. Det har hon alltid gjort, men det såg så rörande ut med henne i det stora rummet som andades finess. Takhöjden fick henne dessutom att verka ännu kortare.

– Har det hänt nåt? sa jag otåligt.

– Hänt och hänt, sa Knyttet. Ingen som har dött i allafall. Snarare tvärtom.

Hon tog Gisela formellt i hand, kramade Lisen och avböjde Pucks erbjudande om skitgott vin. Sen sjönk hon ner i soffan och brast i skratt när hon märkte att vi andra andlösa följde henne med blicken.

– Men herregud, jag är här för att fira min gamla kompis, skrattade hon.

– Och? sa jag förskräckt. Snälla, säg vad det är. Var är J? På sjukhus?

Hon skakade på skallen.

– På sätt och vis. Han är på avgiftning, femte dygnet. Det är okej med honom, han behöver bara tre dagar till. Sen ska han gå på öppenvården två dagar i veckan, vara på jobbet också två dagar per vecka, övriga dagar ska han vila och vara med mej. Hans chefer är involverade, det är ingen fara. Kan jag få lite läsk? Har du kvar påskmust, Gisela?

Puck ilade villigt iväg till köket. Gisela satte sej bredvid Knyttet och la handen på hennes axel.

– Lilla gumman, då förstår jag varför du lät så glad när jag ringde. Det där med missbruk... Jag tror att det alltid är dom anhöriga som lider mest, ingen cold turkey i världen väger upp vad omgivningen får utstå. Hur bar du dej åt för att få in honom på avgiftning?

Knyttet slog ner blicken.

– Ultimatum, sa hon kort. Jag har visserligen hotat och försökt skrämma honom många gånger förut, men den här gången var speciell. Om någon enda här kan föreställa sej hur det känns att... att backa kraven, se mellan fingrarna och förlåta. Hur det är att vråla att aldrig mer tillåter jag detta, och sen tvingas... på nåt sätt tillåta att det händer igen. Och igen. Man tillåter sej bli behandlad som skit, tillåter honom fortsätta och fortsätta att försöka en gång till. Hur tror ni det känns att tvinga sej själv gallskrika att jag vill aldrig mer se dej, att ta allt mod man har och skrika det rakt ut. För att sen förlåta. Ta tillbaks.

Lisen la armen om mej. Jag hade gåshud av Knyttets ord. Varför var hon så öppenhjärtig?

Puck kom tillbaka med en smådammig flaska julmust.

– Här, den låg i skafferiet.

Hon hällde upp och serverade. Till och med när hon gjorde en sån liten rörelse som att räcka fram glaset såg man att hon var hårt skolad i klassisk balett. Knyttet reste sej, och stående mot varandra såg man hur fullkomligt olika dom var.

– Och så var det en sak till.

Hon väntade tills hon hade vår fullständiga uppmärksamhet.

– Jag är med barn.

Ett tappat glas for i golvet. Mitt.

Puck var tack och lov inte lättimponerad. Hon mumlade ett ”jaha” till Knyttet och började rädda den tjocka mattan från vinfläckar.

– Grattis! Åh, underbara du, grattis så in i helvete! Hur långt gången är du? Nu är väl J glad? GRATTIS!

Lisen och Gisela omfamnade Knyttet, skrattade, pekade på hennes mage, kysste hennes kinder, lyckönskade…

Hur
i
helvete
J
Hur kunde det HÄNDA?

När Knyttet släppte Bomben i våra liv, och talade om att hon var gravid, stod jag som förlamad i flera minuter. Jag tvingade mej till slut att sälla mej till Gisela och Lisen för att hylla och ställa frågor.

– Jag är i sjunde veckan, sa Knyttet sturskt. Först anade jag ingenting, jag har ju slarvat med p-pillren sen i somras så mensen brukade skutta lite i almanackan. Men för nitton dagar sen gjorde jag ett test.

Med förstföderskans precision redovisade hon vidare att hon redan kräkts sammanlagt elva morgnar – fast en morgon hade hon ätit sur ättiksgurka så kräkningen då kanske berodde på den. Hennes magomfång hade ökat fyra centimeter. Beräknad förlossningsdag var tjugonionde november – här trasslade Knyttet in sej i en lång utläggning om förstföderskors statistiskt fastställda tradition att gå åtta dagar över tiden. Ingen brydde sej om Pucks näbbiga: "Jag tycker det är onaturligt att föda barn! Det ska jag aldrig göra!"

Knyttet var så lycklig och stolt. Hon hade lyckats med allt, både att bli gravid på det rätta charm-slarviga sättet och att få in J på avgiftning. Han skulle bli frisk, stark och trygg, skulle bli den bästa farsan i hela världen och låta orden inspirerat flöda över boksidorna och på köpet bli geniförklarad.

Och dom skulle leva lyckliga i alla sina dagar.

När Knyttet klädde sej och sin mage i dom tjocka, stötdämpande ytterkläderna för att gå hem, hakade jag på.

Jag fick tyst på Giselas värdinneprotester med en skarp blinkning. Hon förstod: Här måste en gammal bästis gripa in!

Och det gjorde jag, handgripligen. När vi kommit ner i husets stora entréhall tryckte jag upp Knyttet mot väggen. Hon spjärnade genast emot, hon måste ha varit beredd på min manöver. Ilsken och andfådd stirrade hon på mej, utan ett uns av förvåning i ögonen. Jag pressade hårt hennes axlar mot väggen. Mina käkmuskler var spända som på en pitbullterrier. En tanke svischade förbi: Rivaler. Var vi rivaler? Var det så enkelt att jag var svartsjuk?

Nej, jag tror inte det. Det rörde sej om nåt annat, nåt betydligt djupare.

– Evelyn, släpp mej. Jag vet att du är upprörd, men jag vill att du lyssnar på mej.

Jag släppte henne och började mitt i kaoset dessutom skämmas. Knyttet drog efter andan.

– Vad du än tror så kommer vi att fixa det här. Det kommer att funka! Kan du inte ge det en chans? Ge J en chans, menar jag. Du fattar inte hur glad han är. Hur frivilligt som helst gick han med på avgiftning. Barnet har dragit upp honom ur depressionen och gett honom hopp. Han ser betydligt ljusare på allting. Det har liksom gått upp för honom att han faktiskt har gett ut tre böcker, att turnén blev lyckad, att vi bor i en underbar lägenhet, att han har ett fint jobb på TV... Han har slutat krångla till det för sej! Dessutom, om en människa inte slutar med droger och lägger om livsstil när hon blir förälder, när gör hon det då?

– Precis, sa jag. Om det inte lyckas då, när ska det i så fall ske?

Knyttet fick tårar i ögonen.

– Kan vi inte få vara lyckliga med vårt barn? Måste alla försöka få oss att tappa modet? Mina föräldrar, min brorsa, till och med mina kompisar...

Jag bestämde mej för att ignorera hennes tårar. Det var allvar nu.

– Knyttet, tänk efter. Du är lycklig över att aset frivilligt lägger in sej på avgiftning nu när han ska bli pappa. Du fattar inte att en sån sak borde vara självklar. Vem var det förresten som förde avgiftning på tal? Vem ringde runt till kliniker och frågade om en ledig plats? Vem tjatade in honom? Jag är övertygad om att han inte gjorde ett skit. Det var du som fick arrangera alltihop.

Jag fångade upp en tår på Knyttets kind med pekfingret.

– Jag vill så helvetes gärna att allt ska gå bra. J blir en bra pappa, om han får självförtroende nog att tillåta sej vara det. Det är möjligt att han klarar av det. Och en sak är säker: Du blir en underbar morsa. Det är sant. Så jag önskar er lycka till, men du får vara beredd att kämpa.

Jag kramade om henne mjukt och länge.

När vi skildes åt såg jag efter henne. Hon hade redan börjat gå vaggande.

Barn, ja. Jag vet inte om jag någonsin vill skaffa barn. Jag vet bara att jag inte vill dö barnlös.

J var mycket riktigt eld och lågor. När han kom hem från avgiftningen stod jag och viftade med en svensk liten pappersflagga i deras lägenhet. I min mun hängde en rosa plasttrumpet och gjorde konstiga ljud vid varje utandning. Knyttet hade spänt upp baksidan av en tapetrulle som hon målat en superspermie på. I köket stod en halvlyckad blåbärstårta – frusna bär på tårtor geggar alltid ihop sej. När J klev innanför dörren blev han nästan knockad av en tung girlang som ramlade ner från taket. Vi tutade och skrek alla tre. Det var nästan som förr i tiden, när vi nästan satt ihop. Jag kunde till och med göra grälsjuka kommentarer om att jag inte fick reda på graviditeten före alla andra. Lika grälsjukt käbblade Knyttet och J tillbaka att Knyttets mammas väninna sett Knyttet när hon gick in på Mödravårdscentralen för att göra ett test där också för säkerhets skull. Sen visste alla möjliga människor om det inom två dagar.

– Alla skulle gratta och... kommentera. Det kändes som om jag gick omkring med en handtextad skylt: JAG ÄR BEFRUKTAD OCH HÄR GÅR JAG OCH SPÄNNER MEJ! sa Knyttet.

– Onekligen stilar du, mumlade jag.

J gav Knyttet en puss på magen.

– Jag säger bara SAX och TÅNG och SUGKLOCKA! sa han förtjust och började kittla henne.

Medan hon ylade om nåd och skrattande försökte komma undan, jagade han henne runt lägenheten och jag föll in i J:s rop.

– SAX OCH TÅNG! SAX OCH TÅNG!

Ja, det var verkligen som förut.

Det innebar också att J började hälsa på mej i större utsträckning än tidigare. Han ville prata av sej, dela suget med mej. Jag drack mycket sporadiskt, enligt häxprinciperna jag beskrivit tidigare, alltså bara när jag kände att jag kunde kontrollera drickandet. Mådde jag dåligt lät jag bli. J däremot, som ingen någonsin skulle ha kallat alkis, tillät sej bli packad om tjacksuget blev för stort. Till skillnad från andra som suttit fast i amfetaminmissbruk, gjorde inte alkohol honom sugen på att punda.

– Inte för att jag tog speed särskilt ofta, men det fanns ju där, i nödfall, sa J. Nu får det inte finnas där längre, och vad ska jag göra när det verkligen är nödfall? Skulle jag inte ens få dricka en bärs, då blir det för mycket.

Knyttet och J hade kommit överens om att ifall plågan blev för stor, så var det bättre att han däckade sej med öl och sprit än riskerade ett pulveråterfall. Jag kände att något var fel, att J inte gjorde rätt. Men det är lätt att säga lite förnumstigt att det verkligen inte löser några problem att byta en drog mot en annan. Det är en helt annan sak att neka någon man älskar lindring när ångesten dunkar.

Allvarligt talat så var jag övertygad om att vi var en smula rubbade alla tre. Fyra med Lisen, men hon var mest i ateljén och i skolan, och hade en del att ta igen efter att ha varit livvakt/

nanny åt mej. Vid den här tiden försökte Knyttet rädda sitt barns pappa mer än att rädda J, pojkvännen. Stolt höll hon masken och totalförnekade sin oro när andra frågade om honom. Hon skyllde skickligt all rädsla på att hon var rädd för missfall och därför var nervös.

Jag kände henne så väl, och jag kände J. Jag visste att J ljög när han påstod att han inte alls ljugit för mej under det där telefonsamtalet när han påstod att han hållit sej borta från speed under hela turnén. Jag visste att Knyttet ljög när hon sa att hon trodde på honom. Jag visste att jag ljög när jag också sa att jag naturligtvis trodde likadant. Vad kunde jag göra?

Knyttet var så rädd. Rädd och stolt. Knyttet var den som från början verkligen insåg att förälder är inget man bara blir. Vem som helst kan knulla till en unge, men att ta dom livslånga konsekvenserna och blicka femton–tjugo år framåt både ekonomiskt, ansvarsmässigt och själsligt är en process som kräver mod. Knyttet var visserligen modig, men vek. J gjorde henne svag.

Jag som trodde att mitt liv skulle förändras till en normallunk i och med att jag fick min provanställning, och fler frilansuppdrag, var tvungen att ge upp. Var det inte Knyttet som ringde och frågade om inte grönt var mera en pojkfärg än flickfärg när det gäller kläder, så var det Gisela i luren som undrade om jag ville följa med och plocka daggmaskar som vi skulle torka och mala till té, eller Lisen som ringde och frågade var man kunde knycka en cementblandare och i såfall hur. Mamma började dessutom höra av sej igen, mest för att gråta av oro för att Lollo skulle bo kvar i Paris och ta sin jur kand där, att Lollo kanske bara skulle komma hem och vända när mamma fyllde femtio och så blev det mera gråt över att hon höll på att bli gammal…

På anställningsintervjun hade jag käckt sagt att jag helst jobbade hemma, och levererade materialet till deadline. Nu började jag ångra mej. Men jag vågade inte lägga av luren. Det kändes som om något hemskt skulle hända när som helst. Och då måste jag finnas till hands.

När J kom och hälsade på kändes det lättare att stänga telefonen. Det var samtalen om honom jag var rädd att missa.

Ja, vi var riktigt sinnessjuka.

Fast J märkte ingenting. Vi kunde sitta i lägenheten över en kopp té och babbla precis som vanligt.

– Så ska man bli familjefar också, sa J. Vi har kollat på spjälsängar och skötbord i IKEA-katalogen till och med! Fast Knyttet är lite... Jag vet inte, men jag antar att det är normalt. Hon har köpt tonvis med vänta barn-böcker. Jag läser och läser, men hormonstormarna som det står om är ett intet mot Knyttets. Dom är rena hormonorkanerna! Tornados! Hon sitter och lusläser postorderkataloger, jämför priser på sparkbyxor och omlottskjortor, antecknar och gör pristabeller i timmar. Så plötsligt sliter hon sönder dom och storgråter. Helt förtvivlad skriker hon "Jag är galen som sitter och grubblar över om jag ska köpa Ellos billiga alltiettskötbord istället för IKEAs lite dyrare men där det ingår en fin badbalja! Eller Åhlénsjävlarnas ännu dyrare alltiettpaketskit men som å andra sidan är stort och praktiskt! Men badbaljan som medföljer är väldigt liten! Jag är inte klok! Ungen är inte ens född! Jag är i slutet av tredje månaden och statistiken visar att missfall inte är ovanliga i tredje månaden, så det händer helt säkert snart. Och då sitter jag med en massa jävla anteckningar! Bara sextio spänn för tre sparkbyxor! Det skiter väl jag i då! När jag fått missfall!"

Jag fnittrade, och när J såg att det var okej började han också skratta.

– Ljuvligt! sa jag. Precis så var det för mej också.

– Men du har ju aldrig...

Han tystnade. Jag klappade honom lätt på handen.

– Det gör inget att du glömde, sa jag. Förresten är det så länge sen. Herregud, det var ju på den tiden jag hängde ihop med Lasse Klasson! Så länge sen.

J stannade inte länge. Jag tog det som ett gott tecken. Ansvarstagande blivande föräldrar ska tro på skrock, och måla fan på väggen så fort någon berättar om sitt eget missfall.

Jag följde J till dörren och plockade undan våra tékoppar. Klockan var mycket, och väluppfostrat diskade jag kopparna innan jag gick och la mej. Rastlöst reste jag mej ur sängen igen, jag hade glömt att borsta tänderna. Vad var det med mej? Och vädrat, det hade jag inte heller gjort.

Som en robot gjorde jag det jag glömt, och visste att mina propavan inte skulle hjälpa. Jag la mej ändå på sängen, blundade.

Knep ihop ögonen. Men minnena var så starka, så verkliga, att dom trängde igenom. Allt trängde igenom mitt duktiga skal, mitt nya duktiga.

Jag har fått missfall. Det känns fortfarande svårt att skriva orden. Utåt sett försökte jag spela oberörd när Knyttets rädsla att förlora sitt barn kom på tal. Det hände att hon och jag talade om det, men bara kort. Hon, liksom andra, såg väl bakom min mask.

Jag tror inte att jag är ledsen. Jag stålsätter mej och betraktar det som ett barn som inte blev. Det är min sorg, det är min vrede och det är min fega lättnad. När det nyss hade hänt, och jag fortfarande var på sjukhuset för att piggna till efter narkosen, låg jag och försökte känna efter om jag inte ändå var lite, lite tacksam över att jag inte skulle få bli mamma än på ett tag. Men jag kunde inte. Jag var så ledsen att jag inte kunde gråta. Jag insåg att uttrycket bottenlös förtvivlan inte nödvändigtvis var en kliché. För min förtvivlan var bottenlös. Till och med min kropp hade svikit mej.

Det var en torsdag. Ena lampan i taket på salen var trasig och flimrade. För två dagar sen hade det varit tisdag. Det var då tiden stannade. I andra människors värld hade det hunnit bli torsdag. Jag fick finna mej i det.

Tisdagen. Så fruktansvärt länge sen. Det var då jag fortfarande var gravid på det där självklara men lite bävande sättet. Alla blivande mammor är lite bävande mitt i självklarheten när dom ska på 12-veckorskontrollen, första riktiga mötet med Mödravårdscentralens gynekolog. Jag försökte se kaxig ut när jag krånglade upp mej i gynstolen. Doktorn var en stressad äldre man som dessutom var överläkare på en kvinnoklinik på sjukhuset.

– Då är du ju ett riktigt proffs, sa jag glatt.

Jag lyfte på huvudet för att få ögonkontakt med honom. Han tittade tankfullt åt sidan, mot den flamsiga unga sköterskan. Med två eller tre fingrar i mej och andra handen på min mage sa han åt henne att hämta ultramicken.

– Så nu ska vi höra hjärtljuden, sa sköterskan käckt.

Läkaren gav henne en blick och smorde in min mage med nån gel och började föra mikrofonen över den.

Det hördes gurgel. Det hördes kompakta ljud.

– Jaha, sa doktorn. Det hörs ingenting.

Jag förstod inte. Massor av ljud hördes ju ur högtalaren. Menar han…

– Inga hjärtljud. Fostret har dött.

Han stängde av mikrofonen och drog av sej undersökningshandskarna. Jag lyckades inte fånga hans blick och vågade inte frågade om jag fick kliva ur stolen.

– Du får en tid för abort inom tre dagar, sa doktorn och gick ut ur rummet.

Och jag låg där i den jävla ställningen, halvnaken, blottad, ensam och när den flamsiga sköterskan var tvungen att hjälpa mej på fötter såg jag att hon tuggade tuggummi. Tuggummi! Och det enda jag tänkte på var att snabbt få på mej byxorna, för jag skämdes för min vita rumpa inför hennes solariehy.

Jag minns fragment från dom här dagarna. Lasse som fick komma och hämta mej, sköterskorna ringde efter honom eftersom jag bara satt och darrade i undersökningsrummet och mumlade om och om igen ”jag går inte härifrån förrän ni har tagit bort det, jag kan inte gå omkring i tre dagar och bära det, jag vägrar”. Och Lasse som helt tydligt stod på deras sida och sa ”kom nu, Evelyn, du har ju fått tid redan i övermorgon, jag ska ta ledigt från jobbet för din skull, gumman, dom har varit så snälla och petat in dej på operation redan på torsdag”.

Det var då nåt gick sönder mellan honom och mej. Jag visste att sköterskorna skulle säga till varandra: ”Åh, vilken tjusig karl, och så snäll och omtänksam!” Det visste han också. Jag hatade honom.

Han stannade inte alls hemma dagen därpå. Jag förbjöd honom och sa att jag ville sörja ensam. Och den jäveln nöjde sej med det! Han propsade inte ett dugg, utan for lättad till jobbet. Visslandes.

Lisen kom. Jag minns bara att hon plötsligt fanns där. Hon tvingade mej att prata, hon slog mej över kinden och hela tiden grät hon tillsammans med mej. Jag hatade mej själv på ett sätt jag aldrig varit i närheten av innan. Hur hade jag kunnat vara så dum att jag trodde på att JAG skulle klara av att bli mamma? Hur hade jag kunnat inbilla mej att JAG mitt feta äckliga svin skulle kunna leva normalt? Hur hade jag trott att det var möjligt att JAG skulle klara av att leva som en vanlig människa med man och barn? Hur hade jag lyckats glömma att sånt inte var till för en sån som jag? Detta var verkligen en läxa, Ödet straffade mej logiskt för att JAG hade vågat hoppas på en framtid! Ödet offrade ett litet liv för min skull, vad var jag för en som drog in ett oskyldigt barn i mitt liv?

En svindlande sekund kände jag att jag hade ett val att göra. Skulle jag släppa taget och bli riktigt allvarligt sinnessjuk? Åh, det var så jävla frestande, så eggande nära till kanten, så skönt att bara dras ner.

Då kom en svidande örfil igen. Jag hörde plötsligt vad Lisen stod och skrek om.

– Du gör det inte! Gör det inte!

Jag hörde min egen röst som sa ”nej, jag ska stanna här”.

Jag vet att det låter skitsjukt, men det var så här det gick till. När jag fick missfall.

Måste lära mej att skriva orden utan att darra med pennan.

När Lasse kom hem med vin och sa ”jag slutade tidigt för din skull, gumman” sa Lisen till honom att han ju faktiskt också mist barnet. Då rodnade den skiten och sa inställsamt ”men det är ju värre för er tjejer liksom”.

Lisen spottade honom i ansiktet och portförbjöd honom! Och han höll sej villigt borta och lovade hämta mej på sjukhuset på torsdagen! Lisen, Lisen, Lisen…

Hon och några fantastiska sköterskor på operationsavdelningen räddade utan tvekan mitt förstånd. Mycket för att ingen av dom sa saker som "du är ung, du får fler chanser", "det är bara att försöka igen" och "antagligen var det något fel på fostret, det var helt enkelt inte livsdugligt". Ingen ens antydde nåt i den vägen. Så när jag låg där under den flimrande lampan och skulle piggna till efter narkosen gjorde det inget att Lasse kom. Jag hatade honom inte. Jag dödade honom inte.

Naturligtvis hade inte den kvinnoinkompetenta idioten sett till att det fanns bindor hemma. Han visste ju att jag stolt hade gett bort mina bindor och tamponger till Lisen när graviditetstestet visat positivt. Jag skulle inte behöva några på något år, trodde jag.

Sköterskorna hade skickat med mej en bautabinda extra, och det var tur. Jag blödde som ett djur och hade ont som en tiodubbel mensvärk.

– Bindor? sa puckot. Blöder du så mycket? Jag menar, gör man det?

Det var härligt att kasta tékoppen på honom. Han remmade iväg och köpte bindor utan ett ord. Inte ens ett hejdå. Och kom tillbaka med Allways Ultra! Supertunna! Idiotdåren kunde absolut ingenting! Flortunna bindor är gjorda för normal menstruation. Jag behövde tjocka och långa nattbindor.Jag slängde mej på sängen och bara grät. Kudden kändes knölig och när jag kollade under den fann jag ett brev.

"Älskade sötnos, du minns att du lovade att inte göra nåt dumt? Ring mej innan du börjar leta efter rakblad, grova stryprep etc. Jag har köpt bindor, dom ligger under sängen. Där finns också en burk naprosyn, skitbra mot livmoderkramp. OBS! I burken ligger fem röda piller, nozinan, som hjälper dej att sova. Love you, Lisen."

Jag började gråta med förnyad styrka. Och bindorna var nyinköpta från Apoteket, nattbindor, och därmed inte några av dom jag gett Lisen. Hennes underbara finkänslighet anade att det skulle kännas hemskt att använda dom skydd jag gett henne eftersom jag blivit gravid. Nu var allt förändrat, men hon såg till att jag inte behövde blöda i något som påminde om den lyckliga tiden Innan…

Sånt här är mycket viktigt.

Blod. Urinstinkt. Där fanns det som varit mitt barn. Mitt barn var inte den kremerade cellklumpen som brändes bland andra cellklumpar i sjukhusets brännugn. Några av klumparna hade varit blivande barn – liv – andra celler hade opererats bort ur levande kroppar för att dom varit cancer – död. Människor rotar i varandra under skinnet, med licens från Socialstyrelsen. Men detta var större än så.

Det som plockats ur mej var inte riktigt mitt barn. Nej, hon var blodet som fortfarande pulserade ur mej, först med våldsamma sammandragningar, sen i en vecka med pyttesmå muskelkramper. Hon var blodet och försvann med det, stöttes ur min kropp ner i bindan och toaletten. Min kropp sörjde, hela mitt jag grät, jag såg blodet som livmoderns tårar och jag spöar den som inte vill fatta!

Jag försöker minnas. Vad tänkte jag på när jag utåt sett lugnt satt i soffan och såg på TV, låg i sängen och skulle sova, satt på lunchrestaurang med Lasse och höjde vinglaset… När jag lät ögonen lura min omgivning att jag var intresserad av min omvärld genom att låta dom vara öppna? När jag lät min mun tala men inte säga något? När jag kände ännu en milliliter blod pulsera ner i bindan? Och när jag oaktsamt hastigt reste mej med ett par något för stora trosor, så att bindan gjorde sej påmind på det där kladdiga klafs-sättet?

Jag minns inte. Däremot minns jag det som fick mej att hals över huvud totalt bryta kontakten med Lasse.

– Du är så jävla nonchalant! skrek jag. Vad kan du om missfall?

– Inget, men jag förstår att det måste vara jobbigt...

– Men knulla kan du! Göra barn kan du! Herregud, du har två vuxna barn och har alltså gått igenom två graviditeter med ditt ex, men vad KAN du egentligen? Du håller dej hela tiden undan, du gömmer dej bakom okunskap och tror att det är macho! Men det ska jag tala om för dej, att en riktig man är en som är INTRESSERAD av sin kvinna även om det är jobbigt! Vilken jävla kvinna som helst skulle falla för en man som oombedd köper hennes favoritchoklad när hon har PMS och omtänksamt ser till att det finns naprosyn hemma.

– Fan vad du krånglar till det! Brudar har fixat sånt i evigheter utan att göra en hel jävla vetenskap av det!

– VÅRA KROPPAR ÄR FÖR HELVETE ETT UNIVERSUM! Såna som du degraderar dom till porrfilmshål! Såna som du fattar inte ett SKIT!

Efter min flytt tillbaka till min lägenhet avtog blödningarna hastigt. Jag vill gärna tro att det hade ett samband. Jag antog att jag snart skulle må bättre, att allt skulle kännas bättre när min kropp läkt klart. Men jag kan fortfarande inte förklara vad detta ”bättre” innebar. Jag misstänkte mycket riktigt att ”bättre” skulle betyda att jag ansågs återställd. Men det skulle jag aldrig bli. För även om jag blir gravid igen, så kan jag aldrig mer bära just det här barnet. Jag kommer alltid att bära på platsen där mitt barn dog. Det dog några centimeter under min navel.

Jag låg i sängen, i min lägenhet, mitt i natten, mitt i våren som äntligen kommit och allt hade kommit över mej. Det som jag fruktat mest av allt. Jag hade hunnits ikapp.

Paniken välldе fram, jag ville vråla rakt ut, men inget rop kom.

Det var precis så fruktansvärt som jag befarat.

Det jag tänker skriva nu vill jag inte ska kunna tolkas som att jag försöker komma undan. Det finns alltid skäl för återfall. Men det finns aldrig en ursäkt som är tillräcklig. Man kan trixa lite med sanningen, och märker man till sin lycka att det inte behövs för att omgivningen är inne i en förstående fas – då känner man sej nästan manad av Ödet att återfalla. Omgivningen kommer att förstå. Annars är det bara att se till att omständigheterna och skälen blir uppenbara.

Flera år hade gått sen missfallet och jag trodde inte att det skulle kännas så mycket som det gjorde när jag såg Knyttets lilla bula bli större. Exakt hur det kändes kan jag inte beskriva. Jag ville få henne att förstå hur lyckligt lottad hon var med ett foster som var friskt, som växte och överhuvudtaget… fanns.

Och jag var så jävla arg på J. Alla klarade av att bli föräldrar, till och med en patetisk gammal knarkare som han. Jag var inte avundsjuk, jag ville bara att dom skulle förstå.

Allt revs upp igen, allt bara vällde över mej. Stan tycktes överbelamrad med gravida och barnvagnar. Jag kunde sitta och hatiskt stirra ut en gravid kvinna med blå mascara, Mr Music-väska, hållande i en kioskroman. Att nån så helvetes ointelligent ska få barn! En höggravid tonårstjej som stod utanför McDonalds med sin äckliga kille och rökte var ytterst nära att åka på en utskällning. Stå och röka med magen i vädret! Visserligen rökte jag själv ibland när jag var gravid, men kanske var det därför jag miste barnet? Och hennes kille. Säkert en sån som bara kunde laga korv och potatismos. Säkert var han en sån som sa ”legimitation”.

Jag hatade och hatade. Hatade så jag fick svårt att sova på rygg igen. Tiden efter aborten – på medicinspråk blandades jag alltså ihop med dom som inte ville att deras foster skulle få bli människor – fick jag mardrömmar om jag sov på rygg, för så hade jag legat i gynstolen när jag fått beskedet att... Nu kom det tillbaka med kraft, och jag orkade inte längre. Knyttet fick aldrig veta hur illa det var med mej, tvärtom trodde jag att det var bra för mej att träffa henne ofta och vara som vanligt. Hon anade nog, men drog sej instinktivt tillbaka. Jag kunde bara hoppas att hon inte märkte nåt.

Det gjorde J däremot. Vi pratade en hel del om det, men jag vågade inte säga så mycket som jag borde. Jag trodde jag skulle bli galen.

Lisen visste ju, men började ofta gråta själv. När hon var sjutton år gjorde hon abort. Liksom många andra tjejer i den åldern hade hon halvt fått för sej att hon inte kunde bli med barn, eftersom hon legat med sin kille minst tio gånger utan skydd. Hon hade ätit p-piller i nian, men nyhetens behag – det vill säga att nonchalant vifta med pillerkartan framför oerfararna klasskompisar och att som av en händelse råka tappa förpackningen framför en förhoppningsvis chockad lärare – var inte så kul längre. Sen bindreklam började visas i TV hade det blivit svårare att demonstrera sin chocking liberation. Alla i Sverige vet att är man frisk och har sex utan skydd blir man förr eller senare med barn. Därför kunde det vara uppfriskande provokativt att med klar stämma och påklistrad idioti förkunna att ”äh, jag blir ju ändå aldrig med barn”.

Det sägs att det är en skyddsmekanism många unga flickor använder för att dom inte vill inse allvaret. En trettonårig tjej brukar inte kalla sej själv kvinna, trots att hon fått mens för ett år sen. Hon kan inte få in i skallen att hon kan bli mamma. Mammor är såna som är trettio år, tjocka och fula är dom. Föda barn, usch, äckligt! Den trettonåriga bruden kan inte koppla sambandet mellan det stora vuxna främmande som en förlossning är och henne själv. Hon vill bli coolt äldre, men inte vuxen. Att bli av med oskulden är i alla kulturer en initieringsrit. I vår kultur verkar också konsekvenserna bli initieringsriter.

Dumma Lisen blev med barn, gjorde abort och upptäckte att det inte alls var som hon trott. Hennes omedelbart dumpade kille hade sagt att ”vadå, det kostar bara ett läkarbesök, du är ju nersövd, det är skitvanligt, jag har gjort andra med barn, vafan – du kommer till sjukhuset på morgonen och går hem några timmar senare, vafan”. Dumma Lisen hade intalat sej att det var som att ta bort ett frimärke, ritsch bara! Och sköterskorna var i fyrtioårsåldern och så rara och så jävla förstående och sa saker som ”det är ditt val, det kan inte vara så lätt, du tar ditt ansvar genom att avbryta graviditeten”. Lisen var i nionde veckan och trodde att eftersom embryot bara var någon centimeter eller två så var det väl bara att plocka bort det. Hon hade inte räknat med att blöda, att det skulle göra så ont efteråt. Och några tjejkompisar som kom och hämtade henne pratade exalterade på: ”Gud alltså, när jag gjorde abort var jag chockad över att rullas in i en hel OPERATIONSSAL, jag trodde liksom att det skulle vara som ett vanligt gynbesök.” Lisen grät över att ingen förstod att hon på nåt sätt blivit lurad. Hennes mamma skrek och gapade: ”Du har haft sexualupplysning i skolan, vi har pratat om preventivmedel och diskuterat din abort! Gode Gud, har du inte lyssnat alls!”

Men Lisen grät och kräktes av skuld över att hon inte tagit nåt av det där på allvar. Till råga på allt mindes hon vad hennes mamma sagt i ett försök att få henne att behålla barnet. ”Tre veckor efter befruktningen slår hjärtat i embryot. Har du tänkt på att i befruktningsögonblicket står det klart vilket kön, ögonfärg och vilka egenskaper barnet får, det är vetenskapligt bevisat. Generna är klara, om det ska ärva mormors musikalitet, pappas näsa...”

Lisen hade bara inte kunnat koppla allt det där med nåt i hennes mage som skulle göra henne tjock och som var lika bra att plocka ut. Förrän det var för sent. Hon var så van vid att alltid kunna ångra sej, och skylla sina misstag på att hon var så ung. Nu kunde hon inte ångra sej, och hennes kropp var inte purung i detta avseende, den hade redan väntat fem år på att bli gravid. Lisen orkade inte bli påmind om det av sin mamma hela tiden, så när hennes mormor grep in och gav henne en bostadsrätt i förtida arv, flyttade Lisen.

Att jag skriver om Lisen är för att jag vill att alla jävlar som är som Lisens ex ska veta hur laddad frågan är och alltid kommer att vara: Barn eller inte barn? Frågan är så intimt förknippad med våra kroppar. Och själar. Många tog för givet att Lisen var den där rika, ångestlösa tjejen, J också. Han hatade henne för att han tyckte att hon fick allt utan ansträngning. Jag hade många gånger varit nära att berätta om hennes abort som exempel på att hon inte alltid var den starka bitchen, men jag hade lovat Lisen att hålla tyst. Eftersom hon tyckte illa om J vore det äckligt att berätta om hennes misstag och nojor för honom.

Så allt var lite kaosartat när Knyttet väntade barn.

Till och med Lisen ansåg att det inte var någon fara när jag kolkade i mej whisky efter whisky. Att tvingas inse att den man en gång älskat – Lasse – hela tiden varit en stor skit tar på krafterna, även om det gått flera år sen upptäckten. Att ha fått missfall kan vara det värsta i ens liv. Att sitta och gråta blir till slut så jobbigt att det kan jämföras med ett spinning-pass.

Mitt trogna fan Gisela skickade en budbil med rosor och dyr sherry.

Mamma ville komma till Stockholm för att pyssla om mej (!) när hon råkade ringa mitt i en snyftattack, men jag avböjde och fick istället en check. ”Att handla något dyrt och onyttigt kan faktiskt hjälpa ibland” skrev hon. Så jag köpte en låda vin.

Lollo fick inte veta att jag var dålig igen. Hon höll på med en stor uppsats om fransk rättshjälp, och jag ville inte oroa henne. Från det att hon var sju år har hon varit systern som försvann, hon kom liksom bort i all familjeterapi när allas ögon riktades mot mej, anorektikern och problemmakaren.

Och så J… Jag orkade inte.

Så jag drack och blev smekt på kinden av deltagande händer.

Jag blev rädd. Jobbet var jag sjukskriven från, dessutom hade jag tagit tjänstledigt en bra bit framåt. Varför i helvete då? Hur kunde jag vara så dum?

Det var som om jag hade gått sönder.. Och jag ville slitas sönder ännu mer. Gud, så rädd jag var. Men inte helt feg. För att testa mej själv ringde jag till vårdcentralen och beställde tid. Nykter och prydligt klädd gick jag dit för att prata med en läkare om en konstig svullnad på knät.

Hjärtat dunkade så det brusade i öronen. Skulle jag? Ja. NEJ!

Jo. Vad hade jag att förlora? Massor. Nej, jag hade ju redan förlorat allt.

Läkaren klämde på knät och till min förvåning sa han att det nog var överbelastat. Så tittade han på mej.

– Var det nåt mer?

– Nej, det är bara det att det är så svårt att koppla av på kvällen. När jag ska sova liksom bultar det bakom knät. Så kanske om jag fick nåt som gör det lättare att koppla av, för när jag väl har somnat sover jag lugnt.

Det var min röst!

– Jaaa…, sa doktorn.

Han granskade mej, gjorde en snabb bedömning. Jag log tillbaka, med händerna sedesamt knäppta. Han kom fram till att jag nog var en trevlig familjeflicka utan missbruksproblem, och skrev ut minsta förpackningen stezolid à 5 milligram.

– Kan jag köra bil när jag tagit en sån där? frågade jag oskuldsfullt.

Ha! Så lättlurad den där vitrockade människan var! Jag blev så uppiggad att jag fortsatte spela min roll på apoteket.

– Kan jag få ett informationsblad om det här… ste… stezilid? undrade jag nybörjaraktigt.

Underbart! Jag gick hem med lätta steg och pillerburken brännande i fickan. Folk som såg mej skulle bara veta!

Väl hemma började Provet. Jag ville helt för mej själv testa om jag höll på att bli helt väck eller om jag skulle kunna låta bli tabletterna. Det kändes onödigt att dra in någon annan. Jag ville inte att folk skulle lägga sej i och bli oroliga. Det låter så genomskinligt, men jag orkade inte längre vara den som det var synd om, som folk behandlade med överdriven hänsyn. Jag var skraj att verkligen förvandlas till den svaga som ingen kan tala om utan att säga ”stackars”. Innan jag riskerade att själv börja ifrågasätta min styrka, var jag tvungen att bevisa den för mej själv.

Så stezolidburken fick ligga orörd i strumplådan. Jag beslöt att förekomma mina vänner genom att drastiskt trappa ner på drickandet. Tiden innan jag skulle börja arbeta igen ägnade jag åt att massera Knyttets svank och förhöra J på förlossningsskeden. Lisen hjälpte mej med meditationsteknik och andningsrenande övningar.

Lollo ringde från Paris och löste mina presentproblem till mammas femtioårsfirande.

– En ursnygg Chaneldräkt! Jag köpte den på en finare second handaffärsrea! Haja att dom reade en äkta Chanel, jag slog till direkt. Du är med, va? Ge mej pengarna i smyg när jag kommer till Sverige.

– Hem, sa jag. Du menar hem till Sverige.

– Va? Nej, jag tror inte... Jag tänker nog stanna här ett bra tag till. Ligger skitbra till för jobb på svenska ambassaden faktiskt. Lova att du inte säger nåt! När jag kommer och hälsar på vill jag tala om det själv för mamma.

– Grattis! Klart jag ska hålla mun. Allt väl annars?

– Ja, och du?

– Jättebra.

Vi visste båda att den andra ljög. Någonstans i den gamla familjeterapisvängen hade vi slutat ge varandra förtroenden. Vi kunde inte hjälpa varandra längre, hade fullt upp med vårt eget och visste båda att det var bäst så.

– Je t'aime Louise.

– Moi aussi. Vi ses.

Konstigt att man kan älska någon som är så totalt olik en själv, bara för att hon är ens syster. Jag börjar mer och mer tro att det var samma sak mellan J och mej. Fast annorlunda på en punkt. Finns det nåt som kan kallas icke-incestuös erotisk syskonkärlek? Inte för att det någonsin var särskilt lyckat att ligga med honom. Kanske var det för att vi var för mycket syskonlika? För ärligt talat, varje gång vi tände varsin cigg efteråt så flammade våra kinder av pinsamhet eller så skakade vi av skratt. Rätt kul, nu när jag ser tillbaka. I allafall var våra småpretentiösa försök… vad ska jag säga, intressanta. Ja. Intressanta.

Jag åkte till Göteborg för att fira mamma. Som en god dotter var jag där en dag innan festen för att hjälpa till med städning och hålla koll på cateringfirman. Som en god dotter skulle Lollo stanna en dag efter festen för att hjälpa till med städning och för att skälla ut cateringfirman. Vi hade delat upp det så, för Lollo har alltid varit bättre än jag på att ge underhuggare som maskar och saltar räkningen utskällning.

Halva tågresan stod jag på toaletten och kräktes. Jag hatar att åka tåg, det känns så overkligt. Min stezolidburk låg väl gömd nerstoppad i en tampongask i sminkväskan. Där skulle ingen leta. Burken var fortfarande oöppnad. Jag var så stolt. Jag hade kontroll! Mest stolt var jag över att jag inte hade låtit ett eller två piller försvinna ner i svalget, trots att jag gruvat mej för tågresan. Jag var spänd som en fiolsträng för allting igen, mina nojor, fobier och panikattacker satte krokben för mej i alla möjliga sammanhang. Knyttets mage växte så den knakade, oron för att J skulle trilla dit fanns konstant i magen, oron för att han skulle göra oss – och framför allt Knyttet – besvikna var så djup, mina mardrömmar fick mej att svettas nästan varje natt, så fort jag i sömnen vände mej på rygg började dom, jag vågade knappt ens handla på ICA, mina lånade häxböcker fann jag trista och högtravande, och över alltihop hängde JOBBET som en kletig tung gloria. Om en månad skulle jag vara tillbaka. Min fasta anställning. Min livboj. Även om jag arbetade fritt och mest hemma, så var jag ju ändå tvungen att ha livlig kontakt med redaktionen och vara med på en del möten. En månad kvar att bli normal igen på! OCH OM JAG INTE KLARADE AV DET?

Men tog jag en enda stezolid? Icke! Ingen kunde kalla mej missbrukare.

För all del, inte en människa utom jag visste om att burken fanns. Den var mitt och bara mitt kraftprov. Min självkänsla och min stolthet var en oöppnad stezolidburk. Den hängde troget med i väskan. Jag visste att jag skulle öppna den, men jag skulle bara tillåta mej det när det blev akut kris. Den räddade mej från att totalt tappa fotfästet. Hur kaotiskt mitt liv än var, så visste jag att jag hade en tillfällig bot, något som helt säkert fick mej lugn. Trygghet. Att njuta av när jag ville. Precis när jag ville.

På tåget tyckte jag att jag gick igenom eldprovet. Att överleva en tågresa med mina förutsättningar bevisade mental styrka. Kanske skulle jag på resan hem? Kanske, om jag planerade det i lugn och ro såhär? Jo, firandet hos mina föräldrar med nyfikna släktingar som skulle undra hur knäpp jag blivit sen sist, mammas kolleger som tvärsäkert skulle säga ”ska du inte slå dej in på juridiken, det är inte för sent än” och folk som skulle hålla koll på varje klunk vin jag tog ”hon har varit på alkoholisthem, förstår ni” och pappa som skulle dyka upp som gubben i lådan – alltid förvånad när han liksom fick syn på sina döttrar och insåg att visst ja, dom där finns ju – och skrockande fråga hur man har det med kärleken. Allt, allt, allt skulle vara lättare att stå ut med om jag visste att på tåget hem skulle jag få rå om mej själv, belöna mej med ett par tre piller. Jag var faktiskt värd att slippa ha ångest någon timme. Efter allt som hänt. Ja. Ta mej fan.

När går självkontrollen över i självbedrägeri? Man kan gifta sej med världens underbaraste människa, få barn med henne, så småningom börja misstänka att den underbara är ganska jobbig, men av olika skäl stanna kvar. Man tröstar sej med att det väl är en naturlig fas, leker familjeterapi och skaffar ett "kärleksbarn" som ett bevis på att man står ut med den jobbiga och vägrar ens tänka på skilsmässa. Hela sitt liv har man nämligen fått höra att man ska ha självkontroll, och inte vika en tum för lusten att gråtande skrika rakt ut för hur skulle det se ut? För att överleva rent mentalt finns det alltså folk som dag efter dag år ut och år in säger sej älska sin vidriga partner. Tills sist tror dom det själva. För att stå ut kastar dom sej in i självbedrägeri.

Ska det vara en tröst för sådana som jag, som J? Kan vi bli tröstade av att alla lever på någon form av livslögn? Jag vet inte, men jag tycker att det är mycket bra att varken han eller jag ägnade oss åt religiösa grubblerier. Vi skulle ha frossat i vårt masochistiska självbedrägeri tills vi blivit helgonförklarade.

För vi är ju av en viss typ, J och jag. Allt eller inget. Jag kunde inte banta utan att bli anorektiker, inte dricka ett glas vin utan att bli alkoholist. J, den rabiata poetråttan, nöjde sej inte med att som andra plugga litteratur utan skrev tre böcker. Gav sej inte förrän han blivit stilbildande och geniförklarad. Inte rökte J en braja som alla andra. Nej, han skulle inte ge sej förrän han knarkat ihjäl sej.

Det är såna som vi som vill göra egen statskupp när alla andra ställt in revolutionen för att det regnar.

Jag satt i min lägenhet och försökte minnas hur jag några dagar innan kommit från Centralen hem till mej. Mindes att jag antagligen tagit en taxi. Mindes festen, 50-årspartyt.

Mamma hade varit glad, festen hade varit lyckad. Chaneldräkten som Lollo köpt i Paris behövdes bara kortas något i kjolen, annars satt den perfekt. Mamma–dottersamtalen undvek jag genom att lägga mej tidigt. Jag hade putsat fönstren trots att mamma sa att det inte behövdes, svabbat golven, räknat bestick och dubbelkollat med cateringfirman och bageriet. Då var det inte så konstigt om jag var trött, lät jag antyda.

Inte en droppe drack jag. Mamma andades helt tydligt ut. Under festen sällade jag mej villigt till den lilla inhyrda serveringsstaben. Bra gjort, ingen kunde hejda mej för ett samtal om jag bar en tung bricka. Jag log och log. Tänkte på att när jag åker hem, då kan jag koppla av, få en stunds lugn.

Jag reste tidigt dagen därpå, Lollo hade inte ens vaknat. Kramade om mamma, pussade pappa på kinden.

– Jag är så stolt över dej, sa mamma. Min nyktra flicka har fått jobb.

Jag riktigt längtade efter tågresan hem, jag hoppade snabbt in i taxin. Kollade mina händer. Det var som en dröm, en film. Jag hade inte den minsta panikilning när jag gick genom Göteborgs Central. Jag var lugn, och det var en förutsättning. Lugna människor missbrukar inte. Jag var lugn och en Normal. Riktigt sansat satte jag mej på min plats, kände tågets rörelser. Jag log åt den gamla damen bredvid när jag reste mej för att gå på toaletten.

Jag hade min sminkväska med mej in. Och där, i den tomma o.b.-förpackningen, låg ju burken med stezolid. Jag hade inget att skölja ned dom små tabletterna med, men jag skulle ju bara ta tre eller fyra stycken, och visst gick dom ner. Lugn och ro.

Äntligen. Välförtjänt. Restaurangvagnen serverade vin, det kunde jag gott unna mej. Dom sålde bara småflaskor, inget man kunde bli packad av. Gisela hade ju sagt att jag skulle vara ärlig mot mej själv, och visst... Helt ärligt var jag förtjänt av en paus.

Och så var det igång. Mina fem vanliga läkare fanns ju i katalogen, att jag symboliskt rivit sönder mina små lappar med deras mottagningtider etc spelade ingen roll. Å ena sidan visste jag ju att situationen snart skulle bli ohållbar igen, att jag inte kunde dopa mej i sextio år för mitt missfalls skull, omgivningen skulle mycket snart sluta vara förstående. Å andra sidan visste jag att detta ”snart” inte var nu, ”snart” var ännu inte här, så det var lika bra att passa på. Jag hade minst sagt anledningar! Hade inte mitt foster dött kanske? Hade jag inte ångest? Va? Var jag inte orolig för jobbet? Då så.

Jag misstänkte att Lisen inte skulle förstå. Hon skulle inte bli oroad, hon skulle bli förbannad. Bråka orkade jag inte, så jag slängde ner ett vykort till henne i brevlådan utanför Systemet. På det stod att jag skulle komma hem från Göteborg om tidigast fyra dagar. Precis när kortet nådde botten kom jag att tänka på poststämpeln. För sent. Äsch, jag fick hitta på något.

En som däremot definitivt skulle bli orolig och ledsen var Knyttet. Hon fick på inga villkor veta! Dessutom skulle hon aldrig fatta, det hade hon aldrig gjort. Enligt henne var man alkis om man drack när man var ensam. Hon tolkade det som att man inte kunde hålla sej tills gästerna kommit. Hennes oskuldsfullhet kunde visst vara charmig, men vansinnigt jobbig i vissa lägen.

Och J fick inte frestas. Det skulle vara taskigt. Han skulle skälla ut mej, men avsluta med att fråga om jag hade några roppar.

Gisela var på Påskön med några spiritister och dansade gudinnors lov. Vid det här laget borde hon vara i trans.

Jag var ensam och det var mycket skönt. J brukade skämta om att vi självplågare skulle dö om vi inte fick vara ifred, att det var därför vi gjorde oss så äckliga och motbjudande. Världen hatas bäst på avstånd.

På Hemgården hade det pratats mycket om känslor. Personligen tyckte jag att känslopjunket var abstrakt och en utmärkt täckmantel för självömkan. Och Wioleth hade mycket riktigt sagt till mej att det inte alltid var så lätt för mindre intellektuella individer att analysera sina känslor i tal, men att ju alla vet hur en människa mår som svarar ”skitdåligt” när man frågar. Jag tyckte med andra ord att det var meningslöst med deras formulär typ ”Vad känner du innerst inne när du dricker första glaset? Om du upplever självförakt, hur mycket då på en skala 1–10?”

Jag satt i min lägenhet och drack whisky när jag kom att tänka på dom där formulären. Huvudet var lagom tungt av några sobril. Lojt blundade jag och försökte känna efter. Vad kände jag?

Ingenting. Och det var ljuvligt.

På mindre än en vecka hade jag fått in en behaglig vardagsrutin. Vakna på eftermiddagen, dricka något glas kall, torr vermouth med hjälp av apelsintricket, sätta mej på en pinnstol i duschen och låta vattnet strila över mej, klä mej, gå till dagens läkare (med minttuggummi i munnen, viktigt!), ta en sväng till Systemet innan det stängde, gå till ateljén, teckna mina beställningsjobb och få upp en viss promillehalt och sen gå hem. Jag såg noga till att inte krocka med Lisens schema. En gammal störd hippie hade hyrt in sej i ateljén och satt och rökte på där, målade en massa frågetecken på A4-papper med tusch och försökte sälja speed. Vi brukade vara ensamma där efter elva på kvällen, och det var underbart att få jobba påverkad igen. Ett helt annat flyt, utan tvekan. Jag kunde snabbt göra mina avtalade jobb, dom på tidningen blev nog förvånade när budbilen kom. Det skulle dröja fem veckor innan jag skulle vara tvungen att höra av mej dit igen.

Man kan alltså få in en trygg lunk på så kort tid. Känna att så här vill jag alltid ha det.

Gisela ringde. Telefonsvararen gick igång med ett pip. Jag lät hennes röst be mej att plocka upp luren, men gjorde det naturligtvis inte.

– Evelyn, jag förstår mer än du tror. Jag kan komma till dej, vi är ju systrar nu. Vad du behöver är en ordentlig reiki-healing med massage från topp till tå. Dina muskler måste vara mycket spända. Plocka upp luren, jag känner att du är där! Lyft luren, säger jag!

Massage. Jag låg i soffan och var hur avspänd som helst. Klicket när Gisela la på luren var befriande. Vad skulle jag säga henne? Vad hade jag överhuvudtaget sagt till henne? Systrar, var vi systrar? Jag hade redan en syster, Lollo, och hon hade dragit långt bort. Jag förstod henne.

Lojt reste jag mej och gick mot köket. Det svajade behagligt. Tänk om det jämt fick vara så här! Lite gungigt, lite distanserat, lite se-allt-från-sidan. I kylen låg två flaskor vermouth. Jag var rik. I frysen fanns is i massor, och jag knackade fram några bitar innan jag återvände till vardagsrummet med den nya flaskan. Att det kan ligga så mycket power i några flaskor! Obegripligt, egentligen. Det enda dom gjorde var ju att skärma av tillvaron en smula. Eller mycket, hur mycket man ville. Så då var det väl begripligt då.

Jag älskade att småfilosofera så där med lite starkvin i kroppen. Världen, plötsligt greppbar. Man kunde göra upp planer i lugn och ro, skriva listor över saker, anteckna vad man kanske skulle göra med sitt liv, sortera i minnet och skriva ner tio personer från sitt förflutna som man ville piska ihjäl, göra skisser över kommande storverk, låta idéerna flyta härligt fritt och inte vara tvungen att tänka på det man inte ville.

ALKOHOL – SJÄLENS ANARKIST skrev jag på mitt block så fort jag sjunkit ner på soffan igen. Det lät bra. SKÖNHET ÄR NÄR DIN VÄRLD FÖRÄNDRAS skrev jag nedanför. Lät bekant, men bra, mycket bra.

Då ringde det på dörren. Helvete! Jag höll andan. Inget besök, inte i den här privatvärlden, den var MIN.

– Evelyn.

J:s röst, lågt. Jag blev häpen och ändå inte. Kan man omedvetet vänta sej något, men ändå bli alldeles ställd när det händer?

Var det värt att skriva ner? Jag rynkade pannan. Nej, det var för krångligt.

– Evelyn. Snälla, kom igen!

Han lät ledsen, J. Hade det hänt något med barnet? Knyttets barn. Unge. Kärleksskitbarn. Äsch, säkert inte. Knyttet är en Normal och Normala får sina barn utan tjafs. Det bara händer för dom. Varenda jävla tidnings kvinnosidor skrev om kvinnors förlossningsskräck. Så fräckt, så utan tvekan var folk säkra på att få gå tiden ut att dom började noja över födslosmärtor så fort deras gravtester visade positivt. Fast det var väl i sin ordning. Normala kan ta för givet.

– Evelyn, jag vill komma in. Jag måste, jag är pissnödig!

Jag blev tvungen att skratta till. J ville inte klampa in i mitt privatliv, han ville bara låna dasset.

Utan att tänka var jag på benen, ute i hallen och låste upp. J tog snabbt två stora språng in, och låste dörren. Snabbt tittade han in i vardagsrummet, suckade och tittade på mej. Inte behövde han pissa.

Jag la armarna i kors. Det var mitt liv.

J lutade sej mot hallväggen och plockade fram ett ciggpaket. Jag väntade medan han tände en Marlboro, sen orkade jag inte vara tyst längre.

– Jag ville vara ifred för att tänka, det är väl inget med det? Och måla. Jag har varit i ateljén varenda dag, du ska inte tro att jag isolerar mej. Jobbet sköter jag, det är fixat.

– Kom.

J tog mej hårt i armen och nästan slungade mej in i vardagsrummet, eller om det var jag som var en smula ostadig. Han knuffade ner mej i soffan och välte nästan den nya flaskan. Sen ställde han sej att glo, bara dumstirra på mej. Jag var så arg och rädd att jag blev matt. Hade han blivit galen? Eller jag? Skärrad sträckte jag mej efter mitt anteckningsblock, J hade ingen rätt att få se vad jag skrivit, men han hann före.

– SKÖNHET ÄR... Hörru, det är knyckt. Från mej! Och det här, ALKOHOL – SJÄLENS ANARKIST, det skulle i allafall jag ändra till ALKOHOL – SJÄLENS ANARKI, det ligger bättre i munnen.

Han såg upp från blocket.

– Tycker du det? Att din vermouth är din anarki? Det finns ett ord för sånt här.

– Du vet hur det är, mumlade jag förvirrat.

– Fylledjupt, det är ordet. Och ja, jag vet hur det är.

Han satte sej bredvid mej i soffan. Omedvetet drog jag mej ifrån honom, mot soffhörnet. J drog händerna genom håret. Han såg trött ut.

– Som du fattar har Kristina och Lisen bett mej komma. Dom vill att jag ska prata med dej, men...

– Dom har nog velat att jag skulle prata med dej förut, log jag.

J log lite tillbaka. Jag tände också en Marlboro, en av hans, asken låg framför mej. Jag visste att J inte tog illa upp, vi hade alltid gjort så.

Vår grej, ekade det i min skalle. Vi hade alltid gjort vår grej.

– Fan, jag vet ju inte vad jag ska säga. Vad hände?

Jag fixerade flaskan. Det gällde att fylla på glaset innan isen smälte, annars måste jag ut och hämta ny igen. Ljummen vermouth spydde man av, så var det bara.

– Jag kan inte måla om jag inte får dricka, sa jag.

– Ärligt, Evelyn, vill du så gärna bli geniförklarad att du super ihjäl dej? Drick du. Om du vill.

Jag fyllde glaset. Bordet gungade till, oroväckande. Så packad var jag väl inte?

– Om det är någonting jag kan göra, så gör jag det. Evelyn, jag älskar dej, det vet du. Alla vet det. Är det... Det är mest Knyttet som nojar, men vi undrar om du har börjat dricka för att Knyttet väntar barn med mej. Vill du... ja, vill du ha barn med mej? Eller vill du inte ha barn med mej, men att Knyttet inte heller ska ha det? Klart vi undrar, sa J mumlande.

Gud! Jag höll på att sätta i halsen.

– Ditt egosvin! Din stora, STORA skit! Tror du... eller ni, att jag dricker för att du väntar barn med Knyttet och inte med mej? Män!

– Nu låter du precis som Gisela! sa J lika grälsjukt som skamset.

Jag hejdade mej.

– Fattar du inte att vi undrar? Vem har störst ego i det här rummet i så fall? fortsatte J.

Han såg min blick, och försökte låta vänligare.

– Hände det något på din morsas fest? För det var väl då du drog igång? Evelyn, den var ju för flera veckor sen!

Han såg bedjande på mej. Jag kröp ihop i mitt soffhörn och försökte att inte rodna.

– J, det är alltihop. På en gång. Knyttet väntar barn, det är på riktigt ett barn på väg, och så var jag så rädd att mamma skulle vara för stolt över mej så att jag kanske inte skulle klara det, och Lollo ville inte tala med mej knappt trots att jag inte drack en droppe, antagligen för att hon skrev ett brev och gav för mycket i förtroende så nu tror hon väl att jag inte behöver henne längre, och under tiden så växer Knyttets mage, och Lisen har väl tröttnat på mej för att jag inte är en vän på riktigt, om du lovar att inte säga något så är hon mer vän än jag, om du fattar, och det känns hemskt efter allt hon har gjort för mej, och till slut är Knyttet längre än i tolfte veckan...

Jag grät så jag skakade. J tog glaset ur min hand och jag hörde klonket när han ställde det på bordet. Oändligt varsamt la han armarna om mej, och strök mej över ryggen. Jag grät så det gjorde ont. Jag borde haft vett att skämmas, tänkte jag, men inte här, inte inför J, inte nu.

– Vilka idioter vi är, sa han lågt i mitt öra. Jag kan inte fatta att vi inte tänkte på att du fått missfall.

Jag skakade till bara jag hörde ordet. J snappade genast.

– Förlåt, men vad ska jag... Det gick på tok för dej, det visste

vi. Med den där Lasse. Men du nämnde det bara i förbigående, och du har inte sagt någonting om det under hela tiden, och då menar jag även innan Kristina blev gravid. Åh, att vi inte fattade, och nu minns du igen... Lisen kände dej på den tiden, hon borde ju ha kunnat lägga ihop det, tycker jag. Eller jag. Jag är ju din människa, var det inte så vi sa?

J:s kropp var så varm, jag blev sömnig av hans smekningar på min rygg.

– Jag ska prata med Kristina och Lisen, om du vill. Och du...

– Vad då, mumlade jag grötigt.

– Lova att du inte säger det, men jag har alltid haft lite svårt för Lisen. Det är din polare, jag vet, men du ska inte skämmas över att hon har hjälp dej så mycket. Det är hennes pryl.

J luktade svagt av någonting, antagligen var det tvättmedlet från hans grova tröja som jag snöt mej mot. Tankarna virvlade.

– Jag är så trött, sa jag.

– Då hjälper jag dej i säng. Sen ska du inte ha råångest när du vaknar. Pavorna finns ju kvar, jag ställer in den här i kylen. Jag håller käft om det andra, men det nödvändiga berättar jag för Lisen och Kristina, okej? Skärp dej när du vill, men jag hoppas det blir snart.

Han greppade mej om midjan och ställde mej upp. Golvet gungade till. J gav mej en prövande blick.

– Benz, va? För du är ju inte så full.

Jag nickade och började gå mot sovrummet, stödd mot J, när han stannade till.

– Vi tar en sväng förbi toaletten också så kan du kissa. Du kommer att sova djupt och länge i morgon.

Snälla, omtänksamma J.

Men jag skärpte mej inte ett skit.

Tills en förmiddag.

Telefonen skrek.

– Evelyn! Det är jag! Fan också, vet du vad han håller på med?

Knyttets röst skar genom luren. Jag satte mej upp i sängen. Min hand darrade, jag fick hålla luren med båda händerna.

– Knyttet, sa jag långsamt. Ta det lugnt…

– Han är inte klok, jag väntar barn med ett… ett svin, en apa, en djävul! Hur kan han bara?

Hon skrek i ren panik.

– Tänk om han dör! Tänk om han är död nu!

Jag svalde hårt.

– Det var han inte igår i allafall, sa jag.

– Igår? Träffade du honom igår?

– Jag såg honom.

– Du VISSTE!

– Ja.

Knyttet drog efter andan.

– Jag kommer över till dej, sa jag snabbt.

– Aldrig! Jag vill aldrig mer se dej, din förbannade subba! Knullar ni också? Gör ni det? Var du också påtänd?

– Jag kommer direkt, sa jag och slängde på luren.

Rummet stank av gammal rök, på golvet låg en halvflaska vermouth oöppnad men desto fler tomma pavor, modellera låg i torra klumpar lite här och var och jag kände hjärtat slå i 140. Högerhanden darrade fortfarande, men jag kunde inte dricka något eftersom jag skulle hem till Knyttet. Jag lät halvflaskan ligga orörd, den äckliga och inbjudande.

Jag reste mej svajigt och gick in i badrummet. Egentligen borde jag ha ringt efter taxi direkt, men jag var osäker på om jag skulle klara det. Två inderal á tio milligram och en tjugofemma stezolid blev en bra grund. Efter en snabb dusch och med kläder på kroppen såg jag nästan normal ut.

När jag senare steg ur taxin kom konturerna tillbaka, världen och människorna såg inte så suddiga ut längre. Jag sträckte på ryggen och började gå uppför trapporna. Nyskurade. Ammoniaklukten fick min mage att småkrampa lite; den, och rädslan.

Tankarna studsade mellan trappuppgångens väggar, mina steg ekade och ljuset stack i ögonen. Det var ett fint gammalt hus med liljor i fönstren på varje nytt våningsplan. Jag stannade på andra våningen för att hämta andan just vid ett av dom halvmåneformade fönstren. Blomkrukan stod lite snett. Jag lyfte på den, och utan att egentligen tänka tog jag den lilla kartan stezolid och stoppade den i fickan. Jag visste precis scenen: ”Sötnos, jag går ut med soporna!” och ”Tack, vad snäll du är!” Tiomilligrammare, lömska att dosera för att undgå upptäckt.

När jag stod utanför Knyttets dörr hann jag knappt trycka på ringklockan förrän en mänslig siren började yla därinne. Jag gick in (dörren var olåst som vanligt) och följde svordomarna och ljuden av kräkningar från vardagsrummet.

Solen sken in över det blanka trägolvet där Knyttet låg på knä med en skurtrasa i ena handen och spydde i en skurhink. Hon hade bara en svart spetsbehå – hon försökte hålla stilen trots svårigheten att få tag i spetsbehåar för gravida – och ett par slitna Levis med knappen öppen och gylfen nerdragen för att ge plats åt magen. Det långa röda håret föll hela tiden ner i ansiktet på henne.

Hon var så vacker, hela bilden var direkt bländande. Men jag väntade länge innan jag målade av den, rädd att den skulle bli symbolstämplad som mycket möglig – om än sann – kvinnokamp. Nu hänger den i Giselas (naturligtvis) sovrum, hon köpte den direkt med orden ”Visst fan är den patetisk, men den är sann, den är sann!”

Det glänsande håret som touchade golvet, det besinningslösa ansiktet, tårar och skurvatten och slem.

Nu rörde sej bilden och det blev verklighet.

– Helvetes jävlar! Dö då, jävla dåre! Dö då om det är det du vill! ylade Knyttet i hinken.

Jag sprang fram till henne, ställde mej på knä och höll bort hennes hår från spyorna. Hon var dunkande varm och skakade svårt.

– Så, älskade rara, ta det lugnt, mumlade jag.

Hon kastade upp en sista gång och vände ansiktet grimaserande av gallsmaken mot mej, rödgråtet, slitet, hårt. Jag kramade om henne. Hon skakade till som svar, men tryckte huvudet mot min axel. Jag strök henne över ryggen.

Hon grät inte nu, skakade bara i hela kroppen utan ett ljud. Paniken spred sej från henne till mej.

– Ska jag hämta ett glas vatten? viskade jag in i hennes öra.

Det verkade som om hon skulle explodera om jag pratade högre. Hon tryckte sej mot mej en gång till, nickade och släppte taget.

Jag gick in i köket. Té, cappuccinopulver, sockerbitar… allt i prydligt etiketterade burkar och hemmagjorda skålar.

Stora Post-itlappar satt upptryckta på kylskåpsdörren.

"Glöm inte tandis 11.30 J! Köp mjölk!" signerat Den Blivande Modern.

"Är ute. Hemma vid tio kanske." signerat Den Oansvarige Jäveln.

"Ny tandläkartid måndag 15.00! Dom är skitarga, du måste betala förra gången i allafall! Köp hem frysta jordgubbar!" Den Gravida.

"Är hos Evelyn, hemma snart. Fler jordgubbar i kylen." Signatur J.

"FÄRSKA JÄVLA SKIT JAG MÅSTE HA FRYSTA!" ingen signatur.

"Frysta jordgubbar rea på ICA. FÖRLÅT! Köp många, många! Love you!" skrivet med rött läppstift signatur Kvinnan.

"Varför väckte du mej inte? Är på PEN-möte, remember? Fanns bara 3 paket duvetvad, ICA får in fler tisdag, du vackraste!" signatur Your Man.

Knyttet hade uppenbarligen låtit lapparna sitta kvar som för att övertyga sej själv: Här bor en familj, en riktig. Nästan som på TV. En tokrolig, charmig – om än med vissa kontaktsvårigheter – men ändå, en riktig familj.

Jag tog ett glas och fyllde det med vatten, rev av hushållspapper och gick tillbaka till Knyttet. Hon satt på golvet med benen i skräddarställning och armarna rakt bakom sej och sträckte ut ryggen. Magen såg ut som en liten tredimensionell måne, rund och vit och slät, men uppkäftigt utstickande och strax i midjehöjd syntes en rosamarmorerad strimma hud.

– Här, sa jag. Om du vill kan jag massera korsryggen.

– Ingen fara. Ingen fara alls, sa hon lågt och gav mej en iskall blick. Jag klarar mej alltid, vet du väl, Kristina Kattarina Waltman, Kattarina med två "t" för mina gröna kattögons skull. Det var du och J som övertalade mej att lägga till det där extra t:et. Gröna och jävliga ögon, fan vet om jag inte är häxa också!

– Du har djävulen till karl i allafall, log jag lätt.

– Så du tycker också det?

– Ja, varför skulle jag tycka något annat?

Knyttet suckade.

– För att du är konstnär, Evelyn, en konstnär av kött och blod med känslor, idéer och tankar, för att inte tala om dina oväntade associationer. Herregud, du har ett sjäääälsliv, du som varit tvångsintagen och intressant! Du har aldrig ens haft normala fritidsintressen, redan i späda tonår inledde du en okuvlig hungerstrejk i protest mot hela världen, jag vet att du aldrig ens suttit på en moppe! Du bara ägnade dej åt avancerade själsvåndor och gick omkring och var så intressant, jag vågade knappt köpa ett nummer av Vecko-Revyn av rädsla för att du skulle få reda på det. Och fortfarande är du så jävla svår och begåvad! Och jag har tänkt på varför jag blev kär i J, kanske ville jag visa dej att jag minsann också kunde vara lite intressant som kunde knycka en sån jävla erkänd personlighet framför näsan på dej, jag har verkligen tänkt, men jag kommer bara fram till att jag inte vet. Men alla ni som jag umgås med, ja som jag överhuvudtaget känner, ni får till era funderingar så smart, ni tänker liksom inte; ni grubblar. Och medan ni gör det ligger till och med rynkorna i pannan snyggt. Jag hänger inte med! Jag, som är en hederlig svensk arbetslös halvutbildad sjukgymnast med lugna föräldrar och trygg barndom… är inte på riktigt…

Hon stötte snabbt och andfådd ut orden.

– … jag gills inte, jag har ju aldrig varit med om någonting, inget riktigt, jag har inte ens grubblat över om jag ska gå med i Hare Krishna, jag har aldrig hetsätit tre tårtor på raken och sen försökt ta livet av mej för att jag bara kunnat kräkas upp dom två första, förresten gills höjdskräck som fin fobi? Jag har aldrig varit på psyket, jag har inte ens försökt bli nervvrak…

Jag smällde till henne hårt över kinden. Det brände till i min hand och jag såg hennes ögon bli blanka.

Jag suckade och kände själv tårarna bränna.

– Förlåt, viskade Knyttet.

Jag satte mej på golvet bredvid henne och gav henne en långsam puss. Hon besvarade den och la mina händer på sin mage.

– Känn, viskade hon. Smek försiktigt. Jag har varit så dum mot henne. Vet du, att förra veckan…

Hon började skaka igen.

– … gick tiden för sen abort ut… och på något sätt är jag glad över att det inte längre kommer på fråga, att oavsett vad som händer med J så kan han inte göra mej till barnamörderska, hajar du? Hennes – för nu känner jag att det är en hon – existens är inte längre mitt val. Nu kan jag inte längre hota med att döda henne.

Jag greppade mjukt Knyttets mage och såg henne i ögonen.

– Har du gjort det? Hotat alltså?

– Nej, men det har legat där under ytan, hela tiden. J ljuger om han påstår något annat. Bara en gång har jag uttalat själva orden, men då var han packad, så han kommer inte ihåg det. Men jag minns det äckligt tydligt, och jag kommer aldrig att glömma känslan av övertag. Och skam. Vad är jag för en som hotar med något sånt? Och övertaget… ville jag ju inte ha. Inte när det går ut över en tredje person, en helt oskyldig.

– Ångrar du att du... ja, att du inte...

Knyttet ryste till.

– Vet inte. Hade jag tagit bort henne hade ingen fördömt mej, folk har ju faktiskt avrått mej från att få barn med J. Alla tycker synd om mej, jag har ett moraliskt övertag, folk tycker att jag är stark som har behållit henne. Kanske blev jag med barn med flit, för att kunna provocera alla som flera gånger sagt att jag borde lämna J redan innan jag blev med barn? Kanske ville jag ställa till det för mej? Hur jag än hade gjort, så hade jag haft omgivningen på min sida. Hade jag gjort abort skulle jag må skitdåligt för att jag överhuvudtaget dragit in en ny varelse i min personliga utveckling, men alla skulle respektera mej. Lisens förening skulle göra voodoodockor av J och Gisela skulle personligen spöa upp J. Och hela den här tiden visste jag om mina möjligheter: mycket riktigt tycker alla att jag är tapper som ska föda barnet. Gud, jag vill inte bli en sån där bitter martyrmorsa! Visst, hon är avlad i kärlek, men det känns så skruvat och fel att liksom dra in henne i J:s och mitt förhållande. Jag hör själv hur jag låter...

Vi drog på munnen.

– Nej, sa Knyttet. Vill du hjälpa mej upp?

– Visst. Jag ska torka upp skurvattnet och så kan du gå och vila. Om du lägger dej på sängen så kommer jag in sen och masserar ryggen. Och då ska du tala om vad som har hänt. Det är en order!

Knyttet lunkade iväg och jag började torka golvet. Jag torkade, torkade, torkade och skämdes. Jag var en stor egotrippad skit. Jag visste ju – alla visste ju – att J var det, men det tog mej inte lika hårt som vetskapen att jag också var det. Att jag svikit var nästan värre. J betraktades ju som obotlig i sin opålitlighet, men att jag inte hade ställt upp mer för Knyttet utan gjort mej onåbar via alla piller och flaskor och lämnat henne ensam med allt... Det var oförlåtligt. Man gör inte så. Jag visste ju att hon hade det svårt. Inte förrän nu insåg jag vilket stort svin jag var.

J förtjänade henne inte. Inte jag heller.

Jag smög in i sovrummet. Persiennerna var nerdragna, men det starka solskenet lyckades sila igenom ett behagligt ljus. Knyttet låg bland snorpapper och jordgubbsaskar på rygg med händerna halvknäppta över magen. Jag skäms, men jag måste erkänna att jag stannade till och memorerade bilden framför mej, innan jag blundade och tog in stämningen i rummet. Absolut uppgivenhet på ytan, men tusen tankar under, och så alla känslor av svek contra "men kanske var det ändå mitt fel att han gjorde så", oro contra "jag skiter i var han är just nu", ilska contra "det var väntat, hur kunde jag vara så dum", ängslan över barnet contra den absolut förbjudna tanken "hoppas det dör, det är ju hans och allt som har med honom att göra andas problem och JAG VILL SLIPPA".

Sen skärpte jag mej och var tillbaka. Blängde bara surt på den inramade affischen som hängde över den enorma dubbelsängen. J hade köpt den i Nepal och blivit hånad för den i tullen. Den visade tecknade orientaliska sexakrobater i ställningar inte ens Idlaflickorna skulle ha pallat – om dom hade kommit på tanken, vilket jag betvivlar. När J hängde upp den hade den varit häftig på det där sexualneurotiskt ironiska sättet. Nu var den bara fel, fel, fel. Förr, för länge sen, fick jag komplex om jag så mycket som pussade J under bilden, nu var den bara larvig. Skulle någon idag föreslå sex under en sådan affisch skulle jag förmodligen kräkas.

– Sover du? frågade jag.

Knyttet suckade demonstrativt.

Jag såg en flaska massageolja på golvet och greppade den tafatt.

– Jag tänkte massera korsryggen, lägg dej på ma… eller något. Jag märkte – och det hedrar mej – att jag faktiskt var spak. Jag skämdes!

Knyttet rullade försiktigt över på sidan.

– Jag saknar verkligen att kunna slänga mej dramatiskt i sängen. Kan du peta in en kudde mellan mina knän? Tack.

– Vad tycker du om din mage? Alltså, om du bortser från allt omkring?

Knyttet fnyste till, men var nära ett fniss, det hörde jag.

– Du menar om jag bortser från vad som är i den? Det är svårt. Det kan jag inte. Men jag tycker om min mage. Jag är skittrött på den, men jag kommer att sakna den. Och nu klär jag i den, jag ser Hollywood-gravid ut. I filmer ska dom föreställa höggravida, men har max en femte–sjätte månaden-mage. Dom svämmar liksom aldrig över, så som man gör på riktigt. En del gravida man ser på stan, speciellt sommartid när dom bara har en klänning mellan sej och omvärlden, vankar ta mej fan riktigt hotfulla omkring, dom verkar verkligen sikta på en. Herregud, deras magar är rena mordredskapen!

Nu kom fnisset, lågt. Jag vågade börja massera, hon var inte längre Den Oberörbara.

– Haja att jag ska bli kanske dubbelt så stor! Rock-Olga kommer att spränga mej!

– Var det inte Skogs-Ola?

– Nej, inte längre. Ni får kalla min bebi vad ni vill, men jag vet att det blir en Rock-Olga. Förresten har det redan hänt att hon har pressat på min stackars blåsa två gånger, det bara rann kiss. Och båda gångerna stod jag i kön på Konsum. Fast då var jag ju kissnödig innan, förstås. När jag blir ännu större får jag väl börja sova med någon sorts blöja, det tar ju tid att gå upp med en bautamage.

– Vi får kalla henne Mowgli, eller Myran. ”Kittlar dödsskönt i kistan”. Eller Baloo.

– En sak är säker i allafall, jag kommer att sprängas inifrån. Baloo eller Rock-Olga eller fröken Kipling – what ever her name – kommer att bli stor och mitt lilla hål har storleken av en femtioöring. Jag vet allt om livmodermunnars vidgning i öppningsskedet, jag har läst noga om slemproppar och förvärkar, men jag säger dej, Evelyn: Jag tänker ta epiduralbedövning, lustgas, trettio kvaddlar, massage, akupunktur OCH narkos. Vad då att man ska vara i rytmisk samklang med urmodern och universum, vad då att man ska föda utan bedövning och inte vara rädd för smärta, vad då att man ska andas bort värktopparna och koncentrera sej på att hämta kraft från sitt andliga skyddsdjur, vad då att förlossningsskräck innerst inne beror på att man inte vill bli mamma – screw new age, Freud och dina häxväninnor! Tacka för deras råd, men hälsa att jag inte anser mej vara en sämre kvinna bara för att jag med berått mod skiter i dom och tänker ta en miljon morfinsprutor under förlossningen om jag anser mej behöva det. Jag har haft tarmvred och njursten, jag tycker att SMÄRTA GÖR ONT!

Jag knådade försiktigt och lät henne babbla. Hon var spänd och spjärnade omedvetet emot.

– Har du funderat klart på om jag ska vara med när miss Rock-Olga föds?

– Ja, du får gärna vara med i stället för mej! Nej, allvarligt:

Självklart vill jag att du ska vara med. Och du vet premisserna...

– Ja. Vara helt klar, även när jag är med på mammakurserna. Jag är för bedrövlig, egentligen.

– Ja.

Knyttet suckade igen.

– Jag tror ju i och för sej att förlossningen är det minsta problemet.

Jag slutade massera och la mej bredvid henne, sked i sked. Sakta la jag armen om hennes mage och strök försiktigt över hennes navel. Vi låg tysta en stund. Jag älskade henne verkligen.

– Jag är så rädd, viskade hon.

Hon låg alldeles stilla, och jag förstod just då – det låter vansinnigt, jag vet – med hela själen att hon faktiskt hade ett eget litet barn i sin mage som verkligen skulle födas, som verkligen skulle bli och sen vara utanför den. Och att barnet bara var hennes.

– Det kan aldrig bli hans, sa jag.

– Nej, och det gör mej så jävla rädd. Vad är det som händer? Hon kan aldrig bli vårt gemensamma barn, för han... han har bidragit med några matskedar sperma och sen? Vad har han gjort? Jag trodde verkligen, nej, det gjorde jag väl inte helt, men jag hoppades... Jag hade börjat slappna av, och det är det mest förbjudna när man lever med J. Men jag hade börjat slappna av, jag hade börjat planera, jag hade börjat vara lycklig, se framåt... Och så i förrgår kysstes vi hejdå för han skulle föreläsa på Linköpings universitet om humanismen och sinnessjukdomen – vilket jävla ämne förresten – och den jäveln ser mej i ögonen och säger att han är så lycklig och ber mej klappa magen godnatt från honom. Han hade biljett bokad hem nästa förmiddag, men sa att han skulle försöka ändra den till ett morgonplan eftersom han skulle sakna oss så mycket för att han... att han älskade oss så fruktansvärt! Så står han och säger! Och ser mej fortfarande i ögonen.

Jag visste att Knyttet snart skulle börja gråta. Jag trodde att jag skulle gå sönder.

– Jag var så glad, jag var så stolt! Nu hade jag visat omvärlden att människor visst kunde förändras, att det finns hopp, att man faktiskt kan mer än man tror, att alla kan. J hade ju skött sej strålande nästan ett halvår, alla älskade och uppmuntrade honom, hans förläggare bjöd honom på lunch och J var så stolt och mallig när han kom hem för att han nobbat öl nummer två, min mamma gav honom en mobiltelefon med abonnemang så att han kunde nå mej jämt, alla inte bara tog honom till nåder utan började verkligen lita på honom igen. Och jag tog åt mej äran, lite.

Nu grät hon högt.

– Och så ringer dom från Linköping fem timmar senare och undrar var i helvete han håller hus! Jag blev alldeles kall och gav dom numret till mobilen. Då sa dom att det hade dom redan, men där svarar bara en svajig karl som säger att han köpt mobilhelvetet för någon timme sen av en snubbe han träffat i en kvart på Folkungagatan! Här i stan! Han har alltså inte åkt! Och jag, jag bara... jag gick under. Jag började förstå. Och sen gick jag runt, runt i lägenheten och grät och kastade glas och spydde jordgubbar och sket i att jag kände magen dra ihop sej, jag sket i det, jag till och med... jag SLOG mej på magen...

Jag kände mina egna tårar rinna. Vilken hycklare jag var! Självbedragare!

– Hade jag haft någon sprit hemma hade jag druckit upp den. Jag stängde av bebin. Hon var inte ett barn, i allafall inte mitt, hon var bara ett foster i min kropp, J hade använt henne för att invadera mej inifrån… Sådana skruvade saker. Sen somnade jag.

Jag kunde inte fråga varför hon inte ringt mej, för jag var obehagligt medveten om vad hon skulle svara. Aldrig hade jag varit så rädd för Knyttet som nu.

– När jag vaknade hade jag ont i hela kroppen. Och var så rädd att det bultade. Jag vågade inte gå på toa för hade jag sett att trosorna var blodiga, då hade jag blivit sinnessjuk. Då hade jag klappat ihop. Istället kände jag bara efter med handen i underbyxorna, medan jag låg kvar i sängen. Dom var bara lite fuktiga, inget blod. Jag hade inga kramper, så jag visste – fråga mej inte hur – att min flicka mådde bra. Men samtidigt blev jag kall och fejkade missfallsrisk, så att J skulle få vansinnigt dåligt samvete. Det skulle låta något det: ”J, din flickvän ligger på kvinnokliniken, i chocken över ditt svek” och så vidare. Gärna också ”det är fara för bådas liv”. Men när jag hade luren i handen märkte jag att jag bara grät. J skulle ju ändå inte gå att få tag på. Man hade kanske fått tag på honom – via dina kontakter – först efter några dagar, och det skulle inte vara samma sak. Dessutom – det har jag lärt mej – skulle han bara ta det här som en ursäkt för att fortsätta punda. Jag vågar oftast inte säga till honom när jag är ledsen eller bekymrad, för jag vill inte ge honom svepskäl att börja käka lugnande piller eller punda. Jag vet ju att efteråt, när man gråtande och arg ställer frågan varför, så ynkar han sej bara med att oron över mej blev för stor. Och då ska man svälja ilskan och bli rörd över att han bryr sej och känner med en så intensivt att det blir honom övermäktigt! Det är så sjukt.

Jag sträckte ut handen, fick tag i snytpapper och gav det till Knyttet. Hon snöt sej länge.

– Eftersom jag grät och var osammanhängande när jag ringde

till mödravårdscentralen så skickade dom en ambulans. På sjukhuset blev jag lugnad av att tjuvkika på pappret ambulanskillarna gav personalen, jag hade inte högsta prioritet. Jag hade nästan gått på det där med missfall själv, jag var så förvirrad. När jag fick se ultraljudsskärmen ville jag skrika högt. Jag var så otroligt lycklig över att allt var som det skulle, hon rörde sej så fint, Evelyn, du skulle ha sett, och jag kände att jag måste, nästan på ett religiöst sätt, klara av att inte gå under för denna lilla varelses skull. Hon är ju så extremt beroende av mej, ingen är någonsin så beroende av någon annan som när man ligger i magen, man kan bara hoppas på att få leva... Gud, jag hör hur sjukt jag svamlar, men jag kan inte beskriva på något annat sätt. Dom frågade om jag ville veta könet, men jag sa nej. Det jag var med om var tillräckligt stort, dessutom kände jag på mej starkare än någonsin att det är en flicka. Min bebiflicka rörde sej på skärmen och mådde bra och det kändes som om hon – idiotstämpla mej inte nu – skrattade. Jag är faktiskt helt säker på att hon skrattade!

Vi började fnissa båda två. Knyttet harklade sej.

– Jag fick stanna kvar på natten för observation. Alla var jättesnälla. Jag mindes inte vad jag hade sagt när jag grät i telefon, men klart är att dom inte misstänkte missfall. Dom förstod att jag bara var förtvivlad och orolig för barnet. Jag sa att jag hade upptäckt att min pojkvän var otrogen och att det var därför jag brutit ihop. Jag vågade inte säga ett ord om droger...

– Men du måste våga prata om det!

– Ja, men inte med dom! Fatta att dom kanske skulle ta barnet ifrån mej!

– Men du knarkar ju inte!

– Nej, men fatta att jag tillåter ju J att göra det!

– Det gör du ju inte!

– Nej, men dom kanske tror det! Om jag vill bo med honom och barnet tycker dom kanske att jag är olämplig!

– Ska du bo med honom då?

Knyttet tvekade.

– Jag vet inte. Igår ville jag döda både honom, ungen och mej. Vad jag vill nu, det är att leva med dom, och att vi ska vara lyckliga. Ja, det vill jag. Lovar J att det här bara var ett återfall, så är jag beredd att ta honom tillbaka.

– Du är galen!

– Jag vet. Hans löften... Men det är inte bara han. Kan man lita på en enda person, Evelyn? Jag tror inte det och det är så hemskt, för nu ska jag bli mamma och jag vill så gärna lära barnet att man kan lita på folk, att människan i grund och botten är god och snäll... Så kan jag inte göra det! Eller ska jag ljuga för henne och säga att visst, människan är god och pålitlig? Men då blir det en paradox.

– Du kan lita på mej.

– Kan jag?

Knyttet rullade över på rygg igen och vände ansiktet mot mej. Hon såg mej i ögonen när hon fortsatte.

– Kan jag verkligen det, Evelyn? Tänk efter. Hur kan du säga så? Man behöver ju bara titta på dej nu. Slöa ögon, trevande, dröjande rörelser, tafatt tal – du har ju petat i dej något, antagligen stezolid. Två tior? Tre kanske? Och du luktar alkohol.

– Jag har inte druckit något!

– Idag, ja. Men hur mycket blev det igår? Och i förrgår? Eller du kanske inte sovit emellan, bara ångat på.

Vad skulle jag säga? Vad kunde jag säga? Det blev som en hinna mellan oss, och jag önskade att den skulle försvinna.

– Det hedrar dej att du i allafall inte förnekar det. Och att du inte stinker, bara luktar alkohol. Det visar ju att du försökt skärpa dej för att du skulle hit till mej.

Hon blundade.

– Kan du säga, och också tro på det själv, att du slutar dricka för att stötta mej? Kan du lova att inte ta ett enda piller för min och mitt barns skull?

Plötsligt såg hon så gammal och trött ut. Jag var tacksam över att hon blundade. Hennes ögon gjorde ont. Det var vidrigt, kanske begick jag det största sveket mot henne där och då, men jag kunde inte lova någonting. Jag ville inte ljuga för henne. Scenen kommer för mej ibland. Ögonen.

– Men du behöver inte. Vi behöver inte dej. Vi behövde en pappa och en stark vän, men nu fick vi inte det och här ligger vi nu och märker att när det kommer till kritan så klarar vi oss faktiskt själva.

Knyttet pratade med sej själv, eller rättare sagt med sitt barn. Hon började sakta gnola och smeka magen ömt.

Jag reste mej och gick ut ur rummet. I köket gjorde jag en stor balja té medan jag rökte vid fönstret. Jag visste att jag stod inför ett val som inte borde vara svårt. Röken stack i halsen, dagen innan måste jag ha rökt massor. Det var inte fövånande att jag inte mindes så bra. Tompavorna hade varit många när jag vaknade. Jag visste att jag hade målat, gjort skisser – men vilka och varför? Antagligen något med svek som tema, jag hade ju sett J samma dag. Gud, vad jag hatar J och mej för alla gånger vi dunkat varandra i ryggen och raljerat om yrkesskador à la Kafka, dessa vidriga ursäkter för att använda livet som något man skriver om eller målar av, i stället för att leva det. Vi hade väl glömt hur man gjorde, eller vågade inte annat. Vilka svin vi var!

Prettokräk! Ja, högtravande, kvasipretentiösa... Medan folk omkring oss ville nå oss och behövde oss analyserade vi sönder precis alltihop, och dessutom skålade vi för det!

Jag bar in tébrickan så stadigt jag kunde. Tre rågskivor med ost till Knyttet, och en stor kanna Earl Grey.

Hon satt upp i sängen när jag kom in. Håret hade hon satt upp i knut, och persiennerna var uppdragna. Hon log brett.

– Jag måste säga att jag beundrar er missbrukaranhörigas ofattbart snabba återhämtning, flinade jag.

– Vi medberoende är värda all beundran vi kan få, flinade hon tillbaka. Och all mat vi kan få. Jag är skithungrig, jag har inte ätit något sen i morse på sjukhuset. När jag kom hem såg jag hur rörigt det var här, intrampade jordgubbsspyor och krossat glas och allting, ambulanskillarna som hämtade mej igår måste trott att jag blivit alldeles galen. Hoppas dom inte skar sej på glaset.

– Älskade medberoende, som alltid tänker på andra före dej själv.

Hon gjorde en grimas och började äta.

– I allafall började jag städa, och när jag tog fram skurgrejerna hittade jag fyra tomförpackningar xanor. J hade sin vana trogen rivit bort apoteksklisterlapparna, men på en såg jag utskriftsdatum. 2 april. Då mindes jag att han varit ute på en morgonpromenad. Jag minns det, för jag blev så positivt överraskad av att han ville förbättra sin kondis. Kondis! Han sa att det behövdes inför alla kommande vaknätter, och jag var så glad. Så visade det sej alltså nu att det bara varit en promenad till doktor Pillertrillare. Jag kan inte minnas att han var flummig, men han är ju van. Dessutom kanske han inte vräkte i sej, men det spelar ingen roll. Men detta smygande och rutinljugande! Varför? Han har hela tiden sagt att han ser fram emot barnet, att han är lycklig och mår så bra. Han har haft tusen prata-ut-tillfällen att säga om något varit på tok, för gudarna ska veta att jag frågat.

– Så började du gråta?

– Ja. Och städa. Jag tyckte att det stank av honom överallt, jag kunde knappt andas. Sen ringde jag till dej.

Jag strök henne över kinden.

– Det är jag glad för. Jag hade nästan väntat det.

– Men om du såg honom igår, varför ringde du inte?

– Vet inte. Jo. Jag vågade inte. Jag var påtänd. Uppåt.

Vi tittade på varandra.

– Förlåt. Förlåt, snälla Knyttet! Jag antar att jag blev chockad själv över att se honom sådär. Han låg i Vasaparken. Jag var på hemväg, hade varit i ateljén och jobbat nästan ett dygn. Det höll på att gå ur kroppen, så jag tog tre rohypnol och gick hem. Du vet att jag slipper ta taxi när jag tagit något, jag kan allt möjligt, till och med åka tunnelbana. Jag steg av vid S:t Eriksplan och gick sista hållplatsen, jag var så rastlös. Och där i parken såg jag honom. Han kunde inte ha legat länge, snuten är ju ofta där. När jag gick förbi vad jag först trodde var en dyngrak uteliggare blev jag nyfiken och vände på huvudet. Det var J! Jag blev helt knockad, kunde inte förstå det först.

– Hur… hur såg han ut?

Jag ryste till.

– Han låg under ett träd, uthälld i någon konstig ställning och liksom… Han dreglade! Jag lutade mej över honom och sniffade, och visst fan stank han sprit. Helt stilla låg han, och snarkade svagt. Han var så äcklig! Jag blev chockad över att han kunde se så frånstötande och ful ut. Ful och äcklig. Dessutom hade han pissat på sej.

– Vad gjorde du?

– Gick därifrån, nej, sprang.

– Du bara lämnade honom?

– Ja, jag lät honom ligga. Vände honom inte ens på mage, och i timmar efteråt dunkade det i skallen att han kanske kvävts av sina spyor en kort stund efter att jag sprungit ifrån honom. Att jag kanske var hans… ja, skyddsängel och liksom sista hopp. Tänk om det är så! Och jag som bara stack hem!

Jag tog en kopp té. Knyttet betraktade mej uppmärksamt.

– Du vet att det inte är så. Han har fått tusen chanser. Antagligen är han på Mariakliniken och törs inte ringa hem. Får jag bara fråga: Vad kände du när du insåg att det verkligen var J som låg där?

– Jag blev kall. Och så tänkte jag: Okej, nu ligger han här. Jag orkar inte bry mej. Jag tror inte att jag kommer att orka göra det mer, inte så intensivt. Den människan har bränt sina chanser. Därför vill jag att du ska veta att jag inte kommer att strula med någonting nu, och absolut inte inför förlossningen. Om jag fortfarande får vara med förstås? I övrigt lovar jag ingenting.

Knyttet log eftertänksamt. Så sken hon upp.

– Klart du får! Jag antar att man får vara glad för det lilla.

Ibland tänker jag på det där sista Knyttet sa, att man får vara glad för det lilla. Det är så typiskt henne, så typiskt för den som uppoffrande finns i en missbrukares närhet. Hon måste se varje sak som inte gör ont som ett framsteg, uppmuntrande måste hon trösta och förstå och förstå och förstå. För en utomstående är det obegripligt att hon inte slår näven i bordet och börjar kräva skärpning. Men Knyttet, som andra i hennes sits, var rädd, starka krafter höll henne tillbaka. Om hon krävde drogfrihet skulle okontrollerbara saker börja hända. J skulle till exempel bli övertygad om att Knyttet inte älskade honom längre. Kunde hon inte acceptera hela honom med hans brister och ovanor, skulle det vara kört. Det skulle inte spela nån roll hur många gånger hon försökte få J att förstå att det är drogerna hon hatar, inte själva honom.

– Jaha, skulle J säga. Så om det bara är drogerna du hatar, då måste du ju älska mej.

– Ja.

– Även om jag är drogad?

– Eh... nej.

– Men då älskar du ju inte mej, inte den delen som är påtänd och därmed inte hela mej!

Gud, så dumt. Jag förstod att Knyttet höll tyst. Hon hade

gett upp att försöka förändra honom, men nu när hon väntade barn var hon livrädd att ställa krav, för då skulle han försvinna spårlöst. Jag tänkte allt oftare på det som Lollo hade sagt: ”Visst vill jag gärna ha barn, men absolut ingen karl. För när det kommer till kritan måste man ju ta hand om båda, och det orkar man bara inte. Det är så förljuget. Jag undrar hur många så kallade behjärtansvärda kvinnor som hela tiden täcker upp för karln genom att säga till barnen att den nya fina overallen är från pappa och så vidare, när det naturligtvis är hon som betalat den, bara för att vagga in en faderskärlek hos barnen, vagga in dom i falska illusioner av att pappa tänker lika mycket på dom som mamma, bara för att barnen i allafall under några år ska få en illusion av en fin och trygg barndom. Det är bara det att ungarna växer, börjar tänka och hatar både sin pappa och sin självutnämnda martyrmorsa. Och när Sankta Mamma börjar haja lite själv och kör ut karln, då är det kanske ändå försent. För vissa hjärntvättade ungar kanske gått på bluffen och vägrar tro annat än att morsan ljuger när hon berättar hur hon täckt upp och slätat över för att dölja karlidiotens självfixering.”

Antagligen hade min syrras sensmoral tagit sej in i Knyttets medvetande. Gång på gång hade Knyttet tagit J tillbaka, men i och med att hon skulle bli mamma var situationen en annan. Hon var tvungen att inte gå under, men visste inte riktigt om hon hade styrkan. Hon var stolt och samtidigt rädd att be om hjälp. Jag var den enda som hon riktigt kunde anförtro sej åt, men hon såg mej nog mest som en kvinnlig variant av J. Jag var ledsen över att jag inte kunde hjälpa henne mer, att jag inte sa åt henne att slänga ut skit-J och låta mej flytta in. Pengarna jag skulle få för min lägenhet vore en väldigt bra startsumma för oss och barnet. Jag skulle dela vaknätterna med henne, ansvaret överhuvudtaget och givetvis skulle jag hålla mej långt, långt borta från vinflaskor och pillerburkar.

Ja, så borde jag ha sagt, men det skulle klingat falskt. Vi skulle båda veta att det aldrig skulle hålla. Jag var en allför stor och rädd skit för att det skulle funka. Dessutom skulle Knyttets föräldrar, och dom skulle vara extra viktiga om J vore ute ur bilden, rynka på näsan över att just jag bodde hos henne. Vi hade ju rykt ihop åtskilliga gånger, faktiskt ända sen jag var nio år och lärde deras Knyttet att röka. Som sagt, vår grällista var redan vid den här tidpunkten lång: under årens lopp hade vi ju grälat om (i kronologisk ordning) snatteri, om det verkligen inte är hasch i rökelsestänger, studieval, yrkesval, var gränsen går för lesbianism, aktieinnehav i Bofors, om dagen efter-piller är mord... Sån skit. Och Knyttet behövde deras ekonomiska hjälp, det är en myt att man klarar sej på barnbidrag, mammapenning och hyresbidrag, i allafall inte om man kan inte kan få ungen att hålla sej till bröstmjölken tills tolvårsåldern åtminstone. Mat är dyrt. En sak till var viktig i sammanhanget. Jag insåg att Knyttet stod sin mamma mycket nära. Efter alla tonårsgräl och det revolterande i att umgås med såna som J och mej, så fanns en äkta varm känsla dom emellan, och jag tror att Knyttet gärna ville försonas med sin mamma, särskilt nu när barnet var på väg.

När jag tänkte på det där "man får vara glad för det lilla", så fick jag ibland för mej att hon lika gärna kunde ha sagt rent ut att drömmen om ett lyckligt liv med J var över, att hon nu insåg att han skulle dö ganska snart och att J också visste det. Hon insåg, snare än anság, att J i och med just det här sveket, den här gången, sa okej till att dö. Han var från och med nu döende. J var obotlig och han visste om det. Så länge hade han trotsat alla, inklusive sej själv, först med ett " Jag kan sluta, men jag vill inte" som (när?) gick över i ett ganska glatt och överslätande ”Jag vill sluta, men jag kan inte”. Jag skriver just ordet glatt, för J trodde inte – och ingen annan heller – på det själv. Det var lite mysig rock ’n ’roll över det. Men nu hade det gått upp för oss andra att det faktiskt var sant. Fortfarande trodde han kanske att han hade kontrollen, ville väl skrämma oss med sitt patetiska återfall, skulle väl visa oss att J inte gick in i familjefållan så lätt, born to be wild. Och kanske också visa för sej själv att han snabbt och lätt kunde glida in och ut från rebellköret, som för att kolla hur vi skulle reagera den här gången: Nu när han var Oansvarig Blivande Farsa? J testade oss, spelade med oss. Några gånger, får jag för mej, lekte han med oss. Men nu var det slut.

Knyttet skulle aldrig mer bry sej så intensivt om J. För att skydda sej och barnet skulle hon aldrig bli hysteriskt förtvivlad och ledsen mer. Eftersom drömmen var död, kunde hon heller inte riktigt älska honom intensivt igen. Bara den som är riktigt älskad kan svika hårt.

Tiden läker alla sår.

Hade jag den person som myntade uttrycket framför mej, vet jag inte vad jag skulle göra. Jo. Det vet jag ju. Krossa knäna på honom, slå honom med en påk i solar plexus, sparka honom över njurarna och lämna honom att dö med orden:

– Tiden läker alla sår.

Det är konstigt att någons svek kan ge en styrka. Hur man kan tvingas bli den starkare.

Min styrka och svaghet har alltid varit att jag lätt blir arg. Jag rasade över J, över allt han gjort, strimlade skadeglatt hans dedicerade böcker, och blev ursinnig på Gisela när hon som vanligt hävdade att allt som sker i längden visar sej vara det bästa. Jävla fittgudinnetjafs, hur kunde jag ha förträngt att Gisela faktiskt tjänade pengar på sina lyxandliga kurscentraler? Jag skämdes som ett svin när jag mindes hur jag läst att om man först tar ett bad på kvällen, sen gör sej fin, tar på sej plagg i grönt, går ut ensam i en skogsdunge eller på en äng och väntar så kan man bli bjuden till dans med älvorna. Och jag hade gjort det! Följt alla anvisningar! När jag inte blev uppbjuden till älvdans hade Gisela förklarat med mörk stämma att jag nog inte ännu var redo.

Hur många gånger hade hon inte besvarat häxtvivel med ett

nästan tjurigt men ändå överlägset: Jag bara KÄNNER att det är så!

Jag insåg att jag måste göra nåt åt mej själv. Det här gick inte längre. Gisela skulle vara lätt att undvika. Lisen kunde väl träffa henne om hon ville, men låta bli att diskutera idiotin med mej. Vi var så nära vänner, Lisen och jag, att vi skulle tycka om varandra i allafall.

Jag vet inte varifrån jag fick kraft, men J:s svek fick mej att vakna till liv igen. Knyttets ögon förföljde mej, jag fick flashar och blev skrämd av minnet. Hennes uttryck var så snubblande nära bitterhet. Har man känt någon sen lekis och alltid tagit för givet att hur hon än växer och förändras så kommer hennes ögon att vara lika charmigt pigga, blir man rädd när man plötsligt slås av deras trötta bitterhet. Men man får kraft, kan man hejda utvecklingen så gör man det.

Att vakna ur en handlingsförlamning är både härligt och skrämmande. Jag bestämde mej för att ta itu med saker medan jag ännu vågade.

Redan dagen efter att jag hittat Knyttet ylande i skurhinken, hade jag ringt hennes mamma. Hon sjukskrev sej omgående fram till sin semester, hämtade Knyttet med bil och körde ut till deras lantställe. Kvinnan hade alltså guts, det trodde jag faktiskt inte om den morsan. Dom skulle vara på landet i flera veckor och ta det lugnt. Till och med Knyttets mobil skulle lämnas i stan. Jag fick telefonnumret till mammans med förbehållet att inte ge det till J.

Knyttet var som en lealös docka.

– Jag har varit så orolig hur länge som helst. Nu orkar jag inte längre. Det känns som om jag ska svimma bara jag tänker på honom. Det känns underligt… att bara sluta med det. Att veta att när JAG vill, så tar jag kontakt med honom. Att han får rätta sej efter mej liksom.

Hon stod vid bilen utanför porten. På håll såg hon ut att vara knappt fyllda sexton, men när man såg hennes ansikte var det som att fejsa en fyrtiotreårig änka.

– Du är modig, sa jag och kramade henne.

Vi höll om varandra länge, innan hon satte sej i bilen och åkte.

Jag hade lite vermouth i kroppen, och tänkte passa på att dra nytta av mitt vinmod. Jag ringde till Mariakliniken och frågade om J fanns där. Sekretessen är sträng, men jag lyckades få igenom en överenskommelse. OM det nu fanns en person med hans namn och personnummer intagen, skulle sköterskan tala med honom OM han nu fanns där och be honom ringa mej EVENTUELLT.

Jag passade också på att starta den tjatiga och omständliga proceduren att själv få bli inlagd. Det behöver faktiskt vem som helst ett järn för att klara. Man kopplas runt, man får återkomma senare, man ska kontakta sin socialsekreterare (har man ingen måste man skaffa en och det är kö till dom också) och helst försöka få en remiss. Jag pratade passionerat med vädjande stämma för min sak. Och – visst var det som vanligt fullt på akuten, men där skulle dom kunna peta in mej. Jag visste att om jag väl blivit intagen i själva byggnaden, fanns i deras journalregister och träffade personalen öga mot öga, så skulle jag kunna övertyga dom om att jag fick avgiftas där.

Visst ringde J.

Jag höll på att byta sängkläder – det var action som gällde innan alkoholen gick ur kroppen – och stannade tveksamt upp innan jag lyfte luren. Hur skulle han låta? Hur skulle jag?

– Hej, det är jag, sa han innan jag hunnit säga något. Ni fattade att jag var här.

Jag avvaktade. Det sorlade i bakgrunden.

– Alltså, jag mår så jävla dåligt! Jag fattar att ni är besvikna, men hur tror ni det känns för mej då? Jag vill bara dö, Evelyn, jag menar det! Jag klarar ju inte av någonting, inte ett skit.

Jag harklade mej, alldeles kall.

– Nej, uppenbarligen inte.

– Till och med du! ylade J. Du om någon vet ju hur det är...

Jag stålsatte mej. Det var plötsligt inte svårt. Han frågade inte med ett ord efter barnet, efter Knyttet, ingenting. Det var bara J som gällde.

– Och här är dom arga på mej, och du fattar inte vilket jävla slödder som ockuperat rökrummet...

– J, sa jag ilsket. Du bryr dej inte om någon annan än dej själv när det kommer till kritan.

– Du vet att det där inte stämmer.

Sant. Luften gick ur mej.

– Sant ibland, medgav jag. Om du nu ska ta livet av dej, så kan du nå Knyttet på Singö om du ska skriva avskedsbrev innan. Bespara dej besväret att skriva ett till mej, vill jag läsa ditt egotjafs kan jag läsa dina böcker.

Övertramp, men det sket jag i. J:s böcker var heliga för honom, och själv skulle jag bli vansinnig om någon drog in mina målningar i ett gräl. Men jag märkte att min mun bara gick. Man blir aldrig så elak som av att ha blivit sviken. Eller att ha svikit själv.

– Dom har ingen telefon där, det vet du, så skriv till Knyttet om du vill, men ge fan i att söka upp henne.

J började snyfta.

– Jag är färdig här i morgon. Dom har fixat ett behandlingshem.

– Så var det med det självmordet, sa jag hårt.

Jag var elak. Jag njöt. Och ville börja gråta själv.

– Jag skickar adressen till dej när jag vet, sa J spakt. Och... är det okej om jag ringer?

Jag suckade.

– Ja.

J grät öppet nu.

– Sköt om dej, sa jag och la på luren.

Jag grät fortfarande en timme senare när dom ringde från Mariakliniken. Eftersom det var mitt i veckan och förmiddagarna brukade vara lugna, så rekommenderade dom mej att söka akutplats redan dagen därpå.

Rutinmässigt och tomt söp jag mej omsorgsfullt till sömns.

Jag slängde inte mina tabletter, hällde inte ut spriten. I stället ringde jag Lisen på morgonen, som kom till min lägenhet där vi tillsammans letade i alla möjliga gömmor. Här skulle saneras! Jag var tvungen att vara med, hon skulle aldrig kunnat tänka sej mina gömställen. Ibland hade jag gömt pavorna och pillren för mej själv, för om jag mindes när jag vaknade dagen därpå var jag gömt dom, så tog jag det som ett klartecken från Ödet att jag fick fortsätta.

– Så om du inte hittade nåt så var det ett tecken på att du skulle avhålla dej? sa Lisen med ett smil.

– Nej, då gick jag ut och köpte nytt.

Vi skrattade. Jag hörde ju själv hur det lät.

När vi letat igenom lägenheten – och då menar jag hela lägenheten, även mellan dom tätt packade manglade lakanen och under soffkuddarna och i det trasiga fodret på vinterkappan längst in i garderoben – la Lisen allt i kassar. Det skulle vara så fruktansvärt fjolligt och amerikanskt happy ending att symbolladdat hälla ut alla flaskor och gå till apoteket med medicinerna och säga sånt som ”Jag vill att alla ska få veta att jag slutar nu och för alltid!”

– Vi gör så här, sa Lisen. Jag tar hem allt det här till mej. Sen slänger jag det men du vet inte när! Det kan vara om en timme eller om ett år och jag säger inte när det är gjort. Du får fråga, men jag tänker inte säga om jag slängt det för länge sen eller om det fortfarande finns kvar.

– Nej, det blir så konstigt. Kasta det när jag är på Maria i stället.

– Jag är stolt över dej. Du blir borta ett tag?

– Mm. Sen börjar jag jobba direkt, det ska faktiskt bli skönt att komma tillbaka dit. J är nog inte kvar där nu, folk som ska iväg på behandlingshem brukar hämtas vid frukosten.

Lisen la sin hand på min axel.

– Ärligt, tror du att det där hemmet kommer att bita på J?

Jag ryckte på axlarna.

– Både Knyttet och han får i allafall en frist. Dom där två behöver vara ifrån varandra ett tag.

– Lät han ångerfull?

– Inte direkt, mera… missförstådd. Så där ”jaja, jag är väl inte perfekt, men vem är det”.

– Evelyn, du vågar inte ringa från Maria och låta på det sättet! Men lova att ringa varje dag annars.

– Jag lovar. Om inte annat för att höra hur det går med barnboken. Dina finjusteringar har tagit tid, måste jag säga. Jag skulle älska att teckna din barnbok, men då får du inte ändra slutet hela tiden!

– Beslutsångest, honey.

Lisen gav mej en puss på munnen. Jag fnös och kysste henne. Vi såg på varandra.

– Hade det inte varit så trendigt hade jag varit flata, sa Lisen och skrattade. Fast inte hade jag valt dej, jag vill ha nåt betydligt fräschare!

Jag föste ut henne genom dörren. Flaskorna klirrade – mest tompavor förstås – och vi gjorde grimaser åt varandra medan hon väntade på hissen. Jag tyckte så mycket om henne! Jag insåg att jag klassat ner hennes iver att hjälpa mej inför J, för att slippa skämmas över min egen handlingsförlamning. Lisen var ju en pärla! Bara en sådan sak som att jag hade ringt henne nu, och att hon genast kommit. Hon hade alltid tagit över när jag strulat runt. Men nu hade jag ringt till Mariakliniken själv, nu hade jag kraften.

Kraften, ja. Jag skrevs in på akuten, och fick av personalen en lapp från J. Innan han lämnat avgiftningen hade han klottrat ner ett hej och så adressen och telefonnumret till behandlingshemmet. Jag var mycket, mycket snäll som inte ringde senare på kvällen och påpekade att han nu hade en unik chans att komma losers in på livet och lära känna bottenskiktets lägsta ångestgegga. Vi ringde överhuvudtaget inte varandra. Jag har sparat hans brev. Det känns underligt att läsa dom.

Eksta gård 28/6

Evelyn

FAN FAN

Jag tänkte skriva ett kul brev till dig och passa på att be om ursäkt. Jag kan inte! Alla smågrupper hatar varandra här, fastän personalen vänligt förklarar att vi är alla lika inför missbruket. Det är så dumt att man inte tror det är sant. Det roliga är att lodisarna och proggarna är de som tar mest illa vid sig; de vägrar att klumpas ihop med de fiiina. Föraktet är stenhårt från A-lagarna & co.

FAN Märker du att jag inte kan skriva normalt? Det blir bara högtravande ironiskt skit! Vad ska jag göra? Jag kan fan inte ens skriva längre!

Evelyn, jag vet att du förstår. Du vet hur det är. Med allt. Jag menar verkligen vad jag skriver. Du vet hur det kan vara, hur det kan bli och hur det är. Knyttet gör det inte. Hon har levt med mej i flera år, men inte i samma verklighet som jag. Kan man skriva så? Jag vill inte såra henne, men du vet ju att när hon och du var bästisar i skolan, levde ni i parallellvärldar. Fortfarande kan ni gå på samma fest men ha totalt olika uppfattningar och versioner om vad som hände, vem som sa vad och hur människorna var. Ni är varandras paralleller. Knyttet och jag är varandras motsatser. Förstår du vad jag menar? Vi behöver varandra alla tre.

Du måste hjälpa mig! Jag vet inte vad jag gör annars. Jag vill dö om hon hatar mig. Jag skiter i om det är patetiskt, men jag varken orkar eller vill leva längre om Kristina inte låter mig få vara pappa till vårt barn. Det är mitt barn också! Jag älskar Kristina och vårt barn. Säg det till henne! Säg det till Knyttet varje gång ni ses eller pratar med varandra i telefon. Tror du hon kan förstå det?

Om elva dagar är det familjevecka här. Anhöriga ska sova på Stadshotellet i Örebro och komma ut hit varje dag för att reda ut familjekonflikter etc. Hon har fortfarande inte tackat ja, jag kollade med föreståndaren här. Senast tre dagar innan ska anmälan vara inne. Snälla! Hon kan väl svara i telefon i allafall! Jag måste få tala med henne. Skiter hon i min behandling är det kört, det är ju för att bevisa att jag ångrar mig som jag är här. Skiter hon i mig drar jag härifrån, då spelar det ingen roll.

senare:

Evelyn, förlåt, men jag är så knäckt. Det var skönt att vräka ur sig ovanstående. Inkonsekvent text, med åtminstone ett syftningsfel.

Jag förstår att Knyttet är besviken och upprörd. Jag erkänner villigt att jag under två perioder varit torsk på speed. Hur kul är det att veta om sig själv? Jag är inte dum. I månader efter förrförra avgiftningen var jag livrädd att åka dit igen på det. Jag har aldrig velat svika en enda människa, och absolut aldrig Knyttet. Vid den tiden hade hon hunnit bli gravid, och då var det extra viktigt att jag fanns hos henne och inte svek. Men – det här är sant – du och jag får inte vara lyckliga. Det har vi själva bestämt. Ju hårdare krav omgivningen ställer på oss, och ju mer vi lever upp till dom och ju mer lyckliga vi borde vara – desto mer växer och dunkar den gamla tvångstanken: INTE LYCKA! INTE LYCKAS! Och så frestas vi och låter oss ofelbart falla för frestelsen att förstöra allt-ihop.

Jag tror man kan jämföra det med hur många människor reagerar när de klättrar på en stege. Ju högre upp de kommer, desto starkare impuls: Nu släpper jag taget, nu släpper jag!

Eller en del som står på ett båtdäck eller på en bro eller på ett tak: Nu sugs jag ner, nu hoppar jag!

Jag bestämde mig på väg till Arlanda att nunununuNU gör jag det! Nu åker jag till Risto på Söder. Nu skiter jag i flyget! I allt!

Jag bestämde mig samtidigt för att göra något som skulle avskräcka mig: Jag skulle skjuta in det! För då skulle jag ha svårt att se mig i spegeln igen, mitt självförakt skulle hålla mig borta från allt vad droger heter. Jag ville för första och sista gången ta en fix. Ta adjö av det hemliga livet. Bli färdig med det för att bli redo för ett annat, bättre liv. En medvetet dum sista grej bara.

Så blev det också. Jag fick hjälp att sätta den i halsen, mina armkärl bara rullade.

Jag gjorde lite annat också, mitt blod var ju inte helt rent för att uttrycka det milt, så det var nästan spännande att kolla testresultaten på Maria. På tre dygns rumlande hinner man en hel del. Men jag sökte själv dit fjärde dygnet, det är jag stolt över. Jag har aldrig gjort det förut, inte själv.

Jag gjorde det för att jag äntligen var färdig med det. Det innebär att jag lugnt kan lova att det aldrig kommer att hända igen.

Johannes

J behövde en skrapa, han behövde faktiskt inse att han inte bara duellerade mot Knyttet, att valet inte stod mellan henne och olagliga kemikalier, utan mellan liv och död. Utan folk som trots allt älskade honom på riktigt skulle han dö. Han skulle helt enkelt inte klara sej själv.

Ibland tror jag att J kunde vara så kaxig bara för att han såg ut som en ung Thåström. Till och med klart nedgången kunde han charma respektive skrämma, allt efter behov. J kunde tala för sej, få den mest inbitne soc-assistent att tänja på sina befogenheter. Och så hans begåvning. J var verkligen bra, kunde skriva rakt på med knorr och fick till det på ett sätt som irriterade hans kulturella kombatanter till fullständiga raseriutbrott såväl på kultursidorna som på krogen. Det där sättet som vi andra älskade.

– Skönhet är när din värld förändras, skrev J på försättsbladet till "Maneter".

Det konstiga var att han i så gott som alla lägen försvarade så kallad finkultur. Han ville däremot avväpna dess finhet genom att bussa in hip-hopungar till Dramatens smalaste scen. Alla skulle prova allt, alltid och utan rädsla att göra bort sej.

Men nu hade J blivit reducerad till en alldeles vanlig människa, och vanliga människors ångest är inte särskilt tevemässig. Dom har lätt för mycket råångest för att kunna diskutera Kafka i teverutan.

Och råångest var säkert just vad J hade. Och jag lät honom ha det. Det kändes som om jag skulle gå mitt itu. Jag lät alltid telefonsvararen börja prata så att jag slapp prata med såväl Knyttet som J. Jag stod bredvid telefonen men lyfte inte luren. Intalade mej själv att vara kall. Sen kräktes jag.

Jag är mycket glad över att jag hade så mycket jobb att göra och så många tider att passa att jag inte hann måla något eget. Det hade inte blivit bra, förmodligen hade jag skämts idag över patetiken.

Eksta 13 juli

Evelyn min pigga sak!

TACK! Tack för att du lyckades övertala Knyttet att komma! Hon påstår bestämt att hon valt helt själv att komma hit, men jag vet bättre. Jag hade skickat minst tio brev utan att höra något från henne, men i och med att du skrev till henne så kom hon. Förresten har jag varit orolig över att hon inte har en mobil som funkar nu när vi väntar barn och allt, så jag har gett henne en ny. Hon ville först inte ta emot den, men jag propsade. Jag sparar massor med pengar på att leva utan rödtjut och ketugan. Så skall det ock förbli, du förvirrade medsyster!

Nej, jag har inte tagit speed, är väl mera normalmanisk. Lyckorus.

Knyttet och jag har aldrig stått varandra så nära som nu. Jag har aldrig överhuvudtaget stått någon människa så nära. Inför familjeveckan var jag först nervös för att hon inte skulle komma, för att sedan bli nervös därför att hon skulle komma. Har man så grundligt ställt in sig på att vara olycklig och övergiven, blir man nästan förbannad när man tvingas inse att det är tvärtom man är.

Vi grälade inte, skrek inte alls åt varandra. Runt omkring oss vrålade folk ut tjugo år gamla oförätter varvat med rena väckelseextaser. Nåja, nästan.

Knyttet och jag har redan grälat så det räcker. Vi visste från besöksdag nummer ett vad som var kompromissbart och vad som inte var det. Jag vet att jag vill plugga och tenta av mina gamla kurser, och att jag kommer in på universitetet, men det ligger långt fram i tiden. Tänk, för första gången i mitt liv har jag ingen dröm-femårsplan. Jag skiter i Indien, jag skiter i gamla vadslagningar. Vad ska jag flytta till New York för om den enda anledningen är att det lovade jag mig själv när jag var femton år? Förstår du? För absolut första gången i hela mitt liv vågar jag ta det lugnt! Jag har modet att ta det lugnt.

Förmodligen är det därför det är Knyttet och jag. Vi träffades tack vare dig. Du är den bästa vän man kan ha. Men bara du och jag skulle ta kål på varandra. Knyttet är oumbärlig, lika mycket för dig som för mig. Jag skäms för att jag ibland inte brytt mig om henne på samma sätt som jag aldrig har struntat i dig.

Det är här som jag fått tid att inse vad jag har gjort. Jag ska stanna här en månad till, sen ska jag ut i livet och bara vara.

Johannes

P.S. Du får gärna visa brevet för Knyttet, vi har inga hemligheter för varandra längre.

Jaha, så var man tacksamt degraderad igen. J måste verkligen ha velat att jag skulle sticka det under näsan på Knyttet. Jag misstänker att han i praktiken skrev det till henne, för att visa hur omvänd han blivit.

Men för första gången i mitt liv ville jag inte bli inblandad i hans problem. Det var nog nu. Jag ville vara ifred från bekymmer och nojiga undanflykter.

På Maria hade jag gjort några bra genreteckningar som jag hade visat upp första dagen jag kom tillbaka till jobbet. Jag hade dåligt samvete, ett så bra jobb som jag mycket väl kunde ha supit bort. Visserligen hade jag hållit deadlines, men missat det senaste redaktionsmötet. Och, det visste jag, hade jag missat ett, skulle det vara lätt att missa nästa.

– Så tråkigt att du var sjuk förra gången, sa min vänliga chef. Men du arbetar ju så hårt och ambitiöst, så du är snart ifatt. Är du färdig med dina gamla uppdrag nu?

Jag svajade till. Tydligen hade jag ringt henne och sagt att jag var överhopad med gamla beställningsjobb.

– Ja, ja visst, dom är klara, så nu kan jag lugnt jobba med det här.

Jag log falskt självsäkert mot henne, och hatade mej själv. Hur hade jag kunnat dricka, i stället för att vara på jobbet? Och ringt hade jag gjort, dessa helvetes fyllesamtal! Jag älskade ju Kamratposten, den mysiga stämningen och själva ambitionen. Vansinne! Inte hade jag haft några andra uppdrag. Bara privata självhatarorgier.

Därför var jag mycket mån att sköta jobbet felfritt nu. Jag tog till och med antabus. Mina nojor hölls på nåt sätt borta av ilskan över J. Inte hade jag tid att reparera deras jävla förhållande.

Efter att ha fått lite distans, tycktes hela situationen så skruvad. Varför skulle jag fortsätta bry mej om min gamla tonårskärlek och min skolbästis? Varför skulle jag fortfarande kasta bort energi på dom? En bortskämd egoistisk ung man och en präktig småfet brud som jag egentligen aldrig haft nåt gemensamt med? Varför skulle jag bry mej? Jag hade mitt eget att tänka på.

Och kände mej mycket, mycket mogen.

Några dagar efter att jag hade fått J:s brev satte jag i halsen. Jag stod i kön vid Pressbyrån när jag sneglade nonchalant på kvällstidningarnas löpsedlar. Marken gungade till.

”TV-STJÄRNA SPARKAD FÖR KNARKMISSBRUK” vrålade den ena med stora svarta bokstäver.

”TV-STJÄRNANS HEMLIGA KNARKLIV” skrek den andra, med underrubriken ”DROGAD I RUTAN?”

J trängdes på det tunna pappret tillsammans med HELGENS VÄDER, FUSK I BINGOLOTTO och SÅ MYCKET TJÄNAR NYHETSUPPLÄSARNA. Tidningarna använde samma bild på honom. Den var tagen på releasepartyt. J höjer ett glas och halvblinkar med ögonen. Självklart valde dom den bilden. Tidningsläsarna kunde ju inte veta om han bara råkat blinka. J ser verkligen drogad ut på bilden.

Jag köpte tidningarna och skakade när jag skulle betala. Sen sprang jag hem.

Redan när jag började läsa visste jag att vem som helst som var det minsta insatt skulle haja vem TV-STJÄRNAN var. Visserligen var J ingen stjärna, men Spectra hade många tittare för att vara ett kulturprogram, och det var tack vare honom. Under våren när han inte längre ledde programmet sjönk tittarsiffrorna. Enligt pressreleasen skulle J utveckla programmet bakom kameran, dessutom arbeta med sin nya bok, en roman. Gamarna hade inte gått på det, ryktena var för starka och många. När han nu var på behandlingshem kom det snabbt ut.

Enligt tidningarna hade J aldrig förnekat att han tyckte droger förenklade livet. Dom skrev att han hade varit i för dålig kondition för att visas upp i rutan – det var förvisso sant – men nu hade han fått totalsparken. Tidningarna citerade källor som ”inte kunde tiga om skandalen längre” och enligt en TV-anställd som önskade vara anonym var J ofta ”så flummig att folk trodde han var döende”.

Jag slängde mej på telefonen och ringde honom. Vi pratade och grät i över en timme.

Jag tror inte att jag är så väldigt lättpåverkad. Om jag är snäll mot mej kan jag skylla allt på min starka empatiska förmåga. Men lättpåverkad, nej. Hur ska jag beskriva det?

När jag pratade med J i telefon den där stackars-kändis-gången, så tyckte jag uppriktigt synd om honom. Grejen är att jag inte lät det stanna vid det. Ju mer J pratade desto mer tyckte jag mej inse, när han grät började jag också gråta, han svor och jag började svära, han tyckte och jag tyckte plötsligt likadant. Hade J ringt bara dagen innan hade jag närmast äcklats av honom och hans självstrul. Då hade jag antagligen vrålat rakt ut: ”Vaddå att du mår dåligt, du är för sent ute din skit! Hur har du mage att ens använda ordet ÅNGRA, du har ångrat och ångrat så in i helvete och lovat PÅ EN MILJON att du ångrar dej och vem tror du det är nu som ÅNGRAR sej? Jo, Knyttet! Därför att hon gått på – även om hon inte direkt har förlåtit- din ånger. Du vill ta ditt liv för gud vet vilken gång i ordningen, men hur kan du vara så fräck att du inte gjorde det INNAN du avlade en unge? För nu är det FÖR SENT FÖR NU SKA DU BLI PAPPA din dumma jävel, var så god och lev och SKÄRP DEJ! Du behöver fan i mej inget behandlingsprogram, du behöver het olja i arslet och ett kok stryk din satans kvasi-kamakaze!”

Och jag hade menat det.

Nu vet jag att det inte hade spelat någon roll om jag verkligen skrikit ut allt det där.

Jag vet det så fruktansvärt väl. J hade redan bestämt sej.

Knyttet blev stor väldigt fort. Det var som om hennes kropp först förvånat undrade ”wow, vad hände?” och försökte kräkas ut fostret varje morgon, för att sen misstänksamt låtsas ignorera den växande men fredliga lilla cellklumpen tills småsparkar började ge sej till känna på ett närmast smärtsamt sätt. Då gav kroppen synbart upp att ens försöka se ut som vanligt och svämmade över åt alla håll och kanter. Nu hade fostret vunnit och Knyttet hade inget annat val än att försöka hänga med.

Jag följde henne till mödravårdscentralen och höll hennes hand när doktorn undersökte henne. Han log uppmuntrande åt oss och när han sa att allt var okej med barnet blev jag nästan stolt själv. Jag var ju ändå en inblandad.

Det var första gången jag var på en gynkoll utan att själv bli undersökt, och jag hade gruvat mej lite för att bli generad. Jag hade sett Knyttet helnäck tusen gånger innan, när vi var små brukade vi dela badkar och när vi blev äldre fortsatte vi att klä om ogenerade inför varandra, men den här situationen var ny.

Jag presenterade mej för doktorn och förklarade att jag eventuellt skulle vara med på förlossningen.

– Ja, min... eh, pappan kanske inte kan komma, sa Knyttet. Därför ska hon lära sej ungefär samma saker som jag, bara för att kunna underlätta.

Läkaren log igen.

– Det är självklart inga problem att din väninna är med på förlossningen så länge allt går som det ska. Jag ska notera här i journalen... Inget konstigt alls. Det är faktiskt inte ovanligt att man gör som ni. Är den biologiske pappan helt ute ur bilden?

– Nej, han är... Han kunde inte komma med hit just idag bara, sa Knyttet.

– Så han ska också eventuellt vara med under förlossningen? Bra. Det är ju viktigt att barnet växer upp och känner att det finns en fadersfigur som erkänt det från början. För han ska väl ha en aktiv föräldraroll?

– Jaa...

Knyttet såg förvirrad ut. Jag började förstå.

– Kristina och jag är inte ett par, vi är inte... ihop, sa jag. Barnet ska bo med sin mamma och pappa, inte med mej. Jag är bara med som stöd.

Flatstämplade!

– Jaså, sa läkaren och strök det han nyss skrivit i journalen. Men då är jag rädd att...

Så gick det till när jag fick veta att jag inte skulle få plats (!) i förlossningssalen. Dom kunde inte garantera någonting. Gud, så arga vi var, Knyttet och jag. Vi tjatade och ville veta varför. Antagligen tyckte dom väl att vi var aningslösa, att vi verkade tro att barnafödande är en happening och bara ville göra en spektakulär, ball grej av det. Dom gav sej inte förrän en sjuksköterska som tydligen hängde med i media kom in i rummet och kände igen Knyttet. På en minut fattade hon hur det låg till och lyckades få doktorn på vår sida: Om J skulle vara ”oförmögen” att närvara vid förlossningen, skulle jag komma i hans ställe, eftersom Knyttet inte ville föda ensam bland främmande människor. Läkaren nickade och sa att undantag kanske kunde ges, det skulle den aktuella pesonalen bedöma när det blev dags.

Så fort Knyttet och jag blev ensamma i rummet började hon gråta.

– Varför blir det alltid så här? Till och med när han inte är med så dominerar han rummet och alla samtal handlar om honom till nittio procent. Hur kan J styra allting, även nu när jag är med barn? Varför kan inte folk prata om mej med mej, utan att behöva ta omvägar via honom?

Jag räckte henne trosorna med en uppgiven min.

– Han är känd och omtalad, det är bara så.

– Nej, sa Knyttet ilsket och sjönk ner på en pappersklädd stol. Det är inte det. Han strular på ett sätt som får mej att bli mer och mer övertygad om att alla missbrukare är exhibitionister. Man ska tassa på tå för att pejla läget, vara beredd med peppning, och ständigt vara redo att täcka upp för honom i dom mest osannolika situationer. Alltid vara beredd på att ljuga. Det ringer i telefonen och vips måste man lugna en orolig chef med att J låtit konstig på grund av bihåleinflammation, eller improvisera ett skrattande nej-det-måste-ha-varit-ungarna-som-har-busringt när en konditor ringer för att dubbelkolla beställningen på fem tårtor.

– Fem tårtor?

– Ja, det var väl nåt år sen. När jag ställde honom mot väggen erinrade han sej att han hade beställt dom, speedad till max, för att överraska mej på vår femte förlovningsdag. Bara för att han älskade mej så mycket. Vem tror du hade fått betala tårtorna?

Knyttet hade äntligen fått på sej dom gigantiska underbrallorna. Hon kunde inte längre stå på ett ben och ta dom på sej, utan var tvungen att sitta ner och trä på dom, ben för ben.

Därav dom pappersöverdragna stolarna i undersökningsrummet på mödravårdscentralen.

Det var ännu en grej som var ny för mej. Att vistas i dom höggravidas värld var inte det lättaste. Saker man tagit för givna, eller aldrig ens tänkt på, funkade plötsligt helt tvärt om, eller inte alls.

Jag var glad över förtroendet att vara stand-inpappa, och tänkte faktiskt inte så mycket på att jag ersatte J. Ibland glömde jag långa stunder bort att han skulle komma tillbaka, det var som om han var borträknad. Det var som om J inte fanns. Och vi var väldigt lättade över det.

Jag skäms. Om vi inte hade räknat ut honom redan då, hade allt kanske slutat annorlunda. Om vi gjort långa rädda-J-planeringslistor istället för att fnissande försökt lära oss sticka bebiskoftor, hade J känt sej mindre utanför livet då? Om Knyttet skickat blommor till honom varje vecka istället för att lägga pengarna på en magdanskurs?

Det jävliga är nog att J inte skulle ha blivit kokett smickrad. Han skulle ha tagit det för givet.

En sak är att säga ”älskade, tänk inte bara på mej, du måste unna dej nåt själv, var inte orolig” och en annan sak är att upptäcka att älsklingen till slut tar en på orden.

Knyttet och jag blev starka, både var och en för sej och tillsammans. Det hade varit skönt att kunna säga att vi inte behövde J. För hur starka vi än blev, så visst fan kunde Knyttet tystna och få tårar i ögonen – och då borde han ha funnits där! Jag kunde vakna mitt i natten, med oro i kroppen och jobbiga vanföreställningar – och han var den ende som skulle ha kunnat lugna mej! Ett snabbt telefonsamtal,några sympatiska jag-vet-hur-det-kan-vara. Fan, vi behövde J. Och han var inte där.

På ett legitimt sätt hade han ordnat skäl att hålla sej undan. Så fruktansvärt moget att ta konsekvenserna av ett återfall! Åh, vad folk himlade med ögonen och höll honom för stark! Så många blommor och brev en massa människor skickade till J på behandlingshemmet! Poetry hero! Så orättvist.

Magdanskursen hade Lisen tipsat Knyttet om. En barnmorska och Lisens gamla danslärarinna hade ett projekt ihop. Födande kvinnor som rör på höfterna har mindre smärtor, läste Lisen. Hon hade dragits med in i Operation Baby och var snart lika freakig som jag. Jag har ett stort foto på Knyttet, där hon med hennamålade händer och pannsmycke ormar sin kropp med bautamagen uppkäftigt bar. I naveln blänker en Buttericksrubin. Hon är mycket vacker.

Lisen halvstrulade med en Hempa. Han var undersköterska på Sabbatsberg och knyckte en present till Knyttet på jobbet.

– Åh! sa Knyttet med tindrande ögon när hon packade upp den. Trosor! Gud! Tack snälla!

Det var fyra underbyxor storlek 48 med ben. Landstingets pålitliga mjuka bomull, skönt slitna och med precis lagom åtsittande resår. Inga skavande skarvar, och rejält med plats. Knyttet var så lycklig att vi måste skratta.

– Flina ni, sa hon storsint. Ni vet inte hur det är att försöka sova med trosresår över en svidande navel. Inte kan jag sova utan heller, jag måste ju ha binda eller nåt, jag hinner ju inte alltid upp när Rock-Ola kickar blåsan!

– Jag ska ta med ett gäng blöjor från jobbet, sa Hempa och vi trodde alla att Knyttet skulle fria.

Förstod J någonsin vad han gick miste om? Han satt säkert och grubblade och grät på sitt håll, lika mycket som vi på vårt. Så fort jag kom innanför dörren hemma och var plågsamt välsignat ensam, brukade tårarna börja trilla. Skillnaden mellan J och oss andra var att vi var tvungna att sluta tjuta för att kunna göra något, vi hade inget val. Bebisen skulle anlända, och tänkte göra det vare sej vi var olyckliga eller inte. Vi blev ett team, Lisen och Knyttet och jag. J fick inte vara med, för han var inte med från början. Han var kvar i det som var förut, hade själsvåndor på ett unket behandlingshem och hade liksom ratat det som var nu. Rock'n'roll. Missförstådd ung man. Den ende som förstår mej är Kurt Cobain. Det är svårt att leva. Varför är alla lyckliga utom jag? Min terapeut fattar ingenting! Är jag den ende som inte svikit mina ideal? Fuck Lidingö! Jag vill dö hellre än ge upp kampen. Vilken? Vet inte, men det spelar ingen roll.

Känns det igen? Gör det? Jag tyckte mer och mer att J var patetisk i sin iver att hålla på sina principer. Trots att han brevledes påstod sej vara beredd att ompröva hela sitt liv, så betydde det inte att han faktiskt kände skyldighet att göra det. J påstod (dessa förbannade brev!) att för honom var ord heliga. Hur kunde vi glömma att han var ateist?

När J kom hem höll jag mej undan.

Jag trodde att det var taktfullast så. Nu skulle det vara Knyttet och J och bebisen. En komplett liten familj med babylift och allt. Det var så annorlunda mot förra gången när han kom hem från avgiftningen. Då hade allt varit så positivt, så framåtblickande, så väldigt det-här-var-sista-gången. Nu var det skillnad. J hade svikit. Det var inte omöjligt att han skulle kunna göra det igen. J skulle få kämpa för att få vårt förtroende tillbaka.

Han sa att han skulle kämpa. Vi sa att vi trodde honom. Gjorde vi?

Jag vet inte, men jag kände ju själv hur reserverad jag var.

Ändå hade jag inte gett upp hoppet. Jag tyckte så synd om J. Jag hade ju varit i samma sits själv så många gånger, varit den som svikit och svikit för sista gången, för att svika igen.

Han var rädd, och det var vi andra också. Men jag tror att jag var den enda som visste exakt hur skraj han var.

J var hal som en ål. Det var hemskt att vilja hjälpa honom, men inte kunna. Han visade inga blottor. Jag hade, i min oskuld, nästan räknat med att han skulle komma krypande och be om nåd, gråta och prata om allt hemskt. Jag lovar, jag hade stått där med öppna armar. Hela jag väntade med bultande hjärta, redo att både gräla och pyssla om.

Men J hade en annorlunda krigsplan. Inte för inte hade han varit borta några månader. I sin iver att vinna allt och alla tillbaka gick han stenhårt in för en lagom och utåt sett oantastlig reträtt: psykologi. In absurdum.

Jag hade blivit inbjuden på té (ingen vild fest här inte!) hos J och Knyttet. Förväntansfull gick jag dit. Och mötte en som gick in hårt för att leva upp till etiketten Entusiastisk Ex-Missbrukare. Utan att generalisera alltför grovt, så gick det inte många ögonblick mellan hans Reda Ut-orgier.

Vid första anblicken verkade J på något sätt oberörd av det han gjort. Han var lugn, sammanhängande och såg mej i ögonen. Visst kramade han om mej, men jag hade väntat mej en hård ”fan, vad jag har saknat dej”-kram, inte den trygga broderligt lätta tryckningen. Det är svårt att skriva det här utan att missförstås, och det är viktigt att jag väljer orden rätt.

Det var som om allt han sa och gjorde hade en överterapeutisk touche. Och inte bara den gången, utan hela tiden. J kunde sitta tyst och tankfull för att utan förvarning slänga ur sej en fråga och ivrigt nicka framåtlutad när man svarade. J ville ha svar, ville veta, lägga ihop nåt slags psykologiskt pussel. Jag ber om ursäkt, men det var inte alltid jag var i form. Att sitta och prata om sommarens utomhuskonserter med Knyttet i lugn och ro, medan J sammanbiten och rastlös vankade av och an tills han otåligt avbröt oss med "När märkte ni första gången att jag var påverkad av något trots att jag förnekade det?" – sånt kan göra vem som helst irriterad. Hans analysmani relaterade ju inte bara till honom själv. Och vilka frågor!

– Vad tänkte du Evelyn, när du tog speed första gången? Hade det hänt nåt särskilt den dagen? Vad kände du innan du fick återfall? När du träffade Lollo på din morsas femtioårsfest, vad kände du då? Kan hennes utlandsboende ha påverkat ditt stezolidmissbruk? Var det verkligen en slump att du började fluddra på hemvägen? När du drack, var det för att fly ångesten, eller för att komma till ro? Förstår du skillnaden? Varför talar du aldrig om dina föräldrar? Du kan nämna din mamma, men bara för att prata illa om henne, men din pappa nämner du överhuvudtaget aldrig?

Jag försökte tänka efter och svara. Mycket hade jag insett under tidigare terapisamtal, och en del undrade jag själv över. Men ju mer jag svarade, desto mer frågade han. Det var hopplöst, jag drogs liksom in i läggandet av hans jävla pussel, trots att mitt inte var redo att visas upp.

– Jag vill inte blanda in mina föräldrar i mitt liv, svarade jag ärligt. Det är skumt, jag vet det. Kanske är det för att jag aldrig riktigt fått tillträde till deras. Det låter hårt, men dom är såna där som skaffar första barnet när dom får en lucka i karriären och har allmän trettioårskris och är livrädda för att vara dom sista i klassen som får barn när dom firar studentrevival på juridiska fakulteten.

– Är du bitter för det? Hanterar Lollo det här på samma blaserade sätt? Eftersom hon är en tvättäkta karriärist, tror du att hon vågar få barn när hon minns hur ni hade det när ni var små?

Det var ingen ände på det. Vissa frågor var – och är – befogade, men detta ältande gjorde mej galen! Knyttet var den enda som med ett enkelt ”Håll Käften!” fick tyst på honom. I allafall tills han började analysera tystnaden.

J ringde mej på jobbet, min sista tillflyktsort. Stress och pressläggning, ingen har tagit lunch, telefoner som bara ringer, bråttom och småpanik. Så hans röst mitt upp i alltihop.

– Hej, jag kom att tänka på nåt intressant nyss. Kan du på rak arm dra paralleller mellan din anorexia och ditt drogmissbruk?

Halleluja, babe! Jag höll på att få blodstörtning.

Knyttet tog det lugnt och använde honom – med största sannolikhet – som övningsobjekt för kommande tålamodsprövande stunder med Rock-Ola. Annars hände det att också hon hade nytta av J:s terapeutiska jag när hon var nervig och arg på grund av magen. En sen kväll satt jag hemma hos dom, och Knyttet var som vanligt gråtmilt aggressiv. Hon hade blivit rund även i ansiktet och såg på en och samma gång ut som Jungfru Maria och en bastant, härdad irländska som katolskt och tappert bar sitt elfte barn. Det röda håret var risigt hur ofta hon än tvättade det och huden över hennes buk var så hårt spänd att den mera såg ut som en tunn hinna.

– Hur jävla orealistisk får man bli? härjade hon och krossade illusionen om i varje fall Jungfru Maria. Från allra första dagen jag visste säkert att jag var gravid har jag smörjt och smörjt denna mage för att slippa bristningar, och vad händer? På bara några dagar har jag fått minst fem nya! Kolla här, och så på innanlåren! Jag vill bara skita i det här nu. Jag vill att det ska vara över. Dom måste ha räknat fel hos barnmorskan. Jag är övertygad om att jag gått över tiden.

– Lugn sötnos, ingen panik, mässade J.

– Dom här röda strimmorna går aldrig, aldrig, ALDRIG bort!

– Jodå, dom flesta gör det, sa han och famnade henne så gott det gick. Jag älskar dej nu och jag älskar dej sen…

– NEJ! ylade Knyttet snorigt och slet sej loss. Egentligen hatar du mej! Du hatar mej bara… BARA FÖR ATT JAG HAR EN SÅ STOR MAGE!!!

Vissa scener bara dyker upp när jag sitter och skriver. Ovanstående är ljuvlig, jag blir alldeles fnissig. En del saker ändrar sej aldrig.

Men J var sej lik och ändå inte. Det var hans sätt att tackla allt som var annorlunda. Samma humor, samma charm, men med ett egendomligt ifrågasättande.

J var så rädd för att han visste att nu var det allvar. Skulle han trilla dit igen skulle han aldrig klara nederlaget. Då skulle han ta sitt liv, det visste jag, det visste Knyttet och det visste han. Så J ville banka in i skallen på sej själv och andra att han var en EX-missbrukare, med tung betoning på ex. Han höll sej drogfri för att han var rädd för att dö. Och höll upp analyserandet som en sköld mot suget, dom förbjudna tankegångarna och gallskriken.

Så kom Den Dagen.

Alla vi som var inblandade i Operation Baby gjorde vårt bästa för att inte panikslås. Det var som om våra rörelser och ordval var alldeles oerhört nonchalanta, våra tonfall släpiga och minsta min utstuderad. Vi var vansinnigt coola allihop. Jag la till och med märke till att jag struntade i att spola när jag hade kissat, och skruvade bara lite vårdslöst åt kranen när jag diskat. Jag som alltid hatat droppande kranar och slarv! Nu brydde jag mej inte ens om att sätta hatten på mina dyra tuschpennor.

Vi var väl tvungna, var och en på sitt håll – Lisen, J, Knyttet och jag – att intyga oss själva att allt var lugnt och att inget överjävligt någonsin kunde hända.

J och Knyttet var på besök med mödravårdscentralens föräldrakurs på Södersjukhusets kvinnoklinik, för att bekanta sej på ett odramatiskt sätt med förlossningsavdelningen. Knyttet hade ringt kvällen innan, för att beklaga sej i största allmänhet.

– Har du tänkt på att man jämt får höra folk säga att dom är i sjätte veckan eller fjortonde? Dom går omkring och stilar med sina tennisbollsmagar och suckar melodramatiskt att dom är stora som hus. Amatörer! Ingen frågar mej i vilken vecka jag är! Jag tror dom är livrädda att få höra att jag är i sextiotredje. Det känns så i allafall.

Hon tystnade övertydligt.

– Men fråga då! fräste hon.

Jag förstod.

– Kristina Waltman, i vilken vecka är du? frågade jag med intresserad röst.

– I trettiosjätte, tackar som frågar! I morgon trettiosjunde.

– Jaha. Förresten, senast jag såg J höll han på att kånka hem hämtmat. Det stank kummin, var det gott?

– Gott?! Prata inte om det! Det var urgott, men den där satans indiska restaurangen ska jag personligen bomma igen. Jag har skitit hela natten, magen bränner fortfarande. J har spytt två gånger, men verkar vara okej nu. Jag är verkligen inte i form att åka någonstans, men det där BB-besöket tänker jag inte missa.

– Okej. Lova att ta det försiktigt bara.

När jag la på luren märkte jag att handen darrade av ansträngningen att göra det lugnt.

Lisen kom upp med några kostnadsförslag på gallerihyror. Vi hade pratat löst om en gemensam utställning, och skulle egentligen ha diskuterat priserna nu, men som så ofta annars vid den här tiden hamnade vi framför min stora hallspegel med uppdragna tröjor.

– Kolla här, sa jag och drog i skinnet nedanför mina nyckelben så brösten lyftes upp en aning. Här uppe satt mina tuttar när jag var ungefär sexton år. Om jag blir gravid fylls dom nog upp hit, fast mest underifrån, förstås. Sen, när jag ammat färdigt efter sådär ett år kommer dom att hänga ungefär hit.

Jag släppte skinnet och krummade en aning med ryggen.

– Men det är inte det som är grejen, sa Lisen och greppade sitt ena bröst. Helhetsintrycket beror mycket på var bröstvårtan sitter, och den ramlar väl logiskt sett hit... nej, ända hit ner på mej. Du har ju inget häng att tala om, men titta här på mej!

– Jag har ju inga tuttar överhuvudtaget att prata om! sa jag stridslystet. Jag har A-kupa!

– Det är skitjobbigt att ha C-kupa, ska jag tala om för dej!

– Men snyggt!

– På en smal person, ja!

– Skyll dej själv som inte var anorektisk i tonåren, sa jag med ett brett smil. Jag var omkring arton–nitton när jag verkligen fick bröst. Jag har liksom tjänat in fem–sex år ur häng- och slitagesynpunkt. Vi är lika gamla, men mina tuttar är yngre än dina.

Lisen kastade ett paraply på mej. Vi visste att folk skulle ha skakat på huvudet åt oss, men man blir så där när det finns en gravid i bekantskapskretsen. En gång hade vi till och med bett Knyttet trycka ut lite mjölk i en kopp för att vi skulle få smaka. Lisen tyckte att det smakade jättesött, som mjölk med en helvetes massa florsocker i. Mina smaklökar hakade upp sej på att den var ljummen, kroppsvarm mjölk är ju skitäcklig. För smaka, det måste vi ju göra. Lisen och jag var nyfikna, och Knyttet var ju både beskäftigt och artigt uppfostrad.

– Om jag får barn tänker jag tvärsäkert lyfta brösten, sa Lisen. Det är paradoxalt, jag vet det, för jag är mot att kvinnor ska lägga sej under kniven för sitt utseendes skull, men jag kan inte säga att jag skiter i hur jag ser ut. I Giselas kvinnogrupp är det bara snygga häxor med, så det är lätt för dom att fördöma. Jag är säker på att dom också hoppas på att inte få sladdriga påsar, för tydligen är det tillåtet att hoppas, och offra en och annan lotusblomma för att beveka naturen att inte ge en hängbröst, men operationer säger dom nej till. Samtidigt som dom säger att en häxa får göra vad hon vill. Jag börjar förstå att du dragit dej undan Gisela.

Vi släppte ner våra tröjor och jag höll just på att knäppa Lisens behå när telefonen ringde. Det var J. Jag tror inte att han kom ihåg vad han sagt ens tio sekunder efter samtalet. Han var så stressad att det var svårt att höra vad han sa.

– EVELYN! Äntligen funkar det här jävla telefonkortet! Vi är på sjukhuset, Knyttet är... Hon ska... VI SKA FÅ BARN! NU!

– NU?

– NU! Eller snart! Det var inte bara currykycklingen, det var BARN! Hon hade så ont i magen när vi var på studiebesöket, dom la in henne PÅ RIKTIGT! Du har nycklarna, hämta väskan som står i sovrummet bredvid garderoben. Åk och hämta den och kom hit! Hon vill... jag vill inte lämna henne, hon är så rädd!

– Hur långt är det mellan värkarna?

– Det heter inte värkar, det heter SAMMANDRAGNINGAR, när ska du lära dej att säga rätt?

– Hur...?

– Fem minuter! Fan, nu börjar det tuta... KOM HIT!

Jag slängde på luren. All nervositet som dom senaste veckorna bubblat under ytan svämmade över. Lisen höll redan upp min jacka, hon hade hört och förstått direkt. Hon småhoppade och viftade med armarna och iiiiih-ade med sammanbitna käkar. Jag tog ett djupt andetag och sträckte mej efter J:s extranycklar som låg på hallspegelns översta kant.

– Förut var jag tacksam att slippa vara med, men nu... Vad ska jag göra, Evelyn? Du ringer skitofta, lova det! Att man inte får ha mobiltelefon på sjukhus, det är typiskt. Men ring så ofta du kan, och lämna inte Knyttet, snälla gör så att du löser det!

– Stanna här, det tar nog flera timmar. Du vet var té och sånt finns. Jag lovar att ringa. Apropå det, ring efter en taxi.

– Och lova att kolla på klockan då och då! Försök att memorera klockslag och tidpunkter, jag har läst att det är enda sättet att komma ihåg vad som hände när i stressituationer.

Ögonblicket efter brakade mycket riktigt tiden samman. Saker hände i hela världen, folk dog, någon fick cancerbesked, ett krig bröt ut någonstans, en viktig vetenskaplig upptäckt gjordes, terrordåd genomfördes, några barn lärde sej samtidigt i ett helt annat land att cykla, en bergsbestigning på Mount Everest lyckades, människor gifte sej medan några andra skilde sej, på andra sidan jordklotet exploderade en kemifabrik...

Det hände så vansinnigt mycket i precis hela världen under dom följande timmarna, men den hade lika gärna kunnat gå under bit för bit utan att vi skulle lagt märke till det. För nu skulle ett barn födas, som vi var många om att känna oss mer eller mindre delaktiga i.

Det går inte att föreställa sej att det sker flera gånger i timmen spritt över nästan hela jordklotet. En ny människa som föds, som aldrig gjort nåt ont, aldrig svikit, som är helt ny och färsk och aldrig ens har andats förut... Det är så stort, så ogripbart och så totalt väsensskilt allt annat. Att få vara med om det är inte likt något annat. Visst, maskiner piper och blinkar, vårdpersonal går in och ut i rummet, men det är på något sätt som om dom inte har med själva Undret att göra. Dom, liksom J och jag, var bara bifigurer som fått ynnesten att titta på.

Till att börja med hittade jag inte Knyttet och J. I expeditionen kom personalen efter ett oändligt långsamt knappande på datorn fram till att dom i allafall var inskrivna. Knyttets gulliga barnmorska på mödravården hade prydligt antecknat mitt namn som närmaste anhörig bredvid J:s. Antagligen hade hon förklarat närmare i journalen. Knyttets morsa tror än idag att hon stod som närmast anhörig med telefonnummer och allt.

Sköterskan, en Tanja, sa att jag från personalens håll kunde få komma in till Knyttet och J. Hon hade frågat efter mej, fick jag veta. Gud, hade jag fått nobben hade jag säkert fortfarande suttit inne för dråp. Jag såg inombords hur en rädd och gråtande Knyttet ropade mitt namn.

I slow motion visades jag till deras rum. En stor, mjuk brits som till min förvåning var bäddad med vita lakan (att sjukhusen fortfarande har råd med lakan när det inte är nödvändigt, för att inte tala om tvätten), en annan brits fast lite smalare och med gynstöd, en lätt inhägnad dusch med lång slang och badkar… Men ingen var där. Jag vände mej mot Tanja fullt övertygad om att dom var döda alla tre.

– Häng av dej ytterkläderna här. Om du vill kan jag låsa in din plånbok, sa hon.

– Men var är dom?

– Dom är säkert ute och går i korridorerna häromkring. Det underlättar sammandragningarna. Du har väl gått med Kristina på kursen? Dåså, då vet du litegrann vad det handlar om. Ska jag ta din väska?

Mödravårdscentralens avslappningsrum med milt, dämpat ljus och lugn bakgrundsmusik var som en helt annan värld. Och den där Tanjas tjat om att låsa in saker? Fanns det alltså så helvetiska människor som passade på att knycka plånböcker när folk födde barn? Jag förklarade för henne att väskan var Knyttets, den innehöll saker hon säkert skulle vilja ha nu.

– Du behöver inte slita av dej jackan, log Tanja. Hon hade bara öppnat sej två centimeter sist vi mätte.

Jag svalde hårt och bestämde mej för att bli lugn. Att vara hysterisk skulle inte hjälpa någon. Jag hade lovat Knyttet att vara lugn. Balanserad.

På måfå gav jag mej ut i korridoren och insåg att jag kände mej... blyg, kanske kuvad. Det var inte att friskt stega omkring med hurtig spänst. Nej, jag trevade mej fram, försiktigt satte jag ner fötterna. Hade en klar känsla av att jag beträdde förbjuden mark. Här inne hade tusentals barn fötts, och kvinnor vrålat av smärta. Starka kvinnor som med adrenalinet pumpande krystat ur sej alldeles nya människor, kvinnor som gått igenom detta omvälvande, denna livsnödvändiga urmodiga prövning... Några hade inte klarat det. Deras kroppar hade inte orkat. Ingen förlossning är hundra procent säker, varken för mor eller barn. Några hade pallat det fysiskt, men chockats så in i själen av smärtorna att dom fått svåra förlossningspsykoser och blivit förda till psyket istället för att få åka hem till tomtebolyckan med bebisen.. Vilken mess att föda barn! Så oerhört långt från när jag var tretton år och aldrig i livet skulle föda barn, eftersom det var så äckligt med blod, och så en doktor – hjälp, som kanske var en GUBBE – som skulle titta på en DÄR NERE och så fet man blev och så rynkig av att skrika och grimasera (i alla arbetarserier och bondeskildringar på TV födde Gurie Norwall och co barn på det där gapiga och rynkiga sättet). Nu gick det upp för mej hur helt och hållet omogen jag fortfarande var. Barn bryr sej inte om fördomar, dom kommer ändå.

På en del dörrar stod "Obehöriga äga ej tillträde". Jag tog det djupt personligt. Jag var ingen riktig kvinna. Mal-placé. Att J, i egenskap av man, inte tillhörde Den Riktiga Klanen För Invigda, var på något sätt som det skulle. I denna extrema kvinnovärld var han en udda figur som hade till uppgift att på bästa sätt tjäna och serva En Riktig (Kvinna, naturligtvis). Men J hörde ändå dit, om än som periferimedlem. Jag, däremot, född kvinna, men som ännu inte tillhörde den universella, urtida

Klanen, var verkligen obehörig. Hur många gånger hade jag inte pratat om småbarn med någon kvinna vid busshållplatsen, och när hon frågat hur många barn jag hade och jag svarat "nej, inga"... Hennes min, blick och attityd förändrades på en sekund. Jag räknades inte. Jag visste ju inte hur det var (att leva med barn, att föda barn, att vara småinkontinent, att vara trött så man vill skrika under vaknätter, att amma med söndertuggade bröstvårtor, kort sagt: Jag visste ju ingenting).

Lisens ord dök upp i bakhuvudet: Håll koll på klockan! Jag bestämde mej än en gång för att skärpa mej. Klockan var exakt 16. 31 när jag fick syn på Knyttet och J. Knyttet stod böjd över en fåtölj och kippade efter andan. Hon hade på sej en aprikosfärgad patientrock och tofflor. Håret hängde i blöta stripor. J höll henne om ryggen och pressade mjukt sitt knä i hennes korsrygg.

– Så, precis så, flåsade Knyttet och grävde med fingrarna i fåtöljtyget.

Trots alla förberedelser och bedyranden från Knyttet, kändes det som om jag störde, trängde mej på. Mitt i en värk, till på köpet. Jag blev arg på mej själv, och skulle just säga att jag var på plats, när bilden plötsligt förändrades. På nästan ingen tid alls rätade Knyttet på ryggen, J stod med fötterna som vanligt på jorden och bilden var en helt annan. Ledigt knakade Knyttet fingrarna och fick syn på mej. Hon sken upp, lätt andfådd.

– Evelyn! Vad jag har längtat! Såg du den här sista? Den var enorm!

– Hur vågar du vara uppe? Jag menar, så långt från ditt rum?

Hon ryckte på axlarna. J gav mej en puss. Vi började gå mot rummet.

– Bandspelaren låg i väskan, va? Det har jag sagt hela tiden, mitt barn ska födas till bra musik. J, kolla att Laurie Anderson-bandet är med sen. Åh, vad jag har längtat efter väskan!

Knyttet såg verkligen lättad ut.

– Du ser själv Evelyn, hur mitt hår ser ut, fortsatte hon. Jag har inte kunnat sätta upp det. Sköterskorna har bara kunnat erbjuda kontorsgummisnoddar från expeditionen. I väskan finns ett helt gäng tygsnoddar. Det är nog dom jag saknat mest. Speciellt som jag duschar av håret stup i kvarten.

Hon babblade på precis som vanligt. Det kändes konstigt att tänka sej att där går Knyttet med flera centimeter vidgat underliv, på väg att föda barn. Hon sneglade på mej.

– Jag tycker själv att det är märkligt. Hade det varit du som skulle förlösas hade jag förbjudit dej att stå upp. Ritsch, så ramlar ungen ut! Jag vet att den inte kan göra det, men ändå.

– Telepatisk som vanligt, sa jag. Det finns inga som kan läsa mina tankar som du och J. Jag bävar för att ert barn kommer att läsa mej som en öppen bok.

– Visst, flinade J. Jag ser precis för mej hur han tio år gammal kommer inspringande och vrålar ”Tant Evelyn sitter i vår hammock och tänker på snusk!”

Vi fnittrade, och det var verkligen vi tre, järngänget, som enade skulle klara av det.

Tills Knyttet snabbt började bli illröd i ansiktet igen, famla efter J:s hand och bukandas. När jag tog hennes andra hand ruskade hon sej fri, skakade ilsket på skallen när jag erbjöd massage och stirrade på mej som om jag inte var klok när jag frågade om jag skulle hämta hjälp.

Jag började förstå. Dom hade inte sagt att dom var glada över att se mej, dom var bara nöjda med att väskan hämtats. J tog hand om Knyttet så fint, var uppmärksam på minsta tecken.

Knyttet behövde inte försaka någonting. Det var hans blick hon sökte stöd i, inte min. Och – hans blick var klar och stadig och stark. Jag behövdes inte.

Efter att ha insett det, kändes det lite lättare. Jag skulle slippa se min äldsta bästa vän slitas upp inifrån, men den största lättnaden var att hon hade den sparringpartner hon helst önskat, J. Hade han inte varit ren när deras barn föddes, hade Knyttet fött med mej och aldrig under några som helst villkor förlåtit J. I och med att han nu fanns där vid hennes sida, opåverkad och klar, var det som ett tungt ok lossades från Knyttets (och mina) axlar. Hon vågade hoppas på att den största begynnelsen är en nyfödd, det är den största starten av alla. I och med att J sa ja till den symbolen, tog Knyttet det som ett ja till ett nytt liv utan droger. Förstod J det? Det är jag övertygad om. Det vore verkligen inte likt honom att inte lägga in symboler i förlossningen av sitt barn, eftersom han övertolkade vardagen i övrigt på minsta skitsak.

Jag var inte rädd för Knyttets värkar nu, när jag visste att jag snart skulle gå.

– Jag tänkte köpa några Colaburkar från isautomaten i entrén, det kanske är skönt att ha en som rullas över korsryggen? kom jag på. Är det nåt mer ni vill att jag ska köpa innan jag går?

Knyttet fyllde sakta kinderna med luft.

– Glass, vilken som helst, sa J och klockade värken.

– Psssss, väste Knyttet långsamt ut och sträckte fram en hand som hon låtsasgreppade med.

– En strut, alltså, sa jag.

Knyttet fyllde kinderna med luft igen à la hamster och nickade.

Det var verkligen skönt att få slippa dom.

Naturligtvis gick jag vilse så fort jag kommit utanför avdelningen. Varför är sjukhus så opersonliga? Jäktade människor forsade fram och for runt mej. Jag kände mej lite överlägsen. Dom flesta hade väl bara mer eller mindre anknytning till brutna ben och blindtarmar – MIN Knyttet låg minsann inne för att föda barn!

När jag äntligen hittade entréhallen passade jag på att dricka en kopp té och äta en bulle. Jag ville tänja på tiden, se cool ut. Om någon skulle ha frågat mej skulle jag så nonchalant jag bara kunde säga att min äldsta bästa vän just nu höll på att förlösas. "Ooh, hur törs du sitta här så lugnt? Jag skulle vara toookig av nervositet!" skulle min fiktiva bordsgranne säga. Men jag fick sitta ifred, och kom på att ringa Lisen.

Första signalen hann knappt fram.

– Evelyn, är det du? tjöt Lisen.

– Ja. Hon mår bra, barnet är inte ute än men mår bra och jag behövs inte.

– Hur ont har hon? På skala ett till tio? Eller det kanske inte stämmer med den vanliga skalan när det handlar om födslovåndor? På en skala åtta till tio? Gud, jag tänker på henne hela tiden!

– Lisen, lugn. Jag ska köpa Cola och glass åt dom innan jag åker hem.

– Glass? Vill hon ha glass? Jag menar, vill man det? Kan man det?

– Knyttet kan. Jag är hemma om någon timme.

– Du har väl inte glömt att kolla på klockan?

– Jo, men vissa grejer kommer man ihåg i allafall. Puss!

I entrékiosken köpte jag fem olika strutglassar, någon borde falla Knyttet i smaken. När jag lämnade fram växelpengarna fick jag syn på klockan. Tio över fem! Jag måste ha råkat ut för en tidslucka! Lisen hade haft rätt hela tiden. Jag skyndade mej tillbaka.

I receptionen fick jag syn på Tanja som genast erbjöd sej att ta hand om glasspåsen.

– Kristina har det lite besvärligt just nu. Du kanske inte ska gå in nu, hennes sambo är ju här, jag menar…

– Visst, sa jag. Det har väl inte gått fel med någonting?

– Nejdå, log Tanja.

Precis när jag vände mej om för att gå fick jag syn på J.

– Där är du ju! sa han. Kom, Knyttet vill säga en sak till dej!

Han drog mej i armen hela vägen till deras rum. Jag har tänkt en del på att vi inte sa någonting till varandra då. Som om det fanns en oskriven regel oss emellan, att allt som handlade om Knyttet och bebisen skulle ske öppet inför henne. Hade vi talat med varandra skulle det ha varit som att tala bakom hennes rygg. Vi visste ju att Knyttet varit extremt känslig sista tiden vad gällde att tala över hennes huvud. Hon hade varit livrädd att bli behandlad som bara en födande livmoder. Knyttet var rädd att inte bli sedd, inte som en hel människa utan ungefär som en veterinär ser på en klumpig, fet, födande ko och diskuterar vädret med kons ägare medan han rotar i kossans innanmäte för att hitta en framklöv att dra i.

J öppnade dörren. Knyttet stod på alla fyra på britsen och hängde med huvudet. Hon hade bytt patientrock, och tyget stramade. Magen nästan snuddade lakanen. Ko-bilden svischade förbi i tankarna. Så fick hon syn på mej. Ansiktet var blankt av snor och svett och tårar.

– Evelyn, sa hon med en främmande hes röst.

Jag ville börja gråta själv. J höll sej taktfullt i bakgrunden när jag hjälpte Knyttet att sjunka ner på huk.

– Ska jag stanna? viskade jag.

Hon skakade på huvudet och tog min hand. Hon måste ha stått länge på alla fyra, handen darrade av ansträngning och var alldeles våt.

– Jag vill att du lovar mej en sak. Om jag dör av det här... Jag har inte fattat att jag kan dö PÅ RIKTIGT...

Hon grimaserade med hela ansiktet och greppet om min hand blev hårt, hårt.

– GÖÖÖR NÅT FÖR FAN! ylade hon och jag trodde att jag skulle kissa på mej.

Hon öppnade dom hopknipna ögonen och riktade en grönsvart blick mot J.

– HÄMTA NÅN DÅ! väste hon.

Jag började massera hennes korsrygg och fick raskt den hårdaste örfil jag någonsin fått. Vinglande tog jag några steg bakåt när hon fick syn på J med handen på dörren.

– VART SKA DU DIN SKIT! skrek hon med sin nya hesa röst.

– Du sa ju...

Medan Knyttet hatiskt stirrade på honom tog jag chansen. Jag bet henne i vaden. Tänk att jag hade sinnesnärvaro att inte bita genom skinnet, utan bara ta ett fast grepp och hålla kvar.

Knyttet vrålade till och bajsade på sej. Då släppte jag taget. Det blev helt tyst i rummet. Svettig tittade jag upp. J:s min var obetalbar! Hans min! Han bara gapade.

Knyttets blick mötte min. Hennes kropp var avspänd.

– Det har gått över nu, sa hon nästan förvånat. Men du, jag måste skynda mej på för snart ska jag in i förlossningssalen. J, nu är det väl nästan en minut emellan, va? Gå och säg till dom! Och hjälp mej att spola av mej den här skiten. Jag lovar att aldrig, aldrig någonsin äta någonting med curry igen!

J försvann. Knyttet såg mej i ögonen.

– Vad jag försökte säga förut var, att om jag dör vill jag att du tar hand om J. Barnet tar mamma hand om, bara inte J. Lova! Ska du hem till Lisen nu?

– Nej, hon är hos mej. Vi...

Knyttet viftade irriterat med handen.

– Jaja, jag vill bara att du ska säga till henne att hon får vara gudmor tillsammans med dej. Ni två ska ta hand om barnets själsliga uppfostran om jag dör, nu eller om tio år, kvittar när. Ni är dom bästa! Så... gå nu!

– Jag ska. Hon kommer att bli jätteglad. Och stolt! Kom ihåg att vi älskar dej!

Knyttet började få något oroligt i blicken igen. Två sköterskor kom in med en bår samtidigt som nästa värk kom. Knyttet och jag såg på varandra.

– Hej då, sa jag. Tvinga J att ringa så fort det är färdigt. Och du... föd barn med dej!

I dörren krockade jag med J. Han såg så trött ut, och förvirrad. Jag kramade om honom, snusade honom i nacken. Han var spänd som en stålfjäder.

– Lycka till!

– Tack, sa han. Nu börjar det riktiga jobbet. Jag hör av mej så fort jag kan.

J tvekade, sen pussade han mej hastigt innan jag gick.

Jag såg honom aldrig mer.

Jag hade hunnit vara hemma en timme. Lisen var inte totalhysterisk längre, Gisela hade naturligtvis budat över en flaska champagne, eftersom Lisen inte kunnat hålla sej utan ringt henne. Lisen hade bet om häxtips i all nervositet, kanske kunde Gisela något som lugnade?

– Visst kan jag ett äkta häxknep, sa hon med mystisk stämma.

Knepet var alltså flaskan och ett vykort där Gisela skrivit med sin vackra handstil: ”NJUT! BÄTTRE START KAN INGET BARN FÅ!” När jag kom hem smågrät Lisen lite klädsamt.

– Det stackars barnet är inte fött än, och jag har redan öppnat champagnen. Betyder inte det otur? Fast tolkar inte du också det som att Gisela menade att jag skulle dricka nu? Tänk om hon inte gjorde det! Åh, dör barnet är det mitt fel! gnällde hon.

– Dumheter, kan du inte sluta bry dej så mycket om vad som är andligt korrekt? Drick bara! sa jag och försökte låta bestämd.

Ärligt talat tyckte jag att flasköppnandet onekligen var illavarslande, men jag skulle aldrig erkänna det för en new age-maniker som Lisen. Fortfarande blir hon tvångsmässigt andlig när hon är stressad, men inte lika ofta som förr. Då kunde hon sova med grovsalt och vitlök i sängen om hon kände sej lite nere.

Hittar man salt i hennes säng nu för tiden, kan man utgå ifrån att hon bara haft ett lyckat tequila-party.

Lisen bestämde sej för att Gisela gett klartecken, och medan hon smuttade ur sitt glas berättade jag vad som hänt hittills på sjukhuset. Jag var tvungen att hejda mej flera gånger, mina ord verkade så... futtiga. Det var som att beskriva en tavla för någon som bara sett reprotryck. Lisen avbröt ständigt för att fråga efter detaljer, och varje gång jag beskrev händelseförloppet inuti Knyttet, knep hon omedvetet med knäna, ungefär som man gör när man läser i tidningen om våldtäkter.

När jag pratat klart kände jag att jag faktiskt var riktigt utmattad. Jag sjönk ner i soffan bredvid Lisen. Hon drack i små eftertänksamma klunkar. Jag kunde ha hämtat ett glas. Jag kunde ha hällt upp ur flaskan. Jag kunde ha sagt saker som "för en gångs skull" och "sådana här nervpärser är det tack och lov inte varje dag". Jag kunde ha druckit flera glas. Jag kunde ha sagt "nu när Knyttet blir mamma så lovar jag hela världen att detta är sista gången jag dricker". Jag kunde ha mått utmärkt, och blivit lite klädsamt sentimental. Jag kunde, men jag gjorde det inte. Jag lät bli.

JAG LÄT BLI! Det skulle ha varit skitenkelt att få till och med Lisen att gå på det där "hur ofta föder en polare barn, klart vi ska fira och det är ju med CHAMPAGNE så det gills inte". För första gången kände jag att jag hade ett val som faktiskt inte var så svårt eftersom jag redan bestämt mej: Jag hade lovat Knyttet att vara klar i skallen. Hon skulle säkert ha ursäktat ett glas champagne, men det skulle inte jag. Det var ljuvligt. För första gången på evigheter tog jag inte chansen att mygla/dricka/ljuga trots att jag hade alla möjligheter, och dessutom ryggen fri. Var J med om något liknande? Jag tror inte det. Då hade kanske den där kvällen slutat annorlunda.

Lisen och jag satt och pratade i soffan, och valde fäder till våra barn. Hon valde Eagel-Eye Cherry och jag Tage Danielsson.

– Han är ju död, protesterade Lisen.

– Då säger jag Rickard Wolff!

– Han är ju bög!

– Ja, men din Eagle-Eye bor ihop med den där skådistjejen. Vad tror du hon säger när du knycker hennes pojkvän?

– Äsch, sa Lisen anspråkslöst. Hon behöver inte märka något, jag ska bara ha honom till städning och sex.

– Städning? Han är för lång, den där norrländske stå-uparen Jan Bylund är kort nog att komma åt i hörnen...

– Då tar jag honom!

– Jag har redan paxat honom, till städning alltså. Det måste finnas någon annan kort åt dej, eller i vart fall hopvikbar.

Vi tjafsade stressat och oengagerat, men J hade en jäkla fördel som kunde se vad som hände, skulle allt gå åt helvete så skulle han trots allt vara den förste som fick det bekräftat. När min telefon började ringa vågade jag knappt svara.

– Han är här nu! Han är här nu! Och han ska heta Zeus! Knyttet är här alldeles bredvid och alldeles vid liv, dom mår bra båda två, nu svimmar jag...

– Zeus? En grekisk gud? Hallå, är du kvar?

– JA! Haja att vi lever alla tre! Hörde du, alla TRE!

– Men... det är ju fantastiskt! Underbart! Grattis! Hur...

– 51 centimeter.

– Jaha, och hur...

– 3.680 gram. Helt frisk, men lite toppig liksom... Evelyn, jag är så fruktansvärt lycklig!

Jag fick inte fram ett ord.

– Vill du vara snäll och göra oss en tjänst? Jag har fått i uppdrag av min halvt medvetslösa men ändå målmedvetna ljuvliga flickvän att åka hem och hämta ett band som hon har tjatat om i timmar. Dessutom vill hon att jag ska fira lite på krogen, faktiskt tror jag att hon vill vara ensam lite med Zeus. Men vill du komma hit om sådär en halvtimme, så är du välkommen. Jag är nog tillbaka om några timmar, fan, jag måste smälta det här...

– Visst, sa jag.

Jag märkte att jag log brett.

– Du, fortsatte jag lite lägre. Känns det... otäckt?

J drog efter andan.

– Mm. Men då säger vi att du kommer? Hej då!

Jag la på luren och kramade Lisen en lång, lycklig stund. Vi skakade båda.

Jag tror inte att jag överdriver, men när jag satt i taxin på väg till sjukhuset var jag så... uppfylld; det var en Känsla. Några gånger per liv glimmar det till, en smak av gul metallisk honung fyller hela ens jag: Allt ordnar sej. Det finns inte bara hopp, utan också bevis. Kalla det Gud, säg att det är en lyckad kombination av kemiska ämnen i hjärnan, någon skulle kanske tippa på trötthet av hopplöshet som vänds i ett slags psykologiskt försvar, kalla det precis vad du vill, för Känslan bryr sej inte.

Jag åkte genom stan, såg festklädda människor på väg till krogen, skakande vrak som köpslog i diskreta gathörn, stressade människor flyende från arbetets övertid, vinglande försäljare av Situation Stockholm, skrattande småungar, distingerade män med vitt hår som med äkta omsorg ledde sina gamla vackra fruar över övergångsstället... Inget hat, ingen jävla ångest. Dom bara var, precis som jag. Inget analyserande, vi hade fullt upp med vårt eget, men skulle någon behöva hjälp vore chansen stor att den fanns. Det slog mej att det faktiskt var så enkelt. Jag märkte att jag log vid tanken på J:s listor. Så fulla av förbud. Lita aldrig på en man med hår på bröstet och klackring, nonchalera trettioåriga kvinnor med ljusgrönt nagellack, svara inte på tilltal om du misstänker att personen framför dej tycker att det är coolt att Sven-Ingvars har läderbrallor på scen, tolerera inte att servicemänniskor har ett slarvigt språk. Spöken i hans huvud. När det kommer till kritan, varför inte bara vara?

Allt stod klart för mej, och för första gången i mitt liv kände jag riktig ömhet för alla dessa människor, för mej själv, för oss alla. Vi behöver inte spänna oss, vi duger. Allihop.

Det var nattstilla och lugnt på kvinnokliniken. En trött undersköterska hade vänligt lotsat mej rätt, eftersom jag ju inte visste var Knyttet och bebin låg. På förlossningsavdelningen hade allt varit kaos, men här var det riktigt rofyllt.

– Så är vi framme, då. Andra dörren till höger, sa sköterskan. När jag skulle tacka henne märkte jag att hela jag darrade. Jag längtade desperat efter en hink med vermouth. Mina steg var lika vingliga som om jag hade druckit en. Försynt knackade jag på dörren och sköt upp den.

– Gode gud.

Rösten var min. Jag skakade till.

Vilken scen, vilken stämning, vilka färger! Knyttet låg på sängen och sov mycket tungt, ur ena mungipan blänkte lite saliv. Hennes nytvättade långa hår hade inte torkat ännu, och vätan gjorde det nästan vinrött. Landstingets gula våffelfilt täckte henne nästan, bara en fot stack fram, välgymnastiserad och snirkligt hennamålad. (Hon fick lära sej att kroppssmycka med henna på den orientaliska danskursen) Bara sänglampan tyste. Någon – J? – hade hängt en röd tunnstickad tröja över den, vilket gav rummet en varm, trygg lyster. Knyttet låg på rygg med händerna om en liten tyghög på magen, eller... Jag tog några tysta steg fram och gläntade lite på tyget. Ett lurigt knallblått öga stirrade oförfärat på mej och en liten mun snörptes sömnigt till. Zeus. Jag vred på mej, Knyttet hade vaknat.

– Vad ska jag säga? viskade jag. Grattis räcker inte.

Jag var helt fascinerad. Allt hade gällt Knyttets graviditet, hennes omfång, J:s förbannade strul, hans grubblerier, hennes grubblerier och mina grubblerier. Och så var det bara över! Nu var han här, Zeus, och jag hade aldrig vågat tänka så långt.

– Kolla, viskade Knyttet och drog ner en bit tyg.

Jag började fnittra. Hela den lilla skallen var täckt av morotsrött hår.

– Känn, det är inte farligt.

– Får man... får jag det?

Med oändligt lätta fingrar smekte jag hans nacke. Vilken känsla! Knyttet måste ha blivit lika gripen som jag, för snabbt sökte sej en rännil mjölk genom hennes nattlinne. Jag kom att tänka på Gisela, hennes beundran för kvinnor. Ja, i sanning var urkvinnan, hon som inte bara var först, utan också före den första. Jag ryste till.

– Jag åker hem i morgon, sa Knyttet. Men gud vad det var skönt att få vara ensam ett tag! Ja, ta inte illa upp för nu vill jag ju ha sällskap, men den senaste hälften av dygnet har folk petat och klämt både på och i mej. Hejat och peppat så det sjöng i öronen. Därför var det nödvändigt att få vara ifred en stund med Zeus. Vet du förresten varför han ska heta Zeus?

En skarp knackning avbröt henne. Jag vände på huvudet och reste mej upp. En sjuksköterska och en kuratortyp i vit byxdress kom in. Sjuksköterskan hade en stor lerbrosch på axeln. Den föreställde en stork med ett babyknyte i munnen. Jag drog på munnen, jag visste att personal på hjärtavdelningar brukade ha ett rött hjärta i broschform.

– Åh, du har besök. Är det en nära anhörig? sa byxmänniskan.

– Mycket nära, log Knyttet.

Dom presenterade sej. Den ena var faktiskt kurator, jag hade gissat rätt. Hon var jour. Kontaktades bara vid den här tiden om det gällde något mycket angeläget. Fast annars gick det ju att ordna med en sjukhuspräst, om vi ville.

Jag började ana. Och medan kuratorn satt på sängkanten men ena handen på Knyttets axel och sa att J var död, fixerade jag blicken på sköterskans lerstork och tänkte inte alls. Sen tjugofem minuter var han dödförklarad. Det skedde så fort ambulansen var framme här på sjukhuset. Ingen kunde göra någonting åt det, bara se på klockan och förklara honom död. Antagligen hade han dött på en sekund, så fort den alldeles för höga dosen kommit in i blodet. Ingen visste ännu säkert, sa kuratorrösten.

Gud, så jag stirrade på det där storkhelvetet.

– Evelyn?

Hastigt vände jag mej mot Knyttet. Hennes röst lät helt normal. Kuratorn gav mej en vädjande blick som inte gick att tolka. Zeus gurglade till när Knyttet drog honom närmare sej.

– Jo, Evelyn. Var var vi? Zeus namn. Alltså, han heter Zeus efter den grekiske guden som var gudarnas konung. Det är J som kommit på det. Så fort han fick se Zeus la han märke till den höga pannan och vackra munnen. Jag tycker J har helt rätt, tycker inte du? Zeus är fint.

Jag stirrade på henne. Hade hon blivit knäpp, eller var det jag som hade inbillat mej vad kuratorn hade sagt?

– Ja, viskade jag med sprucken röst. Zeus är jättefint.

Kuratorn harklade sej besvärat.

– Kristina, förstod du vad jag sa nyss? Om Johannes?

Knyttet gav henne en irriterad blick.

– Klart jag gjorde, suckade hon lätt. Han är död. Men vi klarar oss så bra själva. Eller hur, gubben, visst gör vi? Mamma och hennes Zeus.

Hon pussade honom på pannan. Det var tyst några sekunder, tiden stod stilla. Knyttet pussade Zeus en gång till och vinkade till sej sköterskan. Utan ett ord lät hon Zeus rullas ut i korridoren i sin pyttiga sänglåda. Jag förstod.

– Knyttet, jag sitter med Zeus härute, okej?

– Tack. Han får inte bli... rädd, svarade hon med grötig röst.

Samtidigt som jag stängde dörren bakom mej kom hennes första förtvivlade rop.

J, jag var så ledsen för din skull. Du ville vara en revoltör, en omskakare. Du brann i allt du gjorde för den elev i varje skolklass som hånades för att han trodde att han var nåt, som lärarna hatade för att dom visste att han såg rakt in i dom och som alla sa "snart lugnar sej väl den där drömmaren" om... Den eleven som intelligent såg igenom hela spelet och vägrade rätta sina drömmar efter andras tycken och vilja. Den som fick så mycket stryk för att han/hon ville leva som sej själv. Du hade själv varit den eleven. Du ville visa. Du ville så mycket. Villigt gav du dej själv som exempel.

Och så upptäckte du att du var älskad. Du hade lyckats! Du nådde just dom du ville nå, det gick fram! Enligt dina beundrarbrev och bokrecensioner räddade du förmodligen många liv. Du blev känd och medierna älskade dej. Vacker och rappkäftad, rena drömmen för en rubrikmakare.

Att några raggare kastade sten på dej under Vrålhångelturnén brydde du dej inte om, sa du. Jag är van att vara hatad, sa du förklarande till en intervjuare. Jag tar det som en komplimang att vara hatad av vissa. Det är om såna som dom skulle älska mej som jag skulle bli orolig.

Men jag visste att du grät.

Korkade äckliga klasskompisar blir korkade äckliga vuxna. Det lärde du dej att stå ut med. Du skrev bättre ju mer du hatade dom. Att du blev en skicklig poet och författare var huvudsaken. Du ville fånga det förnedrande hat man känner när man får stryk bara för att man är intelligent. Du lyckades. Blev omskriven, tackade ja till alla möjliga intervjuer för att nå folk som trodde att dom var ensamma om sitt för omgivningen oförklarliga hat. När du nådde kulmen och hade ditt älskade TV-jobb där du skickligt lotsade tittarna runt och fick dom intresserade av teaterpjäser dom inte visste fanns, presenterade författare så att till och med dina ex-klasskompisar kunde bli intresserade av att läsa och lät några Rinkeby-killar läsa in sej på balett för att entusiastiska recensera när Bolsjojteatern gästade Operan…

Då var du lycklig.

Det låter väl drastiskt att påstå att det var just därför du förstörde det. Jag tror heller inte att det är hela sanningen. Det fanns något annat också: Massmedia. När din första bok kom hade ingen räknat med att en debutpoet skulle både hyllas och sälja. Efter bara några intervjuer fick några TV-redaktioner upp ögonen för dej och det dröjde inte länge förrän boken fick tryckas om och du etablerat dej som fräscht inslag i kulturprogram, som vild tyckare i paneldebatter och som kulturellt alibi i lekprogram.

Kändis.

Du slängde dej in i det, smickrad över uppmärksamheten, småkalkylerande för bokförsäljningens skull och för att nå ut. Precis som vilken kändis som helst, alltså. Och det var detta som du började grubbla över. Du hade blivit ”han som alltid har fräsiga åsikter” för tacksamma producenter, ”han som är så himla snygg” för tonårsbrudarna och ”han som koketterar med sitt hat och stilar med sin ångest" för tidningarnas kultursidor. När "Maneter" släpptes i samband med ett kändisparty och debatten rasade om "ska förlagen kräva foto när man skickar in sitt debutmanus" och "kommer det att finnas fula otrendiga författare i framtiden" så var du inte helt beredd. Du visste att det var ett vågspel, men rutintrotsigt ville du gå i spetsen.

Och hela tiden hade du suget i blodet att vara för dej själv som dej själv. Det som bara vissa kemikalier kunde stilla. Om du började må dåligt på en viss sammansättning, bytte du till en annan. Konstigare än så var det inte.

Allt du alltid velat var att skriva bra och vara dej själv trogen. När du märkte att du hade förändrats, blev du rädd. Plötsligt insåg du att du höll på att förvandlas till någon lallande gullig revoltbabe. Det ansågs självklart att du var förutsägbart oförutsägbar. Typ Kläm J-dockan på magen så säger han fuck you.

Det var inte roligt längre. Du tvingades inse att snart skulle du vara helt patetisk.

Och vad skulle du göra då? Vad?

Det här brevet måste sluta på något sätt. En epilog vore väl att ta i, men något behövs, något... avslutande. Jag kan inte komma på annat än skvaller. Förtal. Grymhet. Men det är länge sen jag trodde att det var det sämsta.

Liten kropp
kurar för vinden
Rädslan
att falla omkull
inför blickarna.

Så patetiskt! Ändå var det just den dikten jag hade i huvudet den första tiden efter... ja, efter. Jag vet fortfarande inte om jag mindes den rätt, den hade bara stått nerklottrad på ett papper till hälften bortrivet från telefonblocket i din röriga tonårslya. Jag rev loss den i smyg och sparade den, förälskad sextonåring som jag var, men lappen försvann efter bara någon vecka. Har jag någonsin nämnt det för dig? Antagligen inte, jag älskade dej verkligen och tyckte väl själv att den stulna lappen stank av alldeles för gängse romantik. Vi ville stå över sånt. Usch, att vi orkade hålla på med allt detta vi-mot-dom. Jag vet att jag fortfarande är inbilsk och von oben, men sen du försvann händer det alltmer sällan. En tanke: Kan man övertolka Ebba Grön? "Fortsätt å fortsätt å va rebell, fortsätt å fortsätt å va dej själv." Gånger tio. Hela tiden. Rebel maniacs, finns en sån psykterm?

Jag måste le. Lisen köpte en pekbok åt Zeus nu när han fyllde år, "Emma Tvärtemot" heter den och handlar om en mycket liten flicka som vägrar göra någonting rätt. När Zeus slitit bort omslagspappret stirrade han på bokens tecknade ilskna flicka och bet lika ömsint som argt på bokryggen. Lisen och jag skrattade och dunkade varandra i ryggen, medan Knyttet morrade att det omöjligt kunde vara en genomtänkt och gillande politisk handling. Med andra ord: Knyttet är den som får oss att lugna oss, att ifrågasätta våra övertolkade symboler. Tillvaron är inte nödvändigtvis en konspiration, ett barns bitande i en uppkäftig bok beror kanske på att han håller på att få tänder och inte på att han är någon halvreinkarnerad kopia av sin far upprorsgalningen. Saker och ting kanske faktiskt är vad dom ser ut att vara, ser vi något annat är det för att vi så förtvivlat gärna vill inbilla oss det.

Knyttets präktighet blev vår räddning. Vi var många som ville släppa taget och bli inte ens galna, utan bara vacuumapatiska. Jag kunde inte äta, Lisen kunde inte sova, Hempa – hennes karl som snodde underbrallor åt Knyttet – gjorde slut eftersom han var rädd att bli lika manisk som Lisen, Gisela började tröstköpa aktier och yogade nästan dygnet runt… Knyttet fixade allt. Tro inte att hon tröstade, och att vi obetänksamt utnyttjade henne som vanligt, för så var det inte. Knyttet fick helt enkelt nog.

– Evelyn, börja inte matlarva dig! Lisen, gå och lägg dej eller ska jag smocka till dej! Man skulle kunna tro att du VILL vara vaken! Hempa, älskar du henne så håll fast Lisen i sängen och tvångssov med henne, hon ska fan inte gå upp hela tiden och böla, älskar du henne inte så stick då för ingen kommer att sakna dej, och maniska Lisen kommer inte ha tid för alla nojjor att ringa och vilja ha dej tillbaka! Evelyn, har du ätit upp eller ska jag be dej dra åt helvete, i såfall kan du följa Hempa ut! Åh, Gisela din gamla urmoder, lek inte med aktierna, gör nåt vettigt av pengarna och bete dej inte som en nyrik fjolla. Vad är det med ditt ben? Tacka fan för att du har ont när du snurrar in benen bakom skallen på dej själv i timtal, skärp dej och ta en promenad i stället och träffa människor, det finns massor av folk som är intressantare än ditt inre.

Vi gapade. Såg på varandra, lydde. Att det kunde vara så enkelt!

Fast från början, när jag precis hade gått ut i korridoren på kvinnokliniken, och fortfarande bara förstod till hälften, var det Knyttet som höll på att gå sönder.

J! Din galning, din dåre! Du förstörde så fruktansvärt mycket! Jag är övertygad om att du insåg hur mycket vi skulle sakna dej, hur din död skulle förstöra och förkrossa oss. Din satans råtta, jag hatar dej! Hur hade du trott att Knyttet skulle reagera? När hon precis fött barn, var utmattad men lycklig och stolt. Kan du föreställa dej Knyttet när hon precis fått veta att du var död? Nyss var hon framåtblickande och trygg. Du slog sönder henne! Du slog sönder oss! Att för första gången se ett nyfött barn, smeka det lätt och fyllas av en omtumlande känsla, det förstörde du bara. Ögonblicket av hopp var förbi. Du snodde showen, även efter din död. Jag kommer ju aldrig att kunna låta bli att förknippa ett av mina finaste minnen med ditt självmord! Jag hatar dej. Ja, det gör jag! Det är själva fan att du dog så snabbt och smärtfritt, du kom alldeles för lätt undan. Och det här är enda sättet jag kan säga det till dej på. Att skriva, rakt ut och hoppas att någon förstår.

EPILOG

Det finns ett ord: Toxikomani. Tox betyder gift, toxikologi är läran om gifter. Har man toxikomani har man ett inre tvång att förgifta sej, man är beroende. Maniskt och okuvligt måste man se till att ha nåt giftigt i kroppen, för annars, annars... Ett fysiskt beroende kräver avgiftning på sjukhus, kunniga människor ser till att du utan fara för att dö av abstinens trappar ner det som din kropp blivit lika beroende av som vatten. Är man som jag, alltså mest alkoholiserad, får man kramplösande piller och eventuellt syntetiskt alkohol i pillerform. Av dom förstnämnda blir man yr och får overklighetskänslor, av dom sistnämnda får man nån bieffekt så att näsan och tårarna rinner. Är man pillermissbrukare av till exempel stezolid och annan benz, sker en nertrappning. J däremot, var en svår avvägning för överläkaren, det brukade J själv säga i lätt ton. Han var så abstinent, men personalen vågade inte ge honom allt han behövde av rädsla för att hans lever skulle kollapsa. Jag vet att J verkligen var motiverad i allafall under sina sista avgiftningar, ändå var han vad vårdpersonal brukar säga pillerkåt. Jag klandrar honom inte, jag vet själv hur det är när händerna skakar så man får dricka sjukhusets äckliga té med sugrör, hur det är att ha 140 i vilopuls, att inte kunna gå rakt och snabbt på väg till toaletten så att man inte gör på sej (annars har ju heroinisterna det jävligare även med just det, dom blir hårda i magen av horset och på avgiftningarna kollapsar tarmsystemet och all samlad skit bara väller ut) och inte minst vet jag paniken. Man är livrädd, allt gungar, och man vet att man har svikit och att allt är ens eget fel. Och nätterna, med alla miljoner cigg i rökrummet, propavan som vägrar verka och tankarna på sen, vad man ska göra sen, när man är fri.

Det är oftast inför dom där nätterna som pillertiggandet startar. Det är en mycket förödmjukande process att först berätta om sin ytterst självförvållade ångest för den schysstaste skötaren man kan välja ut, som sen hämtar sjuksköterskan som inte kan ge en något utan att ha fått läkarens tillstånd. Det innebär att man kan få en ökad dos inskriven i journalen tidigast nästa dag, eftersom läkaren inte är i tjänst kvällar och nätter. Och om man verkligen lyckas få igenom sina krav på annorlunda dos, är en helt annan femma. Så sköterskan säger saker i stil med att ”men försök åtminstone, i natt kanske du kan sova” för att det är hennes plikt. Både hon och jag vet att det inte kommer att gå, och under nattens timmar i rökrummet är man virrig av abstinens, arg för att man inte får nåt starkare och undrar om man kanske inte är riktigt klok som överhuvudtaget har försatt sej i den här situationen. Och över en vajar kluvenheten som en svart gloria: Å ena sidan är man säker på att man behöver minst 15 mg stezolid extra till natten för att kunna sova. Å andra sidan tvivlar man: Kanske är detta ett toxikomaniskt tänkesätt? Behöver jag verkligen denna tablett? Har jag gått på den trotsiga jag-är-intetrött-myten för att åter vara i centrum? För att folk ska tycka synd om mej och riktigt förstå hur äckligt jag mår? För att bli tagen på allvar?

Jag tror att J hade dom här funderingarna även utanför avgiftningen, mot slutet nästan hela tiden. Det kan vara mycket farligt att känna till för mycket om sin sjukdomsbild. Jag tror att hans brightness vecklade in honom. J tänkte ihjäl sej och det enda som kunde skingra tankarna, ibland till och med få dom att försvinna, var mer gift. Paradoxalt, veligt, patetiskt.

Ville jag verkligen ha J? Nej. Jag skriver så för att det är lättare än att skriva ”ja”. Men jag tror, allvarligt talat, att jag snabbt skulle ha sjunkit till botten om han hade stannat kvar. Vi hade det där besinningslösa suget i ådrorna, det där som inte kan resoneras bort eller ens analyseras. Det finns där, hela tiden, redo att ge till ett vrål när jag är som mest trygg och sårbar. Innerst inne visste jag om det också. Jag tror att jag kan formulera det så här: Jag ville inte ha honom, men jag ville inte bli ratad. Och absolut inte brädad. Även om det var av en gammal bästis, som Knyttet.

Herregud, jag har verkligen varit elak mot henne. Hon har aldrig varit det mot mej. J behandlade henne lika illa som jag. Var vi avundsjuka på Knyttet för att hon inte hade besattheten i blodet? Samma passionerade besatthet som vi skröt om, och som vi tyckte gjorde oss till alldeles speciella människor? Var vi i själva verket väldigt olustiga till mods över vetskapen att vi aldrig någonsin skulle få en sammanhållen veckas lugn?

Toxikomani sitter fast i en, trots att man inte tagit nåt på åratal. Jag vägrar att använda begreppet nykter alkoholist, det påminner mej för mycket om att det är sant. Vare sej jag stormsuper eller är helvit sen tjugo år är jag alkoholist. Vore jag inte det skulle jag ju kunna dricka ett glas vin till maten, skåla i champagne på nyårsafton osv. Nykter alkoholist, det är så tröstlöst. Själv anser jag att man aldrig slutat vara alkis om man tillåter sej ett enda återfall. I Minnesotamodellen får man alltid höra att man ska ta en dag i taget, att man ska tänka att i morgon får jag dricka om jag vill, bara jag klarar mej idag... Sånt funkar inte för såna som vi. Vi som har toxikomanin i blodet måste bryta tvärt även med våra mest älskade tankar som ”Men nu är omständigheterna såna att folk måste förstå att jag trillar...” och ”Hur ska jag slippa undan att...”. För att inte tala om alla pendlingar mellan total livstillit och självhat. Och det jag skriver gör mej rädd. För jag vågar inte släppa taget... jag vet inte. Jag har lovat mej själv att aldrig sudda i den här berättelsen. För vår skull och för Zeus.

GUDGUDGUDJÄVLAR VAD JAG SAKNAR J.

Det hjälpte faktiskt, eller om det beror på att jag fick syn på det stora fotot av Zeus som jag ramat in över skrivbordet. Det är J som tagit bilden, han måste ha varit bara någon timme gammal. Sömnigt plirar han mot kameran, endast iförd sitt livs första blöja, liggandes på Knyttets degiga mage med ena armen på hennes överfyllda mjölktuttar och andra armen höjd med en liten, liten men mycket hårt knuten näve. Han ser mer uppkäftig och lycklig ut än J någonsin gjorde. Det ger mej lugn att se honom så.

Det ger mej lugn.

Idag var det prick ett år sen J dog. Jag hängde en blänkande heliumballong på hans gravsten och blåste över några serpentiner. Det var overkligt och kallt.

Jag sa:

Jag älskar dej. Alltid.